D0668728

TRAVAIL SOIGNÉ

Né à Paris, Pierre Lemaitre a notamment enseigné la littérature à des adultes avant de se consacrer à l'écriture. Ses trois premiers romans, *Travail soigné* (publié chez Le Masque en 2006 et prix du Premier roman de Cognac 2006), *Robe de marié* (publié chez Calmann-Lévy en 2009 et prix du Meilleur polar francophone 2009) et *Cadres noirs* (publié chez Calmann-Lévy en 2010 et prix du Polar européen du *Point* 2010), lui ont valu un succès critique et public exceptionnel et l'ont révélé comme un maître du roman noir et du thriller. Ses romans sont traduits dans une vingtaine de langues et plusieurs sont en cours d'adaptation cinématographique. En 2014 paraîtra *Rosy and John*, une nouvelle enquête de l'inspecteur Camille Verhoeven, publié en exclusivité au Livre de Poche. *Au revoir là-haut*, son dernier roman paru aux Éditions Albin Michel, a reçu le prix Goncourt 2013.

Paru dans Le Livre de Poche :

PIERRE LEMAITRE

Travail soigné

La trilogie Verhœven, 1

ÉDITIONS DU MASQUE

À Pascaline

À mon père

© Flammarion pour la traduction française des chapitres [...]
[...] Jean-Claude Lattès, 1992.
ISBN : 978-2-253-12738-3 – 1re publication LGF

L'écrivain est quelqu'un qui arrange
des citations en retirant les guillemets.

Roland BARTHES.

Première partie

Lundi 7 avril 2003

1

— Alice… dit-il en regardant ce que n'importe qui, sauf lui, aurait appelé une jeune fille.

Il avait prononcé son prénom pour lui faire un signe de connivence mais sans parvenir à créer chez elle la moindre faille. Il baissa les yeux vers les notes jetées au fil de la plume par Armand au cours du premier interrogatoire : Alice Vandenbosch, 24 ans. Il tenta d'imaginer à quoi pouvait normalement ressembler une Alice Vandenbosch de 24 ans. Ça devait être une fille jeune, au visage long, aux cheveux châtain clair, avec un regard droit. Il leva les yeux et ce qu'il vit lui sembla parfaitement improbable. Cette fille ne se ressemblait pas à elle-même : des cheveux, autrefois blonds, plaqués sur le crâne, avec de longues racines sombres, une blancheur de malaise, un large hématome violacé sur la pommette gauche, un mince filet de sang séché au coin de la lèvre… et pour les yeux, hagards et fuyants, plus rien d'humain que la peur, une terrible peur qui lui provoquait encore des frissons comme si elle était sortie sans manteau un jour de neige. Elle tenait son gobelet de café à deux mains, comme la rescapée d'un naufrage.

13

D'ordinaire, la seule entrée de Camille Verhœven provoquait des réactions chez les plus impavides. Mais avec Alice, rien. Alice était enfermée en elle-même, frissonnante.

Il était 8 h 30 du matin.

Dès son arrivée à la Brigade criminelle, quelques minutes plus tôt, Camille s'était senti fatigué. Le dîner de la veille s'était achevé sur le coup de 1 heure du matin. Des gens qu'il ne connaissait pas, des amis d'Irène. Ça causait télévision, ça racontait des anecdotes que Camille aurait trouvées plutôt drôles d'ailleurs, si en face de lui ne s'était tenue une femme qui lui rappelait terriblement sa mère. Pendant tout le repas, il avait lutté pour s'arracher à cette image mais vraiment, c'était le même regard, la même bouche et les mêmes cigarettes, enchaînées les unes aux autres. Camille s'était retrouvé vingt ans en arrière, à l'époque bénie où sa mère sortait encore de son atelier en blouse maculée de couleurs, la cigarette aux lèvres, les cheveux en bataille. À l'époque où il venait encore la regarder travailler. Forte femme. Solide et concentrée, avec un coup de pinceau un peu rageur. Vivant tellement dans sa tête qu'elle semblait parfois ne pas s'apercevoir de sa présence. Des moments longs et silencieux où il adorait la peinture et pendant lesquels il observait chaque geste comme s'il était la clé d'un mystère qui l'aurait concerné personnellement. C'était avant. Avant que les milliers de cigarettes que grillait sa mère lui déclarent une guerre ouverte, mais bien après qu'elle entraîne l'hypotrophie fœtale qui avait signé la naissance de Camille. Du haut de son mètre quarante-cinq définitif, Camille ne savait pas, à cette époque, ce qu'il haïssait le plus, de cette mère empoisonneuse qui l'avait fabriqué comme une pâle copie d'un Toulouse-

14

Lautrec seulement moins difforme, de ce père calme et impuissant qui regardait sa femme avec une admiration de faible ou de son propre reflet dans la glace : déjà homme à seize ans et comme jamais fini. Pendant que sa mère entassait les toiles dans son atelier, que son père, éternellement silencieux, gérait son officine, Camille faisait son apprentissage de petit en vieillissant comme les autres, cessait de s'acharner à se tenir sur la pointe des pieds, s'habituait à regarder les autres par en dessous, renonçait à essayer d'atteindre les étagères sans tirer d'abord une chaise, aménageait son espace personnel à la hauteur d'une maison de poupée. Et cette miniature d'homme regardait, sans réellement les comprendre, les immenses toiles que sa mère devait faire sortir en rouleaux pour les emmener chez les galeristes. Parfois sa mère disait : « Camille, viens me voir… » Assise sur le tabouret, elle passait sa main dans ses cheveux, sans rien dire, et Camille savait qu'il l'aimait, pensait même que jamais il n'aimerait personne d'autre.

Ça, c'était encore la bonne époque, pensait Camille pendant le repas, en regardant la femme en face de lui qui riait aux éclats, buvait peu et fumait comme quatre. Avant que sa mère ne passe ses journées à genoux au pied de son lit, la joue posée sur les couvertures, dans la seule position où le cancer lui concédait un peu de répit. La maladie l'avait mise à genoux. Et ces moments étaient les premiers où leurs regards, devenus impénétrables l'un à l'autre, pouvaient se croiser à la même hauteur. À cette époque-là, Camille dessinait beaucoup. De longues heures passées dans l'atelier de sa mère, maintenant déserté. Quand il se décidait enfin à entrer dans sa chambre, il y trouvait son père qui passait l'autre moitié de sa vie à genoux lui aussi, lové contre sa femme, lui tenant les épaules, sans rien dire,

respirant au même rythme qu'elle. Camille était seul.
Camille dessinait. Camille passait le temps et attendait.

Quand il était entré à la faculté de droit, sa mère
pesait le poids d'un de ses pinceaux. Lorsqu'il revenait à la maison, son père semblait enveloppé du lourd
silence de la douleur. Et tout ça avait traîné. Et Camille
penchait son corps d'éternel enfant sur des textes de loi
en attendant la fin.

C'était arrivé un jour comme ça, en mai. On aurait
dit un coup de téléphone anonyme. Son père avait simplement dit : « Il faudrait que tu rentres » et Camille
avait soudain eu la certitude qu'il allait maintenant
devoir vivre seul avec lui-même, qu'il n'y aurait plus
personne.

À quarante ans, ce petit homme au visage long et
marqué, chauve comme un œuf, savait qu'il n'en était
rien, depuis qu'Irène était entrée dans sa vie. Mais avec
toutes ces visions du passé, vraiment, cette soirée lui
avait semblé épuisante.

Et puis il ne digérait pas le gibier.

C'est à peu près à l'heure où il apportait à Irène le
plateau du petit déjeuner qu'Alice avait été ramassée
boulevard Bonne-Nouvelle par une patrouille de quartier.

Camille glissa de sa chaise et passa dans le bureau
d'Armand, un homme maigre, avec de grandes oreilles
et d'une radinerie d'anthologie.

— Dans dix minutes, dit Camille, tu viens m'annoncer qu'on a retrouvé Marco. Dans un sale état.

— Retrouvé… ? Où ça ? demanda Armand.

— J'en sais rien, débrouille-toi.

Camille regagna son bureau à petites enjambées
pressées.

— Bon, reprit-il en s'approchant d'Alice. On va reprendre tout ça tranquillement, depuis le début.

Il était debout, face à elle, leurs regards presque à la même hauteur. Alice sembla sortir de sa torpeur. Elle le regardait comme si elle le voyait pour la première fois et elle dut sentir, avec plus de vivacité que jamais, l'absurdité du monde en se rendant compte qu'elle, Alice, rouée de coups deux heures plus tôt, l'estomac en capilotade, se retrouvait soudain à la Brigade criminelle face à un homme d'un mètre quarante-cinq, qui lui proposait de tout reprendre à zéro comme si elle n'était pas déjà à zéro.

Camille passa derrière son bureau et prit machinalement un crayon parmi la dizaine que contenait un pot en pâte de verre, cadeau d'Irène. Il leva les yeux vers Alice. Vraiment, Alice n'était pas laide. Jolie plutôt. Des traits fins un peu incertains, que la négligence et les nuits blanches avaient déjà en partie ruinés. Une pietà. Elle ressemblait à un faux vestige antique.

— Tu travailles pour Santeny depuis quand? demanda-t-il en esquissant d'un trait le galbe de son visage sur un bloc.

— Je travaille pas pour lui!

— Bien, disons depuis deux ans. Tu travailles pour lui et il t'approvisionne, c'est ça?

— Non.

— Et toi, tu crois qu'il y a un peu d'amour dans tout ça? C'est ce que tu penses?

Elle le fixa. Il lui sourit puis se concentra de nouveau sur son dessin. Il y eut un long silence. Camille se rappela une phrase que disait sa mère: « C'est toujours le cœur de l'artiste qui bat dans le corps du modèle. »

Sur le carnet, une autre Alice émergea bientôt en quelques coups de crayon, plus jeune encore que celle-ci, aussi douloureuse mais sans ecchymose. Camille leva les yeux vers elle et sembla prendre une décision. Alice le regarda tirer une chaise près d'elle et sauter dessus comme un enfant, les pieds ballant à trente centimètres du sol.

— Je peux fumer ? demanda Alice.

— Santeny s'est mis dans un beau merdier, dit Camille comme s'il n'avait rien entendu. Tout le monde le cherche. Tu es bien placée pour le savoir, ajouta-t-il en désignant ses ecchymoses. Sont pas commodes, hein ? Il vaudrait mieux qu'on le trouve en premier, tu ne crois pas ?

Alice semblait hypnotisée par les pieds de Camille qui se balançaient comme un pendule.

— Il n'a pas assez de relations pour s'en tirer. Je lui donne deux jours, dans le meilleur des cas. Mais toi non plus, tu n'as pas assez de relations, ils vont te retrouver… Où est Santeny ?

Petit air buté, comme ces enfants qui savent qu'ils font une bêtise et qui la font quand même.

— Bon, eh bien, je vais te relâcher, dit Camille comme s'il se parlait à lui-même. La prochaine fois que je te verrai, j'espère que ça ne sera pas au fond d'une poubelle.

C'est à ce moment qu'Armand décida d'entrer.

— On vient de retrouver Marco. Vous aviez raison, il est dans un sale état.

Camille, faussement surpris, regarda Armand.

— Où ça ?

— Chez lui.

Camille regarda son collègue d'un air navré : Armand restait économe jusque dans son imaginaire.

— Bon. Alors on peut libérer la petite, conclut-il en sautant de sa chaise.

Un petit vent de panique, puis :

— Il est à Rambouillet, lâcha Alice dans un souffle.

— Ah, fit Camille d'une voix neutre.

— Boulevard Delagrange. Au 18.

— Au 18, répéta Camille, comme si le fait de dire ce simple numéro le dispensait de remercier la jeune femme.

Alice, sans autorisation, sortit de sa poche un paquet de cigarettes froissé et en alluma une.

— C'est mauvais de fumer, dit Camille.

2

Camille faisait signe à Armand d'envoyer rapidement une équipe sur place lorsque le téléphone sonna.

À l'autre bout de la ligne, Louis semblait essoufflé. Voix courte.

— On est saisis à Courbevoie…

— Raconte… demanda laconiquement Camille en saisissant un stylo.

— C'est un coup de fil anonyme qui nous a prévenus ce matin. Je suis sur place. C'est… comment dire…

— Essaie toujours, on verra bien, coupa Camille, un peu agacé.

— Une horreur, lâcha Louis. Sa voix était altérée. Un carnage. Pas du genre habituel, si vous voyez ce que je veux dire…

— Pas très bien, Louis, pas très bien…

— Ça ne ressemble à rien que je connaisse…

3

Sa ligne étant occupée, Camille fit le déplacement jusqu'au bureau du commissaire Le Guen. Il frappa un petit coup sur la porte et n'attendit pas la réponse. Il avait ses entrées.

Le Guen était un grand gaillard qui, faisant régime sur régime depuis vingt ans sans jamais perdre un gramme, avait acquis par là un fatalisme vaguement épuisé qui se lisait sur son visage et sur toute sa personne. Camille lui avait vu, au fil des années, adopter peu à peu l'attitude d'une sorte de roi déchu, prenant des airs accablés et posant sur le monde un regard généralement maussade. Dès les premiers mots, Le Guen interrompit Camille par principe en lui disant que, dans tous les cas, « il n'avait pas le temps ». Mais au vu des premiers éléments que Camille lui livra, il décida tout de même de faire le déplacement.

4

Au téléphone, Louis avait dit : « Ça ne ressemble à rien que je connaisse… » et Camille n'aimait pas ça, son adjoint n'étant pas du genre catastrophiste. Il était même parfois d'un optimisme agaçant et Camille n'attendait rien de bon de ce déplacement imprévu. Tandis que défilaient les boulevards périphériques, Camille Verhœven ne put s'empêcher de sourire en pensant à Louis.

Louis était blond, avec une raie sur le côté et cette mèche un peu rebelle qu'on remonte d'un mouvement de tête ou d'une main négligente mais experte et qui appartient génétiquement aux enfants des classes privilégiées. Au fil du temps, Camille avait appris à distinguer les différents messages que véhiculait la remontée de la mèche, véritable baromètre des affects de Louis. Dans sa version « main droite », la remontée de la mèche couvrait la gamme allant de « Soyons correct » à « Ça ne se fait pas ». Dans la version « main gauche », elle signait l'embarras, la gêne, la timidité, la confusion. Quand on regardait bien Louis, il n'était pas du tout difficile de l'imaginer en premier communiant. Il en avait encore toute la jeunesse, toute la grâce, toute la fragilité. En un mot, physiquement, Louis était quelqu'un d'élégant, de mince, de délicat, de profondément agaçant.

Mais surtout, Louis était riche. Avec tout l'attirail des vrais riches : une certaine manière de se tenir, une certaine manière de parler, d'articuler, de choisir ses mots, bref avec tout ce qui sort du moule de l'étagère du haut étiquetée « Gosse-de-riche ». Louis avait d'abord fait des études brillantes (un peu de droit, d'économie, de l'histoire de l'art, de l'esthétique, de la psychologie), se laissant porter au gré de ses envies, toujours brillant, cultivant le travail universitaire comme un art d'agrément. Et puis quelque chose s'était passé. À ce qu'en avait compris Camille, ça tenait de la nuit de Descartes et de la muflée historique, un mélange d'intuition raisonnable et de whisky pur malt. Louis s'était vu continuer sa vie ainsi, dans son superbe six pièces du IXe arrondissement, avec les tonnes de livres d'art sur les étagères, la vaisselle signée dans les commodes en marqueterie, les loyers des appartements qui tombaient avec encore plus de sécurité qu'un salaire de haut fonctionnaire, les séjours à Vichy chez maman, des habitudes dans tous les restaurants du quartier, et par-dessus tout ça une contradiction interne aussi étrange que soudaine, un vrai doute existentiel que n'importe qui, sauf Louis, aurait résumé en une phrase : « Mais qu'est-ce que je fous ici ? »

Selon Camille, trente ans plus tôt, Louis serait devenu un révolutionnaire d'extrême gauche. Mais à cette heure-là l'idéologie ne constituait déjà plus une alternative. Louis haïssait la religiosité et donc le bénévolat et la charité. Il chercha ce qu'il pourrait faire, un lieu de misère. Et tout à coup tout lui sembla clair : il entrerait dans la police. Dans la police criminelle. Louis ne doutait jamais de rien – cette qualité ne figurait pas dans son héritage familial – et il avait assez de talent pour que la réalité ne le démente pas trop souvent. Il passa des concours, il entra dans la police. Sa décision tenait à la fois de l'envie de servir (pas de Servir, non, simplement de servir à quelque chose), de la crainte d'une vie qui allait vite tourner à la monomanie, et peut-être du règlement de la dette imaginaire qu'il pensait avoir contractée vis-à-vis de la classe populaire pour n'être pas né dans ses rangs. Sitôt ses examens passés, Louis s'était trouvé plongé dans un univers bien éloigné de ce qu'il avait imaginé : rien de la propreté anglaise d'Agatha Christie, de la réflexion méthodique de Conan Doyle, mais des bouges crapoteux avec des filles rouées de coups, des dealers vidés de leur sang dans les poubelles de Barbès, des coups de couteau entre camés, des chiottes puantes où on retrouvait ceux qui avaient échappé au cran d'arrêt, des pédés qui vendaient leur micheton pour une ligne et des michetons qui tarifaient la pipe à cinq euros après 2 heures du matin. Au début, ç'avait été pour Camille un vrai spectacle que de voir Louis, avec sa frange blonde, le regard affolé mais l'esprit clair, vocabulaire vissé jusqu'au col, faisant des rapports, des rapports et encore des rapports, Louis qui continuait, flegmatique, à recueillir des dépositions spontanées dans des cages d'escalier pisseuses et hurlantes, près du cadavre d'un mac de 13 ans lardé à coups de machette sous le regard de sa mère, Louis qui rentrait à 2 heures du matin dans son 150 m² de la rue Notre-Dame-de-Lorette et s'écroulait tout habillé sur son canapé en velours, sous une eau-forte de Pavel, entre sa bibliothèque signée et la collection d'améthystes de son défunt père.

Lorsqu'il était arrivé à la Brigade criminelle, le commandant Verhœven n'avait pas ressenti une sympathie spontanée pour ce jeune homme propret, lisse, au débit affecté et que rien n'étonnait. Les autres officiers du groupe, qui appréciaient modérément de partager leur quotidien avec un golden boy, ne lui avaient pas épargné grand-chose. En moins de deux mois, Louis avait connu à peu près tous les coups tordus qui constituaient le stock des plaisanteries de bizuth que tous les corps sociaux cultivent pour se venger de ne pouvoir recruter par cooptation. Louis avait subi tout cela avec des sourires gauches, sans jamais se plaindre.

Camille Verhœven avait su distinguer, plus tôt que les autres, la graine d'un bon flic chez ce garçon inattendu et intelligent mais, sans doute par un réflexe de confiance pour la sélection darwinienne, il avait choisi de ne pas intervenir. Louis, avec une morgue assez britannique, lui en sut gré. Un soir, en sortant, Camille l'avait vu se précipiter au bistrot d'en face et avaler coup sur coup deux ou trois alcools forts, et il lui revint la scène où Luke « la main froide », totalement sonné, incapable de boxer, ivre de coups, continue de se relever et de se relever sans cesse, jusqu'à décourager le public et épuiser l'énergie même de son adversaire. De fait, ses collègues se calmèrent devant l'application que Louis mettait à son travail et ce quelque chose d'étonnant qu'il y avait chez lui et qui devait s'appeler la bonté ou quelque chose comme ça. Au fil des années, Louis et Camille s'étaient en quelque sorte reconnus dans leurs différences, et comme le commandant jouissait d'une autorité morale incontestable sur son groupe, personne ne trouva étonnant que le gosse de riche devienne progressivement son plus proche collaborateur. Camille avait toujours tutoyé Louis, comme il tutoyait toute son équipe. Mais au fil du temps et des mutations, Camille s'était rendu compte que seuls les plus anciens continuaient de le tutoyer. Et les plus jeunes étant maintenant devenus les plus nombreux, Camille se sentait parfois comme l'usurpateur d'un rôle de patriarche qu'il n'aurait jamais réclamé. Il était vouvoyé comme un commissaire et savait très bien que cela ne tenait pas à sa position dans la hiérarchie. Plutôt à l'embarras spontané que beaucoup ressentaient devant sa petite taille, comme une manière de compenser. Louis aussi le vouvoyait mais Camille savait que sa motivation était différente : c'était un réflexe de classe. Les deux hommes n'étaient jamais devenus des amis, mais ils s'estimaient, ce qui constituait pour chacun d'eux la meilleure garantie d'une collaboration efficace.

5

Camille et Armand, suivis par Le Guen, arrivèrent au 17 de la rue Félix-Faure à Courbevoie un peu après 10 heures. Une friche industrielle.

Une petite usine désaffectée occupait le centre de l'espace, comme un insecte mort, et ce qui avait dû être des ateliers était en voie d'aménagement. Quatre d'entre eux, maintenant achevés, juraient comme des bungalows exotiques dans un paysage de neige. Ils étaient tous les quatre crépis de blanc, avec des fenêtres en aluminium, des toits vitrés à panneaux coulissants, laissant deviner des espaces immenses. L'ensemble gardait une tonalité d'abandon. Il n'y avait aucune autre voiture que celles de la Maison.

On accédait à l'appartement par deux marches. Camille aperçut Louis de dos, appuyé au mur d'une main, bavant au-dessus d'un sac plastique qu'il maintenait contre sa bouche. Il le dépassa, suivi de Le Guen et de deux autres officiers du groupe, et entra dans la pièce largement illuminée par des projecteurs. Lorsqu'ils arrivent sur les lieux d'un crime, inconsciemment, les plus jeunes cherchent des yeux l'endroit où se trouve la mort. Les plus chevronnés cherchent la vie. Mais ici, pas moyen. La mort avait pris toute la place, jusque dans le regard des vivants, mêlé d'incompréhension. Camille n'eut pas le temps de s'interroger sur cette curieuse atmosphère, son champ de vision fut aussitôt intercepté par une tête de femme clouée au mur.

Il n'avait pas fait trois pas dans la pièce que son regard avait déjà embrassé un spectacle que le pire de ses cauchemars eût été incapable d'inventer, des doigts arrachés, des flots de sang coagulé, tout ça dans une odeur d'excréments, de sang séché et d'entrailles vidées. Immédiatement lui vint le souvenir du *Saturne dévorant ses enfants* de Goya dont il revit un instant le visage affolé, les yeux exorbités, la bouche écarlate, la folie, l'absolue folie. Quoiqu'il fût l'un des plus expérimentés des hommes qui se trouvaient ici, il eut aussitôt envie de faire demi-tour vers le palier où Louis, sans regarder personne, tendait à bout de bras un sac plastique comme un mendiant affirmant son hostilité pour le monde.

— C'est quoi ce bordel...

Le commissaire Le Guen avait dit ça pour lui-même et la phrase était tombée dans un vide total.

Louis seul l'avait entendue. Il s'approcha en s'essuyant les yeux.

— Je n'en sais rien, dit-il. Je suis entré, je suis sorti aussitôt... J'en suis là...

Armand, du milieu de la pièce, se retourna vers les deux hommes d'un air hébété. Il essuya ses mains moites sur son pantalon pour prendre une contenance.

Bergeret, le responsable de l'Identité, arriva à la hauteur de Le Guen.

— Il me faut deux équipes. Ça va être long.

Et il ajouta, ce qui n'était pas dans ses manières :

— C'est pas commun, comme truc...

Ça n'était pas commun.

— Bon, je te laisse, dit Le Guen en croisant Maleval qui venait d'arriver et qui ressortit aussitôt en se tenant la bouche à deux mains.

Camille fit alors signe au reste de son équipe que l'heure des braves avait sonné.

Il était difficile de se faire une idée exacte de l'appartement avant... tout « ça ». Parce que « ça » avait maintenant envahi la scène et qu'on ne savait plus où donner du regard. Par terre, sur la droite, gisaient les restes d'un corps éventré dont les côtes cassées traversaient une poche rouge et blanche, sans doute un estomac, et un sein, celui qui n'avait pas été arraché, mais c'était assez difficile à dire du fait que ce corps de femme – ce point-là était certain – était couvert d'excréments qui recouvraient partiellement d'innombrables marques de morsures. Juste en face, sur la gauche, se trouvait une tête (de femme, une autre) aux yeux brûlés, au cou étrangement court comme si la tête était entrée dans les épaules. La bouche béante débordait des tubes blancs et roses de la trachée et des veines qu'une main avait dû aller chercher au tréfonds de la gorge pour les en extirper. En face d'eux, avait été abandonné le corps auquel cette tête peut-être, à moins que ce ne fût l'autre, avait jadis appartenu, corps en partie dépiauté à partir de coupures profondes faites dans la peau et dont le ventre (ainsi que le vagin) offrait des trous profonds, très circonscrits, sans doute pratiqués à l'aide d'un acide liquide. La tête de la seconde victime avait été clouée au mur, par les joues. Camille passa en revue ces détails, sortit un calepin de sa poche mais l'y replaça aussitôt comme si la tâche était si monstrueuse que toute méthode était inutile, tout plan voué à l'échec. Il n'y a pas de stratégie face à la cruauté. Et pourtant, c'est pour ça qu'il était là, face à ce spectacle sans nom.

On s'était servi du sang encore liquide d'une des victimes pour écrire en lettres immenses sur le mur : JE SUIS RENTRÉ. Il avait fallu, pour cela, utiliser beaucoup de sang, les longues coulées au pied de chaque lettre en témoignaient. Les lettres avaient été écrites avec plusieurs doigts, tantôt rassemblés, tantôt séparés et l'inscription, de ce fait, semblait vue par un regard troublé. Camille enjamba un demi-corps de femme et s'approcha du mur. À la fin de l'inscription, un doigt avait été apposé sur le mur, avec une application délibérée. Chaque détail de l'empreinte était net, parfaitement circonscrit, une empreinte identique à une ancienne carte d'identité lorsque le flic de service vous

27

écrasait le doigt sur le carton déjà jaune en le faisant tourner dans tous les sens.

Un flot de sang avait éclaboussé les murs jusqu'au plafond.

Camille eut besoin de plusieurs minutes pour reprendre ses esprits. Il lui serait impossible de penser tant qu'il resterait dans ce décor parce que tout ce qu'on y voyait représentait un défi à la pensée.

Une dizaine de personnes travaillaient maintenant dans l'appartement. Comme dans une salle d'opération, il règne souvent sur les lieux d'un crime une atmosphère qu'on jugerait détendue. On y plaisante volontiers. Camille détestait ça. Certains techniciens épuisaient leur monde par des blagues, le plus souvent à caractère sexuel, et semblaient jouer la distance comme d'autres jouent la montre. Cette attitude est propre aux métiers où les hommes sont en majorité. Un corps de femme, même morte, évoque toujours un corps de femme et au regard d'un technicien habitué à dépouiller la réalité du drame, une suicidée reste « une belle fille » quand bien même son visage est bleui ou gonflé comme une outre. Mais il régnait ce jour-là, dans le loft de Courbevoie, une autre atmosphère. Ni recueillie ni compatissante. Calme et lourde comme si les plus malins étaient soudain pris de court, se demandant ce qu'il pourrait y avoir de léger à dire à propos d'un corps éventré sous le regard inhabité d'une tête clouée au mur. Alors on prenait des mesures en silence, on prélevait calmement des échantillons, on braquait des projecteurs pour prendre des clichés dans un silence vaguement religieux. Armand, malgré son expérience, arborait un visage d'une pâleur presque surnaturelle, enjambait les scotchs tendus par l'Identité avec une lenteur de cérémonie et semblait craindre qu'un de ses gestes ne réveille soudainement la fureur dans laquelle baignait encore le lieu. Quant à Maleval, il continuait de vomir tripes et boyaux dans son sac plastique entre deux tentatives pour rejoindre l'équipe mais retournait aussitôt sur ses pas, suffoquant, littéralement asphyxié par les odeurs d'excréments et de chair dépecée.

L'appartement était très vaste. Malgré le désordre, on voyait que la décoration avait été étudiée. Comme dans bien des lofts, l'entrée donnait directement dans le salon, une pièce immense aux murs de ciment peint en blanc. Celui de droite était recouvert d'une reproduction photographique de dimension gigantesque. Un recul maximum était nécessaire pour percevoir la forme d'ensemble. C'était une photo que Camille avait déjà croisée ici et là.

Il tentait de s'en souvenir, le dos collé à la porte d'entrée.

— Un génome humain, dit Louis.

C'était ça. Une reproduction de la carte d'un génome humain, retravaillée par un artiste, rehaussée à l'encre de Chine et au fusain.

Une large baie vitrée donnait sur la banlieue pavillonnaire, au loin, derrière un rideau d'arbres qui n'avaient pas encore eu le temps de pousser. Une fausse peau de vache était fixée sur un mur, large bande de cuir rectangulaire avec des taches noires et blanches. Sous le cuir de vache, un canapé de cuir noir d'une dimension extraordinaire, un canapé hors norme, peut-être même fabriqué à la dimension exacte du mur, allez savoir quand vous n'êtes pas chez vous, que vous êtes dans un autre monde où l'on colle au mur des photographies géantes du génome humain et où l'on coupe en morceaux des filles après leur avoir vidé le ventre… Par terre, devant le canapé, un numéro d'une revue intitulée *Gentlemen's Quaterly*. À droite, un bar plutôt bien approvisionné. À gauche, sur une table basse, un téléphone avec répondeur. À côté, sur une console de verre fumé, une télévision grand écran.

Armand s'était agenouillé devant l'appareil. Camille, qui, du fait de sa taille, n'en avait jamais l'occasion, posa sa main sur son épaule et dit :

— Fais voir ça, en désignant le magnétoscope.

La cassette était rembobinée. On vit un chien, un berger allemand, coiffé d'une casquette de base-ball, en train de peler une orange en la tenant entre ses pattes et d'en manger les quartiers. Ça ressemblait à une de ces émissions imbéciles de vidéo-gag, avec des plans très amateurs, des cadrages prévisibles et brutaux. Dans le coin du bas à droite, le logo « US-gag » avec une minuscule caméra dessinée en train de sourire à belles dents.

Camille dit :

— Laisse courir, on ne sait jamais…

Et il s'intéressa au répondeur. La musique qui précédait le message semblait choisie en fonction des goûts du moment. Quelques années plus tôt, c'eût été le *Canon* de Pachelbel. Camille crut reconnaître *Le Printemps* de Vivaldi.

— *L'Automne*, murmura Louis, concentré, le regard rivé au sol. Puis : « Bonsoir ! (Voix d'homme, ton cultivé, articulation soignée, la quarantaine peut-être, diction bizarre.) J'en suis désolé mais à l'heure où vous appelez, je suis à Londres. (Il lit son texte, une voix un peu haute, nasillarde.) Laissez-moi un message après le signal sonore (un peu haute, sophistiquée, homosexuel ?), je vous rappelle dès mon retour. À bientôt. »

30

— Il utilise un brouilleur de son, lâcha Camille.

Et il s'avança vers la chambre.

Une vaste penderie recouverte de miroirs occupait tout le mur du fond. Le lit était lui aussi couvert de sang et d'excréments. Le drap du dessous, écarlate, avait été tiré et roulé en boule. Une bouteille vide de Corona gisait au pied du lit. À sa tête, un énorme lecteur de CD portable et des doigts coupés disposés en corolle. Près du lecteur, écrasée d'un coup de talon sans doute, la boîte ayant contenu un CD des Traveling Wilburys. Au-dessus du lit japonais, très bas et sans doute très dur, était tendue une peinture sur soie dont les geysers de rouge allaient très bien dans le tableau. Pas d'autres vêtements qu'une série de paires de bretelles curieusement nouées ensemble. Camille jeta un coup d'œil de biais dans la penderie que l'Identité avait laissée entrouverte : rien d'autre qu'une valise.

— Quelqu'un a regardé là-dedans ? interrogea Camille à la cantonade.

On répondit « Pas encore » d'un ton dépourvu d'émotion. « Visiblement, je les emmerde », pensa Camille.

Il se pencha près du lit, pour déchiffrer l'inscription portée sur une pochette d'allumettes jetée au sol : Palio's, en lettres penchées, rouges sur fond noir.

— Ça te dit quelque chose ?

— Non, rien.

Camille appela Maleval mais, voyant le visage décomposé du jeune homme se dessiner timidement au chambranle de la porte d'entrée, il lui fit signe de rester dehors. Ça attendrait.

La salle de bains était uniformément blanche, à l'exception d'un mur recouvert d'un papier peint imprimé dalmatien. La baignoire était, elle aussi, couverte de traces de sang. Au moins une des filles était soit montée, soit sortie de là dans un piteux état. L'évier semblait avoir été utilisé pour laver quelque chose, les mains des meurtriers peut-être.

Maleval fut chargé d'aller rechercher le propriétaire de l'appartement puis, accompagné de Louis et d'Armand, Camille ressortit, laissant les techniciens achever de prendre leurs notes et leurs repères. Louis sortit un de ces petits cigares qu'en présence de Camille il s'interdisait d'allumer au bureau, en voiture, au restaurant, bref à peu près partout sauf dehors.

Côte à côte, les trois hommes regardèrent en silence la zone immobilière. Échappés soudainement de l'épouvante, ils semblèrent trouver au décor sinistre de l'endroit quelque chose de rassurant, de vaguement humain.

— Armand, tu vas commencer à faire les environs, dit enfin Camille. On t'envoie Maleval dès son retour. Vous la jouez discret, hein… On a assez d'emmerdements comme ça.

Armand fit un signe d'assentiment mais son œil reluquait la petite boîte de cigares de Louis. Il lui tapait son premier cigare de la journée lorsque Bergeret sortit les rejoindre.

— Il faudra du temps.

Puis il tourna les talons. Bergeret avait commencé sa carrière dans l'armée. Style direct.

— Jean ! appela Camille.

Bergeret se retourna. Beau visage obtus, l'air de qui sait camper sur ses positions et s'arc-bouter sur l'absurdité du monde.

— Priorité absolue, dit Camille. Deux jours.

— Sûrement, tiens ! lâcha l'autre en lui tournant résolument le dos.

Camille se retourna vers Louis et fit un geste résigné.

— Des fois, ça marche…

6

Le loft de la rue Félix-Faure avait été aménagé par une société spécialisée en investissement immobilier, la SOGEFI.

11 h 30, quai de Valmy. Bel immeuble, en face du canal, avec de la moquette marbrée partout, du verre partout et une hôtesse avec des seins partout. La carte de la PJ, un rien d'affolement, puis l'ascenseur, re-moquette marbrée (couleurs inversées), la porte à double battant d'un bureau immense, une gueule d'empeigne du nom de Cottet, asseyez-vous, sûr de soi, vous êtes sur mon territoire, en quoi puis-je vous rendre service mais je n'ai pas beaucoup de temps à vous consacrer.

En fait, Cottet ressemblait à un château de cartes. Il était de ces hommes qu'un rien peut ébranler. Grand, il donnait l'impression d'habiter une carcasse d'emprunt. Il était visiblement habillé par sa femme qui avait son idée sur le bonhomme et pas la meilleure. Elle l'imaginait en chef d'entreprise dominateur (costume gris clair), décideur (chemise à fines rayures bleues) et pressé (chaussures italiennes à bouts pointus) mais concédait qu'il n'était, somme toute, qu'un cadre moyen un rien m'as-tu-vu (cravate voyante) et passablement vulgaire (chevalière en or et boutons de manchettes assortis). Lorsqu'il vit Camille débarquer dans son bureau, il échoua lamentablement à son examen de passage en haussant les sourcils d'un air de surprise, se reprit et fit comme si de rien n'était. La plus mauvaise solution, selon Camille, qui les connaissait toutes.

Cottet était de ceux qui voient la vie comme une affaire sérieuse. Il y avait les affaires dont il pouvait dire « c'est du billard », celles qu'il déclarait « épineuses » et enfin les « sales affaires ». À la simple vue du visage de Camille, il comprit que la circonstance présente allait échapper à ses catégories.

C'est souvent Louis, dans ces cas-là, qui prenait l'initiative. Louis était patient. Louis était très pédagogue parfois.

— Nous avons besoin de savoir par qui et dans quelles conditions cet appartement a été occupé. Et c'est assez urgent, évidemment.

— Évidemment. De quel appartement s'agit-il ?

— 17 rue Félix-Faure, à Courbevoie.

Cottet pâlit.

— Ah…

Puis le silence. Cottet regardait son sous-main comme un poisson, l'air atterré.

— M. Cottet, reprit alors Louis de son ton le plus calme et le plus appliqué, je crois qu'il vaudrait mieux, pour vous et pour votre société, nous expliquer tout cela, très tranquillement et très complètement… Prenez votre temps.

— Oui, bien sûr, répondit Cottet.

Puis il leva vers eux un regard de naufragé.

— Cette affaire ne s'est pas passée… comment dire… d'une manière tout à fait habituelle, voyez-vous…

— Pas très bien, non, répondit Louis.

— Nous avons été contactés en avril dernier. La personne…

— Qui ?

Cottet leva les yeux vers Camille, son regard sembla se perdre un instant par la fenêtre pour y chercher une aide, un réconfort.

— Haynal. Il s'appelait Haynal. Jean. Je crois…

— Vous croyez ?

— C'est ça, Jean Haynal. Il s'intéressait à ce loft de Courbevoie. Pour tout vous dire, poursuivit Cottet en reprenant de l'assurance, ce programme n'est pas très facile à rentabiliser… Nous avons beaucoup investi et sur l'ensemble de la friche industrielle où nous avons déjà aménagé quatre programmes individuels, les résultats ne sont pas encore très convaincants. Oh, rien d'alarmant non plus, mais…

Ses circonlocutions agaçaient Camille.

— En clair, vous en avez vendu combien ? coupa-t-il.

— Aucun.

Cottet le regardait fixement comme si ce mot « aucun » revenait, pour lui, à une condamnation à mort. Camille aurait parié que cette aventure immobilière les avait mis, lui et son entreprise, dans une situation très, très embarrassante.

— Je vous en prie… l'encouragea Louis, poursuivez…

— Ce monsieur ne désirait pas acheter, il voulait louer pour une durée de trois mois. Il disait représenter une entreprise de production cinématographique. J'ai refusé. C'est une chose que nous ne faisons pas. Trop de risques quant au recouvrement, trop de frais et pour trop peu de temps, vous comprenez. Et puis notre métier, c'est de vendre des programmes, pas de jouer les agences immobilières.

Cottet avait lâché cela d'un ton méprisant qui en disait long sur la difficulté de la situation qui l'avait contraint à se transformer lui-même en agent immobilier.

— Je comprends, dit Louis.

— Mais nous sommes soumis à la loi de la réalité, n'est-ce pas, ajouta-t-il comme si ce trait d'esprit montrait qu'il avait aussi de la culture. Et ce monsieur...

— Payait en liquide ? demanda Louis.

— Oui, en liquide, et...

— Et il était prêt à payer cher, ajouta Camille.

— Trois fois le prix du marché.

— Comment était cet homme ?

— Je ne sais pas, dit Cottet, je ne l'ai eu qu'au téléphone.

— Sa voix ? demanda Louis.

— Voix claire.

— Et ensuite ?

— Il a demandé à visiter le loft. Il voulait faire des photos. Nous sommes convenus d'un rendez-vous. C'est moi qui suis allé sur place. Là, j'aurais dû me douter...

— De quoi ? demanda Louis.

— Le photographe... Il n'avait pas l'air, comment dire... très professionnel. Il est venu avec une sorte de Polaroid. Il posait chaque photo qu'il faisait par terre, les unes à côté des autres, bien rangées, comme s'il craignait de les mélanger. Il consultait un papier avant chaque prise de vue, comme s'il suivait des instructions sans les comprendre. Je me suis dit que ce type était photographe comme moi je suis...

— Agent immobilier ? risqua Camille.

36

— Si vous voulez, dit Cottet en le fusillant du regard.

— Et vous pourriez le décrire? reprit Louis pour assurer une diversion.

— Vaguement. Je ne suis pas resté longtemps sur place. Je n'avais rien à y faire, et perdre deux heures dans un local vide pour regarder un type prendre des photos… Je lui ai ouvert. je l'ai regardé un peu travailler et je suis parti. Quand il a eu terminé, il a remis les clés dans la boîte aux lettres, c'était un double, ça pouvait attendre.

— Comment était-il?

— Moyen…

— C'est-à-dire? insista Louis.

— Moyen! s'emporta Cottet. Qu'est-ce que vous voulez que je vous dise, moi : taille moyenne… âge moyen… moyen, quoi!

Suivit alors un silence pendant lequel chacun des trois hommes sembla méditer sur la désespérante moyenne du monde.

— Et le fait que ce photographe soit si peu professionnel, demanda Camille, vous a semblé une garantie de plus, n'est-ce pas?

— Oui, je l'avoue, répondit Cottet. C'était payé en espèces, pas de contrat et je pensais qu'un film… enfin, pour… ce genre de film, nous n'aurions pas de problème avec le locataire.

Camille se leva le premier. Cottet les raccompagna jusqu'à l'ascenseur.

— Vous devrez signer une déposition, bien sûr, lui expliqua Louis, comme s'il parlait à un enfant, vous pourriez être aussi amené à comparaître, alors…

Camille l'interrompit.

— Alors, vous ne touchez à rien. Ni à vos livres, ni à quoi que ce soit. Avec le fisc, vous vous débrouillerez tout seul. Pour le moment nous avons deux filles coupées en morceaux. Alors, maintenant, même pour vous, c'est ça l'essentiel.

Cottet avait le regard perdu, comme s'il cherchait à mesurer des conséquences qu'il pressentait catastrophiques, et sa cravate bariolée jurait tout à coup comme une lavallière sur la poitrine d'un condamné à mort.

— Vous avez des photographies, des plans ? demanda Camille.

— Nous avons réalisé une très belle plaquette de présentation… commença Cottet avec un large sourire de cadre commercial, mais il se rendit compte de l'incongruité de sa satisfaction et relégua aussitôt son sourire dans les pertes et profits.

— Faites-moi parvenir tout ça au plus tôt, dit Camille en tendant sa carte.

Cottet la prit comme s'il craignait les brûlures.

En redescendant, Louis évoqua brièvement les « avantages » de la standardiste. Camille répondit qu'il n'avait rien remarqué.

7

Même avec deux équipes, l'Identité devrait passer une grande partie de la journée sur place. Le ballet inévitable des voitures, des motos et des camionnettes provoqua un premier attroupement en fin de matinée. C'était à se demander comment des gens avaient eu l'idée de venir jusque-là. Ça ressemblait à la montée des morts vivants dans un film de série B. La presse fut sur place une demi-heure plus tard. Évidemment pas de photos de l'intérieur, évidemment pas de déclaration, mais avec les premières fuites, sur le coup de 14 heures, le sentiment qu'il valait mieux dire quelque chose que laisser la presse livrée à elle-même. De son portable, Camille appela Le Guen et lui fit part de son inquiétude.

— Ici aussi, ça fait déjà du bruit… lâcha Le Guen.

Camille sortit de l'appartement avec une seule ambition : en dire le moins possible.

Pas tant de monde que ça, quelques dizaines de badauds, une petite dizaine de reporters et au premier coup d'œil aucune pointure, que des pigistes et des bouche-trous, l'occasion inespérée de désamorcer la situation et de gagner quelques jours précieux.

Camille avait deux bonnes raisons d'être connu et reconnu. Son savoir-faire lui avait apporté une solide réputation que son mètre quarante-cinq avait transformée en une petite notoriété. Quoiqu'il soit difficile à cadrer dans l'objectif, les journalistes se pressaient volontiers pour interroger ce petit homme à la voix sèche et tranchante. Ils le trouvaient peu loquace mais « carré ».

En certaines occasions, mince avantage au regard des inconvénients, son physique lui avait servi. À peine entrevu, on ne l'oubliait pas. Il avait déjà refusé plusieurs émissions de télévision, se sachant invité dans l'espoir de l'entendre prononcer la tirade délicieusement émotionnelle de celui qui a « magnifiquement surmonté le handicap ». Visiblement les animateurs salivaient en imaginant un reportage d'accroche montrant Camille dans sa voiture d'handicapé, toutes les commandes au volant mais gyrophare sur le toit. Camille ne voulait pas de tout ça et pas seulement parce qu'il détestait conduire. Sa hiérarchie lui en avait su gré. Une fois pourtant, une seule, il avait hésité. Un jour d'orage sombre. Avec de la colère. Un jour sans doute, où il avait fallu faire un trop long trajet en métro, sous des regards fuyants ou goguenards. On lui avait proposé une intervention sur France 3. Après le pathos habituel sur la prétendue mission d'intérêt public qu'il se devait d'incarner, son interlocuteur lui avait fait comprendre à mots couverts qu'il n'y perdrait pas, s'imaginant sans doute que le désir de célébrité taraudait la terre entière. Non, c'était le jour où il s'était cassé la gueule dans la baignoire. Jour de poisse pour les nains. Il avait dit d'accord, la hiérarchie avait fait semblant de consentir de bon cœur.

En arrivant aux studios, passablement déprimé de céder à ce qui n'était même plus une tentation, il avait dû emprunter l'ascenseur. La femme qui l'y avait rejoint, des bobines et des papiers plein les bras, lui avait demandé à quel étage il allait. Camille avait désigné, avec un regard fataliste, le bouton du quinzième, perché à une hauteur vertigineuse. Elle avait fait un très joli sourire mais, dans son effort pour atteindre le bouton, avait aussitôt lâché les bobines. Lorsque l'ascenseur était arrivé à destination, ils étaient encore à quatre pattes à ramasser les boîtiers ouverts et rassembler les papiers. Elle l'avait remercié.

— Quand je pose du papier peint, c'est pareil, l'avait rassuré Camille. Ça vire tout de suite au cauchemar…

La femme avait ri. Elle avait un beau rire.

Il avait épousé Irène six mois plus tard.

Les journalistes étaient pressés.

Il lâcha :

— Deux victimes.

— Qui ?

— On n'en sait rien. Des femmes. Jeunes…

— Quel âge ?

— Dans les vingt-cinq ans. C'est tout ce qu'on peut dire pour l'instant.

— Les corps sortent quand ? demanda un photographe.

— Ça va venir, on est un peu en retard. Des problèmes techniques…

Un trou dans les questions, la bonne occasion pour s'engouffrer :

— On ne dira pas grand-chose maintenant mais honnêtement rien de très exceptionnel. Nous n'avons pas beaucoup d'éléments, voilà tout. On devrait faire le point demain soir. D'ici là, il vaudrait mieux laisser les gars du labo travailler…

— Et qu'est-ce qu'on dit ? demanda un jeune gars blond au regard d'alcoolique.

— On dit : deux femmes, on ne sait pas encore qui. On dit : tuées, il y a un jour ou deux, on ne sait pas par qui et on ne sait pas encore ni comment ni pourquoi.

— C'est mince !

— C'est ce que j'essaie de vous expliquer.

On pouvait difficilement en dire moins. Il y eut un instant de perplexité dans les rangs.

Et arriva, à cet instant précis, ce que Camille désirait le moins. La camionnette de l'Identité avait reculé mais n'avait pu s'approcher suffisamment de l'entrée du loft à cause d'une jardinière en béton plantée là pour une raison très mystérieuse. Le chauffeur était alors descendu pour ouvrir largement les deux portes arrière et, dans la seconde qui suivit, deux autres types de l'Identité étaient sortis l'un derrière l'autre. L'attention, jusqu'alors distraite des reporters, céda soudain à un intérêt passionné lorsque la porte du loft laissa clairement apparaître un mur du salon couvert d'une immense gerbe de sang, jeté à la diable comme sur une toile de Pollock. Comme si cette vision avait encore besoin d'une confirmation, les deux types de l'Identité commencèrent à charger consciencieusement dans la camionnette des sacs plastique soigneusement fermés avec les étiquettes de l'Institut médico-légal.

Or, les journalistes sont un peu comme des employés de pompes funèbres, ils vous estiment la longueur d'un corps au premier coup d'œil. Et en voyant sortir les sacs, tout le monde devina que tout ça était en morceaux.

— Merde ! lâcha le chœur des reporters.

Le temps pour le cordon de sécurité d'élargir le périmètre de sécurité, les photographes avaient mitraillé la première sortie. La petite meute se scinda spontanément en deux comme une cellule de cancer, les uns mitraillant la camionnette en hurlant : « Par ici ! » pour attirer le regard des macabres déménageurs et leur faire marquer un temps d'arrêt, les autres empoignant leurs téléphones portables pour appeler du renfort.

— Et merde ! confirma Camille.

Un vrai travail d'amateur. À son tour, il sortit son portable et passa les inévitables coups de fil qui signaient son entrée dans l'œil du cyclone.

42

L'Identité avait bien travaillé. Deux fenêtres avaient été entrouvertes pour faire un courant d'air et les odeurs du matin s'étaient suffisamment dissipées pour que les mouchoirs et les gazes de chirurgie ne soient plus nécessaires.

Les lieux d'un crime sont parfois plus angoissants à ce stade qu'en présence des cadavres parce qu'il semble que la mort a frappé une seconde fois en les faisant disparaître.

Ici, c'était pire encore. N'étaient restés sur place que les laborantins, avec leurs appareils photo, leurs mètres électroniques, leurs pinces à épiler, flacons, sachets plastique, produits révélateurs et c'était maintenant comme s'il n'y avait jamais eu de corps ou que la mort leur avait refusé l'ultime dignité de s'incarner en quelque chose d'autrefois vivant. Les déménageurs avaient ramassé et emporté les bouts de doigts, les têtes, les ventres ouverts. Ne restaient que les traces de sang et de merde et, débarrassé de l'horreur nue, l'appartement prenait maintenant une tout autre allure. Et même, aux yeux de Camille, une allure sacrément bizarre. Louis regarda son patron avec prudence, lui trouvant un drôle d'air, comme s'il cherchait une solution de mots croisés, un grand pli sur le front, les sourcils tendus.

Louis avança dans la pièce, marcha jusqu'à la console TV et le bloc téléphone, Camille fit un tour dans la chambre. Ils déambulaient dans l'espace comme deux visiteurs dans un musée, curieux de découvrir ici ou là un nouveau détail passé jusqu'ici inaperçu. Un peu plus tard, ils se croisèrent dans la salle de bains, toujours pensifs. Louis alla inspecter la chambre à son tour, Camille regardait par la fenêtre pendant que les techniciens de l'Identité débranchaient les projecteurs, roulaient les plastiques et les câbles, fermaient une à une les mallettes et les caisses. À mesure qu'il déambulait dans le décor, Louis, l'esprit aiguisé par l'air préoccupé de Camille, faisait fonctionner ses neurones. Et peu à peu, il commença à arborer lui aussi un air plus sérieux encore que d'habitude, comme s'il effectuait mentalement une opération à huit chiffres.

Il retrouva Camille dans le salon. Au sol, était ouverte la valise trouvée dans la penderie (cuir beige, haute qualité, capitonnée à l'intérieur avec des coins métalliques comme les fly-cases), que les techniciens n'avaient pas encore embarquée. Elle contenait un costume, un chausse-pied, un rasoir électrique, un porte-billets, une montre de sport et une photocopieuse de poche.

Un technicien, qui avait dû sortir quelques instants, revint en annonçant à Camille :

— Dure journée, Camille, la télé vient d'arriver…

Puis, suivant des yeux les larges traces de sang qui sillonnaient la pièce, il ajouta :

— Avec ça, tu vas avoir le 20 heures pendant quelque temps.

10

— Une belle préméditation, dit Louis.

— À mon sens, c'est plus compliqué que ça. Et pour tout dire, ça ne colle pas.

— Ça ne colle pas ?

— Non, dit Camille. Tout ce qui se trouve ici est quasiment neuf. Canapé, lit, tapisserie, tout. J'imagine mal qu'on fasse de telles dépenses dans le seul but de tourner un film porno. On prend du mobilier d'occasion. Ou on loue un appartement meublé. D'ailleurs, généralement on ne loue pas. On utilise ce qu'on trouve de gratuit.

— Un snuff movie ? demanda Louis.

Le jeune homme désignait l'un de ces films pornographiques dans lesquels, à la fin, on tue réellement. Les femmes, bien sûr.

— J'y ai pensé, dit Camille. Oui, possible…

Mais tous deux savaient que la vague de ces productions était maintenant passée. Et l'arrangement savant et coûteux qu'ils avaient sous les yeux correspondait mal à cette hypothèse.

Camille continua de déambuler en silence dans la pièce.

— L'empreinte de doigt, là, sur le mur, est trop appliquée pour être involontaire, reprit-il.

— On ne peut rien voir de l'extérieur, renchérit Louis. La porte était fermée, ainsi que les fenêtres. Le crime n'a été découvert par personne. En toute logique, c'est un des meurtriers qui nous a prévenus. C'est à la fois prémédité et revendiqué. Mais j'imagine mal un homme seul faire un pareil carnage…

— Ça, on verra. Non, moi, dit Camille, ce qui m'intrigue le plus, c'est de savoir pourquoi il y a un message sur le répondeur.

Louis le fixa un moment, surpris de perdre le fil aussi vite.

— Pourquoi ? demanda-t-il.

— Ce qui me chagrine, c'est qu'il y ait tout ce qu'il faut, téléphone, répondeur sauf l'essentiel : il n'y a pas de ligne…

— Quoi?

Louis se leva d'un bond, tira le fil du téléphone puis le meuble. Seulement la prise électrique, le téléphone n'était relié à rien.

— La préméditation n'est pas masquée. Rien n'a été fait pour la dissimuler. Au contraire, on dirait que tout est mis là en évidence… Ça fait beaucoup.

Camille fit de nouveau quelques pas dans la pièce, les mains dans les poches et se planta à nouveau devant la cartographie du génome.

— Oui, conclut-il. Là, ça fait beaucoup.

11

Louis arriva le premier, suivi d'Armand. Et lorsque Maleval, qui terminait une conversation sur son portable, les rejoignit, toute l'équipe de Camille, que certains, par respect ou par dérision, appelaient la « brigade Verhœven », se retrouva au complet. Camille passa rapidement ses notes en revue puis regarda ses collaborateurs.

— Votre avis… ?

Les trois hommes se regardèrent.

— Il faudrait savoir d'abord combien ils sont, risqua Armand. Plus ils auront été nombreux, plus on a de chances de les retrouver.

— Un seul type n'a pas pu faire un truc pareil tout seul, dit Maleval, c'est pas possible.

— Pour en être certain, il faudra attendre les résultats de l'Identité et de l'autopsie. Louis, tu fais le point sur la location du loft.

Louis raconta brièvement leur visite à la SOGEFI. Camille en profita pour observer Armand et Maleval.

Les deux hommes étaient l'antithèse l'un de l'autre, l'un l'excès et l'autre le défaut. Jean-Claude Maleval avait 26 ans, un charme dont il abusait comme il abusait de tout, des nuits, des filles, du corps. Le genre d'homme qui ne s'économise pas. Il exhibait, d'un bout de l'année à l'autre, un visage épuisé. Quand il pensait à Maleval, Camille était toujours vaguement inquiet et se demandait si les turpitudes de son collaborateur nécessitaient beaucoup d'argent. Maleval avait le profil d'un futur ripou comme certains enfants ont l'air de futurs cancres dès la maternelle. En fait, il était difficile de savoir s'il dilapidait sa vie de célibataire comme d'autres leur héritage ou s'il était déjà sur la piste glissante des besoins excessifs. À deux reprises, au cours des derniers mois, il avait surpris Maleval en compagnie de Louis. À chaque fois, les deux hommes avaient semblé gênés, comme pris en faute et Camille était certain que Maleval tapait Louis. Régulièrement, peut-être pas. Il n'avait pas voulu s'en mêler et avait fait comme s'il ne remarquait rien.

Maleval fumait beaucoup de cigarettes blondes, jouissait d'une certaine chance aux courses et d'une prédilection marquée pour le Bowmore. Mais dans la liste de ses valeurs, c'étaient les femmes que Maleval plaçait au plus haut. C'est vrai que Maleval était beau. Grand, brun, un regard qui respirait l'astuce, et aujourd'hui encore le physique du champion de France junior de judo qu'il avait été.

Camille contempla un instant son antithèse, Armand. Pauvre Armand. Inspecteur à la Brigade criminelle depuis près de vingt ans, il y en avait bien dix-neuf et demi qu'il jouissait de la réputation du plus sor-

dide radin que la police ait jamais hébergé. C'était
un homme sans âge, long comme un jour sans pain,
les traits creusés, maigre et inquiet. Tout ce qui pouvait définir Armand se situait du côté du manque. Cet
homme était la pénurie incarnée. Son avarice n'avait
pas le charme d'un trait de caractère. C'était une patho-
logie lourde, très lourde, indépassable et qui n'avait
jamais amusé Camille. Au fond, Camille se foutait
comme de l'an quarante de la pingrerie d'Armand mais
après tant d'années à travailler avec lui, il souffrait
toujours de voir le « pauvre Armand » conduit, malgré lui, à d'incroyables bassesses pour ne pas dépenser un centime et à des stratégies extraordinairement
compliquées pour éviter seulement de payer une mauvaise tasse de café. Héritage peut-être de son propre
handicap, Camille souffrait parfois de ces humiliations
comme si elles étaient les siennes. Le plus pathétique
était la réelle conscience qu'Armand avait de son état.
Il en souffrait et de ce fait il était devenu un homme
triste. Armand travaillait en silence. Armand travaillait
bien. À sa manière, il était peut-être même le meilleur
des seconds rôles de la Brigade criminelle. Son avarice
avait fait de lui un policier méticuleux, pointilleux, scrupuleux, capable d'éplucher un annuaire téléphonique
pendant des jours entiers, de planquer d'interminables
heures dans une voiture au chauffage détraqué, d'interroger des rues entières, des professions entières, de
retrouver, au sens propre du terme, une aiguille dans une
meule de foin. Lui eût-on confié un puzzle d'un million
de pièces, Armand n'aurait pas fait autre chose que de
le prendre, de rentrer dans son bureau et de consacrer,
dans leur scrupuleuse intégralité, ses heures de service
à le reconstituer. Peu importait d'ailleurs la matière
de sa recherche. Le sujet n'avait aucune importance.

Son obsession de l'accumulation excluait toute préférence. Elle avait souvent fait des merveilles et, si tout le monde s'accordait à trouver Armand insupportable au quotidien, on admettait sans hésitation que ce flic obstiné, ratisseur, avait quelque chose de plus que les autres, quelque chose d'intemporel qui montrait admirablement à quel point, menée à son extrême limite, une tâche sans intérêt peut confiner au génie. Après avoir usé d'à peu près toutes les blagues possibles sur son avarice, ses collègues avaient peu à peu renoncé à s'en moquer. Personne ne s'en amusait plus. Tout le monde était atterré.

— Bien, conclut Camille lorsque Louis eut terminé son exposé. En attendant les premiers éléments, on va prendre les choses comme elles viennent. Armand et Maleval, vous commencez à pister les indices matériels, tout ce qui a été trouvé sur place, la provenance des meubles, des objets, bibelots, vêtements, linge, etc. Louis, tu t'occupes de la bande vidéo, la revue américaine, bref, de tout ce qui est exotique, mais tu ne t'éloignes pas. Si quelque chose de nouveau intervient, Louis se charge de la communication. Des questions ?

Il n'y avait pas de questions. Ou il y en avait trop, ce qui revenait au même.

12

La police de Courbevoie avait été informée du crime le matin par un appel anonyme. Camille descendit en écouter l'enregistrement.

« Il y a eu meurtre. Rue Félix-Faure. Au 17. »

C'était assurément la même voix que celle du répondeur téléphonique, avec la même déformation, due sans doute au même appareil.

Camille passa les deux heures suivantes à remplir des formulaires, des constats, des questionnaires, à remplir les blancs du texte avec les inconnues de l'enquête en se demandant sans cesse à quoi tout ça rimait.

Soumis aux nécessités de la vie administrative, il se sentait souvent atteint d'une sorte de strabisme mental. De son œil droit, il renseignait des formulaires, se pliait aux exigences de la statistique locale et rédigeait, dans le style réglementaire, des PV et des rapports d'intervention tandis que sur la rétine de son œil gauche restaient collées des images de corps éteints jetés sur le sol, de plaies noires de sang coagulé, de visages ravagés par la douleur et la lutte désespérée pour rester vivant, l'ultime regard d'incompréhension devant l'évidence de la mort certaine, toujours surprenante.

Et parfois, tout cela se superposait. Camille surprit l'image de doigts de femmes coupés, disposés en corolle dans le logo de la Police judiciaire… Il posa ses lunettes sur le bureau et se massa lentement les sourcils.

13

Bergeret, le responsable de l'Identité, en bon militaire qu'il avait été, n'était pas homme à se précipiter ni, satisfait de son importance, à répondre aux urgences de quiconque. Mais sans doute Le Guen avait-il usé de son influence (combat de titans entre les deux hommes, deux inerties s'affrontant dans un corps à corps pathétique, comme dans un combat de sumos filmé au ralenti). Toujours est-il qu'en fin d'après-midi, Camille disposa des premiers éléments provenant de l'Identité.

Deux jeunes femmes, donc, entre 20 et 30 ans. Blondes toutes les deux. L'une, 1,65 m, 50 kg, une tache de vin au genou (intérieur gauche), bonne denture, forte poitrine, l'autre, à peu près la même taille, à peu près le même poids, aussi bonne denture, pas de signe particulier, assez forte poitrine également. Les deux victimes avaient pris un repas au cours des trois à cinq heures ayant précédé la mort : crudités, carpaccio, et vin rouge. L'une des victimes avait choisi des fraises au sucre, l'autre un sorbet au citron. Toutes deux avaient également bu du champagne. Une bouteille de Moët Hennessy brut et deux coupes retrouvées sous le lit portaient leurs empreintes. C'est avec les doigts découpés et regroupés que la trace sanguinolente avait été faite sur le mur. La reconstitution du *modus operandi*, expression dont raffolent tous ceux qui n'ont jamais fait de latin, allait évidemment prendre davantage de temps. Dans quel ordre avaient-elles été découpées en morceaux, de quelle manière, et avec quoi ? Avait-il fallu un seul ou plusieurs hommes (ou femmes ?), avaient-elles été violées, comment (ou avec quoi ?). Autant d'inconnues dans cette équation macabre que Camille avait pour mission de résoudre.

Détail plus étrange : l'empreinte si nette d'un majeur, apposée sur le mur, n'était pas réelle mais réalisée avec un tampon encreur.

Camille n'avait jamais nourri de suspicion particulière à l'égard de l'informatique, mais certains jours il ne pouvait s'empêcher de penser que ces machines avaient vraiment une sale âme. À peine tombés les premiers éléments de l'Identité, l'ordinateur du fichier central lui en apporta une confirmation en lui donnant le choix entre une bonne et une mauvaise nouvelle. Pour la bonne nouvelle, il lui servait l'identité de l'une des deux victimes, retrouvée à partir de ses empreintes. Une certaine Évelyne Rouvray, 23 ans, demeurant à Bobigny, connue des services de police pour prostitution. Et pour la mauvaise, elle signait clairement le retour du refoulé et lui faisait revenir en pleine tête ce qu'il avait maladroitement tenté de chasser quelques minutes plus tôt. La fausse empreinte trouvée sur le mur correspondait à une autre affaire, remontant au 21 novembre 2001 et dont le dossier lui fut remonté aussitôt.

14

Le dossier, lui aussi, avait une sale âme. Sur ce point, tout le monde était d'accord. Seul un flic suicidaire aurait pu souhaiter être chargé de cette affaire qui avait déjà fait beaucoup trop parler d'elle. À l'époque, les reporters s'étaient livrés à des commentaires sans fin sur la fausse empreinte d'un doigt plongé dans l'encre noire apposée sur l'un des orteils de la victime. Pendant quelques semaines, la presse en avait véhiculé les détails sous divers labels. On avait parlé du « crime de Tremblay », de « la décharge tragique », la palme revenant, comme souvent, au *Matin* qui avait couvert l'affaire en évoquant « la jeune fille fauchée par la mort ».

Camille connaissait cette affaire comme tout le monde, ni plus ni moins, mais son aspect spectaculaire lui fit penser que l'œil du cyclone avait brusquement réduit son diamètre.

La relance de l'affaire de Tremblay modifiait la donne. Si le type se mettait à découper des filles en morceaux aux quatre coins de la banlieue parisienne, on pouvait s'attendre à en découvrir de nouvelles jusqu'à ce qu'on l'arrête. À quel genre de client avait-on affaire ? Camille décrocha son téléphone, appela Le Guen et lui fit part de la nouveauté.

— Merde, lâcha sobrement Le Guen.

— On peut dire ça, oui.

— La presse va adorer.

— Elle adore déjà, j'en suis sûr.

— Comment « déjà » ?

— Qu'est-ce que tu veux, expliqua Camille, cette Maison est une véritable passoire. Les pigistes étaient à Courbevoie une heure après nous…

— Et… ? demanda Le Guen inquiet.

— Et la télé dans la foulée, concéda Camille à regret.

Le Guen observa quelques secondes de silence que Camille mit aussitôt à profit.

— Je veux un profil psychologique de ces types, demanda-t-il.

— Pourquoi « ces types » ? Tu as plusieurs empreintes ?

— Ce type, ces types… Qu'est-ce que j'en sais, moi !

— D'accord. C'est le juge Deschamps qui a été saisi. Je vais l'appeler pour faire commettre un expert.

Camille, qui n'avait jamais travaillé avec ce juge, se souvenait, pour l'avoir parfois croisée, d'une femme d'une cinquantaine d'années, mince, élégante et d'une laideur extravagante. Le genre de femme qui défie toute description et qui aime les bijoux en or.

— L'autopsie a lieu demain matin. Si l'expert peut être désigné rapidement, je te l'envoie là-bas pour entendre les premières conclusions.

Camille remit à plus tard la lecture du dossier de Tremblay. Il le ramènerait à la maison. Pour l'heure, il valait mieux se concentrer sur le présent.

15

Dossier d'Évelyne Rouvray.

Née le 16 mars 1980 à Bobigny de Françoise Rouvray et de père inconnu. Sortie de collège après la classe de 3e. Pas d'emploi connu. Première trace en novembre 1996 : flagrant délit de prostitution en voiture à la Porte de la Chapelle. On retient l'atteinte aux mœurs mais pas la prostitution. La fille est encore mineure, c'est plus d'emmerdements qu'autre chose et de toute manière on est appelé à la revoir. Ce qui ne manque pas. Trois mois plus tard, rebelote, la petite Rouvray est ramassée à nouveau sur les boulevards des Maréchaux, à nouveau en voiture et dans la même position. Cette fois elle passe au tribunal, le juge sait qu'ils vont se retrouver régulièrement, cadeau de bienvenue de la justice française pour une petite délinquante qui va devenir grande, huit jours avec sursis. Curieusement, on perd sa trace dès ce moment. Le fait est assez rare. Généralement, la liste des arrestations pour délits mineurs s'allonge au fil des années, parfois au fil des mois si la fille est très active, qu'elle se drogue ou qu'elle attrape le sida, bref, qu'elle a besoin d'argent et qu'elle tapine du matin au soir. Rien de tout ça ici. Évelyne prend ses huit jours avec sursis et disparaît des dossiers. Du moins, jusqu'à ce qu'on la retrouve en morceaux dans un loft de Courbevoie.

16

Dernière adresse connue : Bobigny, cité Marcel Cachin.

Une barre d'immeubles années 70, les portes défoncées, les boîtes aux lettres éventrées, les tags du sol au plafond, au troisième une porte avec un judas et à « Police, ouvrez ! », un visage ravagé, celui de la mère, déjà plus d'âge.

— Madame Rouvray ?

— Nous voudrions vous parler de votre fille Évelyne.

— Elle habite plus ici.

— Où habitait… où habite-t-elle ?

— J'en sais rien. Je suis pas la police.

— Nous, si, et il vaudrait mieux nous aider… Évelyne a eu des ennuis, de gros ennuis.

Intriguée.

— Quel genre d'ennuis ?

— Nous voudrions son adresse…

Hésitante. Camille et Louis sont toujours sur le palier, prudents. Et expérimentés.

— C'est important…

— Elle est chez José. Rue Fremontel.

La porte va se refermer.

— José comment ?

— J'en sais rien. José, c'est tout.

Cette fois, Camille bloque la porte du pied. La mère ne veut rien savoir des ennuis de sa fille. D'autres chats à fouetter, manifestement.

— Évelyne est morte, madame Rouvray.

À cet instant, métamorphose. La bouche s'arrondit, les yeux se remplissent de larmes, pas un cri, pas un soupir, seulement des larmes qui se mettent à couler et Camille soudain la trouve belle, inexplicablement, quelque chose du visage qu'avait ce matin la petite Alice, les bleus en moins, sauf à l'âme. Il regarde Louis, puis elle de nouveau. Elle tient toujours la porte, les yeux baissés vers le sol. Et pas un mot, pas une question, le silence et les larmes.

— Il faudrait venir reconnaître le corps…

Elle n'écoute plus. Elle a relevé la tête. Elle fait signe qu'elle a compris et toujours pas un mot. La porte se referme très doucement. Camille et Louis sont contents d'avoir su rester sur le palier, déjà prêts à partir, déjà partis, semeurs de drames.

17

José, pour le Central, c'est José Riveiro. 24 ans. Carrière précoce, vols de voiture, violences, arrêté trois fois. Quelques mois de centrale pour participation au hold-up d'une bijouterie à Pantin. Sorti il y a six mois, n'a pas encore refait parler de lui. Avec un coup de chance, il n'est pas chez lui, avec un second coup de chance, il est en fuite et c'est leur homme. Ni Louis ni Camille n'y croient un instant. À voir son dossier, José Riveiro n'a pas le profil d'un tueur fou aux moyens luxueux. D'ailleurs il est là, en jean et en chaussons, pas très grand, un beau visage sombre mais l'air inquiet.

— Salut José. On ne se connaît pas encore.

Entre Camille et lui, c'est tout de suite l'affrontement. José est un vrai mec. Il regarde l'avorton comme s'il s'agissait d'une merde sur le trottoir.

Cette fois, ils sont entrés directement. José ne demande rien, il les laisse passer, sans doute en train de carburer à vingt mille tours sur toutes les raisons que peut avoir la police d'entrer chez lui comme ça sans prévenir. Et ça ne doit pas manquer. Le salon est très petit, organisé autour d'un canapé et d'une télévision. Deux bouteilles de bière vides sur une table basse, une horreur de tableau au mur et une odeur de chaussettes sales, plutôt le genre célibataire. Camille s'avance jusqu'à la chambre. Un vrai délire, des vêtements partout, d'homme, de femme, intérieur sinistre avec le couvre-lit en peluche fluo.

José s'est accoudé contre le chambranle de la porte, contracté, déjà têtu, la tête à ne rien vouloir dire et à se faire avoir dans les grandes largeurs.

— Tu vis seul, José ?

— Pourquoi vous demandez ça ?

— C'est nous qui posons les questions, José. Alors, seul ?

— Non. Il y a Évelyne. Mais elle est pas là.

— Et qu'est-ce qu'elle fait Évelyne ?

— Elle cherche du travail.

— Ah… Et elle n'en trouve pas, c'est ça ?

— Pas encore.

Louis ne dit rien, il attend de savoir quelle stratégie Camille va adopter. Mais Camille se sent pris d'une immense fatigue parce que tout ça est prévisible, écrit, et que dans ce métier, même les emmerdements deviennent une formalité. Il opte pour le plus rapide, histoire d'être débarrassé.

— Et tu ne l'as pas vue depuis quand?

— Elle est partie samedi.

— Et ça lui arrive souvent de ne pas rentrer?

— Bah non, justement, dit José.

Et à ce moment, José comprend qu'ils en savent plus que lui, que le pire n'est pas encore arrivé et que ça ne saurait tarder. Il regarde Louis puis Camille, un regard devant lui, un autre vers le bas. Soudain, Camille n'est plus un nain. Il est l'abominable figure de la fatalité, sans compter les conséquences.

— Vous savez où elle est… dit José.

— Elle a été tuée, José. On l'a retrouvée ce matin dans un appartement à Courbevoie.

Ce n'est qu'à cet instant qu'ils ont compris que le petit José aurait une vraie peine. Qu'Évelyne, du temps où elle était entière, vivait là avec lui et que toute putain qu'elle était, il y tenait, que c'est là qu'elle dormait, là, avec lui et Camille regarde son visage effondré, marqué par une incompréhension totale et l'écrasement des vraies catastrophes.

— Qui a fait ça? demande José.

— On n'en sait rien. C'est justement pour ça qu'on est là, José. On voudrait savoir ce qu'elle faisait là-bas.

José fait « non » de la tête. Il n'en sait rien. Une heure plus tard, Camille sait tout ce qu'il y a à savoir sur José, Évelyne et leur petite entreprise privée qui a conduit cette fille pourtant maligne à aller se faire couper en morceaux par un dingue anonyme.

18

Évelyne Rouvray n'avait pas les deux pieds dans le même sabot. Arrêtée une première fois, elle comprend très vite qu'elle est déjà sur la pente savonneuse et que sa vie va dégénérer à la vitesse grand V, il suffit de regarder sa mère. Point de vue dope, elle se limite à une consommation élevée mais vivable, gagne sa vie Porte de la Chapelle et envoie se faire foutre tous ceux qui proposent de payer le double si on se passe de préservatif. Quelques semaines après sa condamnation, José arrive dans sa vie. Ils s'installent rue Fremontel et s'abonnent à Wanadoo. Évelyne passe deux heures par jour à recruter des clients, se rend sur place, c'est toujours José qui l'emmène et qui l'attend. Il joue au flipper dans le café le plus proche. Pas réellement mac, José. Dans cette histoire-là, il sait qu'il n'est pas la tête, la tête c'est Évelyne, organisée, prudente. Jusqu'ici. Beaucoup de clients la reçoivent à l'hôtel. C'est ce qui s'est passé la semaine précédente. Un client l'a reçue dans un Mercure. En ressortant, elle a dit très peu de choses sur le type, pas vicieux, plutôt sympa, du fric. Et justement Évelyne est ressortie avec une proposition. Une partie à trois pour le surlendemain, à elle de trouver une partenaire. La seule exigence du type c'est qu'elles soient à peu près de la même taille, à peu près du même âge. Il veut des gros seins, c'est tout. Alors Évelyne appelle Josiane Debeuf, une fille rencontrée Porte de la Chapelle, c'est pour la nuit, le type sera tout seul et il propose une belle pincée de fric, l'équivalent de deux jours de boulot et sans aucun frais. Il a donné l'adresse de Courbevoie. C'est José qui les conduit toutes les deux. Ils arrivent dans cette banlieue déserte et s'inquiètent un peu. Pour le cas où l'affaire ne serait pas nette, ils conviennent que José restera dans la voiture jusqu'à ce que l'une des filles lui fasse signe que tout va bien. Il est donc dans sa voiture à quelques dizaines de mètres, quand le client leur ouvre la porte. Avec l'éclairage qui vient de l'intérieur, il ne distingue que sa silhouette. L'homme a serré la main des deux filles. José est resté vingt minutes dans sa voiture, jusqu'à ce qu'Évelyne vienne jusqu'à la fenêtre et lui fasse le signe comme convenu. José n'est pas mécontent de repartir, il a prévu de regarder le match du PSG sur Canal Plus.

Lorsqu'ils quittèrent l'appartement de José Riveiro, Camille chargea Louis de rassembler les premiers éléments sur la seconde victime, Josiane Debeuf, 21 ans. La piste ne devait pas être difficile à remonter. Il est bien rare que les occasionnelles des boulevards extérieurs soient inconnues de la police.

19

En retrouvant Irène bien entière, à demi allongée sur le canapé, face à la télévision, les deux mains posées sur son ventre, un beau sourire sur les lèvres, Camille se rendit compte qu'il avait, depuis le matin, des morceaux de femmes plein la tête.

— Ça ne va pas… ? lâcha-t-elle en le voyant rentrer avec son gros dossier sous le bras.

— Si… très bien.

Pour faire diversion, il posa une main sur son ventre en demandant :

— Alors, ça bouge bien, là-dedans ?

Il avait à peine achevé sa phrase que le journal de 20 heures s'ouvrait sur l'image d'une camionnette de l'Identité judiciaire quittant au ralenti la rue Félix-Faure de Courbevoie.

À l'heure où ils étaient arrivés, les cameramen n'avaient évidemment plus eu grand-chose à se mettre sous la dent. Les images montraient sous toutes les coutures l'entrée du loft, portes fermées, quelques allées et venues des derniers techniciens de l'Identité, un gros plan des fenêtres elles aussi fermées. Le commentaire était débité d'une voix grave, comme à l'heure des grandes catastrophes. Ce seul indice suffisait à Camille pour savoir que la presse comptait fermement sur ce fait divers et qu'elle ne le lâcherait pas sans une solide raison. Il espéra un instant qu'un ministre soit rapidement mis en examen.

L'apparition des sacs plastique faisait l'objet d'un traitement de faveur. On n'a pas tous les jours autant de sacs plastique. Le commentaire soulignait le peu qu'on savait du « terrible drame de Courbevoie ».

Irène ne disait rien. Elle regardait son mari qui venait d'apparaître sur l'écran. En sortant du loft en fin de journée, Camille s'était contenté de répéter ce qu'il avait dit quelques heures plus tôt. Mais cette fois, il y avait de l'image. Au milieu d'un cercle de micros tendus à bout de perche il avait été filmé en plongée directe, comme pour souligner l'incongruité de la situation. Par bonheur, le sujet était arrivé assez tard dans les rédactions.

— Ils n'ont pas eu beaucoup de temps pour le montage, commenta Irène en professionnelle.

Les images confirmaient son diagnostic. Le résumé de Camille était discontinu. On n'avait retenu que le meilleur.

— Deux jeunes femmes, dont nous ne connaissons pas encore l'identité, ont été tuées. Il s'agit d'un crime… particulièrement sauvage. (« Qu'est-ce que je suis allé dire un truc pareil ! » se demanda Camille.) L'enquête a été confiée au juge Deschamps. C'est tout ce qu'on peut dire pour le moment. Il faut nous laisser travailler…

— Mon pauvre amour… dit Irène à la fin du sujet.

Après dîner, Camille fit mine de s'intéresser au programme de la télévision mais préféra feuilleter une revue ou deux, puis il sortit quelques papiers du secrétaire qu'il parcourut, le stylo en main, jusqu'à ce qu'Irène lui dise :

— Tu ferais mieux d'aller travailler un peu. Ça te détendrait…

Irène souriait.

— Tu vas te coucher tard ? demanda-t-elle.

— Non, protesta Camille. Je jette juste un œil là-dessus et j'arrive.

20

Il était 23 heures lorsque Camille posa sur son bureau le dossier « 01/12587 ». Dossier épais. Il retira ses lunettes et se massa lentement les paupières. Il aimait bien ce geste. Lui qui avait toujours eu une excellente vue s'était parfois impatienté du moment où il pourrait, lui aussi, l'accomplir. Il y avait deux gestes, en fait. Le premier consistait, d'un mouvement ample, à retirer les lunettes de la main droite en tournant légèrement la tête pour accompagner le geste, pour l'envelopper en quelque sorte. Dans le second, qui en était une version affinée, il y avait, en plus, un sourire un peu énigmatique et, dans les cas parfaits, les lunettes passaient, avec une discrète maladresse, dans la main gauche afin que l'autre puisse se tendre vers le visiteur pour lequel ce geste était accompli comme une offrande esthétique au plaisir de le retrouver. Dans le second geste on retirait les lunettes de la main gauche, en fermant les paupières, on posait les lunettes à portée de main puis on se massait l'arête du nez avec le pouce et le majeur, l'index restant posé sur le front. Dans cette version-là, les yeux restaient fermés. On était censé rechercher dans ce geste une détente après un effort ou une trop longue période de concentration (on pouvait aussi l'accompagner d'un profond soupir si l'on voulait). C'était un geste d'intellectuel légèrement, très légèrement vieillissant.

Une longue habitude des rapports, comptes rendus et procès-verbaux de toutes sortes lui avait appris à naviguer rapidement dans les dossiers volumineux.

L'affaire avait débuté par un coup de téléphone anonyme. Camille rechercha le procès-verbal : *« Il y a eu meurtre à Tremblay-en-France. La décharge de la rue Garnier »*. Décidément, le meurtrier avait sa méthode. C'est fou ce qu'on prend vite des habitudes.

Cette répétition avait évidemment autant de sens que les phrases elles-mêmes. La formule choisie était simple, étudiée, exactement informative. Elle disait clairement qu'il n'y avait ni émoi ni panique, pas le moindre affect. Et la répétition à l'identique de la même formule ne devait rien au hasard. Elle en disait même long sur la maîtrise, réelle ou supposée, du meurtrier se faisant le messager de ses propres crimes.

La victime avait rapidement été identifiée comme Manuela Constanza, jeune prostituée de 24 ans, d'origine espagnole, qui effectuait ses passes dans un hôtel pourri à l'angle de la rue Blondel. Son souteneur, Henri Lambert, dit le gros Lambert – 51 ans, dix-sept arrestations, quatre condamnations dont deux pour proxénétisme aggravé –, avait immédiatement été placé en garde à vue. Le gros Lambert fit rapidement son calcul et préféra avouer sa participation, le 21 novembre 2001, au cambriolage d'un centre commercial de Toulouse, ce qui lui valut une condamnation à huit mois fermes mais lui évita une accusation de meurtre. Camille poursuivit sa lecture du dossier.

Des clichés noir et blanc, d'une stupéfiante précision. Et tout de suite ça : un corps de jeune femme sectionné en deux à la hauteur de la taille.

— C'est pas vrai… lâche Camille. Qu'est-ce que c'est que ce type…

Première photo : un demi-corps est nu, le bas. Les jambes largement ouvertes. Sur la cuisse gauche toute une portion de chair a été arrachée et une large cicatrice, déjà noire, révèle une blessure profonde allant de la taille jusqu'au sexe. À leur position, on devine que les deux jambes ont été brisées à hauteur des genoux. L'agrandissement de la photo d'un orteil montre l'empreinte appliquée d'un doigt à l'aide d'un tampon encreur. La signature. La même que sur le mur du loft de Courbevoie.

Deuxième photo : le demi-corps du haut. Les seins sont criblés de brûlures de cigarettes. Le sein droit a été sectionné. Il ne tient plus au reste du corps que par quelques lambeaux de chair et de peau. Le sein gauche est lacéré au bout. Sur chaque sein, les blessures sont profondes, elles vont jusqu'aux os. Visiblement, la jeune femme a été attachée. On constate encore la marque profonde, comme des brûlures, causée sans doute par des cordes d'un diamètre respectable.

Troisième photo. Gros plan de la tête. L'horreur. Le visage est résumé à une plaie. Le nez a été profondément enfoncé dans la tête. La bouche a été agrandie au rasoir d'une oreille à l'autre. Le visage semble vous regarder en grimaçant un sourire hideux. Toutes les dents ont été cassées. Ne reste plus que cette parodie de sourire. Insupportable. La jeune femme avait des cheveux très noirs, de cette couleur dont les écrivains disent « un noir de jais ».

Camille a le souffle court. Une nausée l'envahit. Il lève les yeux, regarde la pièce et se penche de nouveau sur cette photo. Il ressent, vis-à-vis de cette jeune fille coupée en deux, une certaine familiarité. Il se souvient d'une expression d'un journaliste : « Ce rictus est l'atrocité ultime. » Les deux entailles au rasoir prennent leur source exactement aux commissures des lèvres et montent en arrondi jusqu'au-dessous des lobes des oreilles.

Camille reposa les photos, ouvrit la fenêtre et regarda quelques instants la rue et les toits. Ce crime de Tremblay-en-France remontait à dix-huit mois mais rien ne prouvait qu'il fût le premier. Ni le dernier. La question pourrait bien être maintenant de savoir combien on allait en retrouver. Camille balançait entre le soulagement et l'inquiétude.

Techniquement, il y avait quelque chose de rassurant dans la manière dont les victimes avaient été exécutées. Elle correspondait à un profil de psychopathe assez connu, ce qui constituait un avantage pour l'enquête. L'aspect inquiétant tenait à l'environnement du crime de Courbevoie. Au-delà de la préméditation, trop d'éléments révélaient des incohérences, objets luxueux abandonnés sur place, décorum étrange, marque d'exotisme américain, téléphone sans ligne… Il se mit à fouiller dans les rapports d'enquête. Une heure plus tard, son inquiétude avait trouvé de quoi s'épanouir. Le crime de Tremblay-en-France, lui aussi, était marqué de nombreuses zones d'ombre dont il commença à dresser mentalement la liste.

Les faits curieux là non plus ne manquaient pas. D'abord la victime, Manuela Constanza, avait les cheveux étonnamment propres. Un rapport d'expertise soulignait qu'ils avaient été lavés à l'aide d'un shampooing courant parfumé à la pomme quelques heures avant la découverte du crime, vraisemblablement après la mort de la jeune fille qui remontait à environ huit heures. On imaginait mal un assassin défigurer une jeune fille, lui couper le corps en deux et se donner le mal de lui laver les cheveux… Plusieurs viscères avaient curieusement disparu. On ne trouvait trace ni d'intestins, ni de foie, ni d'estomac, ni de vésicule biliaire. Là encore, pensait Camille, l'aspect sans doute fétichiste de l'assassin conservant de tels trophées correspondait mal au profil du psychopathe qui semblait apparaître au premier coup d'œil. Il faudrait en tout cas attendre le lendemain le résultat de l'autopsie pour savoir si, là aussi, des viscères manquaient à l'appel.

Indiscutablement, les deux victimes de Courbevoie et celle de Tremblay avaient connu le même homme, la présence de la fausse empreinte ne laissait aucun doute à ce sujet.

Fait dissemblable : sur la victime de Tremblay, pas la moindre trace de viol. Le rapport d'autopsie faisait bien état de rapports sexuels consentants dans les huit jours précédant la mort mais les traces de sperme ne permettaient évidemment pas de savoir s'il s'agissait de rapports avec le meurtrier.

La victime de Tremblay-en-France avait bien reçu quelques coups de fouet, ce qui semblait rapprocher les deux crimes, mais le rapport mentionnait ces coups comme « bénins », du genre de ceux que des couples fétichistes peuvent échanger sans grande conséquence.

Trait commun : la jeune fille avait été tuée d'une manière que plusieurs rapports qualifiaient de « brutale » (ses jambes avaient été brisées avec quelque chose comme une batte de base-ball, la torture qu'elle avait subie pouvait avoir duré près de quarante-huit heures, le corps avait été découpé à l'aide d'un couteau de boucher) mais l'application que le meurtrier semblait avoir mise à vider le corps de son sang, à le laver à grande eau et à le rendre à la société propre comme un sou neuf n'avait rien à voir avec la complaisance morbide avec laquelle celui de Courbevoie avait étalé du sang sur les murs, prenant un plaisir évident à le voir et à le faire couler.

Camille reprit les photos. Décidément, personne ne pourrait jamais s'habituer à ce sourire hideux qui rappelait pourtant, à l'évidence, la tête clouée au mur dans l'appartement de Courbevoie…

Tard dans la nuit, Camille fut pris d'un vertige de fatigue. Il referma le dossier, éteignit la lumière et rejoignit Irène.

Vers 2 h 30 du matin, il ne dormait toujours pas. Pensivement, il caressait le ventre d'Irène de sa petite main ronde. Un miracle, le ventre d'Irène. Il veillait sur le sommeil de cette femme dont l'odeur le remplissait, comme elle semblait remplir la pièce et sa vie tout entière. L'amour était si simple, parfois.

Parfois, comme cette nuit, il la regardait et l'affreux sentiment du miracle l'étreignait. Il trouvait Irène incroyablement belle. L'était-elle réellement ? Il s'était posé la question à deux reprises.

La première fois lorsqu'ils avaient dîné ensemble, trois ans plus tôt. Irène portait ce soir-là une robe bleu nuit, fermée par une série de boutons du haut en bas, le genre de robe que les hommes s'imaginent tout de suite en train de déboutonner et que les femmes portent exactement pour ça. Sur son décolleté un simple bijou en or.

Il s'était souvenu d'une phrase lue il y a longtemps, qui parlait de la « ridicule prévention des hommes sur la retenue des blondes ». Irène avait un air sensuel qui démentait ce jugement. Irène était-elle belle ? Réponse « oui ».

La seconde fois qu'il s'était posé la question, c'était sept mois plus tôt : Irène portait la même robe, seul le bijou avait changé, elle portait maintenant celui que Camille lui avait offert le jour de leur mariage. Elle était maquillée.

— Tu sors… avait demandé Camille en arrivant.

En fait, ça n'était pas une question, plutôt une sorte de constat interrogatif, un mélange à sa manière, hérité du temps où il pensait qu'Irène et lui étaient une de ces parenthèses comme la vie a parfois le bon goût de vous en offrir et la lucidité de vous les retirer.

— Non, répondit-elle, je ne sors pas.

Son travail aux studios de montage lui laissait peu de temps pour préparer les repas. Quant à Camille, ses horaires étaient indexés sur la misère du monde, il arrivait tard et repartait tôt.

Ce soir-là, pourtant, la table était dressée. Camille respira en fermant les yeux. Sauce bordelaise. Elle se baissa pour l'embrasser. Camille sourit.

— Vous êtes bien belle, madame Verhœven, dit-il en approchant sa main de sa poitrine.

— L'apéritif d'abord, avait répondu Irène en esquivant.

— Évidemment. Qu'est-ce qu'on fête? demanda Camille en se hissant sur le canapé.

— Une nouvelle.

— Une nouvelle quoi?

— Une nouvelle tout court.

Irène s'assit près de lui et lui prit la main.

— A priori, ça sent plutôt la bonne nouvelle, dit Camille.

— J'espère.

— Pas sûre?

— Pas certaine. J'aurais préféré que la nouvelle arrive un jour où tu serais moins soucieux.

— Non, je suis seulement fatigué, avait protesté Camille en lui caressant la main pour s'excuser. J'ai besoin de sommeil.

— La bonne nouvelle c'est que moi je ne suis pas fatiguée et que j'irais bien me coucher aussi.

Camille sourit. La journée avait été marquée par des coups de couteau, des arrestations mouvementées, des hurlements dans les locaux de la Brigade, une vraie plaie du monde, grande ouverte.

Mais Irène avait l'art de la transition. Elle était du genre à donner confiance, à savoir ménager des diversions. Elle parla du studio, du film en cours (« une connerie, tu n'imagines pas… »). La conversation, la chaleur de l'appartement, la fatigue de la journée qui s'éloignait. Camille sentit monter en lui un bien-être à la limite de la torpeur. Il n'écoutait plus. Sa voix lui suffisait. La voix d'Irène.

— Bon, dit-elle. On va manger.

Elle allait pour se lever lorsqu'il sembla lui revenir quelque chose à l'esprit.

— Tout de suite, pendant que j'y pense, deux choses. Non, trois.

— Allez, dit Camille en terminant son verre.

— On dîne chez Françoise le 13. Possible, pas possible ?

— Possible, dit Camille après un court temps de réflexion.

— Bien. Deuxième chose. Je dois faire les comptes, donne-moi tout de suite tes relevés de carte bleue.

Camille descendit du canapé, sortit son portefeuille de sa sacoche, fouilla et retira un paquet de tickets froissés.

— Ne fais tout de même pas les comptes ce soir, ajouta-t-il en posant le paquet sur la table basse. La journée a déjà été difficile.

— Évidemment, dit Irène en se dirigeant vers la cuisine. Allez, à table.

— Tu avais dit trois choses ?

Irène s'arrêta, se retourna, fit mine de chercher.

— Ah oui ! Finalement… Papa, ça te plairait ?

Irène était debout près de la porte de la cuisine. Camille la regarda stupidement. Par réflexe, son regard descendit sur son ventre, pourtant parfaitement plat, remonta jusqu'à son visage. Il vit ses yeux qui riaient. L'idée d'un enfant avait fait l'objet de longs palabres entre eux. Un vrai désaccord. Camille avait d'abord joué la montre, Irène avait opté pour l'entêtement. Camille s'était replié prudemment du côté de la génétique, Irène avait contourné l'obstacle par un bilan approfondi. Camille avait alors sorti son atout : le refus. Irène avait abattu le sien : j'ai trente ans. La messe était dite. Et maintenant la partie était jouée. Alors il se demanda pour la seconde fois si Irène était belle. Réponse « oui ». Il eut l'absurde sentiment qu'il ne se poserait plus jamais la question. Et pour la première fois depuis le Moyen Âge, il sentit des larmes monter, un vrai chagrin de bonheur, quelque chose comme l'existence qui vous explose à la figure.

21

Maintenant il était là, dans le lit, une main lourdement posée sur son ventre plein. Et sous sa main, il sentit un coup, brutal et cotonneux. Parfaitement réveillé, sans bouger le moindre muscle, il attendit. Irène, dans son sommeil, poussa un petit grognement. Une minute passa, puis une deuxième. Patient comme un chat, Camille guettait et un second coup arriva, juste sous sa main, quelque chose de différent, une sorte de roulement feutré, comme une caresse. C'était comme d'habitude. Il ne pouvait rien se dire d'autre que cette heureuse stupidité que ça bougeait, comme si dans sa vie même tout s'était soudain mis à bouger. La vie était là. Un court instant pourtant, une tête de jeune fille clouée au mur vint s'interposer. Il la chassa et tenta de se concentrer sur le ventre d'Irène, tout le bonheur du monde, mais le mal était fait.

La réalité maintenant avait gagné le rêve, et les images se mirent à défiler, lentement d'abord. Un bébé, le ventre d'Irène, puis un cri de nourrisson d'une présence presque palpable. La machine prit un rythme accéléré, le beau visage d'Irène quand elle faisait l'amour, et ses mains, puis des doigts coupés, les yeux d'Irène, et l'affreux sourire d'une autre femme, un sourire ouvert d'une oreille à l'autre… La bande-annonce devenait folle.

Camille se sentait d'une lucidité stupéfiante. Entre la vie et lui, il y avait un vieux différend. Il pensa soudain que ces deux filles coupées en morceaux transformaient, inexplicablement, le différend en contentieux. Des filles comme celle qu'il caressait en ce moment, avec, elles aussi, deux fesses rondes et blanches, de la chair ferme de jeune femme, avec, elles aussi, un visage comme celui-ci, de nageuse à l'envers à l'instant du sommeil, une respiration lourde et lente, un léger ronflement, des apnées inquiétantes pour l'homme qui les aime et les regarde dormir, et des cheveux comme ceux-là qui bouclent sur une nuque bouleversante. Ces filles étaient exactement comme cette femme, celle qu'il aimait aujourd'hui. Et elles étaient arrivées un beau jour, quoi, invitées ? Recrutées ? Forcées ? Enlevées ? Payées ? Toujours est-il qu'elles s'étaient fait découper, tronçonner par des types qui avaient seulement envie de découper en morceaux des filles aux fesses blanches et onctueuses, et qu'aucun d'eux n'avait été ému par un seul de leurs regards suppliants lorsqu'elles avaient compris qu'elles allaient mourir, que même ces regards les avaient peut-être excités et que ces filles faites pour l'amour, pour la vie, étaient venues mourir, on ne savait même pas comment, dans cet appartement-là, dans cette ville-là, dans ce siècle-ci où lui, Camille Verhœven, flic tout ce qu'il y avait de plus ordinaire, gnome de la PJ, petit troll prétentieux et amoureux, où lui, Camille, caressait le ventre sublime d'une femme qui était toujours la nouveauté absolue, le vrai miracle du monde. Quelque chose n'allait pas. En un dernier éclair épuisé, il se vit consacrer toute son énergie à ces deux buts absolument ultimes, définitifs, premièrement aimer autant qu'il était possible ce corps qu'il caressait là, et dont allait venir le plus inattendu des cadeaux, deuxièmement chercher, traquer, trouver ceux qui avaient bousillé ces filles, les avaient baisées, violées, tuées, découpées en morceaux et étalées sur les murs.

Juste avant de s'endormir Camille eut le temps d'émettre un dernier doute :

— Je suis vraiment fatigué.

Mardi 8 avril 2003

1

Dans le métro, il avait lu la presse. Sa crainte, autant dire – comme chez tous les pessimistes – son diagnostic, s'était confirmée. La presse avait déjà appris le rapprochement établi avec l'affaire de Tremblay-en-France. La rapidité avec laquelle ce genre d'information parvenait aux journaux était aussi fulgurante que logique. Des pigistes étaient appointés pour faire le tour des commissariats et il était notoire que bien des policiers servaient de gardiens de phare à certaines rédactions. Camille prit tout de même le temps de réfléchir un instant sur le circuit qu'avait suivi cette information depuis la fin d'après-midi de la veille mais la tâche était réellement impossible. Le fait, lui, était là. Les journaux annonçaient que la police avait effectué un rapprochement significatif entre le meurtre de Courbevoie, sur lequel ils ne disposaient que d'informations très partielles, et celui de Tremblay sur lequel, en revanche, ils disposaient tous de dossiers très substantiels. Les manchettes débordaient de sensation, les titreurs s'en donnant visiblement à cœur joie avec « L'éventreur de

la petite couronne », « Le boucher de Tremblay réci-
dive à Courbevoie » ou « Après Tremblay, le carnage
de Courbevoie ».

Il entra dans l'Institut et se dirigea vers la salle qui
lui avait été indiquée.

Maleval, dans son simplisme parfois fécond, consi-
dérait que le monde était divisé en deux catégories
distinctes, les cow-boys et les Indiens, manière de
moderniser, sur un mode primaire, la distinction tradi-
tionnelle qu'à la hache, nombre de gens opèrent entre
les introvertis et les extravertis. Le docteur N'Guyen et
Camille étaient des Indiens tous les deux, silencieux,
patients, observateurs et attentifs. Ils n'avaient jamais
eu besoin de prononcer beaucoup de mots et se compre-
naient facilement du regard.

Peut-être y avait-il entre le fils de réfugié vietnamien
et le policier miniature une solidarité secrète forgée
dans l'adversité.

La mère d'Évelyne Rouvray, elle, avait l'air d'une
provinciale en visite à la capitale. Toute fagotée dans
des vêtements qui auraient été vaguement à sa taille. Il
la trouva tout de suite plus petite que la veille. La douleur sans doute. Elle sentait l'alcool.

— Ça ne sera pas long, dit Camille.

Ils entrèrent dans la salle. Sur la table était maintenant posée une forme qui pouvait vaguement rappeler un corps entier. Le tout était recouvert avec soin.
Camille aida la femme à s'avancer jusque-là et fit un
signe au type à la blouse qui découvrit soigneusement
la tête sans aller trop loin, sans dépasser le cou après
quoi il n'y avait plus rien.

La femme regarda sans comprendre. Son regard ne
disait rien. La tête posée sur la table était comme un

objet factice pour le théâtre avec la mort en dedans. Cette tête ne ressemblait à rien ni à personne et la femme dit oui, rien d'autre que oui, hébétée. Et il fallut la retenir avant qu'elle s'effondre.

2

Dans le couloir, un homme attendait.

Camille, comme tout un chacun, jaugeait les hommes selon sa mesure propre. Pour lui, celui-ci n'était pas trop grand, 1,70 m peut-être. Ce qui le frappa d'emblée, ce fut son regard. Cet homme était d'abord un regard. Il pouvait avoir une cinquantaine d'années, le genre qui prend soin de sa personne, qui respecte une hygiène de vie, et court vingt-cinq kilomètres le dimanche matin hiver comme été. Le genre vigilant. Bien habillé, sans recherche excessive, il tenait sobrement à la main une sacoche en cuir clair et attendait avec patience.

— Docteur Édouard Crest, annonça-t-il en tendant la main. Je suis commis par le juge Deschamps.

— Merci d'être venu aussi vite, dit Camille en lui serrant la main. J'ai demandé votre présence parce que nous avons besoin d'un profil de ces types, de leurs motivations possibles… Je vous ai fait copie des premiers rapports, ajouta-t-il en lui tendant une chemise cartonnée. Camille le regarda plus attentivement pendant qu'il parcourait à la hâte les premiers feuillets. « Bel homme », se dit-il et sa pensée le conduisit à Irène, inexplicablement. Une jalousie fugitive le visita, qu'il chassa aussitôt.

— Délai ? demanda-t-il.

— Je vous dirai ça après l'autopsie, répondit Crest, en fonction des éléments que je pourrai recueillir.

3

Au premier coup d'œil, Camille sentit ce que la circonstance aurait de différent. Une chose avait été de regarder l'abominable tête – où ce qui en avait été fait – d'Évelyne Rouvray. Autre chose était de pratiquer une autopsie qui ressemblait davantage à un puzzle macabre.

D'habitude, les corps extraits des caissons réfrigérés évoquaient une détresse terrible mais la détresse elle-même avait quelque chose de vivant. Pour souffrir, il faut vivre. Mais cette fois, le corps semblait s'être dissous. Il arrivait simplement par paquets, comme des morceaux de thon à la pesée d'un marché maritime.

Dans la salle d'autopsie, sur les tables en inox, sous les protections, on distinguait des masses un peu vagues, de différentes tailles. Tout n'était pas encore sorti, mais il était déjà difficile d'imaginer que ces morceaux avaient pu faire un ou deux corps. En regardant un étal de boucher, il ne vient à personne l'idée de recomposer mentalement l'animal entier.

Les docteurs Crest et N'Guyen se serrèrent la main comme ils auraient fait à un congrès. Le représentant de la folie salua dignement celui de l'atrocité.

N'Guyen chaussa ensuite ses lunettes, s'assura du fonctionnement de son magnétophone et choisit de commencer par un ventre.

— Nous sommes en présence d'une femme de type européen âgée d'environ…

4

Philippe Buisson n'était peut-être pas le meilleur mais il était parmi les plus accrocheurs. Le message : « Le commandant Verhœven ne souhaite pas parler à la presse à ce stade de l'enquête » ne provoquait chez lui aucun émoi.

— Je ne lui demande pas une déclaration. Je veux seulement m'entretenir avec lui quelques instants.

Il avait commencé à appeler la veille en fin de journée.

Il avait remis ça à la première heure de la matinée. À 11 heures, le standard faisait part à Camille de son treizième appel. Agacé, le standard.

Buisson n'était pas une star. Il lui manquait l'essentiel pour être un grand journaliste mais il était un bon journaliste parce que sa redoutable intuition était exactement circonscrite à son domaine de compétence. Conscient sans doute de ses limites et de ses qualités, Buisson avait choisi le fait divers et cette option s'était avérée judicieuse. Il n'était évidemment pas un homme à style mais sa plume était efficace. Il avait gagné sa notoriété en couvrant quelques affaires spectaculaires pour lesquelles il avait su ramener à la surface quelques éléments nouveaux. Un peu de nouveauté et beaucoup d'effet. Buisson, journaliste sans génie, avait exploité le cocktail classique avec application. Restait la chance qui, paraît-il, sert aveuglément les héros et les crapules.

Buisson était tombé sur l'affaire de Tremblay et, le premier peut-être, avait compris ce qu'il y avait à y gagner : beaucoup de lecteurs. Il avait couvert ce fait divers du début à la fin. Aussi, le voir apparaître dans l'enquête de Courbevoie à l'heure où les deux affaires se croisaient ne constituait évidemment pas une surprise.

En sortant du métro, Camille le reconnut tout de suite. Un grand type, la trentaine à la mode. Belle voix dont il abusait un peu. Trop de charme. Retors. Intelligent.

Camille se referma immédiatement et accéléra le pas.

— Je vous demande deux minutes… dit-il en abordant Camille.

— Si je les avais, je vous les donnerais volontiers.

Camille marchait vite mais marcher vite, pour lui, c'était le rythme normal pour un homme de la taille de Buisson.

— Inspecteur, il vaut mieux communiquer. Sinon les journalistes vont écrire n'importe quoi…

Camille s'arrêta.

— Vous êtes vieux jeu, Buisson. On ne dit plus « inspecteur » depuis des lustres. Quant à dire n'importe quoi, je le prends comment ? Argument ou menace ?

— Rien de tout ça, répondit Buisson en souriant.

Camille s'était arrêté et il avait eu tort. Première manche pour Buisson. Camille le comprit. Ils se regardèrent un instant.

— Vous savez ce que c'est, reprit Buisson, sans éléments les journalistes vont fantasmer…

Buisson avait une manière à lui de s'exclure des travers qu'il prêtait aux autres. Son regard laissa supposer à Camille qu'il était capable de tout, du pire et peut-être même au-delà. Ce qui fait la différence entre les bons rapaces et les grands rapaces, c'est l'instinct. Visiblement, Buisson bénéficiait d'une génétique exceptionnelle pour ce métier.

— Maintenant que l'histoire de Tremblay est ressortie…

— Les nouvelles vont vite… coupa Camille.

— C'est moi qui ai couvert cette affaire, alors, forcément, je m'intéresse…

Camille leva la tête. « Je n'aime pas ce type », se dit-il. Et il eut le sentiment immédiat que cette antipathie était partagée, que s'était installée entre eux, à leur insu, une sourde répulsion et qu'ils n'en sortiraient pas.

— Vous n'aurez rien de plus que les autres, lâcha Camille. Si vous souhaitez des commentaires, adressez-vous ailleurs.

— Vous voulez dire plus haut ? demanda Buisson en baissant le regard vers lui.

Les deux hommes se regardèrent un bref instant, d'abord sidérés par la faille qui venait de s'ouvrir entre eux.

— Désolé… lâcha Buisson.

Camille, lui, se sentit étrangement soulagé. Parfois, le mépris est une consolation.

— Écoutez, reprit Buisson, je suis désolé, une maladresse…

— Je n'ai pas remarqué, coupa Camille.

Et il reprit sa marche, le journaliste toujours sur les talons. L'atmosphère entre les deux hommes s'était sensiblement modifiée.

— Vous pouvez quand même dire quelque chose. Vous en êtes où ?

— Pas de commentaire. On cherche. Pour les informations, voyez avec le commissaire Le Guen. Ou directement avec le Parquet.

— Monsieur Verhœven… Ces affaires commencent à faire beaucoup de bruit. Les rédactions sont excitées comme des puces. Je ne donne pas une semaine avant que les tabloïds et les feuilles à scandale ne vous trouvent des suspects très présentables et proposent des portraits-robots dans lesquels la moitié de la France pourra reconnaître l'autre moitié. Si vous ne livrez pas quelques éléments sérieux, vous allez créer la psychose.

— Si les choses n'avaient tenu qu'à moi, expliqua Camille d'une voix sèche, la presse n'aurait pas été informée avant l'arrestation du meurtrier.

— Vous auriez muselé la presse ?

Camille s'arrêta de nouveau. Il n'était plus question maintenant d'avantage respectif ou de stratégie.

— Je l'aurais empêchée de « créer la psychose ». Ou, pour dire autrement, de dire des conneries.

— On ne peut donc rien espérer de la Brigade criminelle ?

— Si, qu'elle arrête le meurtrier.

— Vous estimez que vous n'avez pas besoin de la presse ?

— Pour le moment, ça veut dire ça.

— Pour le moment ? Vous êtes cynique !

— Spontané.

Buisson sembla réfléchir un instant.

— Écoutez, je crois que je peux faire quelque chose pour vous, si vous voulez. Quelque chose de personnel, de tout à fait personnel.

— Ça m'étonnerait.

— Si, je peux faire votre pub. Cette semaine, j'hérite de la grande page du portrait, avec la belle photo au milieu et tout le bordel. J'ai commencé quelque chose sur un type, là… mais ça peut attendre. Alors, si ça vous tente…

— Laissez tomber, Buisson…

— Non, sérieusement ! C'est un cadeau, ça ne se refuse pas. Il me faut seulement trois ou quatre éléments un peu personnels. Je vais vous faire un portrait sensationnel, je vous assure… En échange, vous me renseignez un peu sur ces affaires, rien de compromettant.

— J'ai dit : laissez tomber, Buisson.

— Difficile de travailler avec vous, Verhœven…

— Monsieur Verhœven !

— Je vous conseille tout de même de ne pas le prendre sur ce ton, « monsieur Verhœven ».

— Commandant Verhœven !

— D'accord, lâcha Buisson d'un ton froid qui fit hésiter Camille. C'est comme vous voulez.

Buisson fit aussitôt demi-tour et repartit comme il était venu, de son grand pas décidé. Si Camille avait pu parfois passer pour un homme médiatique, ça n'était visiblement pas dû à ses qualités de négociateur ou de diplomate.

5

Du fait de sa taille, Camille restait debout. Et du fait que lui ne s'asseyait pas, personne ne se sentait autorisé à s'asseoir et chaque nouveau venu adoptait ce code implicite : ici les réunions se tenaient debout.

La veille, Maleval et Armand avaient passé pas mal de temps à tenter de recueillir les témoignages de voisins. Sans grande conviction puisqu'il n'y avait aucun voisin. Surtout la nuit où le quartier devait être à peu près aussi fréquenté qu'un bordel au paradis. José Riveiro, pendant qu'il attendait le signal des filles, n'avait vu personne circuler dans le coin mais peut-être quelqu'un était-il passé ensuite. Il leur avait fallu remonter plus de deux kilomètres à pied pour trouver les premiers signes de vie, quelques commerçants isolés dans une banlieue pavillonnaire, bien incapables de fournir le moindre renseignement sur d'hypothétiques allées et venues. Personne n'avait rien vu d'anormal, ni camion, ni camionnette, ni livreur. Ni habitant. À en croire les premiers éléments, les deux victimes elles-mêmes avaient dû arriver là par l'opération du Saint-Esprit.

— Évidemment, le type a bien choisi le coin, dit Maleval.

Camille se mit à regarder Maleval avec une attention soutenue. Exercice comparatif : quelle différence y avait-il entre Maleval, debout près de la porte, qui sortait de son blouson un carnet fatigué et Louis, debout près du bureau, qui tenait le sien entre ses mains croisées ?

Les deux hommes étaient élégants ; tous les deux, à leur manière, voulaient séduire. La différence était sexuelle. Camille s'arrêta un instant sur cette idée curieuse. Maleval voulait des femmes. Il en avait. Jamais assez. Il semblait guidé par sa sexualité. Tout en lui respirait le désir de séduire, de conquérir. Ce n'est pas qu'il en veut toujours plus, pensa alors Camille, c'est surtout qu'il y en a toujours une autre à désirer. En fait, Maleval n'aimait pas les femmes, il courait les filles. Il était équipé pour suivre la première piste venue, tenue légère, tenue de campagne, efficace, toujours prêt, disponible. Il faisait dans le prêt-à-porter. Les amours de Louis, comme ses vêtements, devaient relever du sur mesure. Aujourd'hui, premiers rayons de soleil de la saison, Louis portait un joli costume clair, belle chemise bleu pâle, cravate club, quant aux chaussures... « La crème de la crème », pensa Camille. De sa sexualité, en revanche, Camille ne savait pas grand-chose. Manière de dire qu'il ne savait rien.

Camille s'interrogea sur les relations qu'entretenaient les deux hommes. Cordiales. Maleval était arrivé quelques semaines après Louis. Le courant, entre eux, passait bien. Ils étaient même sortis parfois ensemble, au début. Camille s'en souvenait parce qu'un lendemain de sortie, Maleval avait dit : « Louis a toujours l'air d'un communiant mais c'est un cachottier. L'aristocratie, quand ça se dévergonde, c'est tout de suite l'excès. » Louis n'avait rien dit. Il avait remonté sa mèche. Camille ne savait plus de quelle main.

La voix de Maleval sortit Camille de son exercice comparatif.

— Le cliché du génome humain, dit Maleval, a été repris par toutes sortes de boîtes de communication, d'éditeurs, bref, ça court les rues. La fausse peau de vache, n'en parlons même pas. Aujourd'hui, ça n'est plus tellement à la mode mais à une époque, ça s'arrachait comme des petits pains. Pour retrouver d'où vient celle-là... La pose du papier noir et blanc dans la salle de bains semble assez récente mais rien ne permet, pour le moment, de repérer sa provenance. Il va falloir consulter les fabricants de papier peint...

— C'est une perspective assez décourageante, risqua Louis.

— Plutôt, oui... Quant au matériel hi-fi, il s'est vendu à des millions d'exemplaires. Les numéros de série ont été effacés. J'ai fait passer tout ça au labo mais ils pensent que ça a été fait à l'acide. En clair, on a peu de chances.

Maleval regarda Armand pour lui passer la parole.

— Je n'ai pas grand-chose non plus…

— Merci, Armand, coupa Camille. Nous apprécions beaucoup tes apports. C'est très constructif. Ça nous aide beaucoup.

— Mais, Camille… commença Armand en rougissant.

— Je plaisante, Armand, je plaisante !

Ils se connaissent depuis plus de quinze ans et, comme ils avaient commencé leur carrière ensemble, ils s'étaient toujours tutoyés. Armand était un camarade, Maleval une sorte de fils prodigue, Louis une manière de dauphin. « Qu'est-ce que je suis pour eux ? » se demandait parfois Camille.

Armand avait rougi. Ses mains tremblaient facilement. Parfois, Camille était porté vers lui par un élan de sympathie douloureuse.

— Alors… ? Toi non plus… rien ? demanda-t-il avec un regard encourageant.

— Enfin si, reprit Armand, légèrement rassuré, mais c'est maigre. Le linge de maison est très courant, une marque vendue partout. Pareil pour les bretelles. En revanche, pour le lit japonais…

— Oui… ? dit Camille.

— C'est ce qu'on appelle un photon.

— Un futon, peut-être… proposa gentiment Louis.

Armand consulta ses notes, lentement. L'opération prit un certain temps mais elle révélait toute la qualité du personnage. Rien ne pouvait être considéré acquis qui n'ait été scrupuleusement vérifié. Cartésien.

— Oui, dit-il enfin en relevant la tête et en regardant Louis avec une vague admiration. C'est ça, un futon !

— Et alors, ce futon… ? demanda Camille.

— Eh ben, il vient directement du Japon.

— Ah… du Japon. C'est assez courant, tu sais, que les trucs japonais viennent justement du Japon.

— Bah oui, dit Armand, c'est peut-être courant…

Un silence s'installa dans la pièce. Tout le monde connaissait Armand. Sa solidité n'avait aucun équivalent. Un point de suspension dans son discours pouvait être l'équivalent de deux cents heures de travail.

— Explique-nous tout ça, Armand.

— C'est assez courant, sauf que celui-là vient d'une fabrique de Kyoto. Ils font surtout des meubles et, parmi les meubles, ils font surtout des trucs pour s'asseoir ou pour se coucher…

— Ah, dit Camille.

— Alors le… (Armand consulta ses notes) le futon, vient de là. Mais, le plus intéressant, c'est que le canapé, le grand canapé… il vient de là aussi.

Le silence s'installa de nouveau.

— C'est une très grande taille. On n'en vend pas beaucoup. Celui-là a été fabriqué en janvier. Ils en ont vendu trente-sept. Notre canapé de Courbevoie fait partie de ce lot de trente-sept. J'ai la liste des clients.

— Bordel de merde, Armand, tu pouvais pas dire ça tout de suite ?

— J'y viens, Camille, j'y viens. Sur les trente-sept vendus, vingt-six sont encore chez des revendeurs. Onze ont été vendus depuis le Japon. Six par des Japonais. Tous les autres ont été achetés par correspondance. Trois depuis la France. Le premier a été commandé par un revendeur parisien pour le compte d'un de ses clients, Sylvain Siegel, c'est celui-là…

Armand sortit de sa poche le cliché numérique d'un canapé tout à fait semblable à celui du loft de Courbevoie.

— C'est M. Siegel qui l'a photographié pour moi. Je vais tout de même aller vérifier sur place mais à mon avis, de ce côté-là, c'est plié…

— Les deux autres ? demanda Camille.

— Là, c'est un peu plus intéressant. Les deux derniers ont été achetés directement par Internet. Quand il s'agit de commandes directes par des particuliers, pour remonter les pistes virtuelles, c'est beaucoup plus long. Tout passe par des ordinateurs, il faut trouver les bons contacts, tomber sur des gars compétents, consulter des fichiers… Le premier a été commandé par un certain Crespy, le second par un nommé Dunford. Parisiens tous les deux. Je ne suis pas parvenu à joindre Crespy, j'ai laissé deux messages, mais il ne rappelle pas. Si je n'ai rien demain matin, j'y fais un saut. Mais on n'aura pas grand-chose de ce côté, si vous voulez mon opinion…

— Opinion gratuite ? demanda Maleval en rigolant.

Armand, plongé dans ses notes ou ses pensées, ne releva pas. Camille regarda Maleval d'un air fatigué. C'était bien le moment de plaisanter.

— C'est la femme de ménage qui m'a répondu. Elle dit que le canapé est chez eux. Reste le dernier. Dunford. Celui-là, ajouta-t-il en relevant la tête, je crois que c'est notre gars. Impossible de retrouver sa trace. Il règle par mandat international, en espèces, j'aurai confirmation demain. Il fait livrer le canapé dans un garde-meuble de Gennevilliers. D'après le magasinier, un gars vient le chercher le lendemain avec une camionnette. Il ne se souvient de rien de particulier mais je vais aller prendre sa déposition demain matin, on verra si la mémoire lui revient.

— Rien ne dit que c'est lui, commenta Maleval.

— Tu as raison mais on a quand même un petit bout de piste. Maleval, tu vas avec Armand demain à Gennevilliers.

Les quatre hommes restèrent un instant silencieux mais chacun d'eux pensait visiblement la même chose, tout cela était très maigre. Toutes les pistes conduisaient à la même chose, à peu près rien. Ce meurtre était plus que prémédité. Il avait été préparé avec un soin extrême, rien n'avait dû être laissé au hasard.

— Nous allons nous épuiser sur les détails. Parce que nous ne pouvons pas faire autrement, parce que c'est la règle du jeu. Mais tout ce que nous sommes obligés de faire risque de nous éloigner de l'essentiel. Et l'essentiel, ce n'est pas « comment ? », c'est d'abord « pourquoi ? ». Autre chose ? demanda-t-il après un moment de réflexion.

— Josiane Debeuf, la seconde victime, demeurait à Pantin, dit alors Louis en consultant ses notes. On y a fait un saut, l'appartement est vide. Elle travaillait en général à la Porte de la Chapelle, plus rarement à la Porte de Vincennes. Elle a disparu il y a quatre ou cinq jours. Personne n'en sait rien. Elle n'avait pas d'ami connu. Nous n'aurons pas grand-chose de ce côté-là.

Louis tendit une feuille à Camille.

— Ah oui. Il y a ça aussi, dit pensivement Camille en chaussant ses lunettes. Le nécessaire du parfait homme d'affaires qui voyage beaucoup, ajouta-t-il en feuilletant la liste détaillant le contenu de la valise laissée sur place par le meurtrier.

— Et surtout, tout ça est très chic, dit Louis.

— Ah ? fit Camille prudemment.

— Je trouve… reprit Louis. C'est d'ailleurs confirmé par ce que vient de nous dire Armand. Commander au Japon un canapé d'une taille exceptionnelle dans le seul but de découper deux filles en morceaux, c'est pour le moins étrange. Mais laisser sur place une valise Ralph Lauren qui doit valoir dans les trois cents euros, ça ne l'est pas moins. De même que le contenu de la valise. Le costume Brooks Brothers, le chausse-pied Barney's. La photocopieuse de poche Sharp… ça commence à faire. Rasoir électrique rechargeable, montre de sport, porte-billets en cuir, sèche-cheveux de luxe… Il y en a pour une petite fortune…

— Bien, dit enfin Camille après un long silence. Pour le reste, il y a cette histoire d'empreinte. Même si elle est apposée au tampon encreur… C'est une trace tout de même très distinctive. Louis, tu vérifies qu'elle a bien été transmise au Fichier européen, on ne sait jamais.

— Ça a été fait, répondit Louis, en consultant ses notes. Le 4 décembre 2001, pendant l'enquête sur Tremblay. Ça n'a rien donné.

— Bien. Il serait préférable d'actualiser la requête. Tu transmets de nouveau tous les éléments au Fichier européen, d'accord ?

— C'est que… commença Louis.

— Oui ?

— Ça relève d'une décision du juge.

— Je sais. Pour l'instant, tu renouvelles la requête. Je ferai la régularisation plus tard.

Camille distribua un court mémo rédigé dans la nuit qui résumait les principaux éléments de l'affaire de Tremblay-en-France. Louis fut chargé de reprendre tous les témoignages, dans l'espoir de reconstituer les derniers jours de la jeune prostituée et de remonter la piste d'éventuels clients réguliers. Camille trouvait toujours très exotique de lancer Louis dans les lieux glauques. Il l'imaginait sans peine monter les escaliers collants avec ses chaussures parfaitement cirées, pénétrer dans les chambres de passe à l'atmosphère lourde vêtu de son joli costume Armani. Un régal.

— Pour faire tout ça, nous ne sommes pas très nombreux…

— Louis, ton sens de l'euphémisme fait toute mon admiration.

Et tandis que Louis relevait sa mèche, main droite, il enchaîna, pensivement :

— Tu as raison, évidemment.

Il consulta sa montre.

— Bien. N'Guyen m'a promis les premiers éléments pour la fin de journée. Pour tout vous dire, ça ne tombe pas mal. Depuis que la télévision a diffusé des images de mon crâne au journal de 20 heures et, a fortiori depuis les articles de ce matin, le juge s'impatiente un peu.

— En clair ? demanda Maleval.

— En clair, nous sommes tous convoqués chez elle à 17 heures pour faire le point de l'enquête.

— Ah, fit Armand, le point… Et… on dit quoi ?

— Eh bien c'est un peu ça le problème. On n'a pas grand-chose à dire et le peu qu'on pourrait dire n'est pas brillant. Pour cette fois, nous allons bénéficier d'une diversion. Le Dr Crest va proposer un profil psychologique de notre homme et N'Guyen présentera ses premières conclusions. Mais il va tout de même bien falloir trouver un fil à tirer…

— Tu as une idée ? demanda Armand.

Le court silence qui suivit n'était pas de la même nature que les précédents. Camille semblait soudain hébété comme un marcheur égaré.

— Je n'ai pas la moindre idée, Armand. Pas la moindre. Je pense que nous serons tous d'accord au moins sur un point. Nous sommes vraiment dans la merde.

L'expression, pour le coup, n'était pas très luxueuse. Mais elle correspondait très exactement à l'état d'esprit de tous.

6

Camille fit avec Armand le trajet jusque chez le juge, Louis et Maleval devant les rejoindre sur place.

— Juge Deschamps… demanda Camille, tu la connais?

— Je ne me souviens pas d'elle.

— Alors, c'est que tu ne l'as jamais vue.

La voiture se faufilait dans la circulation et empruntait les couloirs réservés aux autobus.

— Et toi? demanda Armand.

— Moi oui, je me souviens d'elle!

Le juge Deschamps bénéficiait d'une réputation sans histoire, ce qui était plutôt bon signe. Il revoyait une femme d'à peu près son âge, mince à la limite de la maigreur, au visage dissymétrique où tout, nez, bouche, yeux, pommettes, considéré séparément pouvait apparaître normal et même logique mais semblait assemblé dans un ordre insensé, donnant à l'ensemble un air à la fois intelligent et proprement chaotique. Elle portait des vêtements chers.

Le Guen était déjà assis dans son bureau lorsque Camille arriva avec Armand et le médecin légiste. Maleval et Louis arrivèrent dans la foulée. Fermement installée aux commandes derrière son bureau, le juge correspondait au souvenir qu'il avait d'elle quoique finalement elle fût plus jeune que lui, plus menue encore qu'il le pensait, que son visage évoquât plus sa culture que son intelligence et que ses vêtements ne fussent pas chers mais littéralement hors de prix.

Le Dr Crest arriva quelques minutes plus tard. Il tendit à Camille une main sèche, lui adressa un sourire vague et s'installa près de la porte comme quelqu'un qui n'a pas l'intention de rester plus longtemps que prévu.

— Nous allons avoir besoin des compétences de tout le monde, dit le juge. Vous avez vu la télévision, vous avez lu la presse, cette affaire va défrayer la chronique. Nous devons donc aller vite. Je ne me fais pas d'illusions et je ne vous demande pas l'impossible. Mais j'ai besoin d'être informée au jour le jour et je vous demande de garder la plus grande discrétion sur le déroulement de cette enquête. Les journalistes vont vous courir après mais je serai intransigeante avec le secret de l'instruction. J'espère que je me fais bien comprendre… Selon toute vraisemblance, je vais être attendue à la sortie de mon bureau et je vais devoir lâcher quelques informations. J'attends de savoir ce que vous pouvez m'en dire pour décider de ce que nous donnerons à la presse. En espérant qu'ainsi, elle se calmera un peu…

Le Guen opina très manifestement du bonnet, comme s'il était le porte-parole du groupe.

— Bien, reprit le juge, Dr N'Guyen, nous vous écoutons.

Le jeune légiste s'éclaircit la voix.

— Le résultat des analyses ne nous parviendra pas avant plusieurs jours. L'autopsie a tout de même permis d'avancer quelques conclusions. Contrairement aux apparences et à l'importance des dégâts, il semble que nous soyons en face d'un seul assassin.

Le silence qui suivit ce premier constat était vibrant.

— Un homme, vraisemblablement, poursuivit N'Guyen. Il a utilisé pas mal de matériel, une perceuse électrique d'abord, munie d'une mèche à béton de fort diamètre, de l'acide chlorhydrique, une tronçonneuse électrique, un pistolet à clous, des couteaux, un briquet. Il est évidemment difficile d'établir une chronologie exacte des faits, les choses semblent parfois, disons… assez confuses. D'une manière générale, on retrouve sur les deux victimes la trace de rapports sexuels buccaux, anaux et vaginaux qu'elles ont eus d'une part entre elles, d'autre part avec un homme dont on peut supposer qu'il s'agit de l'assassin. Malgré l'aspect assez… débridé de ces rapports, on relève étrangement des traces de préservatif dans le vagin d'une victime. On a également utilisé un godemiché en caoutchouc. Pour les crimes proprement dits, le peu que nous avons, nous ne savons pas encore dans quel ordre le mettre. Évidemment, certaines impossibilités nous guident. L'assassin n'a pas pu jouir dans un crâne avant d'avoir coupé la tête de sa victime, par exemple…

Le silence commençait à peser lourd. N'Guyen leva les yeux un instant puis assura de nouveau ses lunettes et poursuivit :

— Les deux victimes ont sans doute été aspergées à plusieurs reprises par un gaz asphyxiant. Elles ont été assommées, sans doute par la crosse de la perceuse ou du pistolet à clous, ce n'est qu'une supposition, en tout cas par le même instrument. Le coup porté a été le même pour l'une et l'autre des victimes mais n'a pas été suffisamment violent pour leur faire perdre connaissance très longtemps. En d'autres termes, on doit supposer que les victimes ont été endormies, asphyxiées, assommées mais qu'elles ont été conscientes de ce qui leur arrivait jusqu'à la dernière seconde.

N'Guyen reprit ses notes, hésita un instant et poursuivit :

— Vous trouverez les détails dans mon rapport. Le sexe de la première victime a été arraché à coups de mâchoires. L'hémorragie a dû être très violente. Pour ce qui concerne la tête, Évelyne Rouvray a eu les lèvres découpées, sans doute au ciseau à ongles. Elle a subi de profondes entailles au ventre et aux jambes. Evelyne Rouvray a eu le ventre et le vagin percés à l'acide chlorhydrique pur. On a retrouvé la tête détachée de la victime posée sur une commode dans la chambre. Elle portait des traces de sperme dans la bouche dont l'analyse confirmera certainement qu'elles sont postérieures à la mort. Avant de passer à Josiane Debeuf, quelques détails…

— Tu en as encore beaucoup ? demanda Camille.

— Encore un peu, oui, reprit le légiste. Josiane Debeuf, elle, a été attachée à un côté du lit, à l'aide de six paires de bretelles retrouvées dans l'appartement. L'assassin lui a tout d'abord brûlé les cils et les sourcils à l'aide d'allumettes. Un godemiché en caoutchouc, le même que celui qui a servi lors des ébats sexuels, lui a été entré dans l'anus à l'aide du pistolet à clous. Je vous fais grâce de quelques détails pénibles… Disons que l'assassin a plongé sa main dans la gorge, a saisi l'ensemble des veines et artères qui passent à proximité et qu'il a tiré le tout vers l'extérieur… C'est avec le sang provenant de cette victime que l'assassin a tracé

sur le mur l'inscription : « Je suis rentré » en lettres
majuscules. La tête de l'une des victimes a été clouée
au mur par les joues à l'aide du pistolet électrique.

Silence. Le Guen :

— Des questions ?

— Le rapport avec l'affaire de Tremblay-en-France ?
demanda le juge en regardant Camille.

— J'ai étudié le dossier hier soir. Il nous manque
encore pas mal de recoupements. Il n'y a aucun doute
sur le fait que, dans les deux cas, l'empreinte du doigt
apposée au tampon encreur est rigoureusement la
même. Et chaque fois elle est exhibée comme une signature.

— Tout ça n'est évidemment pas bon signe, dit le
juge. Ça veut dire que ce type veut être célèbre.

— Jusque-là, c'est assez classique, dit alors le
Dr Crest.

C'était la première fois qu'il prenait part à la discussion et tout le monde se tourna vers lui.

— Excusez-moi… ajouta-t-il.

On sentait pourtant dans sa voix et dans l'assurance
avec laquelle il présentait cette excuse, qu'elle était en
fait mûrement pesée et qu'il ne sollicitait l'indulgence
de personne.

— Je vous en prie, l'assura le juge Deschamps
comme si, bien qu'il ait déjà pris la parole, c'était à
elle, ès qualités, de la lui accorder.

Crest portait un costume gris, avec un gilet. Élégant.
Pas difficile d'imaginer que cet homme se prénomme
Édouard, se dit Camille en le voyant s'avancer d'un pas
vers le centre de la pièce. Il y a vraiment des parents qui
savent ce qu'ils font.

Le docteur se racla la gorge en consultant ses notes.

— Au plan psychologique, nous sommes devant
un cas classique dans sa structure bien que peu banal

dans ses modalités, commença-t-il. Structurellement, c'est un obsessionnel. Contrairement aux apparences, il n'est sans doute pas habité par un délire de destruction. Plutôt par un délire de possession qui confine à la destruction mais ce n'est pas le sens premier de sa recherche. Il veut posséder des femmes mais cette possession ne lui apporte pas le calme. Alors il les torture. Mais cette torture elle-même ne lui apporte pas le calme, alors il les tue. Mais le meurtre non plus n'y fait rien. Il peut les posséder, les violer, les torturer, les couper en morceaux, s'acharner, rien n'y fera. Ce qu'il cherche n'est pas de ce monde. Il sait confusément que jamais il ne trouvera le repos. Il ne s'arrêtera jamais parce que sa quête est sans fin. Il a acquis, au fil des années, une véritable haine des femmes. Non pas pour ce qu'elles sont mais parce qu'elles sont incapables de lui apporter le repos. Cet homme vit, au fond, un drame de la solitude. Il jouit, au sens où on l'entend ordinairement, c'est-à-dire qu'il n'est pas impuissant, qu'il a des érections, qu'il peut éjaculer mais chacun sait que tout ça n'a rien à voir avec la jouissance qui est une réalisation d'un autre niveau. Ce niveau-là, cet homme ne l'a jamais atteint. Ou s'il l'a atteint un jour, c'est comme une porte fermée dont il aurait perdu la clé. Et depuis, il la cherche. Ce n'est pas un monstre froid, insensible à la douleur humaine, uniquement sadique, si vous préférez. C'est un homme malheureux qui s'acharne sur les femmes parce qu'il s'acharne sur lui-même.

Le Dr Crest avait un débit lent et étudié et faisait manifestement confiance à ses qualités pédagogiques. Camille observa sa chevelure, dégarnie sur chaque côté jusqu'au sommet du crâne et il ressentit la brusque conviction que cet homme n'avait jamais été aussi séduisant qu'à partir de la quarantaine.

— Ma première interrogation a évidemment porté – mais je pense que c'est le cas pour vous aussi – sur l'extrême méticulosité avec laquelle sa mise en scène est assurée. Ordinairement, on trouve, chez ce genre de criminel, quelques signes, au sens propre du terme, destinés, si je puis dire, à « marquer » leur œuvre. Ils sont toujours reliés à leurs fantasmes et même, le plus souvent, à leur fantasme originel. C'est d'ailleurs ce qu'il m'a semblé pouvoir lire dans l'empreinte apposée sur le mur et, plus sûrement encore, dans les mots « je suis rentré » qui signent très évidemment le crime. Mais d'après les premières conclusions que vous m'avez fait passer, ajouta-t-il, en se tournant vers Camille, des signes, justement, il y en a trop. Beaucoup trop. Les objets, le lieu, la mise en scène dénotent trop nettement avec la théorie de LA trace simplement destinée à « signer » un crime. Je crois qu'il faut dès lors s'orienter différemment. Ce qu'on peut noter, c'est qu'il prépare son matériel avec soin. Il a visiblement son projet, mûrement nourri et réfléchi. Chaque détail a, à ses yeux, son importance, une importance capitale mais il serait vain de chercher à quoi peut correspondre la présence de tel ou tel objet. Il ne s'agit même pas de chercher, comme pour d'autres crimes semblables, quelle place chaque objet précis a dans sa vie personnelle. Car chaque objet n'a, en un certain sens, aucune importance. C'est l'ensemble qui compte. S'épuiser à chercher ce que peut signifier chaque signe ne servira à rien. C'est comme si nous cherchions le sens de chaque phrase d'une pièce de Shakespeare. À ce compte, il serait impossible de comprendre *Le Roi Lear*. C'est le sens global que nous devons chercher. Mais… ajouta-t-il en se tournant de nouveau vers Camille, ma science, à moi, s'arrête là…

— Socialement, demanda Camille, quel genre d'homme ?

— Européen. Cultivé. Pas forcément un intellectuel mais un cérébral en tout cas. Entre trente et cinquante ans. Il vit seul. Il peut être veuf ou divorcé… Je pense plutôt qu'il vit seul.

— Sur quel genre de répétition pouvons-nous nous appuyer ? demanda Louis.

— C'est un point délicat. À mon avis, il n'en est pas à son premier crime. Je dirais qu'il agit par capillarité ou, plus justement, par cercles concentriques, du noyau vers l'extérieur. Il a pu commencer par violer des femmes. Ensuite les torturer, puis ensuite les tuer. Ça, c'est le schéma prévisible. Ses constantes ne sont peut-être pas si nombreuses. Ce dont on peut être sûr, c'est : des prostituées, jeunes, il les torture, il les tue. Au-delà…

— Peut-il avoir un passé psychiatrique ? demanda Armand.

— Possible. Pour des troubles mineurs du comportement. Mais c'est un homme intelligent, tellement habitué à ruser avec lui-même qu'il ruse sans difficulté avec les autres. Personne ne peut rien faire pour son repos. Son dernier espoir, c'est les femmes. Il s'acharne à exiger ce qu'elles ne peuvent pas lui donner et s'inscrit dans une escalade qui n'aura de fin que si vous parvenez à l'arrêter. Il a trouvé une logique à ses pulsions. Cette logique, justement, que je viens d'évoquer, cette mise en scène complexe… C'est grâce à cela, que ces pulsions peuvent devenir des actes. Mais cette logique, à mon avis, n'a pas de fin. C'est le cas de tous les meurtriers en série, me direz-vous. Mais lui, c'est un peu différent. La méticulosité dont il fait preuve montre qu'il a une haute idée de ce qu'il fait. Je ne parle pas d'une mission supérieure, non… mais enfin, c'est quelque chose de cet ordre quand même. Tant qu'il se sentira investi de cette mission, deux choses sont pratiquement certaines. La première c'est qu'il continuera, la seconde, c'est que ses actes vont, en quelque sorte, monter en puissance.

Crest regarda le juge puis Camille et Le Guen et, balayant enfin tout le groupe d'un regard embarrassé :

— Ce type est capable de faire des dégâts que nous avons du mal à imaginer… si ça n'est pas déjà fait, conclut-il.

Silence.

— Autre chose ? demanda le juge, les deux mains à plat sur son bureau.

7

— Un dingue !

Le soir, Irène. Dîner au restaurant.

Depuis l'annonce de la grossesse d'Irène, le temps avait passé diablement vite. Son ventre puis son visage s'étaient arrondis, sa silhouette, ses hanches, sa démarche, tout était devenu différent, plus lourd, plus lent. Et ces transformations, aux yeux de Camille, n'avaient pas été si progressives que prévu. Elles étaient venues par vagues soudaines, par paliers. Un jour, en rentrant, il avait remarqué que ses taches de rousseur s'étaient brusquement multipliées. Il lui en fit part, gentiment parce qu'il trouvait cela joli mais aussi étonnant. Irène avait souri et lui avait caressé la joue.

— Mon chéri… Ça n'est pas arrivé si soudainement. C'est peut-être que nous n'avons pas dîné ensemble depuis plus de dix jours…

Il n'avait pas aimé. Irène lui renvoyait là une image éculée. L'homme travaille, la femme attend et il ne savait pas ce dont il souffrait le plus, de la situation ou de sa banalité. Irène occupait toujours sa pensée, sa vie même, cent fois par jour il pensait à elle, cent fois la perspective de cette naissance l'avait soudain ébloui, l'interrompant dans son travail, lui faisant voir toute sa vie d'une manière nouvelle comme s'il sortait d'une opération de la cataracte. Alors non, l'accusation d'abandonner Irène... Mais, dans son for intérieur, il avait beau le nier, il savait qu'il avait manqué un virage. Les premiers mois n'avaient pas posé problème. Irène travaillait beaucoup elle aussi, parfois tard et il y avait longtemps qu'ils avaient organisé leur vie en faisant une chance de ce handicap. Sans préméditation, ils se retrouvaient certains soirs, dans un restaurant situé à mi-chemin de leurs bureaux respectifs, ils s'appelaient, effarés tous les deux qu'il soit presque 22 heures, et couraient attraper une séance de fin de soirée dans un cinéma de leur quartier. C'était une époque simple, faite de plaisirs faciles. Somme toute, ils s'amusaient. Les choses avaient changé depuis qu'Irène avait dû s'arrêter de travailler. Des journées entières à la maison... « Il me tient compagnie, disait-elle en caressant son ventre, mais il n'a pas encore beaucoup de conversation. » Et c'était ça que Camille avait manqué, ce virage. Il avait continué de travailler comme avant, de rentrer tard, sans se rendre compte que leurs vies n'étaient plus aussi synchrones. Alors, cette fois, il était hors de question de rater son coup. En fin de journée, et après de longs moments d'hésitation, il s'était décidé à interroger Louis qui en connaissait un rayon sur les bonnes manières.

— Il me faut un restaurant bien, tu comprends. Quelque chose de très bien. C'est notre anniversaire de mariage.

— Je vous conseille « Chez Michel », assura Louis, c'est absolument parfait.

Camille allait s'enquérir des prix lorsque le clignotant de son amour-propre l'avertit de n'en rien faire.

— Il y a aussi « L'Assiette »… poursuivit Louis.

— Merci, Louis, « Chez Michel » sera très bien, j'en suis sûr. Merci.

8

Irène était si prête qu'on voyait qu'elle l'était depuis longtemps. Il réprima le réflexe de regarder sa montre :

— Ça va, l'interrompit Irène avec un sourire. Retard indiscutable mais acceptable.

Tandis qu'ils marchaient en direction de la voiture, Camille s'inquiéta de la démarche d'Irène. Le pas plus lourd, les pieds en canard, la cambrure du dos plus profonde et le ventre plus bas, tout en elle semblait plus fatigué. Il demanda :

— Ça va ?

Elle s'arrêta un instant, posa sa main sur son bras et répondit avec un sourire contenu :

— Ça va très bien, Camille.

Il n'aurait pas su dire pourquoi mais il y avait, dans la tonalité de sa réponse et dans son geste même, quelque chose d'agacé comme s'il avait déjà posé la question mais n'avait pas prêté attention à la réponse. Il se fit le reproche de ne jamais s'intéresser suffisamment à elle. Il en ressentit une sourde irritation. Il aimait cette femme mais il n'était peut-être pas un bon mari. Ils marchèrent ainsi quelques centaines de mètres, silencieux l'un et l'autre, ressentant ce silence comme un désaveu inexplicable. Les mots manquaient. En passant devant le cinéma, Camille attrapa fugitivement le nom d'une actrice, Gwendolyn Playne. En ouvrant la porte de la voiture, il se demanda ce que ce nom lui rappelait mais ne trouva pas.

Irène s'était installée en silence et Camille se demanda quel genre de nœud ils étaient parvenus à fabriquer. Irène devait, elle aussi, se poser la question mais elle se montra plus intelligente que lui. Au moment où il s'apprêtait à démarrer, elle prit sa main qu'elle posa sur sa cuisse, très haut, juste sous son ventre tendu et, le prenant brusquement par la nuque, elle l'attira à elle et l'embrassa longuement. Puis ils se regardèrent, surpris de sortir si vite de la mauvaise bulle de silence dans laquelle ils s'étaient enfournés.

— Je vous aime, dit Irène.

— Moi aussi, je vous aime, dit Camille en la détaillant.

Il passa lentement ses doigts sur son front, autour de ses yeux, sur ses lèvres.

— Je vous aime, moi aussi…

« Chez Michel ». Très bien, effectivement. Parisien en diable, des glaces partout, des serveurs en pantalon noir et veste blanche, un brouhaha de hall de gare et le muscadet presque glacé. Irène portait une robe imprimée à fleurs jaunes et rouges. Mais quoiqu'elle ait prévu large, la robe semblait avoir pris, sur la grossesse, un retard considérable et les boutons s'étaient mis à bâiller légèrement lorsqu'Irène s'était assise.

Il y avait beaucoup de monde, le bruit leur faisait une intimité parfaite. Ils parlèrent du film dont Irène avait dû abandonner le montage mais dont elle se tenait informée, de quelques amis, et Irène demanda à Camille des nouvelles de son père.

Lorsque Irène était venue pour la première fois, le père de Camille l'avait accueillie comme s'ils se connaissaient depuis toujours. À la fin du repas, il lui avait offert un cadeau, une œuvre de Basquiat. Son père avait de l'argent. Il avait pris sa retraite assez tôt et vendu son officine pour un prix élevé dont Camille ne connaîtrait sans doute jamais le montant mais qui lui permettait d'entretenir un appartement évidemment trop grand, une femme de ménage qui n'était pas vraiment nécessaire, d'acheter plus de livres qu'il n'en lisait, autant de musique qu'il pouvait en écouter et, depuis un an ou deux, de faire quelques voyages. Il avait un jour demandé à son fils l'autorisation de vendre des tableaux de sa mère que les galeristes reniflaient depuis la fermeture de l'atelier.

— C'est fait pour être vu, avait répondu Camille.

Il n'avait conservé lui-même que quelques toiles. Son père n'en avait conservé que deux. La première et la dernière.

— L'argent sera pour toi, avait assuré son père en parlant des toiles qu'il souhaitait vendre.

— Dépense-le, avait répondu Camille en espérant confusément que son père n'en ferait rien.

— Je l'ai eu au téléphone, dit Camille. Il va bien.

Irène dévorait. Camille dévorait Irène des yeux.

— Tu diras à Louis que c'était très bien, dit-elle, en repoussant légèrement son assiette.

— Je lui donnerai la note aussi.

— Radin.

— Je t'aime.

— J'espère bien.

102

Arrivés au dessert, Irène demanda :

— Alors, ton affaire… ? J'ai entendu le juge, à la radio tout à l'heure… comment déjà ? Deschamps, c'est ça ?

— C'est ça. Elle disait quoi ?

— Pas grand-chose mais ça m'a semblé assez sordide.

Et comme Camille l'interrogeait du regard :

— Elle a parlé du meurtre de deux jeunes femmes, des prostituées, dans un appartement de Courbevoie. Elle n'est pas allée dans le détail mais ça m'a semblé assez terrible…

— Plutôt, oui.

— Elle a annoncé que cette affaire était reliée à une autre, plus ancienne. Tremblay-en-France. C'était toi ?

— Non, celle-là, ça n'était pas moi. Mais maintenant, ça l'est.

Il n'avait pas tout à fait le cœur à discuter de ça. Il était partagé. On ne discute pas de jeunes mortes avec sa femme enceinte un soir d'anniversaire de mariage. Mais peut-être Irène s'était-elle aperçue que ces jeunes mortes occupaient sans cesse son esprit, et que, lorsqu'elles parvenaient à en sortir, quelqu'un ou quelque chose les y faisait revenir. Camille expliqua superficiellement les circonstances, slalomant maladroitement entre les mots qu'il ne voulait pas prononcer, les détails qu'il ne voulait pas évoquer, les images dont il ne voulait pas parler et son discours était hérissé de silences embarrassés, d'hésitations syntaxiques et de regards circulaires dans la salle du restaurant comme s'il espérait y puiser les mots qui lui manquaient. Moyennant quoi, après avoir commencé avec une belle prudence pédagogique, tout se mit à lui manquer en même temps, les phrases, puis les mots et il leva les mains dans un geste d'impuissance. Irène comprit que ce qu'il ne pouvait expliquer était proprement inexplicable.

— Ce type est un dingue… conclut-elle sur la base de ce qu'elle en avait compris.

Camille expliqua qu'une histoire comme celle-ci n'arrivait pas à un policier sur cent au cours de sa carrière et que pas un policier sur mille n'aurait aimé être à sa place. Comme la plupart des gens elle se faisait de son métier une idée qui semblait à Camille directement inspirée des romans policiers qu'elle avait lus. Comme il lui en faisait la remarque, Irène dit :

— Tu m'as déjà vue lire un roman policier ? C'est un genre que je déteste.

— Tu en as déjà lu… !

— *Les Dix Petits Nègres*… ! Je partais pour un séjour dans le Wyoming et mon père pensait que c'était la meilleure manière de me préparer à la mentalité américaine. Il n'a jamais été très fort en géographie.

— Finalement, dit Camille, c'est un peu pareil pour moi, j'en lis peu.

— Moi, je préfère le cinéma… dit-elle avec un sourire de chat.

— Je sais, répondit-il avec un sourire philosophe.

Le reproche sentait la grosse ficelle du couple qui se connaît trop. Camille traçait les contours d'un arbre sur la nappe du bout de son couteau. Puis il la regarda et sortit de sa poche un petit paquet carré.

— Bon anniversaire…

Irène devait se dire que ce mari, vraiment, était totalement dépourvu d'imagination. Il lui avait offert un bijou le jour de leur mariage, un autre lors de l'annonce de sa grossesse. Et maintenant, à peine quelques mois plus tard, il renouvelait sa performance. Elle ne s'en offusquait pas. Elle avait une claire conscience de ses privilèges au regard des femmes qui ne reçoivent de leurs maris que les hommages de fin de semaine. Elle avait plus d'imagination. Elle sortit un cadeau grand format que Camille l'avait vue poser sous sa chaise lorsqu'ils s'étaient installés.

— Bon anniversaire, à toi aussi…

Camille se souvenait de tous les cadeaux d'Irène, tous différents et il eut un peu honte. Il défit le papier sous le regard intrigué des tables avoisinantes et en sortit un livre : *Le Mystère Caravage*. Sur la couverture, un détail du *Tricheur* montrait quatre mains dont l'une était gantée de blanc, une autre tenant des cartes à jouer. Camille connaissait ce tableau et recomposa mentalement l'ensemble : la femme au chapeau rouge glissant un œil de côté vers la servante, les pièces de monnaie posées sur la table… C'était bien dans les idées d'Irène d'offrir à son policier de mari les œuvres d'un peintre assassin.

— Tu aimes ?

— Beaucoup…

Sa mère aussi aimait le Caravage. Il se souvenait de ses commentaires à propos du *Goliath tenant la tête de David*. En feuilletant le livre, c'est exactement sur ce tableau qu'il tomba. Son regard se fixa sur la figure de Goliath. Décidément, journée chargée en têtes coupées.

— On jurerait le combat du Bien contre le Mal, disait sa mère. Vois David, ses yeux fous, et chez Goliath, le calme de la douleur. Où est le Bien, où est le Mal ? En voilà une grande question…

9

Ils se promenèrent un peu en sortant du restaurant, gagnèrent les grands boulevards en se tenant par la main. Dehors ou en public, Camille n'avait jamais pu prendre Irène autrement que par la main. Il aurait aimé, lui aussi, la prendre par les épaules ou par la taille, non pour faire comme les autres mais parce que ce signe de propriété lui manquait. Au fil du temps, ce regret s'était estompé. La prendre simplement par la main signait un mode de possession plus discret qui maintenant lui convenait bien. Insensiblement, Irène ralentit le pas.

— Fatiguée?

— Pas mal, oui, souffla-t-elle en souriant.

Et elle passa sa main sur son ventre, comme si elle lissait un pli imaginaire.

— Je vais aller chercher la voiture, proposa Camille.

— Non, ce n'est pas la peine.

Ce fut tout de même nécessaire.

Il était tard. Les boulevards étaient encore pleins de monde. Il fut convenu qu'Irène l'attendrait à la terrasse d'un café tandis qu'il irait chercher la voiture.

Arrivé à l'angle du boulevard, Camille se retourna pour la regarder. Son visage aussi avait changé et son cœur se serra brusquement parce qu'il lui semblait qu'une distance infranchissable les séparait. Les mains sur le ventre et malgré son regard curieux posé ici et là sur les passants du soir, Irène vivait dans son monde, dans son ventre et Camille se sentit exclu. Son inquiétude se calma néanmoins parce qu'il savait que cette distance entre elle et lui n'était pas une question d'amour, qu'elle ne tenait qu'à un mot. Irène était une femme et lui un homme. L'infranchissable était là, mais, somme toute, ni plus ni moins qu'hier. C'était même grâce à cette distance qu'ils s'étaient rencontrés. Il sourit.

Il en était là de ses pensées lorsqu'il la perdit de vue. Un jeune homme s'était interposé entre eux pour attendre, comme lui, le passage au feu vert sur le bord du trottoir. « C'est fou ce que les jeunes sont grands aujourd'hui », se dit-il en constatant que son regard n'était qu'à la hauteur de son coude. Tout le monde grandissait, avait-il lu récemment. Même les Japonais. Mais en arrivant de l'autre côté du boulevard, tandis qu'il plongeait sa main dans sa poche pour y repêcher ses clés de voiture, son esprit lui offrit brusquement le chaînon manquant après lequel il avait couru une partie de la soirée. Le nom de l'actrice de cinéma sur lequel il s'était tout à l'heure arrêté prenait enfin tout son sens : Gwendolyn Playne le conduisait au héros Gwynplaine, de *L'Homme qui rit* et à cette citation qu'il avait crue oubliée : « Les grands sont ce qu'ils veulent. Les petits sont ce qu'ils peuvent. »

10

— Au couteau, on travaille sur l'épaisseur de la matière. Regarde…

Ce n'est pas souvent que maman prend le temps de dispenser des conseils. L'atelier sent la térébenthine. Maman travaille sur les rouges. Elle en applique des quantités incroyables. Des rouges sang, des carmins, et des rouges profonds comme la nuit. Le couteau ploie sous la pression, dépose de larges couches qu'elle étale ensuite par petits coups. Maman aime les rouges. J'ai une maman qui aime les rouges. Elle me fixe avec gentillesse. « Tu aimes aussi les rouges, n'est-ce pas, Camille… » Instinctivement, Camille se recule, saisi par la peur.

Camille s'est subitement réveillé un peu après 4 heures du matin. Il s'est penché sur le corps engourdi d'Irène. Il a cessé un instant de respirer pour écouter son souffle lent, régulier, son léger ronflement de femme alourdie. Il a posé délicatement sa main sur son ventre. C'est seulement au contact de son épiderme chaud, de la tension lisse de son ventre qu'il a peu à peu repris sa respiration. Encore étourdi de son brusque réveil, il regarde autour de lui la nuit, leur chambre, la fenêtre où perce la lumière diffuse des réverbères. Il tente de calmer les battements de son cœur. « Ça ne va pas du tout… » se dit-il en constatant que des gouttes de sueur glissent de son front sur ses sourcils et commencent à brouiller sa vue.

Il se lève avec précaution, se masse longuement le visage à l'eau froide.

Ordinairement, Camille rêve peu. « Mon inconscient me fout la paix », a-t-il coutume de dire.

Il va se servir un verre de lait glacé et s'installe dans le canapé. Tout en lui est fatigué, jambes lourdes, dos et nuque raides. Pour se détendre, il dodeline lentement de la tête, de bas en haut d'abord puis de droite à gauche. Il tente de chasser l'image des deux filles coupées en morceaux dans le loft de Courbevoie. Son esprit tourne autour d'une peur.

« Qu'est-ce qui me prend ? se demande-t-il. Ressaisis-toi. » Mais son esprit reste confus. « Respire. Fais le compte de toutes les horreurs de ta vie, de toutes les images de corps mutilés qui ont jalonné ta vie, ceux-là ne sont que plus horribles mais ils ne sont ni les premiers ni les derniers. Tu fais ton travail, simplement. Un travail, Camille, pas une mission. Obligation de moyens. Fais de ton mieux, retrouve ces types, ce type, mais n'y engouffre pas ta vie. »

Mais de son rêve remonte soudain jusqu'à lui l'image de la fin. Sa mère a peint sur le mur un visage de jeune fille, celui exactement de la jeune morte de Courbevoie. Et ce visage éteint s'anime, semble se dérouler, s'ouvrir comme une fleur. Une fleur rouge sombre avec beaucoup de pétales, comme un chrysanthème. Ou une pivoine.

Alors, Camille s'arrête net. Il est debout au milieu du salon. Et il sait que quelque chose, sur quoi il ne peut encore mettre de mot, est en train de se passer en lui. Il reste immobile. Il attend, les muscles de nouveau tendus, la respiration précautionneuse. Il ne veut rien casser. Un fil, très ténu, est là, tendu en lui, si fragile… Sans un geste, les yeux fermés, Camille sonde cette image de la tête de la fille clouée au mur. Mais le cœur du rêve, ce n'est pas elle, c'est cette fleur… Il y a autre chose et Camille sent monter en lui cette certitude. Il ne bouge plus, ses pensées avancent par vagues et refluent loin de lui.

À chaque mouvement, la certitude s'approche.

— Merde… !

Cette fille est une fleur. Quelle fleur, bordel, quelle fleur ? Camille est tout à fait éveillé, maintenant. Son cerveau semble fonctionner à la vitesse de la lumière. Avec beaucoup de pétales, comme un chrysanthème. Ou une pivoine.

Et, d'un coup, le flux apporte le mot, évident, lumineux, proprement incroyable. Et Camille comprend son erreur. Ce n'est pas de Courbevoie que son rêve parle mais du crime de Tremblay.

— Impossible… se dit Camille sans y croire.

Il se précipite dans son bureau et extirpe, en jurant contre sa maladresse, les photos du crime de Tremblay-en-France. Les voilà toutes, il les feuillette rapidement, cherche ses lunettes, ne les trouve pas. Alors il prend chaque photo, une à une, la lève, l'approche vers la lumière bleue de la fenêtre. Il avance lentement vers la photo qu'il cherche et enfin la trouve. Le visage de cette fille, agrandi au rasoir d'une oreille à l'autre. Il feuillette de nouveau le dossier, retrouve celle du corps coupé en deux…

— J'y crois pas… se dit Camille en regardant vers le salon.

Il sort de son bureau et se plante devant la bibliothèque. Tandis qu'il débarrasse le tabouret des livres et des journaux qui s'y sont entassés au cours des dernières semaines, son esprit déroule les maillons de la chaîne : Gwynplaine, *L'Homme qui rit*. Une tête de femme avec un grand sourire au rasoir, la femme qui rit.

Quant à la fleur, une pivoine, tu parles…

Camille est monté sur l'escabeau. Ses doigts courent sur la tranche des livres. Il y a là quelques Simenon, quelques auteurs anglais, des américains, ici Horace McCoy, juste après James Hadley Chase, *La Chair de l'orchidée*…

— Une orchidée… Sûrement pas, achève-t-il en prenant un volume par le haut et en le faisant basculer vers lui. Un dahlia.

« Et pas rouge du tout. »

Il s'installe sur le canapé et regarde un instant le livre qu'il tient dans ses mains. Sur la couverture le visage

dessiné d'une jeune femme aux cheveux noirs, un portrait des années 50, semble-t-il, peut-être à cause de la coiffure. Machinalement, il regarde le copyright :
1987.

Sur la page de garde, quatrième de couverture, il lit :

Le 15 juin 1947, dans un terrain vague de Los Angeles, est découvert le corps nu et mutilé, sectionné en deux au niveau de la taille, d'une jeune fille de 22 ans : Betty Short, surnommée « le Dahlia noir »…

Il se souvient assez bien de l'histoire. Son regard glisse sur les pages, attrapant ici et là des bribes de texte et il s'arrête brusquement sur la page 99 :

C'était une jeune fille dont le corps nu et mutilé avait été sectionné en deux au niveau de la taille. Sur la cuisse gauche, on avait découpé une large portion de chair et de la taille tranchée au sommet de la toison pubienne courait une entaille longue et ouverte. Les seins étaient parsemés de brûlures de cigarettes, celui de droite pendait sectionné, rattaché au torse par quelques lambeaux de peau ; celui de gauche était lacéré autour du téton. Les coupures s'enfonçaient jusqu'à l'os mais le plus atroce de tout, c'était le visage de la fille.

— Qu'est-ce que tu fais, tu ne dors pas ?

Camille lève les yeux. Irène est debout près de la porte, en chemise de nuit.

Il repose son livre, s'approche d'elle, pose sa main sur son ventre.

— Va dormir, j'arrive. J'arrive tout de suite.

Irène ressemble à une enfant réveillée par un cauchemar.

— Je viens tout de suite, ajoute Camille. Allez, va vite.

Il a regardé Irène rentrer dans la chambre, dodelinante de sommeil. Sur le canapé, le livre est retourné sur la page qu'il vient d'abandonner. « Une idée à la con », se dit-il. Mais il retourne tout de même s'asseoir et reprend le livre.

Il retourne le livre, cherche un peu et lit de nouveau : *C'était un énorme hématome violacé, le nez écrasé enfoncé profondément dans la cavité faciale la bouche ouverte d'une oreille à l'autre en une plaie de sourire qui vous grimaçait à la figure comme si elle voulait en quelque sorte tourner en dérision toutes les brutalités infligées au corps. Je sus que ce sourire me suivrait toujours et que je l'emporterais dans la tombe.*

« Nom de Dieu… »
Camille feuillette le livre un instant puis le repose. En fermant les yeux, il revoit la photo de la jeune Manuela Constanza, les traces de corde sur ses chevilles…

Il reprend sa lecture.
… sa chevelure d'un noir de jais ne portait pas trace de sang comme si l'assassin lui avait fait un shampooing avant de la balancer là.

Il repose le livre. Envie de retourner dans le bureau, revoir les photos. Mais non. Un rêve… Des conneries.

1

— Enfin, Camille, tu crois à ces conneries ?

9 heures. Bureau du commissaire Le Guen.

Camille détailla un instant les lourdes bajoues fatiguées de son patron en se demandant ce qu'il pouvait y avoir dedans pour peser si lourd.

— Moi, dit-il, ce qui m'étonne, c'est que personne n'y ait pensé. Tu ne peux pas nier que c'est troublant.

Le Guen écoutait Camille en poursuivant sa lecture. Il sautait de signet en signet.

Puis il retira ses lunettes et les posa devant lui. Camille, lorsqu'il était dans ce bureau, restait toujours debout. Il avait tenté une fois de s'asseoir dans un des fauteuils qui faisaient face à Le Guen mais s'était senti comme au fond d'un puits tapissé d'oreillers et avait dû battre des pieds comme un damné pour s'en extirper.

Le Guen retourna le livre, regarda la couverture et fit une moue dubitative.

— … connais pas.

— Tu ne m'en voudras pas de te dire que c'est un classique.

— C'est possible…

— Je vois, fit Camille.

— Écoute, Camille, je trouve qu'on a suffisamment d'emmerdements comme ça. Évidemment, ce que tu me montres là est… comment dire… troublant, si tu veux… mais qu'est-ce que ça voudrait dire ?

— Ça veut dire que le type a recopié le livre. Ne me demande pas pourquoi, je n'en sais rien. Simplement ça correspond. J'ai relu les rapports. Tout ce qui n'avait aucun sens au moment de l'enquête trouve sa raison d'être là-dedans. Le corps de la victime, sectionné en deux au niveau de la taille. Je te fais grâce des brûlures de cigarettes, de cordes sur les chevilles absolument identiques. Personne n'a jamais compris pourquoi le meurtrier avait lavé les cheveux de sa victime. Mais maintenant, ça a du sens. Relis le rapport d'autopsie. Personne n'a pu expliquer pourquoi il manquait les intestins, le foie, l'estomac, la vésicule biliaire… Et moi je te dis : il l'a fait parce que c'est dans le bouquin. Personne n'a jamais su dire pourquoi on avait trouvé des marques… (Camille chercha l'expression exacte) « des marques bénignes », sur le corps, coups de fouet sans doute. C'est une addition, Jean, personne ne sait à quoi ça correspond (Camille désigna le livre sur lequel Le Guen avait planté un coude) mais c'est une addition. Les cheveux lavés, plus les viscères disparus, plus les brûlures sur le corps, plus les marques de fouet égalent… le bouquin. Tout y est, noir sur blanc, précis, exact…

Le Guen avait parfois une drôle de manière de regarder Camille. Il aimait son intelligence même quand elle déraillait.

— Tu te vois proposer ça au juge Deschamps ?

— Moi, non. Mais toi… ?

Le Guen regarda Camille d'un air accablé.

— Mon pauvre vieux…

Le Guen se pencha vers sa serviette, posée au pied de son bureau :

— Après ça ? demanda-t-il en lui tendant le journal du jour.

Camille sortit ses lunettes de la poche extérieure de sa veste mais il n'en avait pas eu besoin pour apercevoir sa photo et attraper le titre de l'article. Il s'installa néanmoins. Son cœur s'était mis à battre nettement plus vite, ses mains étaient devenues moites.

2

Le Matin. Dernière de couverture.

La photo : Camille vu de haut. Il regarde en l'air, peu commode. Le cliché a sans doute été pris lorsqu'il s'est adressé à la presse. L'image a été retravaillée. On dirait que le visage de Camille est plus large que dans la réalité, le regard plus dur.

Sous le bandeau « Le portrait », un titre :

Un flic dans la cour des grands

Le terrible carnage de Courbevoie, dont notre journal s'est fait l'écho, vient de prendre, s'il en était besoin, une dimension supplémentaire. Selon le juge Deschamps, chargée de l'affaire, un indice indiscutable, une fausse empreinte parfaitement lisible, réalisée avec un tampon caoutchouté, relie clairement cette affaire à une autre, non moins sinistre, remontant au 21 novembre 2001 : ce jour où était découvert, dans une décharge de Tremblay-en-France, le corps d'abord torturé puis littéralement coupé en deux d'une jeune femme dont le meurtrier n'a jamais été retrouvé.

Pour le commandant Verhœven, les affaires reprennent. Placé à la tête de cette double enquête à caractère exceptionnel, il va pouvoir de nouveau peaufiner son personnage de policier hors normes. Normal. Quand on a une réputation à tenir, toutes les occasions sont bonnes à saisir.

Faisant sien l'adage selon lequel moins on en dit, plus on donne l'impression d'en savoir, Camille Verhœven en rajoute volontiers dans le laconisme et le mystère. Au risque de laisser la presse et les médias sur leur faim. Mais, de cela, Camille Verhœven se soucie peu. Non, ce qu'il revendique, c'est d'être un flic de premier ordre. Un flic qui n'explique pas les affaires, mais les résout. Un homme d'action et de résultat.

Camille Verhœven a des principes et des maîtres. Inutile pourtant de chercher ces derniers parmi les anciens du Quai des Orfèvres. Non. Voilà qui serait trop commun pour un homme qui s'estime aussi peu ordinaire. À tout prendre, ses modèles seraient plutôt les Sherlock Holmes, Maigret, et autres Sam Spade. Ou Rouletabille, plutôt. Il cultive avec ferveur le flair de l'un, la patience de l'autre, le côté désabusé du troisième et tout ce qu'on veut du dernier. Sa discrétion fait fureur mais ceux qui l'approchent de près devinent aisément à quel point il aspire à devenir un mythe.

Son ambition est sans doute démesurée mais elle s'appuie néanmoins sur une certitude : Camille Verhœven est un excellent professionnel. Et un policier au parcours atypique.

Fils du peintre Maud Verhœven, Camille a, lui aussi, autrefois, tâté de la gouache. Son père, pharmacien aujourd'hui retraité, dit sobrement : « Ça n'était pas maladroit... » Ce qui reste de cette vocation précoce (quelques paysages vaguement japonisants, des portraits appliqués et assez laborieux) est encore rangé dans un carton que son père conserve avec dévotion. Lucidité sur ses capacités ou difficulté de se faire un *prénom : Camille juge tout de même préférable d'opter pour la faculté de droit.*

À cette époque, son père l'espère médecin mais le jeune Camille ne semble décidément pas pressé de plaire à ses parents. Ni peintre ni médecin, il préfère le DEA de droit qu'il obtient avec mention « très bien ». Nul doute, le sujet est brillant : il pourrait opter pour la carrière universitaire, le barreau, il a le choix. Mais c'est l'École de la police nationale qu'il veut. La famille s'interroge :

« C'était un choix curieux, dit son père pensivement. Camille est un garçon très curieux… »

Curieux, en effet, ce jeune Camille qui échappe à toutes les prévisions et réussit contre toutes les règles. C'est qu'il aime être là où personne ne l'attend. On imagine que le jury d'admission, anticipant sur les conséquences de son handicap, se fait tirer l'oreille pour accepter au concours d'entrée dans la police un homme d'1,45 m, contraint d'utiliser une voiture spécialement équipée et trop dépendant de son environnement dans nombre de gestes de la vie quotidienne. Qu'à cela ne tienne, Camille, qui sait ce qu'il veut, s'impose à la première place au concours d'entrée. Puis, pour faire bonne mesure, sort major de sa promotion. La carrière s'annonce brillante. Déjà soucieux de sa réputation, Camille Verhœven ne veut aucun passe-droit et n'hésite pas à demander des postes difficiles, en banlieue parisienne, avec la certitude qu'ils le conduiront tôt ou tard vers le port auquel il se destine : la Brigade criminelle.

Il se trouve que son ami, le commissaire Le Guen, avec lequel il a travaillé quelques années plus tôt, y exerce des responsabilités. Après quelques années à faire ses classes dans les banlieues mouvementées où il laisse un souvenir agréable mais peu marquant, voilà enfin notre héros à la direction du deuxième groupe de ladite Brigade où il va, enfin, donner la mesure de son talent. On dit « héros » parce que le mot se murmure déjà ici et là. Qui l'aura lancé ? On ne sait. Camille Verhœven toutefois ne le dément pas. Il entretient son profil de policier studieux et appliqué mais résout quelques affaires passablement médiatiques. Il parle peu et fait mine de laisser son talent s'exprimer à sa place.

Si Camille Verhœven tient le monde à bonne distance, il ne déteste pas se croire incontournable et cultive le mystère avec une sobre délectation. À la Brigade criminelle comme ailleurs, on ne sait de lui que ce qu'il veut bien en dire. Derrière le masque de la modestie se cache un homme habile : ce solitaire cultive en fait la retenue avec ostentation et affiche volontiers sa discrétion sur les plateaux télévisés.

Il est aujourd'hui en charge d'une vilaine et bien étrange affaire dont il dit lui-même qu'elle est « particulièrement sauvage ». On n'en saura pas plus. Mais le mot est lâché, mot puissant, mot court, efficace, tout à l'image du héros. Il a suffi d'un mot pour faire comprendre qu'il ne s'occupe pas d'affaires de routine mais des grandes affaires criminelles. Le commandant Verhœven, qui sait ce que parler veut dire, pratique la litote avec un art consommé et fait mine de découvrir avec stupeur les bombes à retardement médiatiques qu'il a laissées distraitement tomber sur le chemin. Dans un mois il sera papa mais ce n'est pas sa seule manière de travailler pour la postérité : il est déjà ce qu'on appelle, dans tous les jargons, un « grand professionnel », de ceux qui fabriquent leur propre mythologie avec une infinie patience.

Camille replia le journal avec précaution. Le Guen n'aima pas le calme soudain de son ami.

— Camille, tu laisses pisser, tu m'entends ?

Et devant le mutisme de Camille :

— Tu le connais ce type ?

— Il m'a contacté hier, oui, lâcha Camille. Je ne le connais pas particulièrement mais lui, en revanche, il semble me connaître assez bien...

— Il a surtout l'air de ne pas t'aimer beaucoup.

— Ça, je m'en fous. Non, moi, ce qui m'embête, c'est l'effet boule de neige. Les autres journaux vont prendre le relais, et...

— Et déjà que le juge n'a pas dû apprécier la couverture télé d'hier soir... Cette affaire vient à peine de commencer et tu as déjà toute la presse, tu comprends ? Je sais, tu n'y es pour rien... mais cet article, en plus...

Le Guen avait repris le journal et le tenait à bout de bras comme une icône. Ou comme une merde.

— Une belle page entière, avec ça ! Avec ta photo et tout le bordel...

Camille regarda Le Guen.

— Il n'y a plus qu'une solution, Camille, tu le sais comme moi : faire vite. Très vite. Le recoupement avec l'affaire de Tremblay devrait t'aider et...

— Tu l'as suivie, l'affaire de Tremblay ?

Le Guen se gratta une bajoue.

— Oui, je sais, ça n'est pas un truc facile.

— Pas facile, c'est un euphémisme. On n'a rien. Exactement rien. Ou le peu qu'on a rend le dossier encore plus complexe. On sait qu'on a affaire au même type, s'il est seul, ce qui n'est pas totalement certain. À Courbevoie, il les viole sous toutes les coutures. À Tremblay, aucune trace de viol, tu vois le rapprochement, toi ? Dans le premier cas, il découpe les filles au couteau de boucher et à la perceuse électrique, dans le second il se donne la peine de laver les viscères, du moins ceux qu'il laisse sur place. Tu m'interromps quand tu vois le rapprochement, d'accord ? À Courbevoie…

— D'accord, concéda Le Guen. Le rapprochement des deux affaires n'est peut-être pas d'une aide directe.

— Peut-être pas, en effet.

— Ça ne veut pas dire pour autant que ton histoire de bouquin (Le Guen retourna à la couverture du livre dont, décidément, il ne parvenait pas à mémoriser le titre), ton « Dahlia noir »…

— C'est sans doute que tu as une meilleure hypothèse, coupa Camille. Tu vas m'expliquer ça, ajouta-t-il en fouillant dans la poche intérieure de sa veste, ça doit être puissant, si ça ne t'ennuie pas, je vais prendre des notes…

— Arrête tes conneries, Camille, dit Le Guen.

Les deux hommes gardèrent un instant le silence, Le Guen observant la couverture du livre, Camille scrutant le front plissé de son vieux copain.

Le Guen avait beaucoup de défauts, c'était même l'avis unanime de toutes ses ex-femmes, mais la bêtise n'était pas son fort. Il avait même été, autrefois, un flic de la classe des meilleurs, d'une intelligence exceptionnelle. Un de ces fonctionnaires que, selon le principe de Peter, l'administration avait fait monter dans la hiérarchie jusqu'à son point d'incompétence. Camille et lui étaient de très vieux amis. Camille souffrait de voir son ancien camarade placé à un rôle de responsable dans lequel son talent s'étiolait. Le Guen, lui, résistait à la tentation de regretter le temps d'avant, le temps où son métier le passionnait au point de lui avoir coûté trois mariages. Il était devenu une sorte de champion de la pension alimentaire. Camille avait attribué à un réflexe d'autodéfense les innombrables kilos amassés ces dernières années. Pour lui, Le Guen se mettait ainsi à l'abri de tout nouveau mariage et se contentait de gérer les anciens, c'est-à-dire de voir son salaire s'engouffrer dans les failles de son existence.

Leur protocole relationnel était bien établi. Le Guen, fidèle, d'une certaine manière, à la position qu'il occupait dans la hiérarchie, résistait jusqu'à ce que les arguments de Camille emportent sa conviction. Il passait alors, à l'instant même, du rôle de challenger à celui de complice. Il était capable d'à peu près tout, dans l'une comme dans l'autre position.

Cette fois, il hésitait. Ce qui n'était pas, pour Camille, une bonne nouvelle.

— Écoute, dit enfin Le Guen en le regardant bien en face, je n'ai pas de meilleure hypothèse. Mais ça ne donne pas plus de poids à la tienne. Quoi ? Tu as trouvé un bouquin qui raconte un crime similaire ? Depuis l'aube des temps que les hommes tuent des femmes, ils ont à peu près épuisé tous les cas de figure. Ils les violent, ils les découpent en morceaux, je te défie de trouver un type qui n'en a pas eu envie. Moi-même, sans parler de moi… tu vois, quoi. Alors, forcément, au bout d'un moment, tout ça se ressemble. Pas la peine d'aller chercher dans ta bibliothèque, Camille, le spectacle du monde, tu l'as sous les yeux.

Puis, regardant Camille d'un ton un peu douloureux.

— Ça ne suffit pas, Camille. Je vais te soutenir. Du mieux que je pourrai. Mais je te le dis dès maintenant. Avec le juge Deschamps, ça ne suffira pas.

4

— James Ellroy. Évidemment, c'est assez inattendu…

— Et c'est tout ce que tu as à dire ?

— Non, non, protesta Louis. Non, je dis que c'est effectivement tout à fait…

— Troublant, oui, je sais, c'est ce que m'a dit Le Guen. Il m'a même fait une superbe théorie sur les hommes qui tuent des femmes depuis le premier soupir de l'humanité, tu vois le genre. Moi, tout ça je m'en fous.

Maleval, les mains dans les poches, adossé à la porte d'entrée du bureau, montrait son visage du matin, en plus fatigué que les autres jours, bien qu'il ne fût encore que 10 heures. Armand, se confondant presque avec le portemanteau, regardait pensivement ses chaussures. Quant à Louis que, pour l'occasion, Camille avait installé à son bureau pour lui commander la lecture, il portait une jolie veste verte, taillée dans un lainage léger, une chemise crème et une cravate club.

Louis n'avait pas les mêmes méthodes de lecture que le commissaire. Dès que Camille lui avait désigné son fauteuil, il s'était assis confortablement et avait lu avec application, une main largement posée sur la page. Ça rappelait à Camille un tableau dont le souvenir précis lui échappait.

— Qu'est-ce qui vous a fait penser au *Dahlia noir*?

— Difficile à dire.

— Votre idée, c'est que le meurtrier de Tremblay a, en quelque sorte, mimé le livre.

— Mimé? demanda Camille. Tu as de ces mots… Il coupe une fille en deux, la vide de ses entrailles, lave les deux morceaux de cadavre, lui shampouine la tête avant de balancer le tout dans une décharge publique! Si c'est un mime, heureusement qu'il n'a pas la parole…

— Non, je voulais dire…

Louis était rouge de confusion. Camille regarda ses deux autres collaborateurs. Louis avait effectué sa lecture d'une voix concentrée que le texte avait peu à peu altérée. Aux dernières pages, sa voix avait tant baissé d'intensité qu'il avait fallu tendre l'oreille. Sur le coup, personne ne semblait emballé, et Camille ne savait pas si leur attitude tenait à la teneur du texte ou à son hypothèse. Il régnait dans le bureau une atmosphère pesante.

Verhœven comprit tout à coup qu'elle ne tenait peut-être pas à cette circonstance-là mais au fait que ses collaborateurs avaient lu, eux aussi, l'article du *Matin*. Le journal avait déjà dû faire le tour de la Brigade, de la PJ et était aussi prestement parvenu chez le juge Deschamps puis au ministère. Le genre d'information portée par sa dynamique propre, comme une cellule cancéreuse. Qu'en pensaient-ils? Qu'en avaient-ils compris ou déduit? Leur silence n'était pas bon signe. Compatissants, ils en auraient parlé. Indifférents, ils l'auraient oublié. Mais silencieux, ils en pensaient plus long qu'ils n'en disaient. Une page entière lui était consacrée, page peu aimable mais belle publicité. Jusqu'à quel point l'imaginaient-ils complice ou complaisant ? Pas un mot n'avait été écrit sur son équipe. Que l'article fût aimable ou non, il n'y en avait que pour Camille Verhœven, le grand homme du jour qui venait aujourd'hui avec ses hypothèses à la con. Autour de lui le monde semblait avoir disparu. Et à cette disparition répondait maintenant leur silence, ni désapprobateur ni indifférent. Déçu.

— Possible, lâcha enfin Maleval, prudent.

— Et ça voudrait dire quoi ? demanda Armand. Je veux dire, quel rapport ça aurait avec ce qu'on a trouvé à Courbevoie ?

— Je n'en sais rien, Armand ! On a une affaire, vieille de dix-huit mois, qui ressemble au détail près à un bouquin, je n'en sais pas plus !

Et devant le silence général, il ajouta :

— Vous avez raison, je crois que c'est une idée idiote.

— Alors, demanda Maleval... on fait quoi ?

Camille regarda les trois hommes un à un.

— On va demander son avis à une femme.

5

— C'est curieux, en effet...

Bizarrement, au téléphone, la voix du juge Deschamps n'avait pas l'accent sceptique auquel il s'attendait. Elle avait dit ça simplement, comme si elle avait pensé tout haut.

— Si vous avez raison, dit le juge, le crime de Courbevoie doit également figurer dans le livre de James Ellroy ou dans un autre. Il faudrait vérifier...

— Peut-être pas, dit Camille. Le livre d'Ellroy est inspiré d'un fait divers réel. Une jeune fille, Betty Short, a été tuée exactement dans ces conditions en 1947 et le livre reconstitue une sorte de fiction autour de ce fait divers qui a dû être célèbre là-bas. Il dédie le livre à sa mère qui a été elle aussi assassinée en 1958... Il y a plusieurs pistes possibles.

— C'est un peu différent, en effet...

Le juge prit quelques instants de réflexion.

— Écoutez, reprit-elle enfin, cette piste risque de ne pas sembler très sérieuse au Parquet. Certains éléments sont concordants mais je ne vois pas très bien ce qu'on peut en faire. Je m'imagine assez mal commander à la Police judiciaire la lecture de toute l'œuvre de James Ellroy et de transformer la Brigade criminelle en salle de bibliothèque, vous comprenez...

— Évidemment... convint Camille qui se rendait maintenant compte qu'il s'était fait peu d'illusions sur sa réponse.

Le juge Deschamps, visiblement, n'avait pas un mauvais fond. À sa voix, elle semblait sincèrement déçue de ne pouvoir dire autre chose que cela.

— Écoutez, si cette hypothèse est recoupée à un endroit quelconque, on verra. Pour le moment, je préférerais qu'on poursuive... par des voies plus traditionnelles, vous comprenez ?

— Je comprends, dit Camille.

— Vous conviendrez, commandant, que les circonstances sont un peu... particulières. À la limite, il n'y aurait que vous et moi, nous pourrions peut-être prendre cette hypothèse pour une base possible mais nous ne sommes plus seuls...

« Nous y voilà », se dit-il. Son estomac s'était brusquement noué. Non qu'il eût peur mais parce qu'il craignait d'être blessé. Il avait été piégé deux fois. La première fois par les techniciens de l'Identité qui avaient eu la mauvaise idée de sortir leurs sacs de macchabées devant les journalistes, la seconde fois par l'un de ces journalistes qui avait su s'infiltrer dans sa vie privée au plus mauvais moment. Camille ne s'aimait pas en victime, il n'aimait pas davantage nier ses maladresses lorsqu'elles étaient patentes, bref, il n'aimait pas du tout ce qui était en train de se passer, comme si d'une affaire à l'autre, il était poussé à la marge. Ni Le Guen, ni le juge, ni même son équipe ne prenaient son hypothèse au sérieux. Il en était bizarrement soulagé, tant il se sentait peu compétent pour suivre une piste si éloignée de ses habitudes. Non, ce qui le blessait, c'était ce qu'il disait le moins. Les mots de l'article de Buisson dans *Le Matin* continuaient de résonner dans sa tête. Quelqu'un était intervenu dans sa vie, dans sa vie privée, avait parlé de sa femme, de ses parents, quelqu'un avait dit « Maud Verhœven », avait vu et parlé de son enfance, de ses études, de ses dessins, avait expliqué qu'il serait bientôt père… Il y avait là, selon lui, une réelle injustice.

Vers 11 h 30, Camille reçut un coup de téléphone de Louis.

— Où es-tu ? demanda Camille, avec nervosité.

— À la Porte de la Chapelle.

— Qu'est-ce que tu fous là-bas ?

— Je suis chez Séfarini.

Il connaissait bien Gustave Séfarini, un spécialiste du renseignement multiclientèle. Il renseignait les braqueurs sur quelques bons coups en échange de pourcentages bien calculés, dans les affaires en préparation il se voyait souvent confier la tâche des repérages pour lesquels son

126

coup d'œil lui valait une réputation solide, le type même du malfrat prudent. Après plus de vingt ans de carrière son casier était – à peu près – aussi vierge que sa fille, une petite Adèle, jeune fille handicapée qui faisait l'objet de tous ses soins et pour laquelle il nourrissait une passion touchante, pour autant qu'on pouvait trouver touchant un type qui avait aidé à organiser des braquages qui, en vingt ans, avaient quand même fait quatre morts.

— Si vous avez un moment, ça ne serait pas mal que vous passiez…

— Urgent ? demanda Camille en regardant sa montre.

— Urgent mais ça ne devrait pas vous prendre trop de temps, estima Louis.

6

Séfarini habitait une petite maison dont les fenêtres donnaient sur le périphérique, maison précédée d'un jardinet poussiéreux et qui semblait trembler jour et nuit sous la double pression de l'autoroute, active en permanence, et du métro qui passait juste sous les fondations. À voir cette maison et la 306 Peugeot déglinguée garée sur le trottoir, on se demandait où pouvait bien passer l'argent que gagnait Séfarini.

Camille entra comme chez lui.

Il trouva Louis et son hôte dans la cuisine en Formica des années 60, installés à une table recouverte d'une toile cirée dont les motifs n'étaient plus que des souvenirs, devant un café servi dans des verres en Duralex. Séfarini ne sembla pas particulièrement heureux de voir entrer Camille. Louis, lui, ne bougeait pas, se contentant de faire tourner distraitement entre ses doigts un verre qu'il n'avait aucune envie de vider.

— Alors, de quoi s'agit-il ? demanda Camille en prenant la seule chaise restée vide.

— Eh bien, commença Louis en regardant Séfarini, j'expliquais à notre ami Gustave… Pour sa fille… Pour Adèle…

— C'est vrai, tiens, elle est où, Adèle ? demanda Camille.

Séfarini désigna l'étage d'un regard morne et baissa de nouveau les yeux vers la table.

— Je lui expliquais, reprit Louis, que les rumeurs vont bon train.

— Ah, fit Camille prudemment.

— Bah oui… Regrettables, les rumeurs. J'expliquais à notre ami que ses rapports avec Adèle nous inquiétaient beaucoup. Beaucoup, répéta-t-il en regardant Camille. On parle d'attouchements, de relations coupables, d'inceste… Je m'empresse d'ajouter que nous ne portons aucun crédit à ces rumeurs persistantes !

— Évidemment ! confirma Camille qui commençait à voir le chemin que Louis avait emprunté.

— Nous, non, reprit Louis. Mais les assistantes sociales, elles, c'est moins sûr… Nous, on le connaît, le Gustave. Bon père et tout et tout… Mais, qu'est-ce que vous voulez, elles ont reçu des lettres…

— C'est chiant, les lettres, dit Camille.

— C'est vous qui me faites chier ! s'écria Séfarini.

— C'est vulgaire, ça, Gustave, dit Camille. Quand on a des enfants, merde, on fait attention.

— Et donc, reprit Louis d'une voix désolée, je passais pas loin, je me suis dit, tiens, je vais aller dire un petit bonjour à notre ami Gustave, un bon copain du gros Lambert, par parenthèse… Et j'expliquais à notre

Gustave qu'on parle d'un placement d'office. En attendant de le blanchir complètement. Ce n'est pas une grande affaire, ce placement, juste l'histoire de quelques mois. Je ne suis pas sûr que Gustave et Adèle pourront réveillonner ensemble mais si on insiste bien…

Les antennes de Camille se mirent instantanément à frémir.

— Allez, mon Gustave, explique au commandant Verhœven. Je suis certain qu'il peut faire plein de choses pour Adèle, n'est-ce pas ?

— Bah oui, on peut toujours s'arranger… confirma Camille.

Séfarini faisait ses calculs depuis le début de l'échange. Cela se voyait à son front plissé, à son regard rapide, bien qu'il gardât le front baissé, qui traduisaient l'intensité de sa réflexion.

— Allez, mon Tatave, explique-nous tout ça. Le gros Lambert…

Séfarini connaissait bien le braquage de Toulouse qui avait eu lieu le jour de l'assassinat de Manuela Constanza, la jeune fille retrouvée à Tremblay-en-France. Et pour cause… c'est lui qui avait repéré les faiblesses du centre commercial, qui avait dressé les plans, minuté l'opération.

— Et en quoi ça m'intéresse, ton histoire ? demanda Camille.

— Lambert n'y était pas. C'est tout ce qu'il y a de plus certain.

— Il faut tout de même que Lambert ait eu une motivation puissante pour s'accuser d'un braquage dans lequel il n'était pour rien. Très puissante.

Sur le bord du trottoir, avant de reprendre leur voiture, les deux hommes regardaient le sinistre paysage du périphérique. Le portable de Louis sonna.

— Maleval, dit Louis en raccrochant. Lambert est en conditionnelle depuis deux semaines.

— Il faut faire vite. Dès maintenant, si possible…

— Je m'en occupe, confirma Louis en composant un numéro.

7

Rue Delage, au numéro 16. Quatrième étage sans ascenseur. Comment son père ferait-il dans quelques années ? Lorsque la mort aurait commencé à rôder dans sa maison. C'est une question que Camille se posait souvent et qu'il chassait aussitôt, habité par l'espoir, essentiellement magique, que cette circonstance ne se poserait jamais.

L'escalier sentait l'encaustique. Son père avait passé sa vie dans son officine nappée d'odeurs de médicaments, sa mère sentait l'essence de térébenthine et l'huile de lin. Camille avait des parents à odeurs.

Il se sentait fatigué et attristé. Qu'avait-il à dire à ce père ? Avait-on seulement quelque chose à dire à un père, en dehors de le voir vivre, de le garder pas trop loin, près de soi, comme un ultime talisman dont on ne saurait jamais très bien à quoi il pourrait servir ?

Depuis la mort de sa femme, son père avait vendu leur appartement, s'était installé dans le XIIe arrondissement, près de la Bastille et cultivait, avec une discrète application un profil de veuf moderne, subtil mélange de solitude et d'organisation. Ils s'embrassèrent maladroitement, comme à l'accoutumée. Cela tenait à ce que, contrairement aux usages, ce père-là était resté plus grand que son fils.

Un baiser sur la joue. Une odeur de bœuf bourguignon.

— J'ai acheté un bourguignon…

De l'art de cultiver les évidences, voilà tout ce père.

Ils prirent l'apéritif face à face, chacun dans son fauteuil. Camille s'asseyait toujours au même endroit, posait son verre de jus de fruits sur la table basse, croisait les mains et demandait : « Alors, comment vas-tu ? »

— Alors, demanda Camille, comment vas-tu ?

Camille avait vu, dès son entrée dans la pièce, près du fauteuil de son père, posé au sol, un exemplaire replié du *Matin*.

— Tu sais, Camille, commença son père en désignant le journal, je suis désolé pour cette histoire…

— Laisse…

— Il est arrivé comme ça, sans prévenir. Je t'ai appelé tout de suite, tu sais…

— Je me doute, papa, laisse, ça n'est pas grave.

— … mais ta ligne était occupée. Et puis on a commencé à discuter. Ce journaliste avait l'air de bien t'aimer, je ne me suis pas méfié. Tu sais, je vais écrire une lettre à son directeur ! Je vais exiger un droit de réponse !

— Mon pauvre papa… Rien de ce qui est dans cet article n'est faux. Au plus, ce sont des points de vue. Juridiquement, le droit de réponse, c'est autre chose. Non, je t'assure, laisse tomber.

Il faillit ajouter : « Tu en as assez fait comme ça » mais se retint. Son père dut l'entendre malgré tout.

— Ça va te faire des ennuis… lâcha-t-il et il se tut.

Camille sourit et préféra changer de conversation.

— Alors, ce petit-fils, tu l'attends, j'espère… ? demanda-t-il.

— Puisque tu veux vraiment fâcher ton père…

— Ça n'est pas moi qui le dis, c'est l'échographe… et puis, si tu te fâches parce que j'ai un fils, c'est que tu es un mauvais père.

— Comment allez-vous l'appeler ?

— Je ne sais pas encore. On en parle, on négocie, on décide et on change d'avis…

— Ta mère avait choisi ton prénom à cause de Pissarro. Elle a continué à aimer ton prénom quand elle a cessé d'aimer le peintre.

— Je sais, dit Camille.

— On parlera de toi après. D'abord, parle-moi d'Irène…

— Je crois qu'elle s'ennuie beaucoup.

— Ce sera bientôt fini… Je l'ai trouvée fatiguée.

— Quand ? demanda Camille.

— Elle est passée me voir la semaine dernière. J'avais honte. Vu son état, c'est moi qui devrais faire l'effort mais tu me connais, je ne me décide jamais à bouger. Elle est venue, comme ça, sans prévenir.

Camille imagina immédiatement Irène montant péniblement les quatre étages, soufflant à chaque palier, se tenant le ventre peut-être. Il savait qu'il y avait derrière cette venue autre chose qu'une simple visite. Un message à son intention. Une réprobation. Elle, en visitant son père, s'occupait de sa vie tandis que lui s'occupait mal d'elle. Il eut envie de l'appeler immédiatement mais comprit qu'il ne voulait pas s'excuser mais lui faire partager son propre malaise, lui parler de ce qu'il ressentait. C'est fou ce qu'il l'aimait. Et plus il l'aimait mal et plus il souffrait de cet amour maladroit.

Leur petite cérémonie mondaine poursuivit donc son cours habituel jusqu'à ce que, d'une voix faussement distraite, M. Verhœven annonce :

— Kaufman… Tu te rappelles Kaufman ?

— Assez bien, oui.

— Il est passé me voir il y a une dizaine de jours.

— Ça faisait un bail…

— Oui, je ne l'avais revu que deux ou trois fois après la mort de ta mère.

Camille sentit une sorte de petit frisson, à peine perceptible. Ce n'était évidemment pas le retour d'un ancien ami de sa mère – dont il admirait le travail, par ailleurs – qui venait créer sa soudaine inquiétude mais la voix de son père. Elle avait, dans sa tonalité faussement détachée, quelque chose de gêné, de contraint. Un embarras.

— Allez, explique-moi tout ça, l'encouragea Camille en voyant son père remuer sa cuillère sans se décider.

— Oh, écoute, Camille, c'est comme tu voudras. Moi, je ne t'en aurais même pas parlé. Mais il insiste pour que je le fasse. Ce n'est pas à ma demande, hein ! ajouta-t-il en élevant subitement la voix comme s'il se défendait d'une accusation.

— Allez… lâcha Camille.

— Pour moi, c'est non, mais enfin, ça ne dépend pas que de moi… Kaufman quitte son atelier. Son bail n'est plus renouvelé mais c'était devenu trop petit. Il fait de très grands formats, tu sais, maintenant !

— Et… ?

— Et il me demande si nous avons l'intention de vendre l'atelier de ta mère.

Camille avait compris avant même que son père achève sa phrase. Il avait toujours craint cette nouvelle mais sans doute parce qu'il la redoutait, il s'y était fait.

— Je sais ce que tu vas en penser, et…

— Non, tu n'en sais rien, coupa Camille.

— Bien sûr, mais je me doute. Je l'ai d'ailleurs dit à Kaufman : Camille ne sera pas d'accord.

— Tu m'en parles quand même…

— Je t'en parle parce que je lui ai promis de t'en parler ! Et puis, je me suis dit que vu les circonstances…

— Les circonstances…

— Kaufman en propose un bon prix. Avec la naissance du petit, maintenant, tu as peut-être de nouveaux projets, acheter plus grand, je ne sais pas…

Camille fut surpris de sa propre réaction.

Montfort était en fait un lieu-dit, ultime trace d'un village autrefois situé à la bordure du parc forestier qui borde le bois de Clamart. Gagnée aujourd'hui par des programmes immobiliers, longée par des résidences prétentieuses, la lisière du bois n'avait plus l'aspect en quelque sorte frontalier que Camille avait connu lorsque enfant, il y accompagnait sa mère. L'atelier était l'ancienne maison de gardien d'une propriété qui s'était évaporée dans une succession d'héritages mal gérés et dont il n'était resté que ce bâtiment dont sa mère avait écroulé toutes les cloisons. Camille avait passé là de longs après-midi à la regarder travailler, tout enveloppé des odeurs de pigments, de térébenthine, dessinant sur un tréteau qu'elle lui avait installé, près du poêle à bois qui dispensait, en hiver, une chaleur lourde et odorante.

L'atelier, à bien regarder, n'avait pas grand charme. Les murs avaient été passés simplement à la chaux, la vieille tomette rouge branlait sous les pieds et la verrière qui apportait la lumière restait poussiéreuse les deux tiers de l'année. Une fois l'an, M. Verhœven père s'y rendait, aérait, tentait de dépoussiérer mais, bientôt découragé, finissait par s'asseoir au milieu de l'atelier et contemplait, en naufragé, ce qui restait de l'existence de la femme qu'il avait tant aimée.

Camille se souvint de la dernière fois qu'il s'y était rendu. Irène avait désiré voir l'atelier de Maud mais devant sa réticence elle n'avait pas insisté. Puis un jour, alors qu'au retour d'un week-end, ils passaient près de Montfort :

— Tu veux voir l'atelier ? avait soudain demandé Camille.

Ni l'un ni l'autre ne furent dupes du fait qu'il s'agissait en fait d'un désir de Camille. Ils firent le détour. Pour surveiller le lieu et débroussailler le parc, le père de Camille rétribuait à l'année un voisin qui y portait visiblement une attention plus que distraite. Camille et Irène enjambèrent les orties et avec la clé qui restait depuis des décennies sous le pot de fleurs en mosaïque, ouvrirent la porte d'entrée qui grinça sourdement.

La pièce, vidée de son contenu, semblait plus grande que jamais. Irène visita sans gêne aucune, jetant simplement un regard interrogateur vers Camille lorsqu'elle voulait retourner un châssis ou amener une toile jusqu'à la baie vitrée pour la voir à la lumière. Camille, lui, resta assis, sans le vouloir, à l'endroit même où son père s'asseyait lorsqu'il y était seul. Irène commenta les toiles avec une justesse qui surprit Camille et s'arrêta longuement devant l'une des dernières œuvres, inachevée, un ensemble de rouges profonds jetés avec une sorte de rage. Irène la tenait à bout de bras, et Camille n'en vit que le dos. À la craie, Maud y avait écrit, de sa grande écriture ouverte : *Folle douleur*.

Une des rares toiles à laquelle elle avait consenti à donner un titre.

Lorsqu'Irène baissa les bras pour la reposer, elle vit Camille pleurer. Elle le serra contre elle un très long moment.

Il n'y revint jamais plus.

— Je vais y réfléchir, lâcha enfin Camille.

— C'est comme tu voudras, répondit son père en vidant lentement sa tasse. De toute manière, l'argent sera pour toi. Pour ton fils.

Le portable de Camille lui signala l'arrivée d'un SMS de Louis : « Lambert absent du nid. On planque ? Louis ».

— Il faut que j'y aille, dit Camille en se levant.

Son père lui adressa le même regard surpris qu'à l'accoutumée, semblant étonné que le temps soit si vite passé, qu'il soit déjà, pour son fils, l'heure de partir. Mais il y avait toujours, dans la tête de Camille, un étrange signal qui lui disait, d'une seconde à l'autre, que le temps était venu de partir. Dès lors, il ne tenait plus en place, tellement il devait partir, tellement il fallait qu'il parte.

— Pour le journaliste… commença son père en se levant.

— Ne t'inquiète pas.

Les deux hommes s'embrassèrent et Camille se retrouva bientôt sur le trottoir. Sans surprise, lorsqu'il leva la tête vers la fenêtre de l'appartement de son père, il le vit, accoudé à la balustrade du balcon, lui faire l'éternel petit signe de la main qui faisait souvent penser à Camille qu'un jour, il le verrait pour la dernière fois.

Camille rappela Louis.

— On en sait un peu plus sur Lambert, dit Louis. Il est rentré chez lui dès le début de sa conditionnelle, le 2. Au dire de son entourage, il allait bien. Selon un de ces contacts, un nommé Mourad, un dealer de Clichy, Lambert partait en voyage, c'était mardi. Il devait être accompagné de Daniel Royet, un homme de main dont on n'a plus de nouvelles non plus. Depuis, plus rien. On organise un tour de planque chez Lambert.

— Gustave va devoir se couvrir. On a deux jours devant nous, pas plus. Passé ce délai, Lambert va disparaître un bon moment…

Ils discutèrent de la mise en place des équipes destinées à planquer aux endroits où Lambert pouvait se rendre. Deux lieux principaux étaient répertoriés. Miracle, ou vertus de l'insistance – de toute manière, Le Guen savait que l'équipe de Camille était trop légère pour assurer cette charge –, Camille obtint deux équipes provisoires que Louis fut chargé de coordonner.

Il posa la pile de livres sur son bureau : *Brown's Requiem, La Colline aux suicidés, Dick Contino's Blues, Un tueur sur la route, Clandestin* puis « Le Quatuor de Los Angeles » composé de : *Le Dahlia noir, Le Grand Nulle part, L.A. Confidential* et *White Jazz.* Et enfin *American Tabloid.*

Il en prit un, au hasard. *White Jazz*. Son geste ne devait rien au hasard. La couverture montrait un portrait de femme ressemblant étrangement à celui du *Dahlia noir*. Le trait, le style du dessin et le type de femme étaient communs aux deux couvertures même si, sur le second, la femme avait un visage plus rond, une coiffure plus ample, plus appliquée, un maquillage plus soutenu, des boucles d'oreilles. L'illustrateur avait évoqué une sorte de vamp hollywoodienne, un peu vulgaire, abandonnant le côté plus spontané qu'il avait cultivé pour figurer le *Dahlia noir*. Camille n'avait pas encore exploré la possible ressemblance entre ces trois filles. Si l'on pouvait, sans trop de peine, effectuer des rapprochements entre Évelyne Rouvray et Josiane Debeuf, de Courbevoie, que pouvait-il y avoir de commun entre elles deux et la petite Manuela Constanza de Tremblay ?

Sur son sous-main, il griffonna trois mots, ajouta « Louis » et souligna deux fois.

— C'est une tâche ardue…

« Ardue »… Comment Louis pouvait-il employer un pareil vocabulaire, mystère.

— Ça, c'est ta pile. Ça, c'est la mienne, dit Camille.

— Ah !

— On cherche un grand appartement, deux filles violées et coupées en morceaux. On doit pouvoir lire en diagonale.

De plus en plus râpeux. Les premiers livres lui semblèrent plutôt classiques. Des « privés » moisissaient dans des bureaux crasseux en sirotant du café et en mangeant des beignets, devant des masses de factures impayées. Des tueurs givrés lâchaient brusquement la bride à leurs réflexes psychopathiques. Puis le style prenait une autre allure. De plus en plus déjanté, de plus en plus cru, James Ellroy se mettait à charrier de l'inhumain à l'état brut. Les bas-fonds de la ville apparaissaient comme la métaphore d'une humanité désespérante et sans illusion. L'amour avait le goût âcre des tragédies urbaines. Sadisme, violence, cruauté, la lie de nos fantasmes prenait corps avec son cortège d'injustices et de réparations, de femmes battues et de meurtres sanglants.

L'après-midi passa rapidement.

Aux premières fatigues, Camille fut tenté de parcourir plus distraitement les centaines de pages qu'il lui restait à vérifier, ne cherchant, au fil de sa lecture en diagonale, que quelques mots clés… mais lesquels ? Finalement, il se retint. Combien de fois des enquêtes avaient piétiné ou échoué parce que l'enquêteur avait procédé trop rapidement, n'avait pas usé du systématisme nécessaire ? Combien d'assassins anonymes devaient encore leur liberté à la négligence de policiers fatigués ?

Toutes les heures Camille sortait de son bureau et, sur le chemin de la machine à café, s'arrêtait sur le seuil du bureau de Louis où le jeune homme travaillait avec un sérieux d'étudiant en théologie. Ils ne prononçaient pas un mot, leurs regards se disant suffisamment combien leur recherche, de prometteuse, était devenue décourageante, combien les quelques notes jetées ici et là se montraient à la relecture parfaitement inopérantes et qu'il en serait sans doute ainsi jusqu'à épuisement des livres et des hommes.

Camille prenait des notes sur du papier blanc. L'inventaire était parfaitement déprimant. Un adolescent étouffé avec un slip rempli de colle à l'acétone, une femme nue pendue par les pieds au-dessus de son lit, une autre découpée à la scie à métaux après avoir reçu une balle dans le cœur, une troisième violée et tuée à coups de couteau… Un univers de tuerie peuplé, à première vue, de dingues plutôt spontanés, d'affaires louches et de règlements de comptes, assez loin de l'application méthodique du tueur de Courbevoie et de Tremblay. La seule ressemblance troublante restait le Dahlia noir mais il y avait un ravin entre la parfaite similitude du Dahlia et le meurtre de Tremblay et les ressemblances assez vagues qu'on pouvait trouver ici et là avec celui de Courbevoie.

Louis avait établi sa propre liste. Lorsqu'il entra pour faire le point, Camille l'interrogea du regard et comprit qu'il n'avait pas eu plus de chance que lui-même. Il jeta un œil déjà distrait sur le carnet où, de son écriture maniérée, Louis avait listé ses trouvailles : des coups de revolver, des coups de couteau, de coup-de-poing américain, quelques viols, une autre pendaison…

— Bon, ça va comme ça, dit Camille.

10

À 18 heures, l'équipe se retrouva pour le dernier point de la journée dans le bureau de Camille.

— Qui commence ? demanda Camille.

Les trois hommes se regardèrent. Camille poussa un soupir.

— Louis, à toi.

— Nous avons jeté un coup d'œil circulaire sur les autres ouvrages de James Ellroy dont le patron pens… Désolé, ajouta-t-il en se mordant la langue.

— Deux choses, Louis, répondit Camille en souriant. D'abord, avec ton « patron », tu fais bien de te reprendre, tu sais ce que j'en pense. Deuxième chose, pour les bouquins, s'il te plaît, tu me le joues lifté.

— Bien, dit Louis en souriant à son tour. En clair, nous avons feuilleté à peu près toute l'œuvre de James Ellroy et nous n'avons rien trouvé qui justifie l'hypothèse de la reproduction d'une scène de livre. Ça va comme ça ?

— Parfait, Louis, tu es un gentleman. J'ajouterai qu'on a perdu une demi-journée entière. À deux. Et que c'était une connerie. Je pense que sur ce sujet on a tout dit…

Les trois hommes sourirent.

— Allez, Maleval, de ton côté, qu'est-ce que tu as ? reprit Camille.

— En dessous de « rien », qu'est-ce qu'il y a ?

— Moins que rien, dit Louis.

— Trois fois rien, risqua Armand.

— Alors, reprit Maleval, c'est moins que trois fois rien. La fausse peau de vache ne présente aucune marque qui permette de remonter la piste de son achat ou de sa fabrication. Le papier peint noir et blanc de la salle de bains ne provient pas d'un fabricant français. J'attends, pour demain, la liste des principaux fabricants étrangers. Il doit y en avoir cinq cents, au bas mot. Je vais lancer une requête globale mais je ne pense pas que notre homme soit allé à visage découvert acheter le papier peint en donnant une photocopie de sa carte d'identité.

— C'est effectivement peu probable, dit Camille. Ensuite ?

— À l'hôtel Mercure où Évelyne Rouvray est allée la première fois avec un client – son futur assassin – la chambre a été payée en espèces. Personne ne se souvient de rien. Le labo, de son côté, n'a pas réussi à faire réapparaître les numéros de série des appareils audiovisuels, téléviseur, CD portable, etc. De chacun, il s'en est vendu des milliers. La piste s'arrête là.

— Je vois. Autre chose ?

— Oui, une autre impasse, si ça vous tente…

— Vas-y toujours.

— La bande vidéo est extraite d'une émission américaine hebdomadaire qui passe depuis plus de dix ans sur US-Gag. C'est une émission très populaire. L'extrait qui se trouve dans le magnétoscope remonte à quatre ans.

— Tu as trouvé ça comment ?

— TF1. Ils ont acheté la série. C'est tellement mauvais que même eux ont renoncé à la diffuser. Ils se contentent de boucher quelques trous de programme avec ce qu'ils estiment être les meilleurs extraits. Celui où le chien pèle une orange a été diffusé le 7 février dernier. Le type a pu l'enregistrer à ce moment-là. Quant à la pochette d'allumettes, c'est bien une pochette trafiquée. À l'origine, une pochette du commerce, tout ce qu'il y a de plus banal. On en trouve dans tous les bureaux de tabac. L'appellation « Le Palio's » a été réalisée sur une imprimante couleur comme il en existe plus de quatre cent mille en France. Le papier utilisé est d'usage lui aussi courant. De même que la colle à maquette qui a servi pour achever le tout.

— C'est un nom de boîte de nuit, ou quelque chose comme ça.

— Sans doute… ou un bar… Enfin, ça revient à peu près au même.

— Oui, ça revient exactement au même, on n'en sait strictement rien.

— C'est à peu près ça.

— Pas vraiment, dit Louis sans lever les yeux de son carnet.

Maleval et Armand le regardèrent. Camille reprit, en regardant ses pieds :

— Louis a raison. Ça n'est pas la même chose. C'est le degré supérieur de la mise en scène. Il y a deux catégories d'indices. Les objets du commerce dont on ne remontera pas la piste et ceux qui relèvent d'une préparation minutieuse… C'est comme ton histoire de divan japonais, ajouta-t-il en regardant Armand.

Armand, surpris dans ses pensées, ouvrit précipitamment son carnet.

— Bah oui, si tu veux… Sauf que le Dunford en question, nous n'en retrouvons pas trace. Faux nom, paiement par mandat international, livraison du divan dans un garde-meubles de Gennevilliers au nom de… (Il consulta son carnet)… Peace. Bref, là encore, ça tourne court.

— Peace… commenta Maleval, comme « paix » ? C'est un marrant…

— Désopilant, lâcha Camille.

— Pourquoi utiliser des noms étrangers ? demanda Louis. C'est curieux, tout de même…

— À mon avis, c'est un snob, décréta Maleval.

— Après ? demanda Camille.

— Pour la revue, reprit Armand, c'est un peu plus intéressant. Enfin, à peine… C'est le numéro de printemps de *Gentlemen's Quaterly*, une revue américaine de mode masculine.

— Anglaise, précisa Louis.

Armand consulta son carnet.

— Oui, anglaise, tu as raison.

— Et… en quoi c'est plus intéressant ? demanda Camille avec impatience.

— La revue est en vente dans plusieurs librairies anglaises et américaines à Paris. Mais il n'y en pas tant que ça. J'en ai appelé deux ou trois. Un coup de chance : un homme a commandé un ancien numéro, celui de mars précisément, chez Brentano's, avenue de l'Opéra, il y a environ trois semaines.

Armand replongea dans ses notes, manifestement désireux de retracer scrupuleusement la piste qu'il avait remontée.

— En bref, Armand, en bref... lâcha Camille.

— J'y viens. La commande a été passée par un homme, l'employée en est certaine. Il est venu un samedi après-midi. Ce jour-là et à cette heure-là, c'est l'affluence. Il a commandé et réglé en espèces. La fille ne se souvient pas de son signalement. Elle dit : « Un homme ». Il est revenu la semaine suivante, même jour, même heure, même effet. La fille ne se souvient pas de lui.

— Joli coup... dit Maleval.

— Le contenu de la valise n'apporte rien de plus, reprit Armand. On continue les recherches. Ce sont tous des objets de luxe mais tout de même assez courants et à moins d'un coup de chance...

Camille se souvint soudainement :

— Louis... Comment il s'appelle, ce type déjà ?

Louis, qui semblait suivre la pensée de Camille avec le flair d'un chien de chasse, répondit :

— Haynal. Jean. Aucune trace. Il ne figure pas sur les fichiers. J'ai lancé une requête... je vous fais grâce des détails. Soit les Jean Haynal que nous trouvons n'ont pas l'âge requis, soit ils sont morts, soit ils sont loin et depuis longtemps... On poursuit mais pas grand-chose à espérer de ce côté-là non plus.

— D'accord, répondit Camille.

Le bilan était bien sûr accablant mais il y avait une piste. L'absence d'indices, la minutie des préparatifs n'étaient pas neutres et constituaient en soi une indication. Camille pensait maintenant que, tôt ou tard, tout cela convergerait vers un point obscur, et il avait le sentiment que contrairement à d'autres affaires dont on discernait lentement les contours, comme pour une photographie révélée progressivement, celle-ci serait d'une autre espèce. Tout s'y ferait jour d'un coup. Question de patience et d'acharnement.

— Louis, enchaîna-t-il, essaye de recouper l'histoire des deux filles de Courbevoie avec celle de Tremblay, les lieux qu'elles auraient pu fréquenter, même sans se connaître, leurs relations, pour voir si elle en avait en commun, tu vois le truc…

— D'accord, répondit Louis en prenant note.

Les trois carnets se refermèrent ensemble.

— À demain, dit Camille.

Les trois hommes quittèrent le bureau.

Louis revint quelques instants plus tard. Il portait la pile de livres qu'il avait feuilletés et reposa le tout sur le bureau de son chef.

— Dommage, hein ? demanda Camille, amusé.

— Oui. Très. C'était une solution élégante…

Puis, à l'instant de quitter le bureau, il se retourna vers Camille.

— Notre métier n'est peut-être pas si romanesque que ça…

Camille pensa : « Peut-être, en effet. »

1

— Je pense que le juge ne va pas aimer ça, Camille.

Courbevoie – Tremblay-en-France

Une fiction pourtant bien réelle.

Le juge Deschamps, en charge de l'instruction du double crime commis à Courbevoie, a révélé qu'une fausse empreinte trouvée sur les lieux reliait cette affaire au meurtre de Manuela Constanza, une jeune prostituée de 24 ans, commis en novembre 2001 et dont le corps a été retrouvé sectionné en deux dans une décharge publique. Selon toute vraisemblance, le commandant Verhœven, chargé de l'enquête, se trouve face à un criminel en série. Ce qui devrait, en principe, simplifier la résolution de cette affaire semble, au contraire, la rendre plus complexe encore. Principal étonnement : la manière. Les meurtriers en série, d'un crime à l'autre, utilisent généralement les mêmes techniques. Or, rien ne semble relier, sur ce plan, les deux affaires. La manière dont les jeunes femmes ont été tuées est différente au point que l'on peut se demander si l'empreinte trouvée à Courbevoie ne constitue pas, en fait, une fausse piste. À moins que…

À moins que l'explication soit tout autre et que ce soient, justement, leurs différences qui relient les deux affaires. C'est du moins l'hypothèse que semble émettre le commandant Verhœven qui effectue un rapprochement saisissant entre le crime de Tremblay-en-France et... un livre du romancier américain James Ellroy. Dans cet ouvrage...

Camille referma brutalement le journal.

— Bordel de merde !

Il rouvrit le journal et lut la conclusion de l'article.

... Gageons toutefois que, malgré ces ressemblances frappantes, cette hypothèse « romanesque » ne recevra pas spontanément l'assentiment du juge Deschamps, connue pour son pragmatisme. Pour l'heure, et jusqu'à preuve du contraire, on attend du commandant Verhœven des pistes moins... fictionnelles.

2

— C'est un enfoiré.

— Peut-être, mais il est bien informé.

Le Guen, calé comme un cachalot dans son immense fauteuil, regarda Camille avec plus d'intensité.

— Tu penses à quoi ?

— J'en sais rien... Et je n'aime pas ça du tout.

— Le juge non plus, confirma Le Guen. Elle m'a appelé à la première heure.

Camille lança à son ami un regard interrogatif.

— Elle est calme. Elle en a vu d'autres. Elle sait bien que tu n'y es pour rien. N'empêche. Elle est comme tout le monde. Des trucs comme ça, on a beau rester calme, ça finit par énerver.

Camille le savait parfaitement. Avant de rejoindre Le Guen, il était passé par son bureau. Une demi-douzaine de rédactions, de radios et trois chaînes de télévision avaient déjà demandé confirmation des informations livrées par *Le Matin*. En attendant l'arrivée de son patron, Louis – joli costume grège, chemise coordonnée, chaussettes jaune très pâle – avait joué les réceptionnistes, bottant en touche avec un flegme tout britannique en relevant sa mèche – main gauche – toutes les vingt secondes.

— Rassemblement, lâcha Camille d'une voix sourde.

Quelques secondes plus tard, Maleval et Armand faisaient leur entrée dans le bureau. Le premier laissait voir, dépassant de la poche de son blouson, l'exemplaire du jour de *Paris-Turf*, déjà annoté au stylo-bille vert, le second tenait à la main une feuille de papier jaune pliée en quatre et un morceau de crayon noir marqué Ikea. Camille ne regardait personne. Atmosphère orageuse.

Il ouvrit le journal à la quatrième page.

— Ce type est TRÈS bien informé, lâcha-t-il. Notre tâche va devenir encore plus compliquée.

Maleval n'avait pas encore lu l'article. Armand, lui, Camille en était certain, l'avait déjà lu. Il connaissait sa technique. Armand partait de chez lui une bonne demi-heure plus tôt et s'installait sur le quai d'une station qui n'était pas la sienne mais d'où il pouvait surveiller trois corbeilles à papier. Chaque fois qu'un passager jetait un journal Armand bondissait, vérifiait le nom du journal et retournait s'asseoir. Il était très regardant en matière de presse matinale : il n'aimait que *Le Matin*. Pour les mots croisés.

Maleval acheva sa lecture et poussa un petit sifflement admiratif en reposant le journal sur le bureau de Camille.

— Comme tu dis… conclut ce dernier. Je sais qu'il y a beaucoup de monde sur cette affaire. Les gars de l'Identité, du labo, les collaborateurs du juge… ça peut venir de n'importe qui. Mais plus que jamais, on fait attention. Je suis clair ?

Camille regretta aussitôt sa question qui avait l'air d'une accusation.

— Tout ce que je vous demande, c'est de faire comme moi. On la boucle.

Le petit groupe murmura son assentiment.

— Lambert, toujours rien ? demanda Camille d'une voix qu'il voulait pacificatrice.

— On n'a pas pu mener les investigations très loin, dit Louis, on a interrogé ici et là, discrètement, pour ne pas créer un effet d'affolement dans ses relations. S'il apprend qu'on est à sa recherche... On a confirmation du fait qu'il a disparu mais aucune indication pour le moment ni sur sa destination, ni sur le lieu où il pourrait se trouver à l'heure actuelle.

Camille réfléchit un instant.

— Si dans un jour ou deux on n'a rien, on fait une rafle dans ses relations et on essaye de tirer ça au clair. Maleval, tu me dresses une liste, qu'on soit prêt le moment venu.

3

De retour à son bureau, Camille tomba sur la pile des ouvrages d'Ellroy. Il poussa un soupir de découragement. Sur son sous-main, dans un endroit resté libre entre une myriade de croquis qu'il prenait sans cesse pour s'aider à réfléchir, il nota :

Tremblay = Dahlia noir = Ellroy

Tandis qu'il tentait de se concentrer sur ce qu'il venait de noter, son regard rencontra un autre livre, totalement oublié celui-là, qu'il avait acheté à la Librairie de Paris. *Le roman policier : une thématique.*

Il le retourna et lut :

« Le roman policier a longtemps été considéré comme un genre mineur. Il aura fallu plus d'un siècle pour qu'il acquière droit de cité dans la "vraie" littérature. Sa longue relégation au rang de "paralittérature" répond à la conception que lecteurs, auteurs et éditeurs se firent longtemps de ce qui était censé être littéraire et donc à nos usages culturels, mais aussi, croit-on généralement, à sa matière même, à savoir le crime. Cette fausse évidence, aussi ancienne que le genre lui-même, semble ignorer que meurtre et enquête figurent en place privilégiée chez les auteurs les plus classiques, de Dostoïevski à Faulkner, de la littérature médiévale à Mauriac. En littérature, le crime est aussi ancien que l'amour. »

— C'est un très bon livre, avait dit le libraire en voyant Camille le parcourir. Ballanger est un vrai connaisseur, un spécialiste. Dommage qu'il n'ait produit que cet ouvrage.

Camille regarda un instant par la fenêtre. Au point où il en était… Il regarda sa montre et décrocha son téléphone.

4

De l'extérieur, l'université ressemblait vaguement à un hôpital où personne n'aurait aimé être soigné. La signalétique semblait s'être épuisée à mesure qu'elle gagnait les étages et les indications de l'UER de littérature moderne se perdaient dans un dédale de couloirs recouverts de plannings surchargés et d'appels à la solidarité pour toutes sortes de communautés.

Par chance, l'unité d'enseignement « Littérature policière : la Série Noire », dispensée par Fabien Ballanger, occupait un créneau en bas de tableau, à une bonne hauteur pour Camille.

Il consacra une demi-heure à chercher la salle où le cours se donnait devant une trentaine d'étudiants qu'il ne voulut pas déranger, une autre demi-heure à trouver une cafétéria immense qui fleurait bon le cannabis, et se repointa dans la salle d'enseignement, juste à l'heure pour prendre sa place dans la file des jeunes gens qui sollicitaient un homme grand, sec, qui répondait laconiquement à chacun sans s'arrêter de fouiller fébrilement dans un cartable noir débordant de dossiers. Dans la salle, quelques étudiants discutaient par petits groupes, en parlant si fort que Camille dut hausser le ton pour se faire entendre.

— Commandant Verhœven. Je vous ai appelé tout à l'heure…

Ballanger baissa les yeux vers Camille et s'arrêta de fouiller dans sa sacoche. Il portait un gilet gris très lâche. Même lorsqu'il ne faisait rien, il avait un regard soucieux, affairé, le genre d'homme qui continue de penser quoi qu'il arrive. Il fronça les sourcils, manière de dire qu'il ne se souvenait pas de ce coup de fil.

— Commandant Verhœven, Police judiciaire.

Ballanger jeta un regard circulaire sur la salle comme pour y chercher quelqu'un.

— J'ai peu de temps… lâcha-t-il.

— J'enquête sur la mort de trois jeunes filles qui ont été découpées en morceaux. Je suis assez pressé moi aussi.

Ballanger le fixa de nouveau.

— Je ne vois pas ce que je…

— Si vous pouvez m'accorder quelques minutes, je vous expliquerai tout ça, coupa Camille.

Ballanger releva les manches de son gilet, l'une après l'autre, comme d'autres rechaussent leurs lunettes. Il sourit enfin, visiblement à contrecœur. Pas du genre à sourire pour n'importe quoi.

— Bien. Donnez-moi dix minutes.

Il n'en fallut pas trois. Ballanger ressortit dans le couloir où l'attendait Camille.

— On a un petit quart d'heure, dit-il en serrant curieusement la main de Camille comme s'ils venaient de se rencontrer, et Camille dut presser le pas pour le suivre dans les couloirs.

Ballanger s'arrêta devant la porte de son bureau, sortit trois clés, déverrouilla successivement trois serrures en expliquant :

— On s'est fait faucher les ordinateurs… deux fois l'année dernière.

Il fit entrer Camille. Trois bureaux, trois écrans d'ordinateurs, quelques étagères de livres et un silence d'oasis. Ballanger désigna un fauteuil à Camille, prit place en face de lui et le regarda attentivement, sans rien dire.

— Deux jeunes filles ont été retrouvées découpées en morceaux dans un appartement de Courbevoie, il y a quelques jours. Nous avons très peu d'éléments. Nous savons qu'elles ont subi des tortures sexuelles…

— Oui, j'ai entendu parler de ça, effectivement, fit Ballanger.

Éloigné de son bureau, les coudes posés sur ses genoux écartés, il avait un regard très attentif, très soutenu, comme s'il avait voulu aider Camille à livrer une confession particulièrement pénible.

— Ce crime en recoupe un autre plus ancien. Le meurtre d'une autre jeune fille dont le corps a été retrouvé dans une décharge publique, coupé en deux à la hauteur de la taille. Ça ne vous dit rien?

Ballanger se redressa soudain. Il était blanc.

— Ça devrait? demanda-t-il d'un ton sec.

— Non, rassurez-vous, dit Camille. C'est au professeur que je m'adresse.

Les relations entre les gens ressemblent souvent à des lignes de chemin de fer. Lorsque les voies s'écartent et s'éloignent l'une de l'autre, il faut attendre un aiguillage pour avoir une chance de les voir reprendre un chemin parallèle. Ballanger se sentait mis en question. Camille proposa un aiguillage.

— Peut-être avez-vous entendu parler de cette affaire. C'était en novembre 2001 à Tremblay-en-France.

— Je lis peu les journaux, lâcha Ballanger.

Camille le sentait raide sur sa chaise.

— Je ne vois pas ce que je peux avoir à faire avec deux…

— Rien du tout, monsieur Ballanger, rassurez-vous. Si je suis venu vous voir, c'est que ces crimes pourraient être en rapport (ce n'est évidemment qu'une hypothèse) avec des crimes de la littérature policière.

— C'est-à-dire?

— Nous n'en savons rien. Le crime de Tremblay ressemble étrangement à celui qui est décrit par James Ellroy dans *Le Dahlia noir*.

— Original!

Camille ne savait pas, dans la réaction de Ballanger, ce qui avait pris le pas, du soulagement ou de l'étonnement.

— Vous connaissez ce livre?

— Évidemment. Et... Qu'est-ce qui vous fait penser...

— Il m'est assez difficile de vous livrer des détails de l'enquête. Notre hypothèse est que ces deux affaires sont liées. Puisque le premier crime semble être directement inspiré du livre de James Ellroy, nous nous demandons si les autres...

— ... ne viennent pas, eux aussi, d'un autre livre d'Ellroy !

— Non, nous avons vérifié, ça n'est pas le cas. Non, je pense plutôt que les autres crimes pourraient venir d'autres livres. Pas forcément d'Ellroy.

Ballanger avait reposé ses coudes sur ses genoux. Il se tenait le menton dans une main et regardait le sol.

— Et vous me demandez...

— Pour tout vous dire, monsieur Ballanger, je suis assez peu amateur de littérature policière. Ma culture dans ce domaine est même plutôt... rudimentaire. Je cherche quelqu'un qui puisse m'aider, j'ai pensé à vous.

— Pourquoi moi ? demanda Ballanger.

— Votre livre sur la Série Noire. J'ai pensé que peut-être...

— Oh, fit Ballanger, c'est un vieux truc. Il faudrait le remettre à jour. Les choses ont beaucoup changé depuis.

— Pouvez-vous nous aider ?

Ballanger se grattait le menton. Il avait l'air embarrassé d'un médecin porteur d'une mauvaise nouvelle.

— Je ne sais pas si vous avez fréquenté l'Université, monsieur...

— Verhœven. Oui, j'ai fait mon droit à la Sorbonne. C'est assez ancien, je vous l'accorde.

— Oh, les choses n'ont pas dû changer beaucoup. Nous sommes toujours des spécialistes.

— C'est pour ça que je suis là.

— Ça n'est pas exactement ce que je voulais dire…
Je me suis penché sur la littérature policière. C'est un
domaine très vaste. Ma recherche portait sur la thématique des romans de la Série Noire. De la Série Noire
exclusivement. Je me suis même limité aux mille premiers numéros. Je les connais très bien, mais il ne s'agit
tout de même que de mille livres sur une littérature qui
doit en comprendre quelques millions. L'étude de la
problématique policière m'a évidemment conduit à des
incursions au-delà de la Série Noire. James Ellroy, dont
vous me parlez, n'a pas été édité dans ma collection de
référence, il ne fait pas partie, du moins pas encore, des
classiques du genre. Je le connais pour l'avoir lu, je ne
peux prétendre en être un spécialiste…

Camille se sentit agacé. Ballanger parlait comme un
livre pour expliquer qu'il n'en avait pas lu suffisamment.

— En clair ? demanda Camille.

Ballanger lui jeta le regard, agacement mêlé de
stupeur, qu'il devait réserver à ses plus mauvais étudiants.

— En clair, si les affaires dont vous me parlez font
partie de mon corpus, je pourrai peut-être vous aider.
Cela dit, c'est très limité.

Mauvaise pioche. Camille fouilla dans la poche intérieure de sa veste et en sortit deux feuilles pliées qu'il
tendit à Ballanger.

— Vous trouverez ici la description succincte de
l'affaire dont je vous ai parlé. Si vous pouviez tout de
même jeter un œil dessus, on ne sait jamais…

Ballanger prit les papiers, les déplia, décida d'en
remettre la lecture à plus tard et les remisa dans sa
poche.

À cet instant, le téléphone de Camille vibra dans sa
poche.

— Vous m'excusez? demanda-t-il sans attendre la réponse.

C'était Louis. Camille sortit précipitamment un carnet de sa poche et griffonna quelques signes qui ne devaient être compréhensibles que pour lui.

— Tu me rejoins là-bas, lâcha-t-il aussitôt après.

Puis il se leva brusquement. Ballanger, pris de court, se leva aussitôt comme s'il venait de recevoir une décharge électrique.

— Je crains, monsieur Ballanger, dit Camille en se dirigeant vers la porte, de vous avoir dérangé pour rien…

— Ah… répondit Ballanger, curieusement désappointé. Ça n'était pas ça?

Camille se retourna vers lui. Une idée venait de lui traverser l'esprit.

— Il est bien possible, lâcha-t-il comme si cette idée soudain le terrassait, que je doive tout de même faire appel à vous très bientôt.

Dans le taxi qui le ramenait vers le centre de Paris, Camille se demanda s'il avait lu mille livres dans sa vie, commença à faire un calcul approximatif à raison de vingt livres par an (les bonnes années), arrondit à quatre cents et prit le temps de méditer amèrement sur l'étendue de sa culture.

5

Rue du Cardinal-Lemoine. Une librairie à l'ancienne. Rien à voir avec les espaces fluorescents des grands magasins spécialisés. On était là dans l'artisanat, parquet ciré, étagères de bois verni, échelles en aluminium brossé, lumières tamisées. L'atmosphère avait ce quelque chose de calme et d'impressionnant qui fait instinctivement baisser la voix. Qui donne un avant-goût d'éternité. Près de la porte, un présentoir de revues spécialisées, au centre une table chargée de livres de toutes dimensions. Au premier coup d'œil, l'ensemble donnait une impression poussiéreuse et désordonnée mais un regard plus attentif montrait que l'ensemble était tenu avec soin et répondait à sa propre logique. Sur la droite, tous les livres présentaient une tranche d'un jaune vif, plus loin, de l'autre côté, s'alignait la collection, sans doute intégrale, de la Série Noire. On pénétrait ici moins dans une librairie que dans une culture. Passé la porte, on était dans l'antre des spécialistes, quelque chose à mi-chemin du cloître et de la secte.

La boutique était vide à leur entrée. Le grelot de la porte d'entrée fit bientôt apparaître, comme sortant de nulle part, un homme grand, la quarantaine, au visage sérieux, presque soucieux, en pantalon et gilet bleus, sans élégance, lunettes minces. L'homme respirait une assurance vaguement satisfaite. « Je suis sur mon terrain, semblait dire sa silhouette longiligne. Je suis le maître des lieux. Je suis un spécialiste. »

— Que puis-je faire pour vous ? demanda-t-il.

Il s'était approché de Camille mais se tenait un peu à distance, comme pour éviter, en s'approchant, d'avoir à le regarder de trop haut.

— Commandant Verhœven.

— Ah oui…

Il se retourna pour prendre quelque chose derrière lui et tendit à Camille un livre.

— J'ai lu l'article dans les journaux. À mon avis, il n'y a guère de doute…

C'est un livre de poche. Le libraire a signalé un passage au milieu du livre à l'aide d'un signet jaune. Camille regarde d'abord la couverture. En contre-plongée, un homme à cravate rouge, un chapeau sur la tête, les mains gantées de cuir, tient un couteau. Il semble se trouver dans un escalier mais peut-être pas.

Camille sort ses lunettes, les chausse, lit la page de titre.

Bret Easton Ellis
American Psycho.

Copyright 1991. L'année suivante pour l'édition française.

Il tourne une page, puis deux. La préface, signée Michel Braudeau.

« *Bret Easton Ellis, né en 1964 à Los Angeles [...] Son agent littéraire lui a obtenu une avance de 300 000 dollars pour qu'il écrive un roman sur un serial killer new-yorkais. À la remise du manuscrit, l'éditeur a abandonné les dollars et refusé le manuscrit. Épouvanté. La maison Vintage, elle, n'a pas hésité. En dépit (ou en raison) du scandale provoqué par la simple mise en circulation de quelques extraits en épreuves, elle a bravé l'opinion publique et les ligues féministes [...] Ellis a dû prendre un garde du corps, il a reçu des tombereaux d'injures et de menaces de mort. Et vendu des milliers d'exemplaires d'*American Psycho *aux États-Unis.* »

Louis ne veut pas lire par-dessus l'épaule de son patron. Il fait le tour des rayons tandis que le libraire, les jambes légèrement écartées, tient ses mains serrées derrière son dos, en regardant la rue, par-delà la vitrine.

Camille sent monter en lui quelque chose qui ressemble à de l'excitation.

À l'endroit où le libraire a placé un signet, il se passe des horreurs. Camille se met à lire, en silence, concentré. De temps en temps, il bouge la tête de droite et de gauche en murmurant « C'est pas vrai… ».

Louis cède à la tentation. Camille écarte légèrement le livre pour que son adjoint puisse lire en même temps que lui.

Page 388

Minuit. Je fais la conversation à deux nanas, toutes deux très jeunes, blondes, gros nénés, des petits trésors, conversation brève car j'ai de sérieuses difficultés à me contenir, dans l'état de confusion où je suis.

Le libraire :

— J'ai aussi mis une croix aux passages qui m'ont semblé… significatifs.

Camille n'écoute pas, ou il n'entend pas. Il lit.

Cela commence à moins m'exciter [...]

Torri se réveille attachée, cambrée sur le dos au bord du lit, et le visage couvert de sang – car je lui ai découpé les lèvres avec des ciseaux à ongles. Tiffany, elle, est attachée de l'autre côté du lit, à l'aide de six paires de bretelles appartenant à Paul, gémissant de peur, totalement paralysée par la monstruosité de ce qui lui arrive. Souhaitant qu'elle regarde ce que je vais faire à Torri, je l'ai installée de manière à ce qu'elle ne puisse éviter de le voir. Comme à l'habitude, et dans l'espoir de comprendre ce que sont ces filles, je filme leur mort. Pour Torri et Tiffany, j'utilise une caméra ultra-miniaturisée Minox LX à pellicule de 9,5 mm, lentille 15 mm f / 3.5, réglage d'exposition et filtre de densité incorporé, posée sur un trépied. J'ai mis un

CD de Travelling Wilburys dans un lecteur de CD por-
table posé sur la tête de lit afin d'étouffer des cris éven-
tuels.

— Merde… !

Camille dit ça pour lui-même. Ses yeux courent sur les lignes. Il lit de moins en moins vite. Tente de réfléchir. Rien n'y fait. Il se sent absorbé par les caractères qui parfois dansent devant ses yeux. Il doit se concentrer, tant mille idées, mille impressions se pressent soudain dans sa tête.

Puis, la retournant de nouveau, inerte de terreur, je coupe toute la chair autour de sa bouche et…

Camille lève les yeux vers Louis. Il y voit l'expression de son propre visage, comme son double.

— Qu'est-ce que c'est que ce livre… ? demande Louis d'un air d'incompréhension.

— Qu'est-ce que c'est que ce type ? répond Camille en reprenant sa lecture.

Je plonge une main dans le ventre d'un des cadavres et, d'un doigt ensanglanté, griffonne JE SUIS RENTRÉ, en lettres dégoulinantes, au-dessus du panneau de faux cuir de vache, dans le salon.

6

— Je ne dirai qu'un mot : bravo.

— Te fous pas de moi…

— Non, Camille, assura Le Guen, moi, je n'y croyais pas à ton histoire. Bon, je reconnais… Mais d'abord, Camille, juste une chose.

— Vas-y, répondit Camille en activant, de sa main libre, le chargement de sa boîte e-mail.

— Rassure-moi : tu n'as pas lancé une requête au fichier européen sans l'autorisation du juge Deschamps ?

Camille se pinça les lèvres.

— Je vais régulariser…

— Camille… répondit Le Guen d'un ton las. On n'a pas assez d'emmerdements comme ça ? Je viens de l'avoir au téléphone. Elle est furieuse. Le coup de la télévision dès le premier jour, ta publicité personnelle dans le journal du lendemain et maintenant, ça… ! Tu les collectionnes ! Je ne peux rien faire pour toi, Camille, là, je ne peux rien faire.

— Je vais me débrouiller avec elle. Lui expliquer…

— Au ton sur lequel elle m'a parlé, tu vas avoir du mal. De toute manière, c'est moi qu'elle tient pour responsable de tes conneries. Réunion de crise demain matin chez elle. Première heure.

Et comme Camille ne répondait pas :

— Camille ? Tu m'as entendu ? Première heure ! Camille, tu es là ?

— J'ai votre fax, commandant Verhœven.

Camille releva d'emblée le ton sec, cassant du juge Deschamps. En d'autres temps il se serait préparé à courber l'échine. Il se contenta cette fois de faire le tour de son bureau, l'imprimante étant trop loin de lui pour qu'il atteigne la feuille qu'elle venait de sortir.

— Je viens de lire l'extrait du roman que vous m'avez adressé. Il semble que votre hypothèse soit la bonne. Je vais devoir rencontrer le procureur, vous l'imaginez bien. Et, pour tout vous dire, ce n'est pas la seule chose dont j'ai l'intention de lui parler.

— J'imagine, oui, le divisionnaire vient de m'appeler. Écoutez, madame le juge…

— Madame LA juge, si vous permettez! coupat-elle.

— Excusez-moi, je manque de style.

— De style administratif en tout cas. Je viens d'avoir confirmation du fait que vous vous êtes recommandé de mon autorisation pour lancer une requête au niveau européen. Vous n'êtes pas sans savoir que c'est une faute…

— Lourde?

— Grave, commandant. Et je n'aime pas ça.

— Écoutez, madame la juge, je vais régulariser…

— Mais, commandant! C'est moi qui dois régulariser! C'est moi qui ai le pouvoir de vous autoriser, vous semblez l'oublier…

— Je n'oublie rien. Mais voyez-vous, madame la juge, même si j'ai administrativement tort, j'ai techniquement raison. Et je crois même que vous seriez bien avisée de procéder à la régularisation sans tarder.

Le juge laissa peser entre eux un silence menaçant.

— Commandant Verhœven, dit-elle enfin, je pense que je vais demander au procureur de vous relever de cette enquête.

— Vous en avez le pouvoir. Lorsque vous lui demanderez de me relever, ajouta Camille en relisant la feuille qu'il tenait en main, dites-lui également que nous avons un troisième crime sur les bras.

— Pardon?

— À votre requête européenne, l'enquêteur… (il prit une seconde pour retrouver le nom de l'expéditeur, en haut du mail) Timothy Gallagher, de la Police criminelle de Glasgow, vient de répondre. Ils ont un crime non élucidé, commis le 10 juillet 2001, une jeune fille. Sur laquelle a été apposée la fausse empreinte que nous leur avons communiquée. Si vous voulez mon avis, mon successeur devrait l'appeler rapidement…

Lorsqu'il eut raccroché, il reprit sa liste :

Tremblay = Dahlia noir = Ellroy
Courbevoie = American Psycho = Ellis
et ajouta :
Glasgow = ? = ??

7

L'enquêteur étant absent, on passa à Louis son supérieur, le superintendant Smollett, Écossais pur souche à en juger par son accent. À la demande de Louis, le superintendant expliqua que l'Écosse avait fait partie de la dernière vague des pays ayant rejoint le système européen d'échange d'informations entre polices de l'Union, ce qui expliquait qu'ils n'avaient pas eu connaissance de la première requête concernant l'empreinte laissée par le meurtrier lors de l'affaire de Tremblay.

— Demande-lui quels sont les autres pays de la dernière vague.

— La Grèce, énuméra Louis sous la dictée du superintendant, et le Portugal.

Camille nota d'effectuer la requête auprès des polices de ces deux pays. Sur ses instructions, Louis demanda à recevoir copie des principaux éléments du dossier et la promesse que Gallagher rappellerait rapidement.

— Demande-lui si Gallagher parle un peu de français !

Bouchant le récepteur de sa main gauche, Louis traduisit pour Camille, avec un sourire respectueux et mêlé d'ironie :

— Vous avez de la chance : sa mère est française…

Avant de raccrocher, Louis échangea quelques propos avec son interlocuteur et se mit à rire.

Devant l'œil interrogateur de Camille :

— Je lui demandais si McGregor était remis de sa blessure, expliqua Louis.

— McGregor…

— Leur demi de mêlée. Il a été blessé contre l'Irlande il y a quinze jours. S'il ne joue pas samedi, l'Écosse perd quasiment toutes ses chances contre le Pays de Galles.

— Et… ?

— Il est remis, annonça Louis avec un sourire de satisfaction.

— Tu t'intéresses au rugby, toi ? demanda Camille.

— Pas réellement, répondit Louis. Mais si nous avons besoin des Écossais, mieux vaut parler leur langage.

8

Camille rentra chez lui vers 19 h 30. Soucieux. Il habitait une rue tranquille dans un quartier animé. Il repensa vaguement à la proposition de son père. Changer de vie n'était peut-être pas une mauvaise hygiène. Son téléphone sonna. Il consulta l'écran. Louis.

— Pensez aux fleurs… dit Louis sobrement.

— Merci, Louis, tu es irremplaçable.

— J'espère bien.

Camille en était là : demander à son collaborateur de lui rappeler de penser à sa femme. Il fit rageusement demi-tour, puisqu'il avait dépassé le fleuriste sans même le voir et cogna littéralement du front contre le thorax d'un homme.

— Excusez-moi…

— Je vous en prie, commandant, il n'y a pas de mal.

Avant même de relever la tête, il avait reconnu sa voix.

— Vous me suivez maintenant ? demanda-t-il d'un ton exaspéré.

— J'essayais de vous rattraper.

Sans un mot, Camille poursuivit sa route. Buisson lui emboîta évidemment le pas sans difficulté.

— Vous ne trouvez pas cette scène un peu répétitive ? demanda Camille en s'arrêtant brusquement.

— On a le temps de boire quelque chose ? demanda Buisson en désignant un café avec un air engageant, comme s'ils étaient tous deux ravis de se retrouver par hasard.

— Vous peut-être, moi pas.

— Ça aussi, c'est répétitif. Écoutez, commandant, je vous adresse mes excuses pour cet article. J'ai été piqué au vif, comme on dit.

— Quel article, le premier ou le second ?

Les deux hommes s'étaient arrêtés en plein milieu du trottoir, qui n'était pas large, gênant la circulation des piétons pressés de terminer leurs courses avant la fermeture des commerces.

— Le premier… Le second était purement informatif.

— Justement, monsieur Buisson, vous me semblez un peu trop bien informé…

— C'est le moins qu'on puisse attendre d'un journaliste, non? Vous ne pouvez pas me reprocher ça. Non, c'est pour votre père que je suis embêté.

— Ça ne doit pas vous déranger beaucoup. Visiblement, vous aimez les proies faciles. Vous en avez profité pour lui vendre un abonnement, j'espère.

— Allez, commandant, je vous offre un café. Cinq minutes.

Mais Camille avait déjà fait demi-tour et repris son chemin. Et comme le journaliste continuait de l'accompagner :

— Qu'est-ce que vous voulez, Buisson? demanda-t-il.

Son ton, maintenant, tenait plus de la lassitude que de la colère. C'est ainsi que le journaliste devait ordinairement parvenir à ses fins : à l'usure.

— Vous y croyez vraiment, vous, à cette histoire de roman? demanda Buisson.

Camille ne prit pas le temps de réfléchir.

— Honnêtement, non. C'est un rapprochement troublant, rien d'autre. C'est une piste, c'est tout.

— Vous y croyez vraiment… !

Buisson était plus psychologue que Camille ne l'avait pensé. Il se promit de ne plus le sous-estimer. Il était arrivé à la porte de son immeuble.

— Je n'y crois pas plus que vous.

— Vous avez trouvé autre chose?

— Si nous avions trouvé autre chose, répondit Camille en composant son code d'entrée, vous pensez sérieusement que c'est à vous que j'en ferais la confidence?

— Alors, Courbevoie comme dans le bouquin d'Ellis, c'est aussi un « rapprochement troublant »?

Camille s'arrêta net et se retourna vers le journaliste.

— Je vous propose un échange, poursuivit Buisson.

— Je ne suis pas votre otage.

— Je garde l'information pendant quelques jours, pour vous permettre d'avancer sans entrave…

— En échange de quoi?

— Pour la suite, vous me donnez une petite longueur d'avance, c'est tout, juste quelques heures. C'est honnête…

— Et sinon?

— Oh, commandant! répondit Buisson en simulant un profond soupir de regret. Vous ne pensez pas qu'on pourrait s'arranger?

Camille le regarda fixement dans les yeux et sourit.

— Allez, au revoir, Buisson.

Il poussa la porte et entra. La journée du lendemain s'annonçait mal. Très mal.

En ouvrant la porte de l'appartement, il s'écria :

— Merde!

— Qu'est-ce qu'il y a, mon chéri? demanda la voix d'Irène depuis le salon.

— Rien, répondit Camille en pensant : « Les fleurs… »

Vendredi 11 avril

1

— Ça lui a fait plaisir? demanda Louis.

— Quoi…?

— Les fleurs, ça lui a fait plaisir?

— Tu ne peux même pas imaginer.

Au ton de sa voix, Louis comprit que quelque chose s'était passé et n'insista pas.

— Tu as les journaux, Louis?

— Oui, dans mon bureau.

— Tu les as lus?

Louis se contenta de remonter sa mèche, main droite.

— Je dois être chez le juge dans vingt minutes, Louis, tu me fais un résumé.

— Courbevoie = *American Psycho*, toute la presse est au courant.

— Quel enfoiré! murmura Camille.

— Qui est un enfoiré? demanda Louis.

— Oh, des enfoirés, Louis, il y en a beaucoup. Mais Buisson, le gars du *Matin*, tient la corde.

Et il raconta son entrevue de la veille.

— Il ne s'est pas contenté de livrer l'information. Il l'a diffusée à tous ses collègues, commenta Louis.

— Que veux-tu, c'est un généreux, ce type. On ne se refait pas. Commande-moi une voiture, tu veux? Il ne manquerait plus que je sois en retard.

Au retour, dans la voiture de Le Guen, Camille s'intéressa enfin aux journaux. Le juge s'était contenté d'y faire référence. Cette fois, il avait les titres sous les yeux et comprenait sa colère.

— Je m'y prends comme un gland, hein? demanda-t-il en feuilletant les premières pages.

— Bah, lâcha Le Guen, je ne suis pas sûr que tu pouvais faire autrement.

— T'es gentil, toi, comme chef. Je te rapporterai un kilt.

La presse avait déjà trouvé un nom au meurtrier : *le Romancier*. Le début de la gloire.

— À mon sens, ça va lui plaire, répondit Camille en chaussant ses lunettes.

Le Guen, surpris, se retourna vers lui.

— Ça n'a pas l'air de t'affecter trop, finalement… Tu es menacé de mise à pied pour manquement à la voie hiérarchique, menacé d'être dessaisi pour manquement au secret de l'instruction, mais tu gardes un bon moral.

Les mains de Camille s'effondrèrent sur le journal. Il retira ses lunettes et regarda son ami.

— Ça me fait chier, Jean, lâcha-t-il, véritablement accablé, tu ne peux pas savoir comme ça me fait chier !

2

En fin de journée, Camille entra dans le bureau d'Armand au moment où celui-ci venait de raccrocher. Avant de lever les yeux vers Camille, il raya lentement, avec son morceau de crayon Ikea réduit maintenant à quelques millimètres, une ligne sur un listing informatique dont les volets, dépliés, se déroulaient devant son bureau jusque sur le sol.

— C'est quoi ? demanda Camille.

— La liste des revendeurs de papier peint. Ceux qui commercialisent du papier à motif de dalmatien.

— Tu en es où ?

— Euh… trente-sept.

— Et… ?

— Bah, j'appelle le trente-huitième.

— Évidemment.

Camille jeta un œil sur le bureau de Maleval.

— Où est Maleval ?

— Dans un magasin, rue de Rivoli. Une vendeuse croit se souvenir d'un homme à qui elle a vendu une valise Ralph Lauren, il y a trois semaines.

Le bureau de Maleval était toujours d'un désordre rare : dossiers, feuillets, photos extraites des dossiers, vieux carnets mais aussi jeu de cartes, revues hippiques, bulletins de tiercé, de quarté… L'ensemble faisait penser à une chambre d'enfant pendant les vacances. Il y avait de cela dans Maleval. Il lui avait fait la remarque, au début de leur collaboration, que son bureau gagnerait à être un peu plus ordonné.

— Si tu devais être remplacé au pied levé…

— Bon pied, bon œil, chef.

— Pas le matin, en tout cas.

Maleval avait souri.

— Un type a dit qu'il existe deux sortes d'ordre, l'ordre vital et l'ordre géométrique. Moi, c'est l'ordre vital.

— C'est Bergson, avait dit Louis.

— Personne ?

— Non, Bergson. Le philosophe.

— Possible, avait lâché Maleval.

Camille avait souri.

— Tout le monde, à la Criminelle, n'a pas un collaborateur capable de citer Bergson !

Malgré sa remarque, le soir même, il avait regardé, dans le dictionnaire, ce qu'il y avait à savoir sur cet auteur qui avait eu le prix Nobel et dont il n'avait jamais lu une ligne.

— Et Louis ?

— Il fait les bordels, répondit Armand.

— Ça m'étonnerait.

— Je veux dire qu'il interroge les anciennes collègues de Manuela Constanza.

— Tu n'aurais pas préféré aller au bordel, toi, plutôt que te taper les papiers peints ?

— Oh, tu sais, les bordels, quand tu en as vu un…

— Bon, si je dois partir à Glasgow lundi, j'ai intérêt à ne pas rentrer trop tard ce soir. Je te laisse. S'il y a quelque chose…

— Camille ! le rappela Armand alors qu'il s'apprêtait à sortir.

— Irène, ça va ?

— Elle est fatiguée.

— Tu devrais prendre un peu de temps pour elle, Camille. De toute manière, on piétine ici.

— T'as raison, Armand. J'y vais.

— Embrasse-la pour moi.

Avant de partir, passant devant le bureau de Louis, Camille s'y arrêta un instant. Tout y semblait rangé, classé, répertorié. Il s'avança. Le sous-main Lancel, l'encre Mont Blanc… Et, rangés en ordre thématique, les dossiers, notes, mémos… Jusqu'aux photos des victimes de Courbevoie et de Tremblay sagement épinglées sur le panneau de liège, toutes alignées par le haut comme les cadres d'une exposition. L'atmosphère ne respirait pas la méticulosité d'un Armand, c'était rationnel, ordonné, mais pas maniaque.

En sortant, Camille fut arrêté par un détail. Il se retourna, chercha des yeux, ne trouva pas et se dirigea vers la sortie. Cette impression toutefois ne s'évanouit pas, comme cela arrivait lorsqu'on attrape un mot d'une publicité ou un nom sur un journal… Il emprunta le couloir mais décidément son impression lui restait et partir sans en avoir le cœur net lui donnait la désagréable impression du visage de quelqu'un dont vous cherchez le nom. Agaçant. Il revint sur ses pas. Et là, il trouva. Il s'approcha du bureau. Sur le coin gauche, Louis avait posé la liste des Jean Haynal dont il lui avait parlé. Il suivit la liste d'un index, à la recherche de celui qui lui était apparu fugitivement.

— Nom de Dieu ! Armand ! hurla-t-il. Grouille-toi !

3

Gyrophare aidant, il ne leur fallut pas plus de dix minutes pour rejoindre le quai de Valmy. Les deux hommes pénétrèrent dans l'immeuble de la SOGEFI quelques minutes avant la fermeture de 19 heures.

La standardiste tenta bien un geste puis un mot pour les arrêter. Leurs pas étaient si définitifs qu'elle ne put que courir après eux.

Ils entrèrent en trombe dans le bureau de Cottet. Vide. La secrétaire sur leurs talons.

— Monsieur… commença-t-elle.

— Attendez ici, l'arrêta Camille d'un geste.

Puis il s'avança vers le bureau, fit le tour et grimpa sur le fauteuil de Cottet.

— Ça doit être bon d'être chef, murmura-t-il tout en allongeant le cou et en regardant devant lui, mais ses pieds ne touchaient pas le sol.

Alors, rageusement, il sauta du fauteuil, l'escalada vivement, se mit à genoux dessus, puis, mécontent de

172

cette première approche, se mit enfin debout sur le fauteuil et un sourire grinçant éclaira soudain ses traits.

— À toi, dit-il à Armand en descendant du fauteuil.

Armand, sans comprendre, fit le tour du bureau et s'installa à son tour dans le siège directorial.

— Pas de doute, dit-il alors avec satisfaction en regardant par la fenêtre placée face au bureau, à l'autre extrémité de la pièce où, à la lisière des derniers toits, clignotait en vert une enseigne au néon dont la lettre A avait toutefois rendu l'âme : Transports Haynal.

— Alors, M. François Cottet, demanda Camille en détachant chaque syllabe. On peut le trouver où ?

— C'est que, justement… Personne ne sait où il est. Il a disparu depuis lundi soir.

4

Les deux premiers véhicules s'arrêtèrent devant la maison de Cottet, celle d'Armand pulvérisant, à son arrivée, une poubelle malencontreusement oubliée sur le trottoir.

Il y avait de l'argent. Ce fut la première pensée de Camille devant la maison de Cottet, une grande bâtisse de trois étages ouvrant, par un large perron, sur un petit parc clôturé, du côté de la rue, par une immense grille ouvragée. Un homme de l'escorte sauta de son véhicule et ouvrit la grille. Les trois voitures filèrent jusqu'au perron. Avant même qu'elles soient à l'arrêt, quatre hommes dont Camille en étaient descendus. La porte de la maison fut ouverte par une femme que le bruit des sirènes venait, semble-t-il, et malgré l'heure précoce de ce début de soirée, de tirer du sommeil.

— Madame Cottet? demanda Verhœven en montant le perron.

— Oui…

— Nous sommes à la recherche de votre mari. Est-il là?

Le visage de la femme s'éclaira brusquement d'un sourire vague et, comme si elle réalisait soudainement le déploiement de forces de police qui venaient investir sa maison :

— Non, répondit-elle en s'écartant légèrement de la porte, mais vous pouvez entrer.

Camille se souvenait très bien de Cottet, de son physique, de son âge. Son épouse, une femme longue et mince, qui avait dû être belle, devait bien avoir dix ans de plus que son mari et ce n'était pas du tout ainsi qu'il l'aurait imaginée. Quoique ses charmes soient maintenant un peu fanés, sa démarche, sa présence révélaient la femme de goût, assez chic même, ce qui dénotait considérablement avec son mari, dont l'allure de vendeur monté en grade ne semblait pas du tout du même niveau. Vêtue d'un pantalon d'intérieur qui avait connu de meilleurs jours et d'un chemisier totalement banal, elle incarnait – était-ce sa manière un peu veloutée de se déplacer? une certaine lenteur dans ses gestes? – ce qu'on appelle une culture de classe.

Armand, accompagné de deux collègues, investit rapidement la maison, ouvrant les portes des chambres, les placards, fouillant les pièces tandis que Mme Cottet se servait un verre de whisky. Son visage disait assez combien son déclin devait à ce geste.

— Pouvez-vous nous dire où se trouve votre mari, madame Cottet?

174

Elle leva les yeux d'un air étonné. Puis, gênée de toiser de si haut un homme si petit, elle se cala confortablement dans le canapé.

— Chez les putes, je suppose… Pourquoi ?

— Et depuis combien de temps ?

— En fait, je n'en sais rien, monsieur… ?

— Commandant Verhœven. Je vais poser ma question autrement : depuis combien de temps n'est-il pas rentré ?

— Voyons… quel jour sommes-nous ?

— Vendredi.

— Déjà ? Alors disons, depuis lundi. Oui, lundi, je crois.

— Vous croyez…

— Lundi. Certaine.

— Quatre jours, et cela ne semble pas vous inquiéter.

— Oh, vous savez, si je m'inquiétais chaque fois que mon mari va aux… « en balade ». C'est comme ça qu'il appelle ça.

— Et savez-vous à quel endroit, il part habituellement « en balade » ?

— Je n'y vais pas avec lui. Je n'en sais rien.

Camille fit, du regard, le tour de l'immense salon avec sa cheminée monumentale, ses guéridons, ses tableaux, ses tapis.

— Et vous êtes seule ici ?

Mme Cottet fit un signe vague pour désigner la pièce.

— À votre avis ?

— Madame Cottet, votre mari est recherché dans le cadre d'une enquête criminelle.

Elle le regarda plus attentivement et Camille crut discerner un vague sourire de Joconde.

— J'apprécie beaucoup votre humour et votre détachement, reprit Verhœven, mais nous avons sur les bras deux jeunes filles découpées en morceaux dans un appartement que votre mari a loué et je suis assez pressé de lui poser quelques questions.

— Deux jeunes filles, dites-vous ? Des putes ?

— Deux jeunes prostituées, oui.

— Il me semble que mon mari se déplace plutôt, dit-elle en se levant pour se resservir. Il ne reçoit pas à domicile. Enfin, je ne crois pas.

— Vous ne semblez pas très informée de ce que fait votre mari.

— Effectivement, répondit-elle brusquement. S'il découpe des filles en morceaux quand il part en balade, il ne m'en fait pas la confidence à son retour. C'est dommage, remarquez bien, ça m'aurait amusée.

Dans quel état alcoolique se trouvait-elle en réalité, Camille n'aurait su le dire. Elle s'exprimait clairement, détachant nettement chaque syllabe, ce qui pouvait signifier qu'elle s'appliquait à donner le change.

Armand redescendit, accompagné de ses deux collègues. Il fit signe à Camille de venir le rejoindre.

— Excusez-moi un instant…

Armand précéda Camille jusqu'à un petit bureau du premier étage : une jolie table en merisier, un ordinateur sophistiqué, quelques chemises de documents, des étagères, un rayon de livres de droit, de brochures immobilières. Et quatre étagères de romans policiers.

— Tu appelles l'Identité, le labo, dit Camille en redescendant. Tu joins aussi Maleval, tu lui demandes de rester ici avec eux. Et même cette nuit. Au cas où…

Puis se retournant :

— Je pense, madame Cottet, que nous devons avoir une petite discussion concernant votre mari.

— Deux jours, pas un de plus.

Camille regarda Irène, répandue plus qu'assise dans le canapé du salon, le ventre lourd, les genoux écartés.

— C'est pour fêter ça que tu me ramènes des fleurs ?

— Non, c'est parce que je voulais le faire hier…

— Quand tu rentreras, tu auras peut-être un fils.

— Irène, je ne pars pas trois semaines, je pars deux jours.

Irène chercha un vase.

— Ce qui m'énerve, dit-elle en souriant, c'est que j'ai envie d'être de mauvaise humeur et que je n'y arrive pas. Elles sont jolies, tes fleurs.

— Ce sont les tiennes.

Elle s'avança jusqu'à la porte de la cuisine et se retourna vers Camille.

— Ce qui me donne envie d'être de mauvaise humeur, reprit-elle, c'est qu'on a parlé deux fois d'aller en Écosse, que tu mets deux ans pour y réfléchir, que tu te décides enfin et que tu y vas sans moi.

— Je ne pars pas en vacances, tu sais…

— Moi, j'aurais préféré que ce soit pour les vacances, dit Irène en entrant dans la cuisine.

Camille la rejoignit, tenta de la serrer contre lui mais Irène résista. Gentiment, mais elle résista.

Louis l'appela à ce moment.

— Je voulais vous dire… Pour Irène, ne vous inquiétez pas. Je… Dites-lui que je serai joignable pendant toute votre absence.

— Tu es gentil, Louis.

— C'était qui ? demanda Irène lorsque Camille eut raccroché.

— Mon ange gardien.

— Je pensais que c'était moi, ton ange, dit Irène en venant se coller contre lui.

— Non, toi, tu es ma poupée gigogne, dit-il en posant sa main sur son ventre.

— Oh, Camille ! dit-elle.

Et elle se mit tout doucement à pleurer.

Samedi 12 avril et dimanche 13 avril

1

Le samedi, toute l'équipe se retrouva vers 8 h 30. Y compris Le Guen.

— Tu t'es occupé de la Brigade financière ?

— Tu auras les éléments dans une heure.

Camille partagea les tâches. Maleval, qui était resté toute la nuit à Saint-Germain, arborait son visage des matins triomphants. Armand fut chargé des relations de Cottet, carnet d'adresses, e-mails professionnels et personnels, et de vérifier que son signalement était bien passé partout dès la veille au soir. Louis fut chargé des comptes en banque personnels, professionnels, entrées et sorties, et de son calendrier.

— Notre assassin a besoin de trois choses. De temps, et Cottet en a puisqu'il est son propre patron. Il a besoin d'argent et Cottet en a, il suffit de voir sa société, sa maison… même si tous les programmes immobiliers ne marchent pas tous aussi bien. Il a besoin d'organisation. Ça aussi, ce gars-là doit savoir faire.

— Tu oublies la motivation, dit Le Guen.

— La motivation, Jean, c'est ce qu'on lui demandera quand on l'aura retrouvé. Toujours pas de nouvelles de Lambert, Louis?

— Aucune. On a renouvelé les équipes qui planquent aux trois endroits qu'il fréquente régulièrement. Personne pour le moment.

— La planque ne donnera plus rien.

— Je ne pense pas, non. On s'est fait discrets mais la rumeur a dû aller bon train…

— Lambert, Cottet… Je vois mal le rapport entre ces gars-là. Il faudrait chercher aussi de ce côté. Louis, c'est pour toi.

— Ça fait beaucoup, non?

Camille se retourna vers Le Guen.

— Louis dit que ça fait beaucoup.

— Si j'avais beaucoup de monde, ça se saurait aussi, non?

— D'accord, Jean. Merci de ton aide. Je propose de rafler dans les relations de Lambert. Maleval, tu as une liste à jour?

— J'ai dénombré onze personnes parmi ses relations proches. Il faut au moins quatre équipes si on veut être coordonnés et que personne ne passe à travers les mailles du filet.

— Jean? demanda Camille.

— Juste pour rafler, je peux te trouver des équipes pour ce soir.

— Je conseille une action groupée vers 22 heures. À cette heure-là, on peut loger tout le monde. Maleval, tu m'organises tout ça. Armand, tu restes sur le pont avec lui pour procéder aux interrogatoires. Bon, en attendant, moi, je reste pour dépouiller ce qui est ressorti cette nuit, poursuivit-il en regardant son équipe. Tout le monde ici avant midi.

En milieu de matinée, Camille était parvenu à reconstituer une grande partie de l'itinéraire de François Cottet.

À 24 ans, sorti sans peine ni gloire d'une banale école de commerce, il était entré à la SODRAGIM, une société de promotion immobilière dirigée par son fondateur, un certain Edmond Forestier, comme responsable d'un petit département de développement de maisons individuelles. Trois ans plus tard, il avait eu une première chance en épousant la fille de son patron.

— Nous étions dans… Nous étions contraints de nous marier, avait dit son épouse, ce qui d'ailleurs s'est révélé inutile. Somme toute, épouser mon mari a été un double accident.

Puis deux ans plus tard, Cottet avait eu une seconde aubaine : son beau-père s'était tué en voiture sur une route des Ardennes. À moins de 30 ans, il était alors devenu le patron de la société, qu'il avait aussitôt transformée en SOGEFI, créant plusieurs autres sociétés sous-traitantes en fonction des marchés et des programmes dans lesquels il se lançait. À moins de 40, il avait réussi le tour de force de faire plonger dans le rouge une entreprise qui, avant lui, fonctionnait parfaitement, ce qui en disait long sur ses talents d'entrepreneur. À plusieurs reprises, on notait des apports personnels de son épouse, restée à la tête d'une fortune suffisante pour renflouer les mauvaises affaires de son mari et dont on pouvait penser, vu sa ténacité à multiplier les bourdes financières, qu'il viendrait à bout tôt ou tard.

Ce n'était rien de dire que son épouse le haïssait.

— Vous l'avez rencontré, commandant, je ne vous apprends rien : mon mari est un homme étonnamment vulgaire. Remarquez, dans les milieux qu'il fréquente, ce doit être perçu comme une qualité.

Mme Cottet avait instruit une demande en divorce un an et demi plus tôt. L'imbroglio financier et les assauts des avocats avaient eu pour résultat que le divorce, à ce jour, n'était toujours pas prononcé. Fait intéressant : Cottet avait eu maille à partir avec la police en 2001. Il avait été arrêté le 4 octobre, à 2 heures et demie du matin, dans le bois de Boulogne, alors qu'ayant frappé au ventre et au visage une prostituée avec qui il s'était éloigné de la route, il avait été rattrapé par l'équipe de gros bras de son souteneur et n'avait dû son salut qu'à l'intervention providentielle d'une patrouille de l'arrondissement. Après deux jours d'hôpital, il avait été condamné à deux mois de prison avec sursis pour violence et attentat à la pudeur et n'avait plus, depuis cette date, fait l'objet d'aucune arrestation. Camille regarda les dates. Le premier crime connu remontait au 10 juillet 2001. Cottet avait-il, après cette arrestation, trouvé sa véritable voie ? Les incessantes références de son épouse aux « putes ». Elles relevaient peut-être davantage de la haine qu'elle lui portait et de son visible enthousiasme à le voir dans de sales draps.

Camille ressortit les premières conclusions du Dr Crest qui, jusqu'à présent, pouvaient se trouver confirmées par cette ébauche de profil.

2

La première synthèse se tint à 12 h 45.

— Le labo a terminé ses relevés en tout début de matinée, annonça Camille.

Il faudrait sans doute deux à trois jours pour que leur parviennent les analyses des échantillons prélevés dans la maison (vêtements de Cottet, chaussures, fibres de tissus, cheveux, etc.). De toute manière, tant qu'ils n'auraient pas retrouvé Cottet, ces résultats, même positifs, ne seraient pas exploitables.

— Ce Cottet, je ne sais pas ce qu'il a dans la tête, lâcha Armand lorsque Camille lui donna la parole mais sa femme a raison, il aime les filles, ce type-là. Sur son ordinateur, des palanquées de photos, des favoris sur des tas de sites d'escort girls… Ça devait lui prendre du temps, parce qu'il y en a… Et ça devait aussi lui coûter pas mal d'argent, ne put-il s'empêcher de conclure.

Tout le monde sourit.

— Dans la liste de ses contacts, je n'ai pas trouvé de prostituées. Il doit prendre ses contacts sur l'Internet. Pour le reste, des contacts professionnels en pagaille, il va falloir du temps pour trier ce qui peut nous intéresser. En tout cas, rien qui recouperait un indice dont nous disposons.

— Ça se confirme avec ses comptes, enchaîna Louis. Aucune trace de règlement pour un objet ayant un rapport, de près ou de loin, avec nos indices, pas d'achat de pistolet cloueur, de valise Ralph Lauren ou de canapé japonais. En revanche, plus intéressant, de gros retraits en espèces. Depuis plus de trois ans. C'est irrégulier. Les recoupements montrent qu'il y en a eu dans des périodes précédant les crimes dont nous disposons mais aussi à d'autres moments. Il faudra l'interroger de près pour tirer les choses au clair. Pour son calendrier, c'est un peu la même chose. À l'époque du crime de Glasgow, Cottet est en Espagne.

— Reste à savoir s'il y était réellement, dit Camille.

— On fait les recherches, on ne le saura qu'en début de semaine prochaine. En novembre dernier, il est à Paris. Tremblay est dans la proche banlieue, ce qui ne signifie ni qu'il y était, ni qu'il n'y était pas ; même chose pour Courbevoie. Là encore, tant qu'on ne le tient pas...

Le signalement de Cottet étant passé à toutes les gendarmeries et polices depuis la veille au soir, on décida de se quitter jusqu'au lundi, Louis restant d'astreinte téléphonique. Volontaire. Il était convenu, sans qu'il soit nécessaire de le préciser, qu'il devait déranger Camille à n'importe quelle heure pendant le week-end s'il y avait du nouveau.

3

L'après-midi, en rentrant, Camille posa les paquets dans la petite pièce que, depuis qu'elle s'était arrêtée de travailler, sa femme aménageait pour la venue du bébé. Dans les premiers temps, Camille l'avait aidée puis son travail l'avait avalé. Cette pièce, qui n'avait été jusqu'alors qu'une sorte de débarras dans lequel ils entreposaient tout ce dont ils n'avaient pas besoin dans l'année. Irène avait procédé à un nettoyage par le vide, avait fait poser un papier peint sobre mais gai et le petit lieu, dont une porte donnait sur leur chambre à coucher, prenait maintenant l'allure d'une maison de poupée. Tout à fait à ma dimension, se dit Camille. Depuis un mois, Irène avait acheté du mobilier de bébé. Tout était encore dans des cartons et Camille ressentit comme une sueur froide. Irène était dans les dernières longueurs avant son accouchement et il était largement temps de s'y mettre.

Il sursauta en entendant son portable sonner. Louis.

— Non, rien de neuf. Je vous appelle parce que hier vous avez laissé le dossier de Tremblay sur votre bureau. Vous ne l'emportez pas à Glasgow ?

— Je l'ai oublié…

— Je l'ai pris. Vous voulez que je vous l'apporte ?

Camille réfléchit un quart de seconde, regarda les cartons à déballer et entendit Irène qui chantonnait sous la douche.

— Non, tu es gentil, je peux passer dans le week-end ?

— Sans problème. Je suis d'astreinte donc je reste ici.

Quelques minutes plus tard, Camille et Irène se mirent à déballer les cartons et dans la foulée, Camille se lança dans une grande opération de montage du lit, de la commode (*prendre les vis A et les placer dans les trous 1c puis placer le contrefort F dans les traverses 2c, bordel de merde, c'est quoi les traverses, il y a huit vis A et quatre B, ne pas serrer à fond avant d'avoir logé les taquets B dans les espaces indiqués en E, Irène, viens voir. Mon pauvre amour, je crois que tu l'as monté à l'envers, etc.).*

Une bonne journée.

Ils dînèrent le soir au restaurant et Irène, faisant ses calculs de calendrier, décida que ne voulant pas rester seule pendant le séjour de Camille en Écosse, elle se rendrait quelques jours chez ses parents qui avaient pris leur retraite en Bourgogne.

— Je vais demander à Louis de t'emmener à la gare, proposa Camille. Ou à Maleval.

— Je vais prendre un taxi. Louis a autre chose à faire. Et puis, si tu demandes à quelqu'un, je préférerais que ce soit Armand.

Camille sourit. Irène avait une grande affection pour Armand. Une affection de mère, en quelque sorte. Elle le trouvait délicieusement maladroit et sa névrose la touchait.

— Comment va-t-il?

— L'échelle de Richter de la pingrerie n'est plus adaptée, mon amour. Armand est passé de l'autre côté.

— Ça ne peut pas être pire qu'avant.

— Si, avec Armand, ça peut. C'est pathétique.

Maleval appela vers 22 h 30.

— Du côté de Lambert, on a ramassé tout le monde. Il n'en manque qu'un seul…

— C'est emmerdant ça.

— Non. C'est le petit Mourad. Il a été tué hier soir à coups de couteau, on a retrouvé son corps dans une cave de Clichy vers midi. Avec ces mecs-là, on n'est jamais certain d'avoir une liste à jour.

— Vous avez besoin de moi?

Pensant à Irène, Camille pria brièvement le ciel que personne ne le déloge de chez lui avant son départ pour Glasgow.

— Non, je ne crois pas, on les a isolés les uns des autres. Louis a décidé de rester avec nous. Avec Armand, ça fait trois… On vous appelle dès qu'il y a du nouveau.

Le « nouveau » arriva un peu après minuit. Que du vieux.

— Personne ne sait rien, confirma Maleval à Camille qui s'apprêtait à se coucher. Les recoupements ne donnent qu'un seul résultat : Lambert a dit la même chose à tout le monde, au même moment.

— Quoi?

— Rien. Tout le monde ou presque croit savoir qu'il est parti avec Daniel Royet. Il a dit qu'il devait s'absenter un petit moment. À certains, il a parlé d'un déplacement court, à une de ses filles, il a parlé de « deux jours », pas plus. Sur sa destination, rien. Sur son retour, rien.

— Bon, vous relâchez tout le monde. Vous ferez les papelards lundi. Allez vous coucher.

4

Tandis qu'Irène se préparait pour aller dîner, Camille fila chez Louis. L'immeuble qu'il habitait lui fit repenser au luxe de la maison des Cottet. Escalier parfaitement ciré, doubles portes d'entrée dans les appartements. Arrivé devant la porte de Louis, il entendit des voix et se retint.

Il consulta sa montre et s'apprêtait à sonner lorsqu'elles se firent entendre de nouveau. Voix d'hommes. Fortes. Il reconnut sans peine celle de Louis sans parvenir à comprendre ce qui se disait. Il était en discussion animée et Camille se dit qu'il tombait vraiment mal. Le mieux, pensa-t-il, était peut-être de l'appeler pour le prévenir de sa venue. Il hésita à redescendre mais quatre étages… Il préféra monter jusqu'au palier du dessus et sortit son portable lorsque la porte de l'appartement s'ouvrit brusquement.

— Et arrête de me faire chier avec tes leçons de morale ! cria une voix d'homme.

Maleval, pensa Camille.

Il se risqua à passer la tête par-dessus la rampe. L'homme qui descendait les marches quatre à quatre portait un blouson que Camille reconnut sans peine.

Camille s'obligea à attendre un assez long moment. Tout à ses pensées, il compta jusqu'à huit le nombre de fois qu'il fut nécessaire de rallumer la minuterie. Il ne connaissait pas exactement les relations qui unissaient les deux hommes. Peut-être étaient-ils plus proches qu'il ne l'avait cru ? Il avait le désagréable sentiment de se mêler de ce qui ne le regardait pas. Lorsque le délai lui sembla suffisant, il descendit enfin et sonna à la porte de Louis.

Lundi 14 avril

1

Le lundi matin, Cottet était toujours en fuite. L'équipe postée près de son domicile n'avait rien observé de particulier. Mme Cottet s'était absentée le samedi dans la journée puis était rentrée dormir. Normalement.

L'avion de Camille décollait à 11 h 30.

Il avait remué son idée pendant tout le week-end et dès le matin, vers 8 heures et demie, il comprit qu'il y avait pensé pour rien parce qu'en fait sa décision était prise.

Il appela Ballanger à l'université et laissa un message complet. Puis il composa le numéro de la librairie.

— Jérôme Lesage, annonça sobrement la voix du libraire en interrompant le message d'accueil.

— Vous n'êtes pas fermé ?

— Si, mais je viens souvent le lundi pour du travail administratif.

Camille consulta sa montre.

— Je peux vous voir quelques minutes ?

— Nous sommes lundi. Le magasin est fermé.

La voix du libraire n'était pas à proprement parler cassante. Le ton était simplement professionnel, direct. La police, ici, n'avait pas plus d'importance qu'un client ordinaire. En clair, dans la librairie Lesage, ce n'était pas elle qui faisait la loi.

— Mais vous êtes là… risqua Camille.

— Oui et je vous écoute.

— Je préférerais vous voir.

— Si ça n'est pas long, concéda Lesage après un petit temps de réflexion, je peux vous ouvrir quelques minutes.

Camille n'eut besoin que de frapper quelques coups discrets de l'index contre le rideau de fer pour que le libraire apparaisse par la porte voisine. Les deux hommes se serrèrent brièvement la main et pénétrèrent dans la boutique dont un accès donnait directement dans le couloir de l'immeuble d'à côté.

Ainsi dans la pénombre, le magasin avait un aspect sinistre, presque menaçant. Les étagères, le petit bureau du libraire coincé sous l'escalier, les piles de livres et jusqu'au portemanteau prenaient, dans cette lumière ouatée, des contours fantasmagoriques. Lesage alluma quelques lumières. Aux yeux de Camille, rien n'y fit. Sans la lumière de la rue, le lieu conservait une allure secrète et pesante. Un antre.

— Je pars pour l'Écosse, dit Camille sans y avoir réfléchi.

— Et… c'est pour m'annoncer cela, que vous…

— Une jeune fille étranglée, une vingtaine d'années, répondit Camille.

— Pardon ? dit Lesage.

— Le corps a été retrouvé dans un parc.

— Je ne vois pas très bien…

— Je me demandais si cette affaire vous dirait, elle aussi, quelque chose, expliqua Camille en faisant un effort de patience.

— Écoutez, commandant, dit Lesage en s'avançant vers lui, vous avez votre travail et j'ai le mien. À lire ce qui s'est passé à Courbevoie, il n'était pas difficile de faire le rapprochement avec le livre de Bret Easton Ellis. Il m'a semblé normal de vous le signaler mais ma « collaboration » s'arrête là. Je suis libraire, voyez-vous, je ne suis pas policier. Et je n'ai aucune envie de changer de métier.

— Ce qui veut dire ?

— Ce qui veut dire que je ne souhaite pas être dérangé tous les deux jours pour écouter le compte rendu de vos affaires en cours. D'abord parce que je n'en ai pas le temps. Et puis parce que je n'en ai pas le goût.

Lesage s'était approché de Camille et, cette fois, n'avait fait aucun effort pour rester un peu à distance.

Rarement Camille, qui en avait pourtant l'habitude, n'avait eu, à ce point, le sentiment d'être « regardé de haut ».

— Si j'avais choisi d'être indicateur de police, vous le sauriez, non ?

— Vous avez déjà joué ce rôle une fois et sans qu'on vous le demande.

Le libraire rougit.

— Vous avez des scrupules à géométrie variable, monsieur Lesage, dit Camille en se retournant vers la sortie.

Dans son agacement, il avait oublié que le rideau de fer était resté baissé. Il revint sur ses pas, contourna une table de livres et se dirigea vers la porte latérale par laquelle il était entré.

— Où cela ? demanda Lesage dans son dos.

Camille s'arrêta et se retourna.

— Votre jeune fille… ça s'est passé où ?

— Glasgow.

Lesage avait retrouvé tout son aplomb. Il considéra un instant ses chaussures, le front plissé.

— Quelque chose de particulier… ? demanda-t-il.

— La jeune fille a été violée. Sodomisée.

— Vêtue ?

190

— Ensemble en jean, chaussures jaunes à talons plats. À ce que j'en sais, on a retrouvé tous les vêtements. Sauf un.

— Le slip ?

La colère de Camille s'évanouit d'un coup. Il se sentit accablé. Il regarda Lesage. Son allure de professeur s'était maintenant changée en celle de cancérologue. Il fit quelques pas, n'hésita qu'un court instant et sortit un livre de l'étagère. Sur la couverture, un homme coiffé d'un feutre était appuyé d'une main sur une table de billard tandis que, dans le fond du café, la silhouette indistincte d'un autre homme semblait s'approcher. Camille lut, William McIlvanney. *Laidlaw.*

— Et merde ! lâcha-t-il. Vous êtes sûr ?

— Évidemment non, mais les éléments dont vous me parlez sont dans le livre. Je l'ai parcouru encore récemment, je m'en souviens assez bien. Maintenant, comme on dit, le pire n'est pas toujours sûr. Il y a peut-être des différences importantes. Ça n'est peut-être pas...

— Je vous remercie, dit Camille en feuilletant le livre.

Lesage fit un petit signe soulignant que cette formalité étant accomplie, il avait maintenant hâte de retourner à son travail.

Après avoir payé, Camille serra le livre dans sa main, consulta sa montre et sortit. Le taxi était resté en double file.

Au moment de quitter le magasin, Camille imagina le nombre de morts que devaient représenter tous les livres présents dans la librairie de Lesage.

Vertige.

Durant le trajet vers l'aéroport, Camille appela Louis et lui fit part de sa découverte.

— *Laidlaw*, vous dites ?

— C'est ça. Tu connais ?

— Non. Je transmets au juge ?

— Non. Pas la peine de l'affoler pour le moment. Il faut d'abord que je le parcoure et que je voie avec nos collègues anglais…

— Écossais ! Là-bas, si vous dites anglais…

— Merci, Louis. Avec nos collègues écossais… si les détails de l'affaire correspondent aux détails du bouquin. C'est une question de quelques heures. Il sera toujours temps à mon retour.

Le silence de Louis trahissait de l'embarras.

— Tu n'es pas d'accord, Louis ?

— Si, je suis d'accord. Non, je pensais à autre chose. Il connaît tous ses livres au détail près, votre libraire ?

— J'y ai pensé moi aussi, Louis. Ça me tracasse un peu. Mais honnêtement, je ne crois pas à de telles coïncidences.

— Il ne serait pas le premier assassin à mettre lui-même la police sur la piste du coupable.

— C'est même un classique, je sais. Tu proposes quoi ?

— Y voir de plus près. Discrètement, bien sûr.

— Vas-y, Louis. On en aura le cœur net.

Dans la salle d'embarquement, Camille feuilleta le livre de McIlvanney et levait le regard toutes les cinq minutes, incapable de se concentrer.

Dix minutes s'écoulèrent ainsi, pendant lesquelles il tapota nerveusement des doigts sur une revue au papier glacé.

— Ne le fais pas, se répétait-il.

Jusqu'à ce que la voix d'une hôtesse annonce que l'embarquement commencerait dans dix minutes.

Alors n'y tenant plus, il sortit sa carte de crédit et son téléphone portable.

3

Timothy Gallagher était un homme de 50 ans, brun et sec, au sourire attachant. Il avait attendu Camille à la sortie du vol en tenant distinctement une pancarte à son nom. Il n'avait pas manifesté de surprise en découvrant le physique de Camille. On imaginait d'ailleurs mal cet homme manifester une quelconque surprise, ni même quelque sorte que ce soit d'affect dépassant le statut d'homme de paix et de loi qui imprégnait sa personne.

Les deux hommes s'étaient entretenus par téléphone à deux reprises. Camille crut bon de le féliciter pour son excellent français, regrettant que le compliment semble si conformiste quand il n'était que sincère.

— Votre hypothèse, ici, a été jugée... très surprenante, dit Gallagher tandis que le taxi traversait Buchanan Street.

— Nous avons été surpris aussi de devoir la faire.

— Je comprends.

Camille s'était imaginé une ville à saison unique, froide et venteuse d'un bout à l'autre de l'année. Il est rare qu'un lieu vous donne aussi spontanément raison. Ce pays semblait ne vouloir fâcher personne.

Glasgow lui sembla receler quelque chose d'antique, d'indifférent au monde, un monde à soi seul. Une ville repliée sous sa douleur. Tandis que le taxi les conduisait de l'aéroport à Jocelyn Square où se trouvait le Palais de justice, Camille s'abandonna au décor étrange et incroyablement exotique de cette ville grise et rose qui semblait entretenir ses parcs dans l'ultime espoir qu'un jour l'été y vienne en visite.

Camille serra des mains sèches et directes, dans l'ordre hiérarchique. Et la réunion au sommet commença à l'heure dite, sans précipitation.

Gallagher avait pris le temps d'écrire un mémo synthétisant les données de l'enquête et, devant l'anglais hésitant de son collègue français, se proposa obligeamment d'effectuer la traduction simultanée. Camille lui adressa un sourire sobre de remerciement comme s'il intégrait déjà les usages sans excès de ses hôtes.

— Grace Hobson, commença Gallagher, était âgée de 19 ans. Elle était lycéenne et vivait chez ses parents à Glasgow Cross. Avec l'une de ses amies, Mary Barnes, elle avait passé la soirée au Metropolitan, une discothèque du centre-ville. Le seul fait notable était la présence d'un ancien boy-friend de Grace, William Kilmar, ce qui avait rendu la jeune fille nerveuse et irritable tout au long de la soirée. Elle ne cessait de l'observer du coin de l'œil et buvait pas mal. Vers 23 heures, le jeune homme a disparu et Grace s'est levée. Son amie Mary Barnes l'a clairement vue se diriger vers la sortie. Comme la jeune fille ne revenait pas, ses amies ont supposé qu'une explication avait lieu entre les deux jeunes gens et ne se sont pas inquiétées de son absence. Vers 23 h 45, alors que le groupe commençait à se disperser, on l'a cherchée. Personne ne l'avait revue depuis son départ. Son corps a été retrouvé entièrement dévêtu le matin du 10 juillet 2001 dans Kelvingrove Park. Elle avait été sodomisée puis étranglée. Le jeune homme a déclaré ne pas l'avoir vue. Il a effectivement quitté l'établissement vers 23 heures et a rejoint dans la rue une autre jeune fille qu'il a raccompagnée chez elle, puis il est rentré chez ses parents un peu avant minuit. Il a croisé, sur le chemin du retour, deux garçons de sa classe habitant le même quartier que lui et qui revenaient d'une party. Ils se sont entretenus ensemble quelques minutes. Les témoignages semblent sincères et rien dans les dires du garçon n'a pu être mis en contradiction avec les faits. Trois éléments nous ont surpris. D'abord l'absence de la culotte de la jeune fille. Tous ses vêtements étaient sur place, sauf celui-ci. Ensuite une fausse empreinte de doigt a été apposée à l'aide d'un tampon encreur en caoutchouc sur un ongle du pied de la jeune fille. Enfin, un faux grain de beauté sur la tempe gauche sur la jeune fille. Il était très réaliste et le subterfuge n'est apparu que quelques heures plus tard lorsque ses parents sont venus reconnaître le corps. Les analyses ont révélé que ce grain de beauté avait été réalisé après la mort de la jeune fille.

Camille posa de nombreuses questions auxquelles il lui fut répondu avec obligeance. La police de Glasgow semblait sûre d'elle et peu soucieuse de protéger les éléments de son enquête.

On montra à Camille les photographies.

Camille sortit alors le livre que lui avait vendu Lesage.

Même cette découverte ne sembla pas décontenancer ses interlocuteurs. Camille leur proposa un court résumé de l'histoire pendant qu'un coursier allait chercher quatre exemplaires en anglais à la librairie la plus proche.

On prit un thé en attendant, et vers 16 heures, la réunion reprit.

Jonglant avec les éditions anglaise et française, ils passèrent un long moment à comparer le texte original avec les divers éléments de l'enquête et surtout avec les photographies.

Son corps était partiellement recouvert de feuillages [...] Sa tête faisait un angle bizarre avec son cou, comme si elle essayait d'écouter quelque chose. Sur sa tempe gauche il vit un grain de beauté, celui dont elle croyait qu'il lui gâcherait ses chances.

À titre de réciprocité, Camille présenta les éléments des enquêtes menées en France. Les policiers écossais étudièrent les pièces du dossier avec autant de sérieux que s'il s'était agi de leur propre enquête. Camille avait l'impression de les voir penser : « On est en face de faits, de faits réels et têtus dont il n'y a rien à penser que ceci : s'il y a là-dedans une folie particulière et inhabituelle, la police est face à un fou que sa mission est d'arrêter. »

En début de soirée, Gallagher conduisit Camille sur les différents lieux de l'enquête. Il faisait de plus en plus frais. Dans Kelvingrove Park, les gens se promenaient tout de même en veste, comme une tentative poignante pour croire à l'instauration d'une météo estivale. Elle l'était sans doute autant qu'elle le pouvait. Ils se rendirent sur les lieux de la découverte du corps de Grace Hobson que Camille trouva parfaitement conforme à la description de McIlvanney.

Le quartier de Glasgow Cross où avait vécu la victime présentait un aspect calme de centre-ville, avec de grands immeubles raides dont les entrées donnant sur la rue étaient toutes précédées d'une grille recouverte d'une lourde peinture noire, maintes fois renouvelée. Gallagher demanda à Camille s'il souhaitait rencontrer les parents de la victime, invitation que Camille déclina avec diplomatie. Ce n'était pas son enquête et il ne voulait pas donner le sentiment qu'il venait pour reprendre une investigation mal conduite. Ils poursuivirent leur visite par le Metropolitan, un ancien cinéma réaménagé en discothèque. Comme la plupart de ces établissements, son aspect extérieur, avec ses tubes fluo et ses anciennes vitrines recouvertes d'une peinture rouge, décourageait toute tentative de description.

Camille avait une chambre dans un hôtel du centre-ville. De là, il appela Irène chez ses parents.

— Louis t'a accompagnée ?

— Évidemment non, Camille. J'ai pris un taxi, comme une grande. Enfin, comme une grosse…

— Fatiguée ?

— Pas mal. Ce qui me fatigue le plus, c'est encore mes parents, tu sais…

— J'imagine. Ils vont comment ?

— Toujours les mêmes, c'est bien ça le pire.

Camille n'était allé que trois ou quatre fois en Bourgogne rencontrer ses beaux-parents. Le père d'Irène, ancien professeur de mathématiques, historiographe du village et président de quasiment toutes les associations, était une gloire locale. Suffisant jusqu'à l'épuisement, il amusait Camille pendant quelques minutes avec ses succès dérisoires, ses victoires insignifiantes et ses triomphes associatifs, après quoi il proposait à son gendre la revanche aux échecs, perdait trois parties consécutives et faisait discrètement la gueule tout le reste du temps en prétextant un embarras gastrique.

— Papa souhaite que notre fils s'appelle Hugo. Va savoir pourquoi…

— Tu lui as demandé ?

— Il dit que c'est un prénom de vainqueur.

— Imparable mais demande-lui ce qu'il pense de « César ».

Puis, après un court silence :

— Tu me manques, Camille.

— Tu me manques aussi…

— Tu me manques et tu me mens… Quel temps as-tu ?

— Ici, on dit « mixed ». Ça veut dire qu'il a plu hier et qu'il pleuvra demain.

Mardi 15 avril

1

L'avion venant de Glasgow atterrit un peu après 14 heures. Dès qu'il eut franchi les portillons, Camille trouva à Maleval des traits plus tirés encore que d'habitude.

— Pas besoin de te demander si tu as des mauvaises nouvelles. À voir ta tête…

Les deux hommes firent l'échange. Maleval prit la valise de Camille et lui tendit le journal.

Le Matin – Avec Laidlaw, *le « Romancier » signe sa troisième « œuvre ».*

Il n'y avait qu'une seule solution : Lesage.

— Bordel de Dieu !

— C'est aussi ce que j'ai dit. Louis a été plus sobre, commenta Maleval en démarrant.

Le téléphone portable de Camille lui annonça trois appels, tous de Le Guen. Il ne fit même pas le geste de les écouter et éteignit son téléphone.

Avait-il eu tort de répondre ainsi au journaliste ? Aurait-il pu gagner un peu de temps encore ?

Son découragement ne venait pas de là. Il venait de la réaction inévitable que cet article allait entraîner, ainsi que, sans doute, tous les autres articles qui traiteraient le sujet dès le lendemain. Il n'avait pas cru utile d'informer Le Guen ou le juge avant son départ du rapprochement entre le meurtre de Glasgow et le livre de McIlvanney, et il avait eu tort. Sa hiérarchie était informée par la presse d'un élément dont il disposait depuis deux jours. Son dessaisissement n'était plus en balance, il était maintenant une certitude. Il était, décidément, passé à côté de tout, il avait toujours eu une longueur de retard sur tout et sur tout le monde, depuis le début de cette affaire. Quatre meurtres plus tard, il ne pouvait se targuer d'aucune piste, d'aucun élément tangible. Même les journalistes semblaient mieux informés que lui.

Son enquête tournait au naufrage.

Jamais, dans toute sa carrière, Camille ne s'était senti plus impuissant.

— Dépose-moi chez moi, s'il te plaît.

Camille avait dit cela d'un ton abattu, presque inaudible.

— C'est cuit, ajouta-t-il comme pour lui-même.

— On va le trouver! annonça Maleval dans un bel élan d'enthousiasme.

— Quelqu'un va le trouver et ça ne sera pas nous. En tout cas pas moi. Nous allons devoir quitter la scène et pas plus tard que cet après-midi.

— Comment ça?

Camille lui expliqua la situation en quelques mots et la désolation de son collaborateur lui fut une surprise comme s'il était plus accablé encore que lui-même, ne cessant de murmurer :

— Merde, c'est pas vrai, ça…

C'était tout ce qu'il y avait de plus vrai.

À mesure qu'il découvrait l'article, évidemment signé de Buisson, le découragement céda à la colère.

... Après James Ellroy à Tremblay et Bret Easton Ellis à Courbevoie, la police découvre que le « Romancier » n'a pas sévi qu'en France. Selon des sources bien informées il serait également l'auteur du meurtre d'une jeune fille, commis à Glasgow le 10 juillet 2001, qui serait cette fois la retranscription fidèle d'un crime imaginé par William McIlvanney, écrivain écossais, dans un ouvrage intitulé Laidlaw.

À plusieurs reprises au cours de sa lecture, il leva les yeux du journal pour réfléchir, lâchant même :

— Quand même, quel enfoiré…

— Ils sont tous comme ça, je crois.

— De qui parles-tu?

— Des journalistes!

— Non, ce n'est pas à lui que je pense, Maleval.

Maleval se tut sobrement. Camille consulta sa montre.

— J'ai une petite course à faire avant de passer chez moi. Prends à droite.

2

Il n'y eut pas grand-chose à dire. Dès que Camille entra dans la boutique d'un pas décidé et le journal à la main, Jérôme Lesage se leva et tendit les deux mains, comme s'il voulait appuyer sur une cloison invisible.

— Désolé, commandant… Je vous assure…

— Les informations dont vous disposiez relèvent du secret de l'instruction, monsieur Lesage. Vous tombez sous le coup de la loi.

— Vous êtes venu m'arrêter, commandant ? Vous manquez un peu de reconnaissance.

— À quoi vous jouez, Lesage ?

— Le renseignement que vous êtes venu me demander relève peut-être du secret de l'instruction, dit le libraire, mais il ne relève pas du secret littéraire, loin de là. On peut même s'étonner de…

— De notre manque de culture, peut-être ? suggéra Camille, grinçant.

— Je n'irais pas jusque-là. Quoique.

Un vague sourire apparut fugitivement sur les lèvres du libraire.

— En tout cas… commença-t-il.

— En tout cas, le coupa Camille, vous n'avez pas rechigné à profiter de votre culture pour vous assurer un petit coup de pub. Vous avez une morale de commerçant.

— Nous faisons tous notre pub, commandant. Vous remarquerez toutefois que mon nom n'est pas prononcé. Moins que le vôtre, si j'ai bonne mémoire.

Cette réponse blessa Camille parce qu'elle était faite pour ça. Il sentit combien sa venue dans la librairie avait été vaine. Il regretta sa démarche, impulsive, irréfléchie.

Il jeta le journal sur le bureau de Lesage.

Il renonça à lui expliquer les conséquences que sa démarche, faite pour des raisons qu'il ne saisissait d'ailleurs pas réellement, aurait inévitablement sur le cours de l'enquête. Mais son découragement avait gagné. Il sortit sans un mot.

— Je vais reposer ma valise et me changer, dit-il à Maleval en remontant en voiture, ensuite on monte au quartier général pour sonner l'heure de la retraite.

Maleval resta en double file, gyrophare allumé. Camille attrapa son courrier dans la boîte aux lettres et monta pesamment l'escalier. Sans Irène, l'appartement lui sembla incroyablement vide. Il sourit néanmoins en apercevant, par la porte restée entrouverte, la chambre du bébé qui attendait. Il allait avoir du temps pour s'occuper d'eux.

Ce qui devait ne prendre que quelques minutes demanda, en fait, plus de temps que prévu. Maleval hésita à appeler son patron sur son portable. Il était garé là depuis un long moment et regretta de n'avoir pas regardé l'heure. Il sortit de la voiture et alluma une cigarette, puis une seconde en regardant les fenêtres de l'appartement de Camille où rien ne bougeait. Il se décida enfin et sortit son téléphone à l'instant où Camille apparaissait enfin sur le trottoir.

— Je commençai à m'inquiéter… commença Maleval.

À l'évidence, le coup que Camille avait reçu avec cet article avait commencé à gangrener. Maleval lui trouva le visage plus défait encore que lorsqu'il était monté. Camille resta un instant sur le trottoir pour relever sur son portable les deux messages de Le Guen – il y en avait maintenant trois.

Le premier était un message furieux :

— Camille, tu fais chier ! Toute la presse est au courant et moi, rien ! Appelle-moi dès que tu arrives, tu m'entends ?

Le deuxième, datant des minutes suivantes, était plus explicatif :

— Camille… Je viens d'avoir le juge… Il vaudrait mieux qu'on parle ensemble rapidement parce que… ça va pas être facile. Tu me rappelles ?

Le dernier était franchement compatissant :

— On doit être chez le juge pour 15 h 30. Si je n'ai pas de nouvelles de toi, je t'attends là-bas.

Camille écrasa les trois messages. Maleval démarra enfin. Les deux hommes restèrent silencieux pendant tout le trajet.

3

Le Guen se leva en premier, serra la main de Camille et le coude. Ça ressemblait à des condoléances. Le juge Deschamps ne fit pas même un geste et désigna simplement le fauteuil resté vide devant son bureau. Elle prit ensuite une large respiration.

— Commandant Verhœven, commença-t-elle calmement, concentrée sur ses ongles. Ce n'est pas une procédure très fréquente et je ne le fais pas de gaieté de cœur.

Le juge Deschamps avait des férocités administratives peu spectaculaires, tirées au cordeau. Le verbe juste, la voix tranquille des grandes heures, le ton cassant. Elle redressa enfin la tête.

— Vos manquements ne peuvent plus trouver maintenant ni excuse ni justification. Je ne vous cacherai pas que je n'ai même pas tenté de défendre votre cause. C'était une cause perdue. Après les infractions que je vous ai déjà signalées, le fait d'informer la presse avant le Parquet…

— Ce n'est pas ce qui s'est passé ! la coupa Camille.

— Cela revient strictement au même ! Et je n'ai aucune curiosité pour la manière dont les choses se sont réellement passées ! J'ai le regret de vous informer que vous êtes dessaisi de cette affaire.

— Madame la juge… commença Le Guen.

Camille leva immédiatement la main pour l'interrompre.

— Laisse, Jean ! Madame la juge, je ne vous ai pas informée de la ressemblance entre le crime de Glasgow et le livre dont la presse fait état parce que cette ressemblance n'était pas avérée. Elle l'est aujourd'hui et je suis ici pour vous le confirmer.

— Je l'ai appris dans le journal, commandant, j'en suis ravie. Mais cette affaire piétine, commandant. Toute la presse ne parle que de vous, mais vous, vous n'avez pas la moindre piste. Depuis le premier jour.

Camille soupira. Il ouvrit sa serviette et en ressortit calmement une petite brochure sur papier glacé qu'il tendit au juge Deschamps.

— Cette revue s'appelle *Nuits blanches*. Elle est hebdomadaire. C'est une revue spécialisée dans la littérature policière. On y publie des articles sur les nouveautés, des études sur des écrivains, des interviews.

Camille l'ouvrit et la replia sur la page 5.

— Et des annonces. Principalement dans le but de trouver des raretés, des ouvrages épuisés, ce genre de choses.

Il dut se lever de son fauteuil pour tendre la revue au juge et se rassit.

— J'ai entouré une annonce, en bas à gauche. Très courte.

— « BEE » ? C'est ça ? En dessous, c'est… votre adresse personnelle ?

— Oui, dit Camille. BEE, c'est pour Bret Easton Ellis.

— Qu'est-ce que ça veut dire ?

— J'ai tenté de joindre notre homme. J'ai passé une petite annonce.

— De quel droit…

— Non, madame la juge, je vous en prie ! coupa Camille. Tout ça, c'était bien avant. Le couplet sur les manquements, les rappels à l'ordre, la régularité des procédures, j'ai parfaitement entendu. J'ai encore une fois contourné la hiérarchie, je sais. Que voulez-vous, je suis un peu impulsif, ça m'est venu comme ça.

Il lui tendit alors deux feuilles de papier imprimées.

— Et ça… ajouta-t-il, ça m'est parvenu par la poste ce matin.

Monsieur,

Enfin, vous voici. Votre annonce a été pour moi un soulagement. J'aurais pu dire une délivrance. C'est dire à quel point, pendant toutes ces années, j'ai souffert de voir le monde si obtus, si aveugle. Si insensible. Ce furent de bien longs moments, je vous assure. Au fil des années, j'ai acquis de la Police une bien piètre opinion. Car j'en ai vu des Inspecteurs et des enquêteurs ! Pas une once d'intuition, pas l'ombre d'une finesse. Ces gens-là, je vous assure, m'ont semblé être la bêtise personnifiée. Je croyais être devenu, peu à peu, un homme sans illusions. Dans les moments de désespoir (et Dieu sait s'il y en a eu !), je me sentais accablé par cette évidence que jamais personne ne comprendrait.

Tant d'autres, avant vous, étaient passés devant moi comme des aveugles, que votre venue a brusquement réveillé mon espoir. Vous n'étiez pas comme eux, il y avait en vous quelque chose de différent. Depuis que vous êtes entré sur la scène que j'ai moi-même disposée avec une longue et lente patience, je vous vois tourner autour de l'essentiel, je savais que vous alliez trouver. Et vous voilà. Je l'ai su dès la lecture de l'article dans le journal, votre portrait, d'ailleurs si injuste. Ce n'étaient encore que des hypothèses. Je savais pourtant que vous aviez compris. Je savais que, bientôt, nous allions nous en entretenir.

« BEE », demandez-vous.

C'est une longue histoire. Un très vieux projet auquel je ne pouvais espérer m'atteler qu'avec la certitude d'être à la hauteur de ce qui reste, pour moi, un modèle. Bret Easton Ellis est un maître et il fallait beaucoup de modestie, beaucoup d'humilité pour espérer servir une œuvre comme celle-ci. Quel bonheur aussi. Avez-vous remarqué (je sais que oui), à quel degré d'exactitude je suis parvenu ? Avec quelle fidélité j'ai servi le maître ? Ce fut une rude affaire. La préparation en fut longue. J'ai cherché mille lieux, j'en ai visité des appartements ! Lorsque j'ai rencontré François Cottet, comme vous, sans doute, j'ai immédiatement pris la mesure du bonhomme. Quel imbécile, n'est-ce pas ? Mais les lieux étaient parfaits. Il n'a pas été bien difficile d'appâter notre crétin. Son besoin d'argent se lisait sur ses traits, sa faillite personnelle transpirait par tous ses pores. Il a eu l'impression de faire une bonne affaire. Avec ces gens-là, c'est un sésame absolu. Cela dit, à sa décharge, il a été consciencieux et serviable. Il a même accepté, sans hésiter, de réceptionner lui-même le véhicule que j'avais affrété... que lui demander de plus. (Vous avez dû remarquer que la commande du mobilier a été faite sous le nom de Peace, référence évidemment à l'auteur de la tétralogie du Yorkshire...) Il ne savait évidemment pas que son rôle, à lui, prenait fin à ce moment. Il n'a pas été difficile non plus de le déplacer lundi soir. Vous lui aviez fichu une trouille bleue, il était prêt à n'importe quoi pour se tirer d'une affaire dans laquelle, au fond, il n'était pas pour grand-chose. Je l'ai tué sans joie. Je déteste la mort. Sa disparition était seulement nécessaire, rien de plus. Vous trouverez son corps enterré dans la forêt d'Hez, près de Clermont-de-l'Oise (à trois cent cinquante mètres au nord du lieu-dit « La Cavalerie », j'ai posé là un cairn pour vous indiquer l'endroit exact). Je suis certain que vous saurez annoncer cela très sobrement à sa petite famille.

Mais revenons à l'essentiel, si vous le voulez bien. Vous aurez remarqué le soin que j'ai apporté à reconstituer les lieux avec la plus grande exactitude. Chaque chose y est à sa place, parfaitement à sa place et je suis certain qu'Ellis aurait été heureux de voir ce décor si bien agencé, correspondant si fidèlement à son vœu : la valise et son contenu, acheté plusieurs mois auparavant en Angleterre, le canapé, livré grâce aux bons soins de notre ami Cottet. Le plus difficile a été de trouver ce hideux papier peint dalmatien que prévoit BEE (quelle merveilleuse trouvaille). Il m'a fallu le commander aux États-Unis.

Le choix des jeunes actrices du drame ne fut pas non plus une mince affaire.

Le héros de BEE, Patrick Bateman dans son jargon un peu vulgaire de golden boy, précisait qu'elles avaient de « gros nénés », (« très jeunes, des petits trésors » précise-t-il). J'ai été très attentif à cela. Ainsi qu'à leur âge. Vous devinez sans peine que des jeunes femmes de cet âge avec des seins lourds, il y en a des quantités et que l'important n'était pas là. Il fallait surtout qu'elles soient telles que Patrick Bateman les eût aimées. Là, c'est une question d'intuition. C'est là ce qui différencie le véritable metteur en scène du simple régisseur. La jeune Évelyne était parfaite. Faire l'amour avec elle la première fois n'a pas été trop pénible. Je le faisais parce que c'était nécessaire au plan que j'avais conçu. Je n'avais pas trouvé de solution plus sûre pour la mettre en confiance que de me montrer un client calme, sans trop d'exigence, juste ce qu'il fallait et payant bien. Elle s'est prêtée au jeu avec indifférence et c'est peut-être cet apparent détachement teinté de mépris pour les besoins des hommes qui la payaient qui a emporté ma décision de la recruter. J'ai été très fier d'elle lorsque je l'ai vue arriver à Courbevoie en compagnie de la petite Josiane. Elle aussi était parfaite. Je sais bien m'entourer, c'est essentiel.

J'avais un trac, Camille, ce soir-là, un trac ! Tout était prêt lorsqu'elles sont arrivées. La tragicomédie pouvait commencer. La réalité allait enfin épouser la fiction. Mieux : la fusion de l'art et du monde allait enfin se faire, grâce à moi. Pendant tout le début de la soirée, mon impatience était si vive que j'ai craint que les deux jeunes filles ne me trouvent trop nerveux.

Nous nous sommes caressés tous les trois, j'ai offert du champagne et je ne leur ai demandé que le minimum nécessaire à mon plan.

Après une heure d'ébats pendant lesquels je leur ai demandé de faire exactement ce que font les héroïnes de BEE, le moment était venu et la poitrine me serrait. Il m'a fallu déployer des trésors de patience pour que leurs corps se trouvent dans la position exacte de leurs modèles. Dès que j'ai eu arraché le sexe d'Évelyne à pleines dents, dès qu'elle a poussé son premier hurlement de douleur, tout s'est passé comme dans le livre, exactement, Camille. J'ai vécu, cette nuit-là, un véritable triomphe.

Oui, c'est cela que j'ai ressenti ce jour-là. Un triomphe. Et je crois pouvoir dire que ce sentiment a été bien partagé par mes deux jeunes filles. Si vous aviez vu comme Évelyne a pleuré de vraies, de belles et longues larmes lorsque, bien plus tard dans la nuit, elle m'a vu m'approcher d'elle avec le couteau à viande ! Et je sais que si Bret Easton Ellis avait daigné lui laisser encore ses lèvres entières à cet instant du drame, Évelyne m'aurait souri de bonheur, je sais qu'elle aussi aurait ressenti ce qui, après avoir été ma longue patience à moi, devenait notre triomphe à tous deux. Je lui ai offert celui d'entrer vivante dans une œuvre d'art et, au-delà de la douleur, totalement sublimée à l'acmé du drame, je sais qu'une part d'elle, la plus profonde, la plus méconnue d'elle sans doute aussi, a passionnément aimé cet instant. Je la tirais de la triste existence où toutes les Évelyne du monde croupissent et j'ai élevé sa petite vie à la hauteur d'une destinée.

Il n'y a pas d'émotion plus profonde, tous les vrais amateurs d'art le savent, que celle qui nous est transmise par les artistes. Ma manière à moi de les rencontrer, ces émotions sublimes, c'est de servir les artistes. Je sais que vous comprenez cela. Tout a été parfaitement respecté. Au détail près. Et la scène que vous avez découverte est la figuration exacte du texte d'origine.

Imprégné que j'étais du texte, à la virgule près, je me suis senti comme ces acteurs totalement libérés de leur texte, enfin eux-mêmes. Vous le verrez un jour, puisque j'ai filmé la scène avec la « caméra miniaturisée Minox à pellicule 9,5 mm » décrite par Ellis. Il n'avait pas prévu que je la laisse sur place, aussi avez-vous été privé de ce film. C'est dommage, mais ainsi l'a voulu l'artiste. Ce film, je le regarde souvent. Lorsque vous le verrez, vous serez, vous aussi, bouleversé par la vérité de ce drame, « l'âpre vérité ». Vous entendrez la musique de Traveling Wilburys lorsque je tente de découper les doigts de la jeune femme à l'aide des ciseaux à ongles, vous ressentirez la puissance infernale de la scène où moi, Patrick Bateman, je découpe la tête d'Évelyne à la tronçonneuse et déambule dans la pièce, sa tête plantée sur mon sexe érigé, et celle, dont je ne me lasse pas, où j'ouvre à main nue le ventre de la jeune fille. C'est magnifique, Camille, je vous assure, magnifique…

Ai-je dit tout ce qu'il fallait ? N'ai-je rien oublié ? N'hésitez pas, si quelque chose vous manque. Je sais, de toute manière, que nous aurons bien d'autres occasions de nous entretenir ensemble.

Bien à vous.

PS : Rétrospectivement, et sans vouloir vous vexer, vous aurez, j'espère, apprécié que vous soit dévolue cette enquête sur le Dahlia noir qui, de son vrai nom, s'appelait Betty « Short ». Vous voilà en terrain de connaissance. Je joins ce PS pour votre hiérarchie : pour le cas où elle aurait la mauvaise idée de vous retirer cette enquête (nous sommes ENSEMBLE, vous et

moi, Camille, vous le savez !). Dites-leur bien que, sans
vous, leur espoir de me lire de nouveau s'évanouit…
mais que mon œuvre se poursuit.

Le juge Deschamps reposa la lettre et la considéra un instant, la reprit et par-dessus son bureau la tendit à Le Guen.

— Je n'aime décidément pas vos manières, commandant…

— Et encore ! répondit Camille. À côté de celles de l'assassin, je suis…

Mais devant le regard du juge, il préféra battre en retraite.

— Je vais vous demander quelques instants, monsieur le divisionnaire, dit enfin le juge comme si, à ses yeux, Camille avait brusquement cessé d'exister. Je dois consulter ma hiérarchie.

Le Guen acheva la lecture de la lettre debout dans le couloir. Il sourit.

— Je me doutais bien que tu allais rebondir. Je ne pensais pas que ça se passerait comme ça.

4

— Bon voyage ? demanda Armand en tirant une bouffée âcre avec une satisfaction de clochard.

— Mauvais retour, Armand. Mouvementé.

Armand fixa un instant le mégot qu'il tenait verticalement entre ses doigts et dut convenir qu'il n'y trouverait pas une seconde bouffée. Il l'écrasa à regret dans un cendrier marqué à l'enseigne de l'Optique Moderne de Châteauroux.

— Il y a du nouveau. Et du moche…

— Ah…

La voix de Louis leur parvint du couloir.

— C'est la dernière fois ! disait-il d'une voix ferme et étonnamment forte.

Camille se leva, sortit du bureau et trouva Louis face à Maleval.

Les deux hommes se retournèrent vers lui et lui sourirent maladroitement. Quel qu'il soit, ce différend tombait très mal. Il préféra jouer la neutralité, faire comme s'il ne voyait rien.

— Allez, Louis, branle-bas de combat, tu me rassembles tout le monde, dit-il en se dirigeant vers la photocopieuse.

Une fois réunis, il distribua à ses collaborateurs une copie de la lettre du meurtrier que chacun lut dans un silence religieux.

— Le Guen va nous obtenir des renforts opérationnels, annonça-t-il. Demain, après-demain, il ne sait pas encore, et nous allons en avoir besoin.

— Mmmh, répondirent en chœur Armand, Maleval et Louis qui achevaient leur lecture.

Camille leur en laissa le temps.

— C'est un sacré dingue, décréta Maleval.

— J'ai demandé à Crest d'actualiser son profil. Je suis toutefois d'accord sur le principe : c'est un dingue. Cela étant, nous avons de nouveaux éléments.

— Rien ne nous dit que c'est lui… risqua Armand. Je veux dire, ce qu'il écrit, toute la presse l'a déjà dit…

— À mon avis, dans quelques heures, on va déterrer le corps de Cottet… Je suis certain que ça va emporter ta conviction.

— Sa lettre nous confirme tout mais ne nous apprend pas grand-chose, analysa Louis.

— Je m'en suis fait la remarque, moi aussi. Le type est très prudent. Faisons quand même le point. Le papier peint est américain. Armand, tu vois ce qu'il te reste à faire. On sait aussi qu'il a visité beaucoup d'appartements. Ça va être plus difficile. Il faut chercher, à Paris et en banlieue, les programmes immobiliers pouvant convenir et qu'il aurait visités. Nous avons confirmation qu'il a recruté Josiane Debeuf par l'intermédiaire d'Évelyne Rouvray. Nous ne trouverons rien de ce côté-là. Peut-être du côté de la caméra Minox qu'il dit avoir utilisée…

— Je ne suis pas pressé de voir le film, moi, dit Maleval.

— Personne, non. Il faut quand même ajouter cet élément à notre première liste. Maleval, tu essayeras de montrer une photo récente de Cottet au garde-meuble de Gennevilliers. Et… c'est à peu près tout.

— Ça ne fait effectivement pas grand-chose.

— Ah si, une dernière chose, la lettre a été postée de Courbevoie. Du lieu du crime. Suprême élégance.

5

La forêt d'Hez est une forêt tranquille, mélancolique et terriblement meurtrière pour les promoteurs immobiliers.

La gendarmerie locale avait fait le nécessaire pour sécuriser les lieux et l'Identité s'était déplacée au grand complet. L'endroit choisi était tranquille, à l'abri des promeneurs, facilement accessible de la route, ce qui laissait supposer que Cottet avait pu être tué ailleurs et son corps transporté. Les techniciens avaient travaillé une bonne heure, sous des projecteurs puissants alimentés par un groupe électrogène, pour ratisser le lieu à la recherche d'éventuels indices avant que l'équipe chargée de l'exhumation puisse enfin s'avancer et intervenir. Il commença à faire véritablement froid vers 21 heures. La forêt nocturne prenait, sous les projecteurs et les gyrophares dont les éclats bleus traversaient les feuillages naissants, des allures de fantasmagorie.

Vers 22 heures, le cadavre fut exhumé sans difficulté.

Il portait un costume beige sur une chemise jaune pâle. Il apparut, dès que son corps fut extrait de son trou, que Cottet avait reçu une balle en pleine tête. Propre. Camille se chargea de prévenir sa femme et de procéder à la reconnaissance, Maleval d'assister à l'autopsie.

Mercredi 16 avril

1

— Je vais demander à l'un de mes collaborateurs de prendre votre déposition, madame Cottet. J'ai tout de même une question à vous poser…

Ils étaient debout, dans le hall de la morgue.

— Je crois savoir que votre mari était grand amateur de romans policiers…

Aussi étrange qu'elle pût sembler, la question ne sembla pas la surprendre.

— Il ne lisait guère que cela, oui. Il lisait ce qu'il pouvait comprendre.

— Vous pouvez m'en dire un peu plus ? demanda Camille.

— Oh, vous savez, il y a longtemps que nous ne parlions plus guère. Nos rares conversations ne portaient pas principalement sur nos lectures.

— Vous m'excuserez de vous poser cette question… votre mari était-il un homme violent ? Je veux dire, avec vous, a-t-il déjà…

— Mon mari n'était pas un homme courageux. Il était assez… physique, certes, un peu brutal sans doute, mais pas dans le sens que vous évoquez.

— Et plus précisément, sur le plan sexuel, quel genre d'homme était-il ? demanda abruptement Camille.

— Un rapide, répondit Mme Cottet, bien décidée à répondre à son agacement. Fulgurant, même, si je me souviens bien. Pas tordu. Imagination restreinte. Jusqu'à la simplisterie même. Plutôt buccal, raisonnablement sodomite, que vous dire d'autre…

— Je pense que ça suffira…

— Éjaculateur précoce.

— Merci, madame Cottet… Merci…

— Je vous en prie, monsieur Verhœven, n'hésitez pas. C'est toujours un plaisir de converser avec un gentleman.

Camille décida de confier l'interrogatoire à Louis.

Camille invita Louis et Le Guen à déjeuner. Louis portait un beau costume bleu pétrole, une chemise à rayures discrètes et une cravate à fond bleu nuit portant l'insigne d'une université anglaise parfaitement centré sous le nœud. Le Guen regardait toujours Louis comme s'il s'agissait d'une curiosité anthropologique. Il semblait toujours épaté que l'humanité, après avoir épuisé à peu près toutes les combinaisons, soit encore capable de fournir de pareils spécimens.

— Pour le moment, disait Camille en attaquant ses poireaux, on a trois crimes, trois livres et deux disparus.

— Plus la presse, le juge, le Parquet et le ministre, ajouta Le Guen.

— Si on compte tous les emmerdements, tu as raison.

— *Le Matin* avait une petite longueur d'avance hier. Il a été rejoint par le gros du peloton, tu as vu ça.

— Je ne préfère pas, non…

— Tu as tort. Si ça continue comme ça, ton « Romancier » va obtenir le Goncourt à l'unanimité. J'ai eu le juge Deschamps tout à l'heure au téléphone. Tu vas rire…

— Ça m'étonnerait.

— … il paraît que le ministre « s'est ému ».

— Un ministre ému ? Tu plaisantes ?

— Pas du tout, Camille. Moi, un ministre ému, je trouve même ça émouvant. Et puis c'est pratique, une émotion ministérielle. Tout ce qui était impossible la veille devient prioritaire. Cet après-midi, tu vas avoir un nouveau local et des renforts.

— Je peux choisir ?

— Quand même pas ! Émotion ne veut pas dire générosité, Camille.

— Je dois manquer de vocabulaire. Alors ?

— Je t'en donne trois. On va dire 16 heures.

— Ça veut dire 18 heures.

— À deux ou trois minutes près, oui.

Les trois hommes continuèrent à manger quelques instants en silence.

— Il n'empêche, risqua enfin Louis, il semble qu'avec votre petite annonce, nous ayons, en quelque sorte, repris la main.

— En quelque sorte, lâcha Camille.

— Ce type nous tient par les couilles, dit Le Guen.

— Jean ! Nous sommes entre gentlemen ! C'est, du moins, ce que m'a confirmé Mme Cottet ce matin.

— C'est quel genre, cette bonne femme ?

Camille leva les yeux vers Louis.

— Intelligente, dit Louis en goûtant le vin. Bonne famille. Elle ne vivait plus à proprement parler avec son mari, ils vivaient plutôt côte à côte. À l'origine, ils n'appartenaient pas au même monde et l'écart s'était encore creusé avec les années. Elle ne sait pas grand-chose de ce que faisait réellement son mari dans le privé, ils s'ignoraient.

— Elle n'avait pas de mal à être plus intelligente que son mari. Un vrai con, celui-là… ajouta Camille.

— Il ne semble pas avoir été très difficile de le manipuler, approuva Louis. Maleval a montré sa photo au garde-meuble de Gennevilliers. Aucun doute, c'était bien lui.

— Il n'a été qu'un instrument. Ça ne nous apporte pas grand-chose.

— Ce qui est confirmé maintenant, dit Louis, c'est que notre homme reproduit les crimes de romans policiers et…

— De romans, coupa Camille. Pour l'instant, il s'est attaqué à des romans policiers. Rien ne nous dit, dans sa lettre, que c'est le fond de son projet. Tout aussi bien, il pourrait balancer une femme sous un train pour reproduire *Anna Karenine*, assassiner une femme au poison dans un coin de Normandie pour nous refaire *Madame Bovary* en costume... ou...

— ... balancer une bombe nucléaire sur le Japon pour nous jouer *Hiroshima mon amour*, ajouta Le Guen qui pensait ainsi faire preuve de culture.

— Si on veut, lui accorda Camille.

Quelle pouvait être la logique interne de cet homme ? Pourquoi avoir choisi ces trois livres-là plutôt que d'autres ? Combien en avait-il déjà reproduits avant le crime de Tremblay ? Quant à la question, combien il en reproduirait avant qu'on l'arrête, c'était la seule idée qu'il tentait de ne pas se poser et qui, manifestement, commençait à lui couper l'appétit.

— T'en dis quoi, Camille ?

— De quoi... ?

— De ce que dit Louis...

— Je veux Cob.

— Je ne vois pas le rapport...

— Écoute, Jean, les autres, je m'en fous, mais pour l'informatique, je veux Cob.

Le Guen prit un instant de réflexion.

À quarante ans, Cob était déjà une sorte de légende dans la police. Ne disposant que d'un diplôme modeste, il avait, jeune homme, intégré les services informatiques de la Criminelle au plus bas degré. Ne confiant qu'à l'ancienneté le soin d'assurer sa promotion, totalement inapte aux concours administratifs, Cob semblait se satisfaire d'une fonction parfaitement subalterne parce que son talent lui avait assuré une place névralgique dans des affaires difficiles. Tout le monde avait, un jour ou l'autre, entendu parler des exploits informatiques de Cob, surtout ses chefs qui en prenaient volontiers ombrage, du moins, dans les débuts, jusqu'au jour où ils comprirent qu'ils n'avaient rien à craindre de lui. Après avoir incarné, dans tous les services auxquels il avait été affecté, le danger que représente inévitablement la présence d'une sorte de surdoué, il était maintenant revendiqué comme un fleuron. On se l'arrachait. Camille ne le connaissait pas particulièrement. Ils se rencontraient le plus souvent à la cantine et Camille aimait bien son style. Cob ressemblait à son écran, une large face carrée, pâle, avec des coins arrondis. Derrière son allure un peu renfrognée, il cultivait une sorte de détachement rigolard, pince-sans-rire, qui amusait Camille. Ce n'était toutefois pas pour son humour qu'il pensait maintenant à lui. L'état de l'enquête nécessitait un informaticien de talent et, dans toute la Maison, chacun savait qu'il n'y en avait pas de meilleur.

— Bon d'accord, mais de ce que disait Louis, tu en penses quoi ? reprit Le Guen.

Camille, qui n'avait rien écouté de leur conversation, regarda son adjoint en souriant :

— Je dis que Louis a toujours raison. C'est un principe.

3

— Évidemment, tout cela est régi par le secret de l'instruction…

— Évidemment, dit Fabien Ballanger, sans comprendre.

Ballanger assis derrière son bureau, dans la position du penseur, attendait que Camille en ait fini avec ses hésitations et semblait l'encourager du regard comme s'il désirait le soulager d'un poids en lui donnant par avance la garantie de l'absolution.

— Nous sommes maintenant en face de trois crimes.

— C'est un de plus que la dernière fois…

— Effectivement.

— C'est évidemment beaucoup, commenta Ballanger en regardant ses mains.

Camille lui expliqua rapidement de quelle manière les trois crimes avaient été commis.

— Nous avons maintenant la certitude que ces trois crimes reproduisent exactement *American Psycho*, *Le Dahlia noir* et *Laidlaw*. Vous connaissez ces livres ?

— Oui, je les ai lus tous les trois.

— Quel point commun leur trouvez-vous ?

— *A priori* aucun, dit Ballanger en réfléchissant. Un auteur écossais, deux Américains… Ils appartiennent tous à des écoles différentes. Entre *Laidlaw* et *American Psycho*, il y a un ravin. Je ne connais pas exactement les dates de parution. Là non plus, je ne vois pas quel point commun on pourrait leur trouver.

— Si l'hypothèse est bonne, il doit bien y avoir un trait commun à tout ça !

Ballanger réfléchit un instant et dit :

— Peut-être simplement qu'il aime ces livres !

Camille ne put s'empêcher de sourire et son sourire gagna son interlocuteur.

— Je n'avais pas pensé à ça, dit-il enfin… c'est idiot.

— Dans ce domaine, les lecteurs sont très éclectiques, vous savez…

— Les tueurs moins. D'une certaine manière, ils sont plus logiques. Ou du moins, ils ont « leur » logique.

— Si je ne craignais pas que ce soit de mauvais goût…

— Dites toujours.

— Je dirais qu'il choisit quand même de sacrés bons livres !

— C'est bien, dit Camille en souriant de nouveau, je préfère chercher un homme de goût. C'est plus valorisant.

— Votre… votre meurtrier… a de très bonnes lectures. C'est visiblement un connaisseur.

— Sans doute. Ce qui est certain, c'est que ce type est un malade. Un problème demeure, pour nous, central. Où tout cela a-t-il commencé ?

— C'est-à-dire ? demanda Ballanger.

— Nous connaissons ses crimes depuis qu'il les signe. Au mieux, nous savons où ça s'arrête. Nous ne savons pas où, quand, ni avec quel livre, toute cette série a commencé.

— Je vois… dit Ballanger qui, manifestement, ne voyait rien.

— On peut craindre qu'il y en ait d'autres, remontant sans doute plus loin, sans doute avant son crime à Glasgow. Son périmètre d'action est vaste, son projet est ambitieux. Les livres que nous connaissons, diriez-vous qu'il s'agit de classiques du genre ? demanda Camille.

— Oh, ce sont des ouvrages très connus. Des « classiques » peut-être pas. Enfin, pas au sens où on l'entendrait à l'Université.

— Dans ce cas, reprit Camille, visiblement encouragé par cette réponse, je suis étonné. S'il rend une sorte d'hommage à la littérature policière, pourquoi sa série n'aurait-elle pas débuté avec ce que vous appelleriez un « grand classique ». Ce serait logique, non ?

Le visage de Ballanger s'éclaira.

— Évidemment. Ça semble tout à fait plausible.

— À votre avis, les « grands classiques », il y en a combien ?

— Oh, je ne sais pas, il y en a plein. Enfin, ajouta Ballanger en réfléchissant, non, finalement, pas tant que ça. La définition de ce qu'est un classique, en cette matière, est très approximative. À mon sens, elle est même plus sociologique et historique que littéraire.

Et devant l'œil interrogatif de Camille :

— C'est affaire de sociologie dans le sens où, pour un public moyennement averti, certains livres sont considérés comme des chefs-d'œuvre même quand ce n'est pas le cas aux yeux de spécialistes. C'est aussi affaire d'histoire. Un classique n'est pas forcément un chef-d'œuvre. *Nécropolis* de Liebermann est un chef-d'œuvre mais pas encore un classique. *Les Dix Petits Nègres*, c'est l'inverse. *Le Meurtre de Roger Ackroyd* est à la fois un chef-d'œuvre et un classique.

— Il me faut des catégories, dit Camille. Si j'enseignais la littérature, je nuancerais sans doute, monsieur Ballanger. Mais j'enquête sur des crimes où l'on éventre de vraies jeunes filles… D'après vous, des chefs-d'œuvre, des classiques, bref des livres qui comptent, combien y en aurait-il ? À peu près…

— Comme ça, je dirais trois cents. À peu près.

— Trois cents… Vous pourriez dresser une liste des ouvrages… réellement indiscutables, et me dire où on peut trouver leur résumé ? Nous pourrions tenter une

recherche au fichier avec quelques éléments significatifs de chaque histoire…

— Pourquoi me demander ça à moi ?

— Je cherche un spécialiste capable de structurer
des connaissances, de les synthétiser. À la Brigade criminelle, vous savez, nous avons peu de spécialistes
de la littérature. J'avais pensé à demander à un libraire
spécialisé…

— Bonne idée, le coupa Ballanger.

— Nous en connaissons un mais il n'est pas très
coopératif. Je préfère m'adresser, comment dire… à un
fonctionnaire de la République.

Joli coup, sembla apprécier Ballanger. La référence
à ce terme grandiloquent le plaçait en situation difficile
pour refuser et l'inscrivait dans un devoir de réserve
qui ne pouvait seulement reposer sur son honnêteté.

— Oui, c'est possible, dit-il, enfin… La liste n'est
pas très difficile à établir. Encore que le choix restera
très arbitraire.

Camille fit signe qu'il le comprenait très bien, que ça
n'avait pas encore trop d'importance.

— Je dois disposer de monographies, de résumés,
ici et là. Je peux aussi demander à quelques étudiants…
Deux jours ?

— Parfait.

4

C'est aux moyens dont la police dispose qu'on
mesure l'intérêt que suscitent, en haut lieu, les grandes
affaires médiatiques. Camille se vit attribuer une grande
salle du sous-sol. Aveugle.

— C'est bête, un crime de plus, on avait droit aux fenêtres, commenta-t-il.

— Peut-être, répondit Le Guen, mais avec un mort de moins, tu n'avais pas les ordinateurs.

Cinq postes informatiques étaient en cours d'installation, des ouvriers fixaient les tableaux de liège pour afficher les informations de l'équipe, les fontaines d'eau froide et chaude pour le café soluble, les fournitures de bureau, tables, chaises et lignes téléphoniques. Le juge l'appela sur son portable pour convenir de l'heure du premier briefing. On convint de 8 h 30, le lendemain.

L'équipe fut au complet à 18 h 30. Il ne manquait plus que deux ou trois chaises. De toute manière, fidèle à la tradition, Camille tint la première réunion debout.

— On va procéder aux présentations d'usage. Je suis le commandant Verhœven. Ici, on dit Camille tout court, on va faire simple. Voici Louis. C'est lui qui coordonnera l'ensemble de l'équipe. Tous les résultats que vous obtiendrez doivent, en priorité, lui être remis. Il est chargé de la répartition des tâches.

Les quatre nouveaux regardèrent silencieusement Louis en hochant la tête.

— Ici, c'est Maleval. Théoriquement, c'est Jean-Claude mais pratiquement, c'est Maleval. Il est chargé des moyens matériels. Ordinateurs, voitures, matériel, etc., vous vous adressez à lui.

Les regards passèrent de l'autre côté de la pièce vers Maleval qui leva une main en signe de bienvenue.

— Voici enfin Armand. Avec moi, c'est ici le plus ancien. Techniquement, vous n'en trouverez pas de meilleur. En cas de doute sur une recherche, vous pouvez compter sur lui. Il vous aidera sans problème. C'est un homme très généreux.

Armand piqua du nez en rosissant.

— Bien, maintenant les nouveaux.

Camille sortit de sa poche une feuille qu'il déplia :

— Élisabeth…

Une femme d'une quarantaine d'années, volumi-
neuse, au visage clair, vêtue d'un ensemble sans âge.

— Bonjour, fit-elle en levant la main. Contente
d'être parmi vous.

Elle plut à Camille. Sa manière de parler, son aisance
sans manière.

— Bienvenue, Élisabeth. Vous avez travaillé sur de
grosses affaires ?

— J'ai fait « Ange Versini »…

Tous à la Criminelle se souvenaient de ce Corse de
Paris qui avait étranglé deux enfants coup sur coup, qui
était parvenu à échapper à tout le monde pendant une
cavale de plus de huit semaines et avait été tué quasiment à bout portant sur le boulevard Magenta après une
course-poursuite qui avait fait de gros dégâts. Et pas
mal de gros titres.

— Bravo… J'espère que nous allons contribuer à
votre palmarès.

— J'espère aussi…

Elle semblait avoir hâte de se mettre au travail. Elle
regarda Louis un court instant et se contenta d'un sourire amical et d'un hochement de tête.

— Fernand ? demanda Camille après avoir consulté
sa liste.

— C'est moi, dit un homme d'une cinquantaine
d'années.

Camille en fit le tour immédiatement. L'air grave,
regard un peu perdu, les yeux chassieux, le teint terreux de l'alcoolique. Pragmatique, Le Guen lui avait

dit : « Je te conseille de l'utiliser le matin. Après, il n'y a plus personne… »

— Vous venez des Mœurs, c'est ça ?

— Oui, en Criminelle, je ne connais pas grand-chose.

— Vous nous serez utile, j'en suis certain… ajouta Camille pour se montrer beaucoup plus rassurant qu'il ne l'était en réalité. Vous travaillerez avec Armand.

« Par déduction, je suppose que vous êtes Mehdi… ? demanda-t-il enfin en s'adressant à un jeune homme qui ne semblait pas avoir plus de 24 ou 25 ans.

Jean bleu, tee-shirt exhibant, avec un rien d'ostentation, une plastique qui devait sans doute beaucoup à la fréquentation des salles de musculation, casque d'un lecteur MP3 négligemment enroulé autour du cou, Mehdi avait un regard sombre et vif que Camille trouva séduisant.

— Absolument. 8e brigade… Enfin… pas depuis longtemps.

— Ça sera une bonne expérience. Bienvenue donc. Tu feras équipe avec Maleval.

Les deux hommes se firent un signe de connivence avant que Camille ait eu le temps de réfléchir à la règle, hélas peu mystérieuse, selon laquelle il venait soudain de tutoyer le jeune homme et de vouvoyer les autres. Effet de l'âge, se dit-il sans regret.

— Le dernier, c'est Cob, dit Camille en remettant son papier dans sa poche. Nous nous connaissons mais nous n'avons encore jamais travaillé ensemble…

Cob leva un regard inexpressif vers Camille.

— Pas encore, non.

— Il sera notre informaticien.

Cob ne broncha pas au milieu d'un petit frémissement murmuré par l'ensemble de l'équipe et se contenta

226

d'une brève levée de sourcils en guise de salutation. Tous avaient déjà entendu parler de quelques-unes de ses prouesses.

— Vois avec Maleval ce qui te manque, ça sera prioritaire.

Jeudi 17 avril

1

— Pour le moment, rien ne dément la première analyse. Cet homme hait les femmes.

Le juge Deschamps avait tenu sa première synthèse à l'heure dite, à la seconde près. Le Dr Crest avait posé sa sacoche à plat sur une table et consultait seulement des notes prises sur une feuille à grands carreaux. Écriture longue et penchée.

— Sa lettre complète le tableau clinique que j'avais tenté de dresser. Elle ne le dément pas sur le fond. Nous avons affaire à un homme cultivé et prétentieux. Il a beaucoup lu, et pas seulement des ouvrages policiers. Il a fait des études secondaires et certainement de lettres ou de philosophie, d'histoire, quelque chose comme ça. Des sciences humaines, peut-être. Prétentieux, parce qu'il veut vous montrer qu'il a de la culture. On relève évidemment le ton très chaleureux avec lequel il s'adresse à vous, commandant. Il a envie de vous être sympathique. Il vous aime bien. Et il vous connaît.

— Personnellement ? demanda Camille.

— Évidemment, non. Quoique… tout est possible. Je pense plutôt qu'il vous connaît comme peuvent vous connaître ceux qui vous ont vu à la télévision, qui ont lu votre portrait dans les journaux…

— Honnêtement, je préfère ça, dit Camille.

Les deux hommes se sourirent franchement. C'était la première fois qu'ils se souriaient de cette manière. Et le premier sourire, entre deux hommes, c'est le début de la reconnaissance ou des malheurs.

— Vous avez été très habile dans votre annonce, reprit le Dr Crest.

— Ah…

— Oui. Vous avez posé la bonne question. Courte et ne concernant pas sa personne. Vous lui avez demandé de vous parler de « son travail ». Et c'est cela qu'il a aimé. Le pire aurait été de lui demander ce qui le fait agir, comme si vous ne le compreniez pas. Vous avez supposé, par votre question, que vous le saviez, que vous l'aviez compris et il s'est immédiatement senti, comment dire, en terrain de connaissance.

— Je n'ai pas trop réfléchi, en réalité.

Crest laissa un instant en suspens le commentaire de Camille, puis :

— Quelque chose en vous a bien dû réfléchir, n'est-ce pas ? C'est ça l'important. Je ne suis pas certain, pour autant, que nous en sachions plus sur ses motivations. Sa lettre montre qu'il accomplit ce qu'il appelle « une œuvre », qu'il veut se hisser, avec un semblant de fausse modestie, à la hauteur des grands modèles qu'il s'est choisis dans la littérature policière.

— Pourquoi ? demanda Élisabeth.

— Ça, c'est une autre affaire.

— Un écrivain raté ? demanda-t-elle, formulant l'hypothèse que chacun se faisait à part soi.

— On pourrait le penser, évidemment. C'est même l'hypothèse la plus vraisemblable.

— Si c'est un écrivain raté, il a dû écrire des livres, enchaîna Mehdi. Il faut chercher du côté des éditeurs de romans !

La naïveté du jeune homme ne heurta personne. Camille poussa un petit soupir en se massant sobrement les paupières.

— Mehdi… Un Français sur deux écrit. L'autre peint. Les éditeurs reçoivent chaque année des milliers de manuscrits et ils sont plusieurs centaines. En remontant seulement sur les cinq dernières années…

— OK, OK, le coupa Mehdi en levant les deux mains comme pour se protéger.

— Son âge ? demanda alors Élisabeth venant au secours du jeune homme.

— Quarante, cinquante ans.

— Culturellement ? demanda Louis.

— Je dirais, le haut des classes moyennes. Il veut montrer qu'il a de la culture. Il en fait trop.

— Comme de poster sa lettre de Courbevoie… dit Louis.

— Tout à fait ! répondit Crest, surpris de cette observation. C'est tout à fait juste. Au théâtre, on dirait que c'est un « effet appuyé ». C'est un peu… démonstratif. Ce sera peut-être notre chance. Il est prudent mais tellement certain de son importance, il pourrait aussi se montrer maladroit. Il est habité par une idée dont il se plaît à croire qu'elle le dépasse. Il a manifestement un grand besoin d'admiration. Retourné vers soi-même. C'est peut-être même le cœur de sa contradiction. Ce n'est évidemment pas la seule.

— Que voulez-vous dire ? demanda Camille.

— Il y a beaucoup de zones d'ombre évidemment, mais je dois dire que l'une d'elles me tracasse. Je me suis demandé pourquoi il était allé à Glasgow pour réaliser le meurtre imaginé par McIlvanney.

— Parce que c'est là que le crime est censé être commis ! dit aussitôt Camille.

— Oui, j'y ai pensé. Mais alors pourquoi réalise-t-il le crime d'*American Psycho* à Courbevoie plutôt qu'à New York. C'est bien là que ça se passe, non ?

C'était une contradiction qui n'était apparue à personne, Camille dut le reconnaître.

— Son crime du Tremblay, lui aussi, aurait dû se dérouler à l'étranger, reprit Crest. Je ne sais pas où…

— À Los Angeles, compléta Louis.

— Vous avez raison, dit enfin Camille, je n'y comprends rien.

Il s'ébroua pour chasser momentanément cette idée.

— Il faut maintenant réfléchir au prochain message, dit-il.

— Pour le moment, il faut l'apprivoiser. Lui demander maintenant ses raisons d'agir, ce serait ruiner vos premiers efforts. Il faut continuer à parler avec lui d'égal à égal. Vous devez lui apparaître comme quelqu'un qui le comprend parfaitement.

— Votre idée ? demanda Camille.

— Rien de personnel. Une demande de renseignement sur un autre crime, peut-être. Après, nous verrons.

— La revue paraît le lundi. Ça veut dire une semaine entre chaque annonce. Ça fait beaucoup de temps. Beaucoup trop.

— On peut aller plus vite.

La voix de Cob se faisait entendre pour la première fois.

— La revue a un site Internet. J'ai vérifié. On peut passer des annonces en ligne. Parution le lendemain.

Camille et le Dr Crest s'isolèrent ensuite pour réfléchir ensemble au contenu de la seconde annonce dont le texte, par mail, fut soumis au juge Deschamps. Il tenait en trois mots : *« Votre dahlia noir… ? »* Elle était signée, comme la première, des seules initiales de Camille Verhœven. Cob fut chargé de la passer sur le site de la revue.

2

La liste fournie par Fabien Ballanger comportait cent vingt titres de roman. « Résumés suivent. Dans 5 à 6 jours… » avait indiqué Ballanger à la main. Cent vingt ! Tapés sur deux colonnes, il y avait là de la lecture pour, combien ? deux ans, trois peut-être. Un véritable bréviaire de l'amateur de polars, une petite bibliothèque idéale, parfaite pour le lecteur décidé à acquérir une solide culture sur le sujet et parfaitement inopérante dans le cadre d'une enquête criminelle. Camille ne put s'empêcher de compter, parmi tous ces titres, ceux qu'il avait lus (il parvint à huit) et combien lui étaient seulement familiers (le total montait à seize). Il regretta un instant que le meurtrier ne soit pas plutôt amateur de peinture.

— Tu en connais combien, toi ? demanda-t-il à Louis.

— Je ne sais pas, répondit Louis en consultant la liste, une trentaine peut-être…

Ballanger avait réagi en spécialiste, et c'est bien ce qu'on lui demandait mais une liste de cette ampleur rendait la recherche impossible. À la réflexion, Camille pensait maintenant que cette idée était le type même de la fausse bonne idée.

Au téléphone, Ballanger était assez fier.

— Nous sommes en train de vous rassembler les résumés. J'ai mis trois étudiants sur ce travail. Ils se sont pris au jeu, non?

— C'est beaucoup trop, monsieur Ballanger.

— Non, ne vous en faites pas, ils ne sont pas trop chargés ce semestre…

— Non, je voulais dire, la liste : cent vingt titres, ce n'est pas exploitable pour nous…

— Il vous en faut combien?

Le ton de l'universitaire laissait suffisamment penser que les deux hommes vivaient sur des planètes différentes, l'un sur la planète obscure et terre à terre des crimes ordinaires, le second sur les hauteurs de la culture.

— Honnêtement, monsieur Ballanger, je n'en sais rien.

— Ce n'est pas moi qui vais le savoir pour vous…

— Si notre meurtrier choisit des titres en fonction de ses goûts, reprit Camille en faisant mine de n'avoir pas perçu son agacement, la liste que je vous demande sera inopérante. Selon les premiers éléments dont nous disposons, notre homme dispose d'une réelle culture dans ce domaine. Il serait tout de même étonnant que dans sa propre liste ne figurent pas au moins un ou deux romans très classiques. C'est ça qui nous aiderait. C'est à cela que vous pouvez nous aider.

— Je vais reprendre la liste moi-même.

Camille remercia dans le vide, Ballanger avait déjà raccroché.

Vendredi 18 avril

1

Armand et Fernand formaient une jolie paire de duettistes. Deux heures après leur première rencontre, ils ressemblaient déjà à un vieux couple : Armand avait fait main basse sur le journal, le stylo et le bloc-notes de son collègue, se servait sans vergogne dans son paquet de cigarettes (il en glissait même quelques-unes dans sa poche en prévision de la soirée) et faisait mine de ne pas s'apercevoir des courtes absences de Fernand qui revenait régulièrement des toilettes en suçant des bonbons à la menthe. Sur l'ordre de Louis, ils avaient abandonné la liste des fabricants de papier peint, infiniment trop vaste, et se concentraient maintenant sur les programmes immobiliers que le meurtrier avait pu visiter lorsqu'il s'était lancé à la recherche du loft de Courbevoie. Mehdi, à toutes fins utiles, était allé faire un tour à la poste centrale de Courbevoie pour tenter d'y recueillir un improbable témoignage, tandis que Maleval s'intéressait aux acheteurs de caméras Minox. Louis, de son côté, était allé chercher, muni de la requête du juge, la liste des abonnés à *Nuits blanches*.

En milieu de matinée, Camille eut la surprise de voir arriver le professeur Ballanger. Plus trace du semblant de colère ou d'agacement de la veille au téléphone. Il entra dans la salle avec une timidité étrange.

— Il ne fallait pas vous déplacer… commença Camille.

À peine avait-il prononcé ses mots qu'il comprit que c'était avant tout la curiosité qui avait conduit Ballanger à venir lui-même apporter le fruit d'un travail qu'il aurait pu envoyer par mail : il regardait le décor avec la curiosité un peu émerveillée d'un visiteur de catacombes.

Camille lui fit les honneurs de la visite, lui présenta Élisabeth, Louis et Armand, seuls présents à ce moment-là, insistant sur « l'aide précieuse » que le professeur Ballanger voulait bien leur apporter…

— J'ai repris la liste…

— C'est très aimable à vous, répondit Camille en prenant les feuilles agrafées que lui tendait Ballanger.

Cinquante et un titres, suivis d'un court résumé allant de quelques lignes à un quart de page. Il la parcourut rapidement, attrapant ici et là quelques titres : *La Lettre volée*, *L'Affaire Lerouge*, *Le Chien des Baskerville*, *Le Mystère de la chambre jaune*… Il leva aussitôt les yeux vers les postes informatiques. Ayant produit son effort de courtoisie, il avait maintenant hâte de se débarrasser de Ballanger.

— Je vous remercie, dit-il en lui tendant la main.

— Je peux peut-être vous donner quelques commentaires.

— Les résumés me semblent clairs…

— Si je peux…

— Vous avez déjà fait beaucoup. Votre aide nous est très précieuse.

234

Malgré les craintes de Camille, Ballanger ne se choqua pas.

— Alors, je vous laisse, lâcha-t-il seulement un peu à regret.

— Merci encore.

Dès que Ballanger fut sorti, Camille se précipita vers Cob.

— Voilà une liste de romans « classiques ».

— Je devine…

— On extrait les éléments principaux de crimes décrits dans les romans. Et on cherche des affaires non résolues qui correspondent à ces critères.

— Quand tu dis « on »…

— « On », c'est toi, répondit Camille en souriant.

Il fit quelques pas pour s'éloigner, revint, soudain pensif.

— J'ai besoin d'autre chose aussi…

— Camille, ce que tu me demandes là, ça va prendre des heures…

— Je sais. J'ai quand même besoin d'autre chose… Et c'est plutôt compliqué.

Cob était un homme à prendre par les sentiments. Ses sentiments étaient, comme toute sa personne, essentiellement informatiques. Rien ne savait le décider aussi sûrement qu'une recherche difficile, sauf peut-être, une recherche impossible.

— Ça concerne aussi les affaires non résolues. Je veux utiliser les informations que nous détenons sur les *modus operandi*.

— Et… on cherche quoi ?

— Des éléments irrationnels. Des éléments qui n'ont rien à faire là, des choses dont on se demande ce que ça vient foutre dans une affaire. Des crimes isolés avec des indices incohérents. On drague d'abord la liste des classiques du polar mais le type opère peut-être principalement à partir de ses goûts personnels. Il a pu prendre pour modèles des livres qui ne sont pas dans la liste. La seule manière de les repérer, ce sont les éléments irrationnels, les éléments qui ne cadrent avec rien parce qu'ils ne cadrent en fait qu'avec les romans dont ils sont issus.

— On n'a pas ce genre de clé de recherche.

— Je le sais bien. Si on les avait, ça n'est pas à toi que je demanderais. Je prendrais mon micro et je ferais ça moi-même.

— L'éventail… ?

— Disons, tout le territoire national, au cours des cinq dernières années.

— Une paille !

— Combien de temps ?

— J'en sais rien, dit pensivement Cob. Faut d'abord trouver la méthode…

2

— Tu l'as dans le collimateur depuis le début, dit Camille en souriant.

— Pas particulièrement, non, se défendit Louis. Enfin… il ne serait pas le premier meurtrier à prévenir lui-même la police.

— Tu me l'as déjà dit.

— Oui, mais maintenant, j'ai quelques éléments plus troublants.

— Vas-y.

Louis ouvrit son carnet.

— Jérôme Lesage, 42 ans, célibataire. La librairie appartenait à son père, décédé en 1984. Études de lettres. Sorbonne. Maîtrise sur *L'oralité dans le roman policier*. Mention très bien. Famille : une sœur, Claudine, 40 ans. Ils vivent ensemble.

— Tu plaisantes ?

— Pas le moins du monde. Ils occupent un appartement au-dessus du magasin. Le tout vient de leur héritage. Claudine Lesage, mariée en 1985 à Alain Froissart. Mariage le 11 avril…

— Précis !

— C'est que ça a son importance : le mari s'est tué en voiture le 21, dix jours plus tard. Il était l'héritier d'une jolie fortune, famille du Nord, autrefois industrie lainière reconvertie dans le prêt-à-porter industriel. Son mari était fils unique. Le 21 avril 1985, sa femme hérite du tout. Elle fait un court séjour dans un hôpital psychiatrique et, dans les années qui suivent, deux autres séjours plus longs dans des maisons de repos. En 1988, elle revient définitivement à Paris, s'installe chez son frère. Elle y est toujours.

» Le type que nous cherchons a de gros moyens et les Lesage ont beaucoup d'argent. Premier point. Deuxième point, le calendrier. 10 juillet 2001, assassinat de Grace Hobson à Glasgow. Le magasin est fermé tout le mois de juillet. Le frère et la sœur sont en vacances. Officiellement en Angleterre. Lesage a un correspondant à Londres, le frère et la sœur y séjournent quinze jours, entre le 1er et le 15. De Londres à Glasgow, il doit y avoir, quoi, une heure d'avion.

— Acrobatique quand même…

— Mais pas exclu. 21 novembre 2001, meurtre de Manuela Constanza. Région parisienne. Possible pour Lesage. Rien de particulier dans son emploi du temps. 11 avril dernier, Courbevoie. Idem. Paris, Tremblay,

Courbevoie, tout ça se trouve dans un périmètre restreint à la région parisienne, rien d'impossible.

— Ça fait maigre quand même...

— Il nous donne deux livres sur trois... C'est lui qui appelle pour le premier. On ne sait pas non plus interpréter exactement la raison pour laquelle il a livré des informations à la presse. Il prétend qu'il a été piégé... Il pouvait aussi avoir envie d'assurer sa publicité...

— Peut-être...

— Il est abonné à *Nuits blanches*, dit Louis en exhibant une liasse de feuilles.

— Oh, Louis ! dit Camille en se saisissant du document et en commençant à le feuilleter. Il est libraire spécialisé. Il doit être abonné à tout ce qui paraît. Tiens, regarde, des libraires abonnés, il y en a des dizaines. Il y a de tout là-dedans : des libraires, des écrivains, des services documentaires, des journaux, ils y sont tous. Si ça se trouve, il y a même mon père... Bingo ! Il y est ! Et leur site Internet, tout le monde y a accès, les annonces sont en consultation libre et...

Louis leva les mains en signe de capitulation.

— Bon, reprit Camille, tu proposes quoi ?

— Enquête financière. Comme pour tous les magasins, il entre pas mal d'argent en liquide à la librairie. Il faudrait aller voir de plus près les entrées, les sorties, ce qu'il a acheté, s'il y a des dépenses significatives et inexpliquées, etc. Ces crimes coûtent quand même beaucoup d'argent...

Camille réfléchit.

— Appelle-moi le juge.

1

Gare de Lyon. 10 heures du matin.

En la voyant avancer à pas de canard, Camille fut soudain surpris de trouver à Irène un visage plus plein encore qu'à son départ, son ventre plus volumineux. Il se pressa pour aller tirer sa valise à roulettes. Il l'embrassa maladroitement. Elle semblait épuisée.

— Bon séjour ? demanda-t-il.

— Tu sais déjà l'essentiel, répondit-elle, déjà essoufflée.

Ils prirent un taxi et, aussitôt arrivés chez eux, Irène s'effondra dans le canapé avec un soupir de soulagement.

— Je te prépare quoi ? demanda Camille.

— Du thé.

Irène parla de son séjour.

— Mon père parle, parle, parle. De lui, de lui, de lui. Qu'est-ce que tu veux, il ne sait faire que ça.

— Épuisant.

— Ils sont gentils.

Camille se demanda ce que ça lui ferait d'entendre un jour son fils dire de lui qu'il était gentil.

Elle demanda des nouvelles de son enquête. Il lui donna à lire une copie de la lettre du meurtrier tandis qu'il descendait chercher le courrier.

— On mange ensemble ? demanda-t-elle lorsqu'il fut de retour.

— Je ne crois pas… répondit Camille, soudain pâle, tenant dans sa main une enveloppe fermée.

La lettre avait été postée de Tremblay-en-France.

Cher Commandant,

Je suis heureux de voir que vous vous intéressez à mon travail.

Je sais que vous vous activez dans toutes les directions et que c'est, pour vous et votre équipe, beaucoup de travail et beaucoup de fatigue. J'en suis sincèrement navré. Croyez bien que si je pouvais alléger votre tâche, je le ferais sans hésitation. Mais j'ai une œuvre à poursuivre et ça aussi, je sais que vous pouvez le comprendre.

Allons, je parle, je parle et je ne réponds pas à votre attente.

Donc le Dahlia noir.

Quelle merveille, n'est-ce pas, que ce livre. Et modestement, quelle merveille aussi que mon hommage à cette œuvre magnifique. « Mon » Dahlia, comme vous le dites si joliment, était une putain de dernière zone. Rien de la grâce, certes un peu vulgaire mais si attachante d'Évelyne. Dès notre première rencontre, j'ai compris qu'elle serait mieux à sa place dans le livre d'Ellroy que sur le trottoir. Son physique était, dirons-nous, adéquat. Ellroy le décrit mais il décrit davantage le corps mort que le corps vivant. Des nuits entières je me suis répété les phrases du livre tandis que je déambulais comme une âme en peine dans les rues à bordels de Paris. Je désespérais de trouver jamais la perle rare. Et elle m'est apparue un jour, sans crier gare, bêtement, je dirais, à l'angle de la rue Saint-Denis. Elle était vêtue de la manière la plus criarde qui soit, avec des bottes montantes rouges et des sous-vêtements largement visibles par le décolleté ouvert et la jupe fendue sur le devant. C'est son sourire qui m'a décidé. Manuela avait une grande bouche et des cheveux d'un noir profond et véritable. J'ai demandé le prix et je suis monté avec elle. Une épreuve, Camille, je vous assure. Le lieu sentait toutes les misères, la chambre exhalait une odeur de sueur que la bougie aromatique qui brûlait sur une commode ne parvenait pas à masquer, le lit était un grabat sur lequel personne d'à peu près sain n'aurait voulu s'allonger. Nous avons fait cela debout, c'était le mieux.

Le reste fut une longue affaire de stratégie. Ces prostituées sont méfiantes et leurs protecteurs, quand ils n'apparaissent pas directement, font sentir leur présence derrière les portes entrouvertes. On croise des ombres dans les couloirs. Il m'a fallu revenir plusieurs fois, lui sembler un client tranquille, gentil, peu exigeant, attachant.

Je ne souhaitais pas me rendre trop souvent dans ce bordel, ni aux mêmes heures. Je craignais que ma présence soit remarquée, que ses camarades puissent ensuite me reconnaître.

Je lui ai donc proposé de nous voir à l'extérieur « pour la nuit ». Son prix serait le mien. Je ne pensais pas alors que cette question serait si difficile à négocier. Il fallait discuter avec son souteneur. J'aurais pu changer d'avis, me mettre à la recherche d'une autre complice mais j'avais projeté sur cette fille toutes les images du livre. Je la voyais si parfaitement dans le rôle que je n'ai pas eu le courage d'y renoncer. J'ai donc rencontré le gros Lambert. Quel personnage ! Je ne sais pas si vous l'avez connu de son vivant – ah oui, il est mort, je vais y revenir. C'était quelqu'un de très... romanesque. Caricatural au-delà du raisonnable. Il m'a pris de haut et je me suis laissé faire. C'était le jeu. Il voulait « savoir à qui il avait affaire », m'a-t-il expliqué. Il aimait son métier, cet homme-là, je vous assure. Je suis bien certain qu'il devait tabasser ses filles comme les autres mais il tenait sur elles un discours très protecteur, très paternaliste. Bref, je lui ai expliqué que je voulais « sa fille » pour une nuit. Il m'a escroqué, je vous assure, Camille... une honte. Enfin, c'était le jeu. Il a exigé de connaître l'adresse de notre rencontre. La stratégie devenait serrée. Je lui en ai fourni une fausse avec des réticences d'homme marié. Ça a suffi pour le rassurer. C'est du moins ce que je croyais. Manuela et moi nous sommes retrouvés le lendemain, un peu plus loin sur le boulevard. Je craignais qu'on m'ait fait faux bond mais l'affaire, pour eux, était une bonne affaire.

Dans le quartier de la rue de Livy, à deux pas de la décharge, se trouvent plusieurs pavillons inhabités depuis des lustres parce que promis à la démolition. Certains ont vu toutes leurs ouvertures bouchées par des parpaings, des planches, c'est sinistre. Deux autres ne sont que désertés. J'ai choisi celui du 57 ter. J'y ai conduit Manuela de nuit. J'ai bien senti que la jeune fille n'était pas très rassurée d'arriver dans un tel quartier. Je me suis montré gentil, maladroit, comme empêtré, de quoi redonner confiance à la putain la plus rétive.

Tout était prêt. À peine entrés, je lui ai appliqué un coup de masse derrière la tête. Elle s'est affaissée avant d'avoir eu le temps de dire ouf. Après quoi, j'ai transporté son corps jusqu'à la cave.

Elle s'est réveillée deux heures plus tard, attachée à la chaise, sous la lampe, nue. Elle frissonnait et son regard était affolé. Je lui ai expliqué tout ce qui allait se passer et, durant les premières heures, elle s'est beaucoup tortillée pour tenter de se libérer, elle essayait de hurler quoique le scotch qui lui barrait le visage ne lui laissât pourtant rien espérer de ce côté. Cette exci-

tation m'agaçait. J'ai choisi de lui briser les jambes dès le début. Avec une batte de base-ball. Après cela, les choses ont été plus faciles. Incapable de se lever, elle ne pouvait plus que ramper sur le sol et encore, jamais très longtemps. Ni très loin. Ma tâche en a été grandement facilitée tant pour la fouetter, comme il est dit dans le livre, que pour brûler ses seins avec les cigarettes. Le plus difficile était évidemment de réussir, du premier coup, le sourire du Dahlia noir. Je n'avais évidemment pas droit à l'erreur. En fait, ce fut un grand moment, Camille.

Dans mon travail, vous le savez, tout a son importance.

À la manière d'un puzzle qui ne trouve sa perfection formelle qu'une fois que toutes les pièces sont assemblées, chacune a sa juste place. Qu'une seule pièce vienne à manquer et c'est toute l'œuvre qui est autre, ni plus belle ni moins belle, différente. Or ma mission, à moi, c'est de faire en sorte que la réalité imaginaire de nos grands hommes soit exactement reproduite. C'est cet « exactement » qui fait la grandeur de ma tâche et c'est en cela que le moindre détail doit être attentivement étudié, pesé dans toutes ses conséquences. D'où l'extrême importance de réussir ce sourire, de le réussir totalement. Mon art, c'est l'imitation, je suis un reproducteur, un copiste, un moine autant dire. Mon abnégation est totale, mon dévouement sans limite. J'ai voué mon existence aux autres.

Lorsque j'ai enfoncé la lame sous son oreille d'un bon centimètre en lui tenant la tête par les cheveux, le plus près possible du crâne, et que j'ai creusé l'entaille profonde jusqu'à la commissure de la bouche, j'ai senti à l'ampleur de mon geste, au hurlement véritablement animal, qui s'est levé du plus profond de son corps et est venu s'épanouir à la sortie de cette demi-bouche nouvelle dont le sang coulait lourdement en grosses larmes longues, j'ai senti que mon œuvre se réalisait. Je me suis appliqué, lorsque j'ai entamé la seconde partie de notre sourire : l'entaille était légèrement trop profonde peut-être, je ne sais pas... Reste que ce sourire du Dahlia a été pour moi, vous l'imaginez, une merveilleuse récompense. Ce sourire magnifique, c'était tout à coup, dans ma vie, toute la beauté du monde condensée dans l'œuvre. J'ai vérifié une nouvelle fois à quel point ma mission trouvait son sens dans mon application scrupuleuse.

Lorsque Manuela fut morte, je l'ai découpée, comme il est dit, avec un couteau de boucher. Je ne suis pas un spécialiste de l'anatomie et il m'a fallu consulter à plusieurs reprises un livre que j'avais pourtant déjà longuement étudié pour repérer les viscères manquants du Dahlia noir. Les intestins, c'était simple, le foie et l'estomac aussi, mais savez-vous précisément, vous, où se trouve la vésicule biliaire ?

Pour laver les deux morceaux du corps, j'ai dû tout monter à l'étage et, comme ces pavillons n'ont plus ni l'eau ni l'électricité depuis longtemps, j'ai dû utiliser l'eau de pluie contenue dans une citerne que les anciens propriétaires ont abandonnée dans le jardin derrière la maison. J'ai pris soin de laver les cheveux avec application.

Aux premières heures du matin, il faisait déjà trop jour pour aller achever mon œuvre à la décharge. Je craignais qu'il y ait un peu de passage et j'ai préféré rentrer chez moi. J'étais fourbu, vous n'imaginez pas ! et heureux. Le lendemain, en tout début de nuit, j'y suis retourné pour achever mon travail en disposant les deux moitiés de corps à la décharge tel qu'il est dit dans le livre.

Ma seule erreur, si je puis dire, a été de repasser ensuite en voiture devant le pavillon. Ce n'est qu'en arrivant chez moi que je me suis rendu compte qu'une moto m'avait suivi. Je poussais la porte de chez moi lorsqu'elle est passée dans la rue. Le conducteur, invisible sous son casque intégral, a brièvement tourné la tête vers moi. J'ai compris à l'instant que je m'étais fait piéger. Manuela n'était pas rentrée de la journée et son souteneur ne devait pas en être inquiet puisqu'elle ne travaillait que la nuit. Mais ne pas la voir le lendemain soir... J'en ai déduit que j'avais été suivi la veille sans m'en rendre compte. Le conducteur de la moto était revenu sur les lieux pour voir de quoi il retournait, m'avait croisé alors que je repassais devant le pavillon, m'avait suivi... Le gros Lambert savait maintenant où je logeais, j'étais à sa merci et ma sérénité coutumière en a pris un sacré coup. J'ai immédiatement quitté Paris. Cela n'a duré qu'une journée mais quelle journée... ! Une angoisse, Camille ! Il faut avoir vécu ce genre de situation pour comprendre. Dès le lendemain, j'ai été rassuré. J'ai appris par les journaux que Lambert avait été arrêté pour participation à un braquage. Contrairement aux policiers qui l'ont arrêté, au juge qui l'a condamné, je savais, moi, que Lambert avait une stratégie bien plus complexe et qu'il n'était pour rien dans l'opération qui le conduisait en prison. Huit mois fermes. L'espoir raisonnable de n'en faire que le tiers, cela valait bien, à ses yeux, ce qu'il espérait tirer de moi à sa sortie. Je l'ai attendu avec calme. Je n'ai rien fait, pendant les premières semaines, pour me soustraire à la surveillance que Lambert, de sa cellule, faisait exercer sur moi. Le plus prudent était de vivre normalement, de ne rien lui laisser voir d'une éventuelle inquiétude. Ma stratégie a été payante. Il a été rassuré. C'est ce qui l'a perdu. Lorsque j'ai appris qu'il allait sans doute être libéré et placé sous contrôle judiciaire, j'ai pris quelques jours de congés. Je suis allé m'installer dans la maison de famille que je possède en province. J'y vais rarement parce que je ne m'y suis jamais plu. J'aime beaucoup le parc mais la maison, elle, est trop grande, loin de tout maintenant que les villages alentour sont désertés. Je l'ai attendu tranquillement. Il devait être bien sûr de lui et bien impatient. Il est venu tout de suite, accompagné d'un homme de main. Ils sont rentrés de nuit par l'arrière de la maison pour me surprendre et sont morts tous les deux à coups de fusil de chasse en pleine tête. Je les ai enterrés dans le parc. J'espère que vous n'êtes pas pressé de les retrouver... Voilà. Je suis certain, maintenant que vous voyez combien je suis appliqué dans ma tâche, que vous me comprenez mieux et que vous apprécierez, au moins vous, mes autres œuvres à leur exacte valeur.

Cordialement.

Lundi 21 avril

1

Le Matin

La police contacte le « Romancier » par petites annonces

Décidément, cette affaire du « Romancier » se révèle exceptionnelle dans tous ses aspects. Par la nature des crimes d'abord : la police a déjà retrouvé les corps de quatre jeunes femmes, (dont une en Écosse), toutes assassinées dans des conditions épouvantables. Exceptionnelle aussi par la manière dont opère l'assassin (il est maintenant acquis qu'il reproduit dans la réalité les crimes de romans policiers). Par la manière dont la police enquête enfin.

Le commandant Verhœven, chargé du dossier sous l'autorité du juge Deschamps, a tenté de rentrer en contact avec le tueur en série par l'intermédiaire… d'une petite annonce : « Parlez-moi de BEE. » Il s'agit évidemment de Bret Easton Ellis, l'auteur américain de l'ouvrage American Psycho *dont le « Romancier » s'est inspiré pour le double crime de Courbevoie. L'annonce est parue dans l'édition de lundi dernier. On ne sait pas si le meurtrier l'a lue ni s'il y a répondu mais la manière est plutôt originale. Ne reculant devant aucune nouveauté, le commandant Verhœven a fait paraître une seconde annonce aussi sobrement rédigée que la précédente : « Votre dahlia noir… ? » qui fait explicitement référence à un autre crime du « Romancier » : le meurtre d'une jeune prostituée inspiré du chef-d'œuvre de James Ellroy :* Le Dahlia noir.

Nous avons tenté de contacter le ministère de la Justice ainsi que le ministère de l'Intérieur pour savoir si cette méthode, peu orthodoxe, avait l'aval des pouvoirs publics. Nos interlocuteurs n'ont pas souhaité s'exprimer, on les comprend.

Pour le moment…

Camille jeta le journal à travers la pièce sous le regard faussement distrait de toute l'équipe.

— Louis ! cria-t-il en se retournant. Tu vas me le chercher !

— Qui ?

— Ce connard ! Tu vas me le chercher par la peau du cul et tu me le ramènes ici ! Tout de suite !

Louis ne bougea pas. Il se contenta de baisser la tête d'un air pensif et de remonter sa mèche. C'est Armand qui intervint le premier.

— Camille, tu es en train de faire une connerie, je suis navré…

— Quelle connerie ? cria-t-il de nouveau en se retournant.

Il marchait dans la pièce d'un pas rageur, prenant des objets, les reposant brutalement avec l'envie visible de casser quelque chose. N'importe quoi.

— Tu devrais te calmer, Camille, je t'assure !

— Armand, ce type me sort par les yeux. Comme si on avait besoin de lui pour être dans la merde… Aucune déontologie. C'est une crapule. Il publie, et nous, on se démerde ! Louis, tu vas me le chercher !

— C'est qu'il me faut…

— Rien du tout ! Tu vas me le chercher, tu me le ramènes ici. S'il ne veut pas venir, je lui envoie la Brigade, je le fais sortir de son journal les menottes aux poignets et je le fous en garde à vue !

Louis préféra ne pas insister. Le commandant Verhœven avait évidemment perdu le sens de la réalité.

Au moment où Louis sortait, Mehdi tendit son téléphone à Camille :

— Patron, un journaliste du *Monde*…

— Dis-lui d'aller se faire foutre, dit Camille en tournant les talons. Et si tu me redonnes du « patron », tu vas te faire foutre avec lui.

Louis était un garçon prudent. Il décida d'agir comme s'il était le surmoi de son chef, situation plus commune qu'on ne le croit. Il obtint que Buisson se rende spontanément avec lui à l'« invitation du commandant Verhœven », ce que le journaliste accepta de bonne grâce. Camille avait eu le temps de se calmer. Mais à peine en présence de Buisson :

— Vous êtes un enfoiré, Buisson, déclara-t-il.

— Vous voulez sans doute dire : « un journaliste » ?

L'antipathie mutuelle de leur première rencontre s'installa avec la même spontanéité. Camille avait préféré recevoir Buisson dans son bureau, par crainte qu'il n'attrape, au cours de leur entretien, des informations qu'il n'avait pas à connaître. Louis, quant à lui, resta près de Camille, comme prêt à intervenir pour le cas où les choses viendraient à dégénérer.

— J'ai besoin de savoir d'où vous tenez vos informations.

— Oh, commandant, nous sommes trop adultes vous et moi pour jouer à ce jeu-là ! Vous me demandez de trahir des sources qui relèvent du secret professionnel et vous le savez parfaitement…

— Certaines informations relèvent du secret de l'enquête. J'ai les moyens…

— Vous n'avez aucun moyen, le coupa Buisson, et vous n'avez même aucun droit !

— J'ai celui de vous placer en garde à vue. Ça ne me coûtera rien.

— Ça vous coûtera un scandale de plus. Sur quel motif d'ailleurs ? Vous voulez contester le droit à l'information libre ?

— Ne me jouez pas le coup de la déontologie, Buisson. Vous allez faire rire tout le monde. Même mon père...

— Alors, commandant, vous voulez faire quoi? Mettre toute la presse parisienne en état d'arrestation? Vous avez la folie des grandeurs...

Camille le considéra un instant comme s'il le voyait pour la première fois. Buisson le regardait toujours avec ce même sourire horripilant, comme s'ils s'étaient connus autrefois.

— Pourquoi agissez-vous ainsi, Buisson? Vous savez que cette enquête est très difficile, qu'il nous faut arrêter ce type et que tout ce que vous publiez gêne considérablement notre travail.

Buisson sembla soudain se détendre comme s'il avait conduit Verhœven exactement à l'endroit qu'il souhaitait.

— Je vous ai proposé un marché, commandant. Vous l'avez refusé, ce n'est pas ma faute. Maintenant, si vous...

— Rien du tout, Buisson. La police ne passe pas de marché avec la presse.

Buisson se fendit d'un large sourire et se redressa de toute sa hauteur, regardant Camille du plus haut qu'il pouvait.

— Vous êtes un homme efficace, commandant, mais vous n'êtes pas un homme prudent.

Camille continua de le considérer en silence pendant quelques secondes.

— Je vous remercie de vous être déplacé, monsieur Buisson.

— C'était un vrai plaisir, commandant. N'hésitez pas.

Le vrai plaisir, ce fut la presse du soir. Dès 16 heures, *Le Monde* relayait l'information de Buisson. Lorsqu'il appela Irène, une heure plus tard, pour prendre de ses nouvelles, elle lui annonça que la radio faisait de même. Le juge Deschamps ne l'appela même pas directement, ce qui n'était évidemment pas bon signe.

Camille tapa sur son clavier : « Philippe Buisson journaliste.

Louis se pencha sur l'écran.

— Pourquoi vous faites ça ? demanda Louis tandis que Camille cliquait sur un site qui s'annonçait comme le « Who's Who du journalisme français ».

— J'aime bien savoir à qui j'ai affaire, dit Camille en attendant le résultat qui ne tarda pas.

Camille siffla.

— Ben, mazette, c'est un nobliau, tu le savais ?

— Non.

— Philippe Buisson de Chevesne, rien que ça. Ça te dit quelque chose ?

Louis prit un petit temps de réflexion.

— Ils doivent être liés aux Buisson de la Mortière, je pense, non ?

— Oh, sûrement ! dit Camille, je ne vois que ça…

— Noblesse périgourdine. Ruinée à la Révolution.

— Vive l'égalité. À part ça, qu'est-ce qu'on trouve ? Études à Paris, École de journalisme. Premier poste à *Ouest-France*, quelques piges pour des quotidiens de province, un stage à FR3 Bretagne, puis *Le Matin*. Célibataire. Ben, avec ça… Et la liste de quelques articles. Remarque, c'est bien mis à jour, hein ! Je suis en bonne position…

Camille referma la fenêtre, puis l'ordinateur. Il consulta sa montre.

— Vous ne préférez pas rentrer ? demanda Louis.

— Camille ! fit Cob qui venait de passer la tête. Tu peux venir, s'il te plaît ?

3

— Première recherche. La liste Ballanger, c'était le plus simple, commença Cob.

Il avait entré, dans le fichier des affaires non résolues, les éléments significatifs des résumés proposés par Ballanger et ses étudiants et élargi sa requête aux dix dernières années. La première liste ainsi obtenue ne comportait que cinq affaires semblant correspondre à des romans célèbres. Un listing récapitulait les références de chaque dossier, leurs dates, le nom des enquêteurs ainsi que la date à laquelle l'affaire avait été placée en stand by faute de résultats. Sur la dernière colonne, Cob avait ajouté le titre du livre correspondant.

Camille chaussa ses lunettes et s'arrêta seulement à l'essentiel :

Juin 1994 – Perrigny (Yonne) – Meurtre d'une famille d'agriculteurs (les deux parents et deux enfants) – Source possible : Truman Capote – *De sang-froid*.

Octobre 1996 – Toulouse – Homme abattu par balle le jour de son mariage – Source possible : William Irish – *La mariée était en noir*.

Juillet 2000 – Corbeil – Femme retrouvée morte dans une rivière – Source possible : Émile Gaboriau – *Le Crime d'Orcival*.

Février 2001 – Paris – Policier abattu au cours d'un hold-up – Source possible : W. Riley Burnett – *Le Petit César*.

Septembre 2001 – Paris – Policier se suicide dans sa voiture – Source possible : Michael Connelly – *Le Poète*.

— Seconde recherche, poursuivit Cob, ta liste des « éléments aberrants ». C'est un truc très compliqué, ajouta-t-il en tapant sur son clavier. J'ai procédé en plusieurs étapes : *modus operandi*, indices circonstanciels, lieux croisés avec l'identité des victimes, un vrai bordel, ton truc…

La page se figea enfin sur un tableau. 37 lignes.

— Si l'on enlève les crimes à caractère spontané, commenta Cob en cliquant avec sa souris, les crimes sans préméditation manifeste, il en reste 25. Je t'en ai fait la liste. Sur ces 25, 7 correspondent à des affaires mettant en jeu plusieurs meurtriers présumés. C'est la seconde liste. Sur les 18 restants, 9 présentent des mobiles manifestement économiques, des victimes très âgées, des femmes notoirement sadomasochistes, etc. Il en reste 9.

— Bien.

— C'est cette liste, là, en dessous.

— Intéressant ?

— Si on veut…

Il jeta un œil.

— Comment ça, si on veut ?

— Sur aucune de ces affaires, on ne trouve d'indice vraiment discordant. Au sens où tu l'entends, je veux dire. Il y a des inconnues, bien sûr, mais pas de lieu totalement incohérent, pas d'objet inattendu, pas de date inhabituelle, pas d'utilisation d'arme originale, rien qui corresponde vraiment à ce qu'on cherche.

— À voir…

Camille se retourna et leva les yeux vers Élisabeth.

— Votre avis ?

— On sort tout ça des archives, on passe la nuit dessus et on fait le point aux premières lueurs de l'aube…

— OK, allez-y, dit Camille en attrapant la liste qui venait de sortir de l'imprimante et la lui remettant.

Élisabeth consulta sa montre à son tour et lui répondit avec un regard interrogatif. Camille se massa les paupières un instant.

— Demain matin, Élisabeth. À l'aurore aux doigts de rose.

Avant de partir à son tour Camille adressa un mail au Dr Crest lui proposant un texte pour l'annonce suivante : « Et vos autres œuvres… ? C.V. »

Mardi 22 avril

1

Vers 8 heures, Élisabeth arriva dans la salle où tout le monde était déjà réuni, tirant un chariot à roulettes sur lequel elle avait entassé les dossiers remontés des archives. Onze dossiers volumineux qu'elle tria en s'aidant des listes de Cob, neuf d'un côté, cinq de l'autre.

— On en est où, pour Lesage ?

— Le juge vient de donner son feu vert, répondit Louis. Dans un premier temps, selon elle, « insuffisance d'éléments » pour une garde à vue mais la Brigade financière vient de donner toutes les clés à Cob pour visiter les comptes en banque de la famille Lesage, ses avoirs, hypothèques, etc. Ça dépend de lui maintenant.

Cob était déjà affairé et concentré.

Depuis quand était-il là ? Il avait fait main basse sur le poste informatique de Fernand – qui, de toute manière, n'y distinguait plus l'écran du clavier à partir de midi – et l'avait relié au sien. Sa silhouette disparaissait maintenant presque entièrement derrière le volume des deux larges écrans et on devinait ses mains courant sur les deux claviers qu'il avait disposés devant lui, l'un au-dessus de l'autre, comme un organiste.

Camille regarda pensivement les piles de dossiers puis les membres de son équipe. Pour dépouiller tout cela, il fallait avoir l'œil et travailler rapidement. Mehdi manquait d'expérience pour un tel travail. Quant à Maleval, il était arrivé avec la tête des grands jours, celle des nuits qui viennent à peine de s'achever. Manque de vigilance. L'aide de Fernand, Camille n'osait même pas l'envisager. Son haleine exhalait déjà des relents de sauvignon mentholé.

— Bon. Élisabeth, Armand, Louis… avec moi.

Tous quatre s'installèrent devant la grande table où s'alignaient maintenant les boîtes d'archives.

— Ces dossiers correspondent à des affaires non résolues. Elles contiennent toutes des éléments aberrants, ou relativement aberrants, des éléments qui ne correspondent pas avec le contexte de la victime et qui pourraient donc être là par fidélité au texte d'un livre. C'est une hypothèse un peu tirée par les cheveux, j'en conviens. Aussi, inutile d'y passer trop de temps. L'objectif : rédiger un résumé clair de l'affaire. Deux pages, à peu près... Elles sont destinées au professeur Ballanger et à quelques-uns de ses étudiants. Ils devraient pouvoir nous dire si ces affaires sont ou non liées à des livres qu'ils connaissent. Ils attendent nos résumés en fin de matinée.

Camille s'arrêta un instant pour réfléchir.

— Louis, tu faxeras le document aussi à Jérôme Lesage. Nous verrons bien sa réaction. Si nous résumons ces affaires, disons, pour midi, ils les ont en main en début d'après-midi et peuvent les lire tout de suite.

Il frappa dans ses mains, comme un affamé qui va enfin se mettre à table.

— Allez au boulot. Il faut avoir terminé ça avant midi.

2

À l'attention du Pr Ballanger

Neuf affaires criminelles, non résolues à ce jour, pourraient être inspirées de romans policiers français ou étrangers. Elles concernent 6 femmes, 2 hommes et 1 enfant et remontent toutes à moins de dix ans. La Brigade criminelle cherche à recouper, avec le plus de précision possible, les éléments disponibles de l'enquête avec le texte de romans qui auraient pu servir de modèles.

Affaire 1 – 13 octobre 1995 – Paris – Une femme noire de 36 ans retrouvée dépecée dans sa baignoire.

Indice inexpliqué :

– Après son dépeçage, le corps de la victime a été rhabillé avec des vêtements d'homme.

Affaire 2 – 16 mai 1996 – Fontainebleau – Un représentant de commerce de 38 ans est tué d'une balle dans la tête en forêt de Fontainebleau.

Indices inexpliqués :

1 – Rareté de l'arme utilisée, un Colt Woodsman .22.

2 – Les habits de la victime ne lui appartenaient pas.

Affaire 3 – 24 mars 1998 – Paris – Une femme enceinte de 35 ans éventrée dans un entrepôt.

Indice inexpliqué :

Au pied de la victime, orpheline élevée sous tutelle de la DDASS, est retrouvée une couronne funéraire marquée : « À mes chers parents ».

Affaire 4 – 27 septembre 1998 – Maisons-Alfort – Un homme de 48 ans, décédé d'une crise cardiaque, retrouvé dans la fosse à vidange d'un garage.

Indices inexpliqués :

1 – La victime, préparateur en pharmacie à Douai, a été vue, sur son lieu de travail, par trois témoins indépendants au jour et à l'heure approximative de sa mort.

2 – Sa mort précédait de trois jours son transport jusqu'au garage où le corps a été retrouvé.

Affaire 5 – 24 décembre 1999 – Castelnau (65) – Une fillette de 9 ans est retrouvée pendue à un cerisier dans un verger éloigné de 30 kilomètres de son domicile.

Indice inexpliqué :

Le nombril de la jeune victime a été découpé au cutter avant la pendaison.

Affaire 6 – 4 février 2000 – Lille – Décès, par hypo-thermie, d'une femme de 47 ans sans domicile.

Indice inexpliqué :

Son corps est retrouvé dans l'armoire frigorifique en marche d'une boucherie désaffectée, l'alimentation électrique étant tirée du réverbère de la rue.

Affaire 7 – 24 août 2000 – Paris – Le corps nu d'une jeune femme étranglée, retiré de la benne d'un engin de dragage au bord du canal de l'Ourcq.

Indices inexpliqués :

1 – La victime portait une fausse tache de naissance (face interne de la cuisse gauche) réalisée à l'aide d'une encre indélébile.

2 – De la vase fraîche, extraite du Canal, recouvrait partiellement le corps de la victime alors que l'engin n'avait pas servi récemment.

Affaire 8 – 4 mai 2001 – Clermont-Ferrand – Une femme de 71 ans, veuve, sans enfants, tuée de deux balles dans le cœur.

Indice inexpliqué :

Le meurtre est commis et le corps retrouvé dans une voiture de marque Renault de 1987, déclarée détruite depuis 6 ans.

Affaire 9 – 8 novembre 2002 – La Baule – Une femme de 24 ans, étranglée.

Indice inexpliqué :

Le corps de la victime est retrouvé, habillé en tenue de ville sur la plage et recouvert de la neige carbonique provenant d'un extincteur industriel.

En début d'après-midi l'équipe se mit au travail sur la première liste de Cob. Louis fut chargé d'étudier l'affaire de Perrigny, Élisabeth celle de Toulouse, Maleval celle du policier abattu à Paris, Armand l'affaire de Corbeil et Camille le suicide du policier parisien.

Les bonnes nouvelles ne tardèrent pas à tomber. Aucune affaire ne présentait, avec le synopsis des romans proposés par le professeur Ballanger, de ressemblances suffisantes. Le meurtrier, on le savait maintenant avec certitude, était scrupuleux jusque dans les moindres détails et chaque affaire révélait des écarts importants avec le texte dont il aurait pu être tiré. Louis, le premier, rendit son dossier moins de trois quarts d'heure plus tard (« Impossible… », lâcha-t-il sobrement), bientôt suivi d'Élisabeth, puis de Maleval. Camille ajouta son dossier à la pile avec un rien de soulagement.

— Tournée de café pour tout le monde ?

— Pas pour toi… répondit Armand en entrant dans le bureau avec un beau regard navré.

Camille joignit les mains, se massa lentement les paupières dans un silence de cathédrale.

Tous les yeux étaient fixés sur la pâle silhouette d'Armand.

— Je crois que tu vas devoir appeler le divisionnaire. Et le juge Deschamps…

— C'est quoi ? demanda enfin Camille.

— Le truc s'appelle *Le Crime d'Orvical*.

— Orcival, corrigea gentiment Louis.

— Orvical ou Orcival, tu le prononces comme tu veux, reprit Armand, mais pour moi, c'est l'affaire de Corbeil. Trait pour trait.

Le professeur Ballanger choisit ce moment pour appeler Camille.

De sa main libre, Camille recommença à se masser les paupières. De l'endroit où il se trouvait, il apercevait le grand panneau de liège sur lequel avaient été épinglées des photos du double crime de Courbevoie (des doigts découpés de fille disposés en corolle), de Tremblay (une photo d'ensemble du corps de Manuela sectionné à la taille), de Glasgow (le corps de la petite Grace Hobson dans son abandon pathétique). Il sentit que sa respiration devenait lourde.

— Des nouvelles ? demanda-t-il prudemment.

— Rien ne correspond totalement à quelque chose que nous connaissons, reprit Ballanger d'une voix professorale. Un de mes étudiants a cru reconnaître votre affaire de mars 1998, l'histoire de cette femme éventrée dans un entrepôt. C'est un livre que je ne connais pas. Ça s'appelle… *Le Tueur de l'ombre*. L'auteur serait un certain Philip Chub, ou Hub. Inconnu au bataillon. J'ai jeté un œil sur l'Internet, je ne l'ai pas trouvé. Le livre doit être très ancien, il est épuisé. Cela dit, Commandant, pour l'autre affaire, ce représentant de commerce de la forêt de Fontainebleau… je vous avoue que j'ai quand même un petit doute. Il y a des éléments qui ne collent pas mais enfin, ça ressemble tout de même beaucoup aux *Énergumènes* de John Dann MacDonald, vous savez…

4

Louis apporta à Camille l'accusé de réception de la nouvelle annonce que Cob avait transmise et qui serait en ligne au plus tard le lendemain matin. Au moment où le jeune homme allait repartir, Camille l'arrêta un instant.

— Louis ! J'aimerais bien savoir ce qui se passe entre toi et Maleval.

Le visage de son adjoint se referma aussitôt. Camille sut instantanément qu'il ne saurait rien.

— Une affaire d'hommes… ? lança-t-il néanmoins pour tenter de le faire réagir.

— Ce n'est pas une affaire. C'est… un petit différend, rien de plus.

Camille se leva et s'approcha. Dans ces cas-là, Louis avait toujours le même réflexe. Il semblait se tasser un peu sur lui-même comme s'il avait voulu abolir leur différence de taille ou manifester une sorte d'allégeance qui, tout à la fois, flattait et agaçait Camille.

— Je vais te le dire simplement, Louis, et je ne veux pas avoir à te le répéter. Si vos affaires concernent notre travail…

Il n'avait pas seulement terminé sa phrase que Louis l'interrompait :

— Aucunement !

Camille le considéra un instant, hésitant sur la jurisprudence à adopter.

— Je n'aime pas cela, Louis.

— C'est personnel.

— Intime ?

— Personnel.

— Le Guen m'attend, il faut que j'y aille, conclut Camille en retournant vers son bureau.

Louis repartit aussitôt. Camille guetta la main qui remonterait la mèche mais ne se souvenait plus du code de décryptage. Il resta songeur quelques instants encore, appela Cob sur la ligne intérieure puis se décida enfin à partir.

5

En fin de journée, Le Guen finissait de lire les deux mémos que Camille avait tapés à la hâte. Largement vautré dans son nouveau fauteuil, il tenait le document à deux mains, calées sur son ventre. Pendant cette lecture, Camille repassait dans sa tête le film des deux affaires qui venaient d'apparaître, telles du moins qu'il était parvenu à les reconstituer.

Le premier mémo concernait les « ressemblances certes distantes » décelées par Ballanger entre un roman américain de 1950 intitulé *Les Énergumènes* et l'affaire de Fontainebleau.

Le 16 mai 1996, en fin de matinée, Jean-Claude Boniface et Nadège Vermontel tombèrent en forêt de Fontainebleau sur le corps d'un homme avec une balle dans la tête.

L'homme fut rapidement identifié comme Roland Souchier, représentant de commerce en sanitaires et plomberie. La balle provenait d'un automatique .22, arme peu fréquente dans nos contrées. L'arme n'était pas connue du fichier. Le portefeuille, l'argent et les cartes de crédit avaient disparu. La thèse d'un crime crapuleux ayant le vol pour objet était d'autant plus convaincante qu'un débit manuel de carte bleue fut relevé le jour même dans une petite station-service située à trente kilomètres en direction du sud et que le fuyard utilisait la voiture de Souchier.

Deux éléments particuliers avaient retenu l'attention des enquêteurs. Le premier était cet automatique .22, assez peu commun. La balistique avait déterminé qu'il s'agissait d'un Colt Woodsman, arme américaine de compétition et de loisir dont la fabrication avait été arrêtée dans les années 60. Seules quelques unités avaient été répertoriées en France.

Le second fait curieux tenait aux vêtements de la victime. Il portait ce jour-là une chemise de sport bleu clair et des mocassins blancs. Sa femme releva le fait dès la reconnaissance du corps. Elle était formelle à ce sujet : son mari n'avait jamais possédé ces vêtements. Sa déposition mentionnait même que jamais « elle ne lui aurait permis de porter des vêtements pareils ».

— Elle ne tient pas, cette histoire… lâcha Le Guen.

— Je ne crois pas non plus.

Ils comparèrent les éléments du dossier avec les extraits du livre que Ballanger leur avait faxés. John D. MacDonald, n° 698 de la Série Noire.

1962 pour la traduction française.

Page 163

Il y avait un éboulis de rochers à sept ou huit mètres [...] L'homme, qui devait avoir dans les trente-cinq ans, se tenait près de la portière ouverte de la voiture. Il se frotta la nuque et grimaça. [...] Il portait une chemise de sport bleu clair, humide aux aisselles, un pantalon gris et des chaussures noir et blanc. [...]

— Un peu plus loin, reprit Camille, l'auteur parle du tueur :

Il visa de nouveau. Un petit trou rond apparut sur le front de Beecher, tout en haut, légèrement sur la gauche. Ses yeux s'ouvrirent. Il fit un pas pour écarter les pieds, comme s'il voulait essayer de se mettre bien d'aplomb sur ses jambes. Puis il s'effondra lentement, comme s'il tentait d'amortir sa chute. »

— Mouais, fit Le Guen, avec une moue dégoûtée. Ils restèrent pensifs un court instant.

— Bon, reprit Camille, pour moi non plus ça ne colle pas. Il y a trop de détails différents. Le livre précise que l'homme reçoit des *« coups de canif »*, qu'il porte *« au petit doigt de la main gauche une lourde chevalière »* : aucune trace de ça sur le mort de Fontainebleau. Dans le roman, on retrouve sur place un demi-cigare et une bouteille de bourbon : pas de trace de ça non plus. Idem pour le carton de carreaux italiens jeté contre les rochers. Non, ça ne colle pas. Un faux ami.

Le Guen avait déjà le regard ailleurs.

Le silence qui suivit ne portait plus sur cette affaire qu'ils considéraient tous les deux comme réglée mais sur l'autre, qui les conduisait inévitablement vers des rivages moins sereins…

— Pour celle-ci… lâcha Le Guen d'une voix sourde, je suis assez d'accord avec toi. Je pense qu'il va falloir prévenir le juge.

Jean-François Richet n'était pas en vacances mais son travail de représentant de commerce lui laissait quelques loisirs, surtout en juillet. Il proposa à son fils Laurent, âgé de 16 ans, une partie de pêche sur la Seine. C'est ce qu'ils firent le 6 juillet 2000. C'est le fils, traditionnellement, qui choisissait l'endroit. Laurent chercha le bon coin de ce jour-là mais n'eut pas le temps de le trouver. À peine avait-il fait quelques pas que, d'une voix tendue et anxieuse, il appelait son père : sur le bord de la rivière flottait le cadavre d'une femme. Le corps gisait sur le ventre, dans une eau peu profonde. Son visage était enfoncé dans la vase. Elle portait une robe grise couverte de boue et de sang.

Vingt minutes plus tard, les gendarmes de Corbeil étaient là. L'enquête, confiée au lieutenant-colonel

Andréani, fut rondement menée. Moins d'une semaine plus tard, on savait à peu près tout ce qu'on en sut jamais, c'est-à-dire à peu près rien.

La jeune femme, de race blanche, âgée d'environ 25 ans, portait des traces d'un violent passage à tabac au cours duquel elle avait notamment été traînée par les cheveux comme le confirmaient la peau du front arrachée et des poignées entières de cheveux. L'assassin avait notamment utilisé un marteau pour la frapper. L'autopsie, pratiquée par un certain docteur Monier, révéla que la victime n'était pas morte de ces violences mais, un peu plus tard, frappée de vingt et un coups de couteau. Aucune trace de violence sexuelle ne fut relevée. La victime tenait dans la main gauche un morceau de tissu gris. La mort devait remonter à environ quarante-huit heures.

L'enquête établit rapidement que cette jeune personne était une nommée Maryse Perrin, demeurant à Corbeil, dont la disparition avait été signalée quatre jours plus tôt par ses parents et confirmée par ses amis et ses employeurs. La jeune coiffeuse, en fait âgée de 23 ans, demeurait boulevard de la République, au n° 16, dans un trois pièces en location qu'elle partageait avec sa cousine, Sophie Perrin. Ce qu'on pouvait dire d'elle était banal : qu'elle se rendait chaque matin à son salon par les transports en commun, qu'elle y était appréciée, qu'elle sortait en fin de semaine avec sa cousine dans les endroits à la mode, qu'elle flirtait avec des garçons et qu'elle couchait avec certains d'entre eux, en somme rien de bien remarquable, mis à part le fait qu'elle quitta son domicile le jeudi 7 juillet vers 7 h 30 vêtue d'une jupe blanche, d'un chemisier blanc, d'un blouson rose et de souliers plats et qu'on ne la retrouva que deux jours plus tard, vêtue d'une robe grise, la tête à demi défoncée plantée dans la vase. Cette mort resta inexpliquée. Aucun élément ne permit de savoir comment elle avait disparu, comment elle était arrivée jusqu'à ce bord de Seine, ce qu'elle avait fait pendant le laps de temps où elle avait disparu, qui elle avait rencontré et donc qui était susceptible de l'avoir tuée.

Les enquêteurs avaient relevé plusieurs éléments étranges dans cette affaire pourtant apparemment banale. Le fait que la victime n'ait pas subi de violences sexuelles, par exemple. Dans la majorité des cas où une jeune fille est retrouvée dans des conditions analogues, on en trouve trace. Là, rien de tel. Pour autant que le légiste puisse l'affirmer, les derniers rapports sexuels de Maryse Perrin remontaient assez loin. En clair, à une date aussi ancienne que les techniques scientifiques dont il disposait pouvaient remonter. Ce genre de délai se chiffrait en semaines. De fait, sa cousine confirmait, dans son second interrogatoire, que la victime n'était pas « sortie » depuis longtemps, à la suite d'une rupture amoureuse qui commençait juste à s'apaiser. Le protagoniste de cette rupture, un certain Joël Vanecker, employé des postes, fut interrogé et aussitôt mis hors de cause.

La véritable étrangeté, le fait bizarre était la robe grise dans laquelle la victime avait été retrouvée. Sa trace ayant été perdue pendant plusieurs jours, la jeune fille pouvait très bien s'être changée et même plusieurs fois, mais ce que les enquêteurs ne s'expliquaient pas, c'était la raison pour laquelle on la repêchait revêtue d'une robe longue dont la fabrication remontait aux environs de 1870. Le fait n'avait d'ailleurs été établi qu'assez tard. On trouva étrange, à commencer par les parents et la cousine, que la jeune fille soit retrouvée dans une robe de bal. Ce détail ne collait ni avec ses habitudes ni avec l'idée qu'on pouvait se faire d'elle et, d'ailleurs, elle n'en possédait aucune. L'attention des experts fut également attirée par l'état de délabrement de cette robe qui tranchait avec la durée pendant laquelle le corps était resté plongé dans l'eau. Les enquêteurs firent donc expertiser le tissu et la confection par des spécialistes : l'avis fut unanime, cette robe avait été fabriquée, sans doute dans la région parisienne, avec des fils et selon un savoir-faire remontant au milieu du XIXe siècle. Les boutons utilisés ainsi que ses passementeries bleues permettaient de préciser la date de 1863 avec un écart de plus ou moins trois ans.

On avait demandé aux experts consultés d'en évaluer le prix. Le crime n'avait, si l'on peut dire, rien de gratuit puisque l'assassin n'avait pas hésité à jeter à la flotte, en même temps qu'un cadavre, une antiquité de trois mille euros. La seule raison qu'on pouvait invoquer était qu'il n'en connaissait peut-être pas le prix.

Des recherches avaient été faites auprès d'antiquaires et de brocanteurs. La zone d'investigation s'était limitée à la seule région du crime par manque de moyens en personnel et, après des semaines de travail, les conclusions n'avaient pas bougé d'un millimètre.

Si l'on disait que la jeune fille avait été « retrouvée dans cette robe » c'est parce qu'elle n'avait pas été tuée dedans. La jeune fille avait été battue et tuée dans d'autres vêtements, et environ trente-six heures plus tard, elle avait été revêtue de cette foutue robe de bal et là encore, surgissait un détail étrange. L'assassin ne s'était pas contenté de balancer le corps dans la flotte.

Il avait déposé le corps de la jeune fille avec une sorte de délicatesse et tant les plis de la robe que la profondeur à laquelle le visage avait été enfoncé dans la vase, tout dénotait une application, une sorte de luxe de précautions tout à fait étonnant de la part d'un homme qui l'avait tuée à coups de marteau quelques heures auparavant.

Les enquêteurs restaient évidemment perplexes sur la signification de ce détail.

Aujourd'hui, grâce à la mise au jour du *Crime d'Orcival*, un roman d'Émile Gaboriau paru en 1867 et que Ballanger avait classé parmi les romans fondateurs du genre policier, aucun des étranges détails de ce crime ne semblait plus mystérieux. La comtesse de Trémorel, la victime du roman de Gaboriau, était, comme la petite Perrin, une blonde aux yeux bleus. Il ne faisait pas de doute que, tant la manière dont le corps avait été disposé, que la manière dont elle avait été tuée, que ses vêtements, que le morceau de tissu gris qu'elle tenait encore dans la main gauche, bref que chaque détail correspondait trait pour trait au roman. Perfection du détail : la robe même avait été fabriquée à la date de l'action romanesque. Pour Camille, il n'y avait évidemment pas l'ombre d'un doute, il se trouvait face à une quatrième affaire.

— Sauf l'empreinte, lâcha Le Guen. Pourquoi ce type laisse-t-il une fausse empreinte sur chaque corps et pas sur celui-là ?

— Ce type ne commence à signer ses crimes qu'à partir de Glasgow, ne me demande pas pourquoi. Ensuite, il les signe tous. Ce qui veut dire qu'il n'y en a plus d'autres à découvrir depuis. C'est la seule bonne nouvelle.

— Maintenant, il n'y a plus que les affaires à venir…
dit Le Guen comme s'il se parlait à lui-même.

6

Irène avait fait de la tisane.

Installée dans l'un des fauteuils du salon, elle regardait la pluie qui avait débuté dans la soirée battre maintenant les vitres avec un entêtement calme qui en disait long sur sa résolution.

Ils avaient fait une sorte de dînette. Irène ne préparait plus que des plats froids. Sans compter que, depuis le début du mois, elle n'avait plus l'énergie de cuisiner. Elle ne savait jamais à quelle heure ils pourraient se mettre à table.

— Joli temps pour les crimes, mon amour… lâcha-t-elle pensivement en tenant sa tasse à deux mains, comme pour se réchauffer.

— Pourquoi dis-tu ça? demanda-t-il.

— Oh, pour rien…

Il prit le livre qu'il était en train de feuilleter et vint s'installer à ses pieds.

— Fatig…

— Fatiguée?

Ils avaient parlé en même temps exactement.

— Comment on appelle ça? demanda Camille.

— Je ne sais pas. Communication des inconscients, je suppose.

Ils restèrent ainsi un long moment, chacun dans ses pensées.

— Tu t'ennuies beaucoup, n'est-ce pas?

— Maintenant, oui. Je trouve le temps long.

— Tu veux faire quelque chose demain soir? demanda Camille sans conviction.

— Accoucher, j'aimerais bien…

— Il faut que je retrouve ma trousse de secourisme.

Il avait posé le livre près de lui et tournait distraitement les pages, laissant défiler ainsi les peintures du Caravage. Il s'arrêta sur la reproduction de la *Madeleine en extase*. Irène se pencha légèrement pour voir par-dessus son épaule. Sur la toile, Madeleine y tend le visage vers le ciel, la bouche ouverte, les mains croisées sur son ventre. Sa longue chevelure rousse coule sur son épaule droite jusqu'à souligner sa poitrine dont le sein gauche est à peine revêtu. Camille aimait cette image de femme. Il revint quelques pages en arrière et détailla un instant celui de Marie que Caravage faisait figurer dans *Le Repos pendant la fuite en Égypte*.

— C'est la même? demanda Irène.

— Je ne sais pas.

Celle-ci était penchée sur son enfant. Sa chevelure ici était d'une rousseur tirant sur le pourpre.

— Je crois qu'elle jouit, dit Irène.

— Non, je crois que c'est Thérèse qui jouit.

— Elles jouissent toutes.

Madeleine en extase, Marie à l'enfant. Il ne le dit pas mais c'est ainsi, lorsqu'il pensait à elle, qu'il voyait Irène. Il la sentait dans son dos, lourde et chaude. Les conséquences de l'arrivée d'Irène dans sa vie avaient été incalculables. Il attrapa sa main par-dessus son épaule.

Mercredi 23 avril

1

Le genre de femme dont on ne dit rien, ni belle ni laide, presque sans âge. Un visage qu'on connaît, qui fait partie de la famille, comme une ancienne copine de classe. Une quarantaine imprécise, des vêtements d'une sagesse décourageante et le décalque, simplement féminisé, de son frère, Christine Lesage est assise en face de Verhœven, les mains sobrement croisées sur ses genoux. A-t-elle peur, est-elle impressionnée, difficile de le dire. Son regard fixe obstinément ses genoux. Camille croit lire en elle une détermination pouvant aller jusqu'à l'absurde. Si son visage a une ressemblance proprement étonnante avec celui de son frère, Christine Lesage laisse deviner une volonté plus forte.

Il y a pourtant en elle quelque chose d'égaré, ses yeux fuient parfois un court instant, comme si elle perdait pied.

— Madame Lesage, vous savez pourquoi vous êtes ici… commence Camille en reposant ses lunettes.

— Au sujet de mon frère, m'a-t-on dit…

Sa voix, qu'il entend pour la première fois, est mince, un peu trop élevée, comme si elle avait eu à répondre à une provocation. La manière même dont elle a prononcé le mot « frère » en dit long. Réflexe de mère, en quelque sorte.

— Tout à fait. Nous nous interrogeons à son sujet.

— Je ne vois pas ce qui pourrait lui être reproché.

— C'est ce que nous allons essayer de voir ensemble, si vous le voulez bien. J'aimerais avoir, de votre part, quelques éclaircissements.

— J'ai dit ce que j'avais à dire à votre collègue…

— Oui, reprend Camille en désignant le document posé devant lui, mais justement, ce que vous avez à dire n'est pas grand-chose.

Christine Lesage recroise ses mains sur ses genoux. L'entretien, pour elle, vient de s'achever.

— Nous nous intéressons tout particulièrement à votre séjour en Grande-Bretagne. En… (Camille chausse ses lunettes un bref instant pour consulter son mémo) juillet 2001.

— Nous n'étions pas en Grande-Bretagne, inspecteur…

— Commandant.

— Nous étions en Angleterre.

— Vous êtes certaine ?

— Pas vous ?

— Eh bien non, pour tout vous dire, pas nous… En tout cas, pas tout le temps. Vous arrivez à Londres le 2 juillet… Nous sommes d'accord ?

— Peut-être…

— Certain. Votre frère quitte Londres le 8, pour Édimbourg. En Écosse, madame Lesage. En Grande-Bretagne, en quelque sorte. Son billet de retour confirme son retour à Londres le 12. Je me trompe ?

— Si vous le dites…

— Vous ne vous êtes pas rendu compte que votre frère s'était absenté près de cinq jours ?

— Vous dites du 8 au 12. Ça fait quatre, pas cinq.

— Où était-il ?

— Vous l'avez dit vous-même : à Édimbourg.

— Que faisait-il là-bas ?

— Nous y avons un correspondant. Comme à Londres. Mon frère se rend chez nos correspondants chaque fois qu'il en a l'occasion. C'est… commercial, si vous aimez mieux.

— Votre correspondant, c'est M. Somerville, reprend Camille.

— C'est ça. M. Somerville.

— Nous avons un petit problème, madame Lesage. M. Somerville a été interrogé ce matin par la police d'Édimbourg. Il a bien reçu votre frère mais seulement le 8. Le 9, votre frère a quitté Édimbourg. Vous pouvez me dire ce qu'il a fait entre le 9 et le 12 ?

Camille a immédiatement le sentiment qu'elle découvre cette information. Elle prend un air méfiant, rancunier.

— Du tourisme, je suppose, lâche-t-elle enfin.

— Du tourisme. Bien sûr. Il a visité l'Écosse, ses landes, ses lochs, ses châteaux, ses fantômes…

— Épargnez-moi les lieux communs, inspecteur…

— Commandant. Aurait-il poussé la curiosité jusqu'à visiter Glasgow, à votre avis ?

— Je n'ai aucun avis sur la question. Je ne vois d'ailleurs pas ce qu'il aurait été y faire.

— Y tuer la petite Grace Hobson, par exemple ?

Verhœven a tenté le coup. On a vu des stratégies réussir pour moins que ça. Christine Lesage ne se montre nullement démontée.

— Vous en avez la preuve ?

— Vous connaissez le nom de Grace Hobson ?

— Je l'ai lu dans les journaux.

— Je récapitule : votre frère quitte Londres pour se rendre quatre jours à Édimbourg, il n'y reste qu'une journée, et vous ne savez pas ce qu'il a fait pendant ces trois jours.

— C'est à peu près cela, oui.

— À peu près…

— C'est ça. Je suis certaine qu'il n'aura aucun mal à…

— Nous verrons. Passons à novembre 2001, si vous voulez bien.

— Votre collègue m'a déjà…

— Je sais, madame Lesage, je sais. Vous allez seulement me confirmer tout cela et nous n'en parlerons plus. Le 21 novembre, donc…

— Vous vous souvenez, vous, de ce que vous avez fait le 21 novembre d'il y a deux ans ?

— Madame Lesage, ce n'est pas à moi que la question est posée, c'est à vous ! Au sujet de votre frère. Il s'absente beaucoup, n'est-ce pas ?

— Commandant, répond Christine Lesage du ton patient avec lequel elle s'adresserait à un enfant, nous tenons un commerce. Livres d'occasion, seconde main, mon frère achète et revend. Il visite des bibliothèques privées pour acheter des livres, des lots, il fait des expertises, achète chez ses confrères, leur revend des ouvrages, vous pensez bien que tout ça ne se fait pas en restant derrière le bureau du magasin. Alors, oui, mon frère se déplace beaucoup.

— Ce qui fait qu'on ne sait jamais où il est…

Christine Lesage prend un long temps de réflexion, réfléchissant à la stratégie à adopter.

— Vous ne pensez pas que nous pourrions gagner du temps ? Si vous me disiez clairement…

— C'est assez simple, madame Lesage. Votre frère nous a appelés pour nous mettre sur la piste d'un crime et…

— Ça donne envie de vous aider…

— Nous ne lui avons pas demandé son aide, c'est lui qui nous l'a proposée. Spontanément. Généreusement.

Il nous a signalé que le double crime de Courbevoie était inspiré d'une œuvre de Bret Easton Ellis. Il était bien renseigné. Il avait raison.

— C'est son métier.

— De tuer les prostituées ?

Christine Lesage rougit immédiatement.

— Si vous avez des preuves, commandant, je vous écoute. D'ailleurs, si vous les aviez, je ne serais pas là, à répondre à vos questions. Je peux partir ? conclut-elle en faisant mine de se lever.

Camille se contente de la regarder fixement. Elle renonce mollement au geste qu'elle a seulement esquissé.

— Nous avons saisi les agendas de votre frère. C'est un homme scrupuleux. Il semble très organisé. Nos agents sont en train de vérifier son emploi du temps. Sur les cinq dernières années. Pour le moment, nous n'avons encore effectué que quelques sondages, mais c'est fou ce qu'il y a comme erreurs là-dedans… Pour quelqu'un d'aussi organisé.

— Des erreurs… ? demande-t-elle, surprise.

— Oui, on lit qu'il est ici… et il n'y est pas. Il note des rendez-vous qui n'existent pas. Ce genre de choses. Il dit qu'il est avec quelqu'un et il n'y est pas. Alors, forcément, on se demande.

— On se demande quoi, commandant ?

— Eh bien, ce qu'il fait de tout ce temps. Ce qu'il fait en novembre 2001 pendant que quelqu'un découpe en deux parties égales une prostituée de 23 ans, ce qu'il fait au début de ce mois pendant qu'on découpe en morceaux deux prostituées à Courbevoie. Il fréquente beaucoup les prostituées, votre frère ?

— Vous êtes odieux.

— Et lui?

— Si c'est tout ce que vous avez contre mon frère…

— Eh bien, justement, madame Lesage, ce ne sont pas les seules questions que nous nous posons à son sujet. Nous nous demandons aussi où passe son argent.

Christine Lesage lève vers Camille un regard sidéré.

— Son argent?

— Enfin, votre argent. Parce que, d'après ce que nous croyons comprendre… C'est lui qui gère votre fortune, n'est-ce pas?

— Je n'ai pas de « fortune »!

Elle a détaché le mot comme s'il représentait une injure.

— Tout de même… Vous possédez… je vois… un portefeuille d'actions, deux appartements à Paris, placés en location, une résidence de famille. Tiens à ce propos, nous avons envoyé une équipe là-bas.

— À Villeréal? On peut savoir pourquoi?

— On cherche deux cadavres, madame Lesage. Un gros et un petit. Nous y reviendrons. Donc, votre fortune…

— C'est à mon frère que j'en ai confié la gestion.

— Eh bien, madame Lesage, j'ai bien peur que vous n'ayez pas fait un choix très judicieux…

Christine Lesage fixe longuement Camille. Surprise, colère, doute… Il ne parvient pas à décrypter ce qu'il y a dans ce regard. Il comprend bientôt qu'il ne fallait y voir qu'une sourde détermination :

— Tout ce que mon frère a fait avec cet argent, je l'ai autorisé, commandant. Tout. Sans exception.

2

— Ça donne quoi?

— Honnêtement, Jean, je n'en sais rien. Ils ont vraiment une drôle de relation, ces deux-là. Non, j'en sais rien.

Jérôme Lesage est très droit sur sa chaise et fait montre d'un calme forcé, démonstratif. Il veut donner à voir qu'il n'est pas homme à s'en laisser conter.

— Je viens de m'entretenir avec votre sœur, monsieur Lesage.

Malgré sa décision évidente de ne manifester aucun trouble, Lesage tique insensiblement.

— Pourquoi avec elle? demande-t-il comme s'il demandait le menu ou les horaires de chemin de fer.

— Pour mieux vous comprendre. Pour essayer de mieux vous comprendre.

— Elle le défend bec et ongles. On va avoir du mal à passer entre eux.

— Bon. Finalement, c'est un couple.

— En plus compliqué, oui.

— Un couple, c'est toujours compliqué. Les miens, en tout cas, ils ont toujours été très compliqués.

— Votre emploi du temps est difficile à saisir, vous savez? Même votre sœur, qui vous connaît bien…

— Elle ne connaît que ce que je veux bien lui montrer.

Il croise les mains devant lui. Pour lui, ce sujet est clos. Camille opte pour le silence.

— Pouvez-vous me dire ce que vous avez à me reprocher ? demande enfin Lesage.

— Je ne vous reproche rien. Je conduis une enquête criminelle. Et j'ai beaucoup de morts sur les bras, monsieur Lesage.

— Je n'aurais jamais dû vous aider, même la première fois.

— L'envie a été la plus forte.

— C'est vrai.

Lesage semble lui-même surpris de sa réponse.

— J'ai été fier de reconnaître le livre d'Ellis quand j'ai lu les comptes rendus du crime, poursuit-il pensivement. Mais ça ne fait pas de moi un assassin.

— Elle le défend. Il la protège. Ou l'inverse.

— On a quoi, Camille ? En réalité, qu'est-ce qu'on a ?

— Des trous dans son emploi du temps, d'abord.

— J'aimerais d'abord que vous m'expliquiez votre séjour en Écosse.

— Que voulez-vous savoir ?

— Eh bien, ce que vous avez fait entre le 9 et le 12 juillet 2001. Vous arrivez à Édimbourg le 9. Vous en repartez le soir même et vous ne réapparaissez que le 12. Ça fait un trou de près de quatre jours. Qu'est-ce que vous avez fait pendant ces jours-là ?

— Du tourisme.

— Il donne des explications ?

— Non. Il joue la montre. Il attend qu'on dispose de preuves. Il a très bien compris qu'on ne pouvait pas faire grand-chose contre lui. Ils l'ont compris tous les deux.

— Du tourisme… Où ?

— Ici et là. Je me suis promené. Comme tout le monde. Quand on est en vacances…

— Tous les vacanciers ne vont pas tuer des jeunes filles dans la première capitale qu'ils visitent, monsieur Lesage.

— Je n'ai tué personne… !

Pour la première fois depuis le début de son interrogatoire, le libraire fait preuve de véhémence. Se montrer méprisant vis-à-vis de Verhœven est une chose, risquer de passer pour un meurtrier en est une autre.

— Je n'ai pas dit cela…

— Non, vous ne l'avez pas dit… Mais je vois bien que vous essayez de faire de moi un assassin.

— Vous avez écrit des livres, monsieur Lesage ? Des romans ?

— Non. Jamais. Moi, je suis un lecteur.

— Un grand lecteur !

— C'est mon métier. Je vous reproche de fréquenter des meurtriers, moi ?

— C'est dommage de ne pas écrire des romans, monsieur Lesage, parce que vous avez une belle imagination. Pourquoi inventez-vous des rendez-vous fantaisistes, des rendez-vous avec personne ? Qu'est-ce que vous faites de tout ce temps-là ? Pourquoi avez-vous besoin d'autant de temps, monsieur Lesage ?

— J'ai besoin d'air.

— Vous prenez de sacrés bols d'air ! Vous allez voir les putes ?

— Normalement. Comme vous, je suppose…

— Et des trous dans son budget.

— Gros trous ?

— Cob est en train de faire le compte. Ça se chiffre en dizaines de milliers d'euros. Des dépenses en espèces, presque toutes. Cinq cents ici, deux mille là… Ça finit par faire.

— Depuis quand ?

— Au moins cinq ans. On n'a pas eu l'autorisation de remonter avant.

— Et la frangine ne s'est aperçue de rien ?

— Il semblerait.

— Nous sommes en train de vérifier vos comptes. Votre sœur va être surprise…

— Laissez ma sœur en dehors de tout ça !

Lesage regarde Camille comme si, pour la première fois, il daignait lui confier un élément de nature un peu personnelle.

— C'est une femme très fragile.

— Elle m'a semblé solide, à moi.

— Depuis la mort de son mari, elle est très dépressive. C'est pour ça que je l'ai prise avec moi. C'est une lourde charge, croyez-moi.

— Vous vous remboursez généreusement, à ce qu'il me semble.

— C'est une affaire entre elle et moi, ça ne vous regarde pas.

— Vous connaissez quelque chose qui ne regarde pas la police, monsieur Lesage ?

— Bon, tu en es où ?

— Eh bien, justement, c'est bien là qu'il y a un problème, Jean…

— Nous reviendrons sur tout cela, monsieur Lesage. Nous avons tout notre temps.

— Je ne veux pas rester ici.

— Il n'est pas en votre pouvoir d'en décider.

— Je veux voir un avocat.

— Bien sûr, monsieur Lesage. Vous pensez que vous allez en avoir besoin ?

— En face de gens comme vous, tout le monde a besoin d'un avocat.

— Juste une question. Nous vous avons envoyé une liste d'affaires non résolues. J'ai été étonné de votre réaction.

— Quelle réaction ?

— Eh bien, justement. Pas de réaction.

— Je vous avais prévenu que je ne vous aiderais plus. À votre avis, j'aurais dû faire quoi ?

— Je ne sais pas… Discerner la ressemblance entre une de nos affaires et *Les Énergumènes* de John D. MacDonald, par exemple. Mais peut-être que vous ne connaissez pas ce livre…

— Je le connais parfaitement, monsieur Verhœven ! s'emporte soudain le libraire. Et je peux vous dire que cette histoire ne correspond pas du tout au livre de MacDonald. Il y a trop d'éléments différents. J'ai vérifié dans le texte.

— Vous avez tout de même vérifié ! Tiens donc ! Et vous n'avez pas cru bon de m'en informer, c'est dommage.

— Je vous ai déjà informé. Deux fois. Ça m'a conduit ici. Alors, maintenant…

— Vous avez aussi informé la presse. Pour faire bonne mesure, sans doute.

— Je me suis déjà expliqué sur ce sujet. Ma déclaration à ce journaliste ne tombe pas sous le coup de la loi. J'exige de partir immédiatement.

— Plus étonnant encore, poursuit Camille comme s'il n'avait pas entendu, pour un homme de votre culture : ne pas reconnaître, parmi huit « histoires », un classique comme *Le Crime d'Orcival* de Gaboriau !

— Vous me prenez vraiment pour un con, commandant !

— Certainement pas, monsieur Lesage.

— Qui vous dit que je ne l'ai pas reconnu ?

— Vous. Puisque vous ne nous en avez pas parlé.

— Je l'ai reconnu au premier coup d'œil. N'importe qui l'aurait reconnu. Sauf vous, évidemment. J'aurais pu vous en dire…

— Un problème… On n'a pas assez de problèmes comme ça ?

— C'est ce que je me disais, justement. Qu'est-ce que tu veux, Jean, on n'en voit pas le bout.

— Et c'est quoi cette fois-ci ?

— Qu'est-ce que vous auriez pu nous dire, monsieur Lesage ?

— Je préfère me taire.

— Vous allez décupler notre suspicion. Votre situation n'est déjà pas si confortable que cela…

— Notre liste d'affaires non résolues. Je lui en ai reparlé. Il ne voulait rien dire. Enfin, tu sais ce que c'est, nous avons tous nos fiertés…

— Qu'est-ce que vous n'avez pas voulu nous dire ?

— …

— Allez, vous en mourez d'envie, l'encourage Camille.

Lesage le considère froidement. Mépris à peine masqué.

— Votre affaire, là… La jeune fille dans l'engin de dragage.

— Oui ?

— Avant d'être tuée, elle avait porté des vêtements de plage ?

— Je crois, oui, on a discerné ça par les traces de son bronzage. Qu'est-ce que vous voulez me dire, Lesage ?

— Je crois… que c'est *Roseanna*.

3

Boulevards périphériques, grandes artères, avenues, canaux, hauts lieux de passage. Il s'en passe des drames et des vilenies, des accidents et des deuils, dans ces endroits-là. À l'œil nu, tout y défile sans cesse et rien ne semble s'y arrêter sauf ce qui y tombe et dont la trace disparaît aussitôt, comme engloutie dans les eaux d'un fleuve. On ne pourrait même pas faire le compte de ce qu'on y retrouve : des chaussures et des tôles, des vêtements, des fortunes, des stylos, des cartons, des gamelles et des bidons.

Et même des corps.

25 août 2000. Les services de l'Équipement s'apprêtaient à faire circuler une grue à godets chargée d'explorer les bas-fonds pour en faire remonter une vase sans nom et la déverser dans un bac.

Les badauds n'en rataient pas une. Pêcheurs, retraités, voisins, passants, tous s'arrêtaient sur le pont Blériot pour regarder la manœuvre.

Vers 10 h 30, le moteur se mit à ronfler en hoquetant, lâchant des gaz d'échappement noirs comme de la suie. La barge de réception, calme comme un poisson mort, attendait au milieu du canal. Quelques minutes plus tard, la grue était en position à ses côtés. La benne béante faisait face au pont sur lequel s'était attroupée une douzaine de personnes. Lucien Blanchard, responsable de la manœuvre, debout près de la grue, donna le signal du départ d'un geste de la main au conducteur de l'engin qui bascula le levier de commande. Un bruit sec et métallique se fit entendre. La large benne eut un brusque soubresaut. Elle s'orienta face au pont et amorça sa première descente dans l'eau.

Elle n'avait pas fait un mètre que l'attention de Lucien Blanchard fut attirée par le mouvement des gens qui observaient depuis le pont de l'écluse. Ils parlaient entre eux en désignant la benne. Trois ou quatre personnes lui criaient quelque chose et faisaient de grands gestes, les bras tendus au-dessus de leur tête. Lorsque la benne s'enfonça dans l'eau, les gens se mirent à crier plus fort et Blanchard comprit que quelque chose se passait. Sans même savoir pourquoi, il hurla au conducteur de l'engin de stopper la manœuvre. La benne s'immobilisa immédiatement, à demi plongée dans l'eau. Blanchard regardait le pont, trop loin pour comprendre ce que les gens lui criaient. Un homme, au premier plan, les bras tendus, les mains largement ouvertes, faisait des gestes de bas en haut. Blanchard comprit qu'on lui demandait de faire remonter la benne. Agacé, il jeta sa cigarette sur le pont. Habitué à diriger seul la manœuvre, il supportait mal d'être ainsi interrompu. En fait, il ne savait pas quoi faire, contrarié par son indécision même. Comme tout le monde, sur le pont de l'écluse, avait adopté le geste de l'homme et lui faisait de grands signes en continuant de crier, il se décida enfin et commanda la manœuvre de remontée. La benne ressortit de l'eau, fit un brusque mouvement en arrière, et s'immobilisa de nouveau. Lucien Blanchard s'avança, fit signe au conducteur de descendre la benne pour voir ce qui se passait. Dès qu'elle fut à la hauteur de son regard, Blanchard comprit qu'il était dans de sales draps. Au fond de la benne dégoulinante d'eau apparaissait le corps nu d'une femme à demi enfoncé dans une mare de vase noirâtre.

Les premières constatations décrivaient le corps comme celui d'une femme de 25 à 30 ans. Les photos ne rendaient pas hommage à son éventuelle grâce. Camille les avait étalées sur son bureau, une douzaine de clichés, grand format.

En fait, même de son vivant, elle n'avait pas dû être particulièrement belle. Des hanches larges, des seins très petits, des cuisses lourdes. Son aspect semblait brouillon comme si la nature avait fait les choses un peu distraitement, mélangeant, dans le même corps, des éléments disparates, des lourdeurs et des minceurs, un derrière imposant avec des petits pieds de Japonaise. La jeune femme avait dû faire quelques séances de rayons ultraviolets (les analyses d'épiderme démentaient qu'il se soit agi du soleil). On distinguait nettement les traces laissées autour du maillot de bain qu'elle avait dû porter. Le corps ne possédait aucune marque évidente de violence, à l'exception d'une sorte d'écorchure qui partait de la taille pour finir au niveau de l'os iliaque. Des traces résiduelles de ciment laissaient penser que le corps de la jeune femme avait été tiré sur le sol. Quant à son visage, ramolli par son séjour dans l'eau et la vase, il laissait voir des sourcils noirs, assez épais, une bouche plutôt grande, des cheveux bruns mi-longs.

L'enquête, confiée au lieutenant Marette, montra que la jeune femme avait été étranglée après avoir subi des violences sexuelles à caractère pervers. Quoique le meurtrier ait agi avec violence et brutalité, il ne s'était pas acharné sur le corps. Il y avait eu viol avec sodomie puis strangulation.

Camille avançait lentement dans sa lecture. À plusieurs reprises il releva la tête, comme s'il voulait s'imprégner des informations avant de poursuivre sa lecture, comme s'il espérait qu'un déclic allait soudain s'opérer. Rien ne venait. L'enquête était d'une tristesse à mourir. On n'y apprenait rien ou presque.

Le rapport d'autopsie ne permit pas à Camille d'affiner le portrait mental qu'il se faisait de la victime. Elle avait environ 25 ans, mesurait 1,68 m, pesait 58 kilos et ne portait aucune cicatrice. Les marques laissées par les U.V. montraient qu'elle avait porté un maillot deux pièces, des lunettes et des sandales de plage. La victime ne fumait pas et n'avait pas eu d'enfant ni fait de fausse couche. On devinait qu'elle avait été soignée et propre, sans souci excessif de son apparence. Elle ne portait aucune trace d'un éventuel bijou que son assassin aurait pu lui retirer, ni de vernis à ongles, ni même de trace de maquillage. Son dernier repas avait été pris six heures avant sa mort. Il était composé de viande, de pommes de terre, de fraises. Elle avait bu une importante quantité de lait.

Le corps semblait être resté une douzaine d'heures dans la vase avant d'être découvert. Deux éléments, dans ces constatations, avaient toutefois attiré l'attention des enquêteurs, deux éléments étranges sur lesquels aucun rapport ne proposait d'autre conclusion que les évidences d'usage, du moins pour le premier d'entre eux. Tout d'abord la victime avait été retrouvée allongée dans la benne recouverte de vase.

La présence de cette vase était un fait étonnant. Le corps se trouvait dans la benne avant que la manœuvre de dragage ne commence. La pelle avait entamé sa plongée dans l'eau du canal mais elle n'était pas descendue suffisamment profond pour ramener toute cette vase. Il fallait bien en conclure, quoique ce détail semble surprenant, que l'assassin avait déposé de la vase dans la benne après y avoir déposé le cadavre. À quelle motivation ce geste pouvait-il correspondre… ? Le lieutenant Marette n'avait fait aucune hypothèse, se contentant de relever le fait avec insistance. À mieux y regarder, toute cette scène était bien étrange. Camille tenta de la reconstituer, il retourna toutes les solutions possibles et conclut que le meurtrier avait dû effectuer un curieux travail. Après avoir hissé le corps dans la benne (d'après le rapport, la hauteur au sol n'excédait pas 1,30 m), il avait dû tirer de la vase du canal (l'analyse était formelle sur ce point, il s'agissait bien de la même) pour la jeter ensuite sur le corps. La quantité déposée supposait qu'il avait dû s'y reprendre à de nombreuses reprises s'il avait utilisé un seau ou quelque chose de ce genre. Les enquêteurs de l'époque restaient très indécis sur la signification de ce geste.

Camille sentit, dans l'échine, un curieux picotement. Ce détail était évidemment troublant. Aucune raison logique n'avait pu présider à un tel geste sauf s'il s'agissait bien de la reconstitution d'un livre…

Le second fait curieux était ce que Louis avait noté dans son abstract, à savoir une étrange marque sur le corps de la victime. Elle ressemblait à une tache de naissance comme on en trouve sur de nombreux corps. Les premières constatations la répertoriaient d'ailleurs comme telle. On avait procédé rapidement. Quelques photos sur place, les habituels relevés topographiques, les mesures d'usage. L'examen du corps proprement dit était effectué à la morgue. Selon le rapport d'autopsie, il s'agissait, en fait, d'une fausse tache. D'environ 5 cm de diamètre, de couleur brune, elle avait été faite avec une peinture acrylique d'usage courant, appliquée soigneusement au pinceau. Sa forme évoquait vaguement la forme d'un animal. Les enquêteurs, selon les priorités de leur inconscient, penchaient tantôt pour une forme de cochon, tantôt pour un chien. On trouvait même quelqu'un de suffisamment versé dans la zoologie, un certain Vaquier qui avait participé à l'enquête, pour avoir imaginé un phacochère. La tache avait été recouverte de vernis transparent mat, à base d'acide siccatif, du genre de ceux qu'on utilise en peinture d'art. Camille analysa ce fait avec attention. Il avait déjà lui-même utilisé cette technique, autrefois, lorsqu'il travaillait à l'acrylique. Il l'avait ensuite abandonnée au profit de l'huile mais se souvenait encore de l'odeur d'éther de ces vernis, odeur entêtante dont on ne parvient pas à savoir si elle est agréable ou non et qui vous donne un mal de crâne effroyable en cas, comme on dit, d'utilisation prolongée. Pour Camille, ce geste ne pouvait signifier qu'une chose. Le meurtrier avait souhaité que cette tache reste, que le séjour du corps dans l'eau mêlée de vase ne l'efface pas.

La recherche effectuée à l'époque au fichier des personnes disparues ne donna rien. Le signalement fut communiqué à tous les services susceptibles d'apporter une quelconque information, en vain. L'identité de la victime n'avait jamais été établie. Les recherches à partir des indices n'avaient rien donné, quoiqu'elles fussent menées avec soin par le lieutenant Marette. Tant la peinture que le vernis étaient d'usage trop courant pour constituer une éventuelle piste. Quant à la présence de la vase en telle quantité, le fait restait inexpliqué. Le dossier avait été laissé en l'état, faute de pistes suffisantes.

— Merde, tu prononces ça comment, toi ? dit Le Guen en plissant les yeux sur les noms : Sjöwall et Wahlöö.

Camille ne fit aucun commentaire. Il se contenta d'ouvrir le livre, *Roseanna*, en déclarant :

— Page 23 : « *Morte étranglée, songea Martin Beck. Il feuilleta la série de photographies : l'écluse, le dragueur, la benne en premier plan, le corps étendu sur le môle, le corps à la morgue. [...] Il la voyait devant lui telle qu'elle était sur la photo, nue et abandonnée, les épaules étroites, une mèche noire dessinant sa volute en travers de sa gorge. [...] Elle mesurait 1,66 m, avait les yeux gris-bleu et les cheveux châtain clair. Des dents saines. Ni cicatrices opératoires ni autres marques particulières à l'exception d'une tache de naissance située à la partie supérieure de la face interne de la cuisse gauche à environ 3,75 cm de l'aine. Cette envie, brune et ayant sensiblement la taille d'une pièce de 10 öres, de contour inégal, avait la forme d'un petit cochon...* »

— D'accord... lâcha Le Guen.

— *Le dernier repas qu'elle avait absorbé*, reprit Camille en poursuivant sa lecture, *était antérieur de trois à cinq heures à la mort. Elle avait mangé de la viande, des pommes de terre, des fraises et bu du lait...* Et ici :

C'était une femme. Ils l'allongèrent sur une bâche au bord du canal. L'homme de pont... Non, ça je laisse, attends, c'est ici, tiens : *Elle était nue et ne portait aucun bijou. Sa peau était bronzée et, à en juger par les traces plus claires, elle avait pris des bains de soleil en bikini. Elle avait les hanches larges et les cuisses fortes.*

Louis et Maleval avaient récapitulé l'ensemble des éléments de l'enquête du canal de l'Ourcq. L'impasse tenait principalement à l'échec dans la recherche de l'identité de la jeune victime. Consultation de tous les fichiers disponibles, transmission aux banques de données internationales. Les efforts n'avaient pas été ménagés. En devinant, à l'extrémité de la salle, la silhouette de Cob masquée par ses écrans, Verhœven pensa au paradoxe que représentait la disparition pure et simple d'une jeune femme dans une société aussi bien mise en fiches. Répertoires, listes, inventaires, enregistrement de tous les éléments significatifs de nos vies, traçage du moindre de nos appels, de nos déplacements, de nos dépenses, certaines destinées individuelles parvenaient, par une suite de coïncidences et de conjonctions imprévisibles qui tenaient du miracle, à échapper à toute recherche. Une jeune femme de 25 ans qui avait eu des parents, des amis, des amants, des employeurs, un état civil, pouvait disparaître purement et simplement. Un mois pouvait passer sans qu'une amie s'étonne qu'elle ne l'appelle plus, une année entière pouvait fondre sans qu'un petit ami, pourtant si amoureux naguère, s'inquiète de ne pas la voir revenir de voyage. Parents sans carte postale, appels restés sans réponse, la jeune fille a disparu avant d'être morte à leurs yeux. À moins qu'il ne s'agisse d'une solitaire, d'une orpheline, d'une rebelle en fuite, tellement en colère contre le monde qu'elle a cessé de leur écrire à tous. Peut-être, avant qu'elle disparaisse, avaient-ils déjà tous disparu à ses yeux.

Sur le tableau papier, Louis avait fait une rétrospective à l'intention de tous, comme si cela avait été nécessaire. En quelques jours, les affaires étaient venues au jour à une cadence que personne ne pouvait suivre :

7 juillet 2000 : Corbeil : *Le Crime d'Orcival* (Gaboriau)
Victime : Maryse Perrin (23 ans)

24 août 2000 : Paris : *Roseanna* (Sjöwall et Wahlöö)
Victime : ?

10 juillet 2001 : Glasgow : *Laidlaw* (McIlvanney)
Victime : Grace Hobson (19 ans)

21 novembre 2001 : Tremblay : *Le Dahlia noir* (Ellroy)
Victimes : Manuela Constanza (24 ans) + Henri Lambert (51 ans)

11 avril 2003 : Courbevoie : *American Psycho* (B. E. Ellis)
Victimes : Évelyne Rouvray (23 ans) + Josiane Debeuf (21 ans) + François Cottet (40 ans)

— L'équipe qui est sur place à Villeréal, la maison de famille des Lesage, n'a toujours rien trouvé, dit Louis. Ils ont d'abord procédé à une visite du parc. Selon eux, il faudrait des mois pour retourner un pareil espace…

— Christine Lesage est rentrée chez elle, je l'ai fait accompagner, ajouta Maleval.

— Bien.

Il fallait que l'heure soit grave pour qu'Élisabeth renonce à aller fumer sur le trottoir. Fernand s'était absenté un petit moment, en titubant dignement. Ordinairement, lorsqu'il disparaissait à cette heure-ci, on ne le revoyait que le lendemain. Armand n'en paraissait pas contrarié. Il avait fait main basse sur le dernier paquet de cigarettes de son coéquipier et pouvait attendre sereinement le prochain ravitaillement.

Mehdi et Maleval d'un côté, Louis et Élisabeth de l'autre procédaient aux recoupements entre les éléments qu'ils possédaient déjà sur Jérôme Lesage et les éléments des cinq affaires dont ils disposaient. Le premier tandem travaillait sur le calendrier, les déplacements, les rendez-vous de Lesage, le second sur les questions de budget. Armand, aidé de Cob qui tentait de satisfaire les demandes de toutes les équipes en lançant des requêtes simultanées, se concentrait de nouveau sur le détail de chacune des cinq affaires, à la lueur des informations qui lui parvenaient des autres groupes. Il faudrait plusieurs heures pour mener à bien un tel travail, dont dépendaient, en majeure partie, les résultats des premiers interrogatoires du lendemain. Plus les éléments de recoupements étaient établis solidement, plus Verhœven pouvait espérer mettre Lesage en difficulté, voire obtenir rapidement des aveux.

— Au plan financier, l'informa Louis en posant les mains à plat sur la table et en désignant chaque dossier, il y a beaucoup de sorties et les dates sont capricieuses. On est en train de faire des évaluations des sommes qu'il a fallu dépenser pour organiser chaque crime. Pendant ce temps-là, nous reprenons toutes les sorties suspectes, les encaissements aussi. C'est rendu compliqué par le fait que les sources d'argent sont très diverses. Actions vendues ou échangées avec des plus-values dont on ne connaît pas toujours les montants, ventes en espèces au magasin, achats et reventes de bibliothèques entières, de lots chez des confrères. Pour les dépenses, c'est un peu plus compliqué encore… Si nous n'arrivons pas à tirer tout ça au clair, il nous faudra l'aide d'un expert de la Brigade financière.

— Je vais passer un coup de fil à Le Guen en lui demandant de contacter le juge Deschamps et de se tenir prêt à transmettre la demande.

Cob, de son côté, avait réquisitionné un troisième poste qu'il n'avait pas pu, faute de place, mettre en ligne avec les deux écrans dont il disposait déjà et se levait toutes les deux ou trois minutes pour actualiser des recherches qu'il effectuait sur le poste distant.

Maleval et Mehdi étaient tous deux de la génération informatique et ne tenaient quasiment pas de notes manuscrites. Camille les trouva, serrés l'un contre l'autre, tendus vers leur écran, tenant chacun dans une main un téléphone portable qui leur permettait d'appeler, dès qu'ils en avaient les coordonnées, les contacts professionnels de Lesage.

— Certains rendez-vous, commenta Maleval tandis que Mehdi était mis en attente par un correspondant, sont assez anciens. On demande aux gens de vérifier, ils rappellent ensuite, c'est assez long. D'autant que…

Maleval fut interrompu par la sonnerie du téléphone portable de Camille.

— Le divisionnaire vient de me prévenir, dit le juge Deschamps. L'affaire du canal de l'Ourcq…

— L'identité de la victime n'a jamais été élucidée, compléta Camille. Ça rend les choses encore plus compliquées.

Ils s'entretinrent quelques minutes sur la stratégie à suivre.

— Je ne pense pas que le dialogue par petites annonces va durer encore très longtemps, dit Camille en conclusion. Pour le moment, ce type bénéficie de la publicité dont il rêvait. À mon sens, il n'ira pas au-delà de la dernière annonce.

— Qu'est-ce qui vous fait dire ça, commandant ?

— Une intuition, d'abord. Mais aussi un fait. Sauf erreur, il ne doit plus y avoir d'anciennes affaires. Techniquement, il n'a plus rien à nous dire. Et puis, c'est un peu mécanique. Il va se lasser, il va se méfier. Dans toute habitude, il y a la perspective d'un risque.

— En tout cas, une nouvelle affaire… Et après ? La presse de demain va nous étriller, commandant.

— Moi, surtout.

— Vous avez la presse, moi j'ai le ministre. Chacun sa croix.

Le ton du juge Deschamps n'était plus le même qu'aux premiers jours, ce qui était paradoxal. Plus l'enquête piétinait, plus elle semblait accommodante. Ça ne présageait évidemment rien de bon et Camille se promit d'en toucher un mot à Le Guen avant de partir.

— Avec votre libraire, où en êtes-vous ?

— Sa sœur va tenter de lui fournir tous les alibis dont il aura besoin. Toute l'équipe est au travail pour préparer les interrogatoires de demain.

— Vous comptez aller au bout de la garde à vue ? demanda-t-elle enfin.

— Oui. J'espère même au-delà.

— La journée a été longue, et celle de demain ne s'annonce pas plus courte.

Camille consulta sa montre. L'image d'Irène s'imposa immédiatement. Il donna le signal du départ.

1

Le Matin

Deux nouvelles « œuvres » du Romancier : panique à la Brigade criminelle

Le Romancier n'a pas fini de surprendre…
Auteur, le 11 avril dernier, d'un double crime à Courbevoie il était déjà tenu pour l'auteur du meurtre de la jeune Manuela Constanza dont le corps avait été retrouvé, sectionné en deux à la hauteur de la taille, dans une décharge publique de Tremblay-en-France en novembre 2001. Lorsqu'il fut établi, il y a quelques jours, qu'il était aussi l'auteur, en juillet de la même année, du meurtre d'une jeune fille, Grace Hobson, sauvagement assassinée à Glasgow, reconstituant ainsi le crime imaginé par un romancier écossais, William McIlvanney, dans son roman Laidlaw, *son sinistre palmarès s'élevait à quatre victimes, toutes jeunes, toutes « exécutées » dans des mises en scène aussi effrayantes que macabres.*
Deux autres affaires apparaissent aujourd'hui au grand jour.
L'assassinat de plus de vingt coups de couteau en juillet 2000 d'une jeune coiffeuse de 23 ans serait la reconstitution méthodique d'un classique du roman policier : Le Crime d'Orcival *d'Émile Gaboriau, roman de la fin… du XIXᵉ siècle.*
En août 2000, le corps d'une autre jeune femme, étranglée après avoir subi d'épouvantables sévices

sexuels, serait la reconstitution d'une œuvre policière de deux écrivains suédois, Sjöwall et Wahlöö, intitulée Roseanna.

Cinq livres au total ont d'ores et déjà servi de prétexte à ce projet insensé. Six jeunes femmes y ont trouvé la mort, le plus souvent dans des conditions atroces.

La police, littéralement effarée par cette cascade de meurtres en série, en a été réduite, on le sait, à entrer en contact avec le meurtrier par le biais de petites annonces... La dernière en date : « Et vos autres œuvres... ? » souligne clairement l'admiration proprement étonnante que les enquêteurs semblent ressentir à l'égard de ce criminel.

La nouveauté : la mise en garde à vue d'un libraire parisien, M. Jérôme Lesage, aujourd'hui suspect numéro un. Sa sœur, Christine Lesage, entendue hier par la Brigade criminelle, et littéralement accablée par l'arrestation de son frère, commente avec une colère digne : « Jérôme est le seul à avoir apporté son aide à la police quand elle ne comprenait rien à cette affaire... Le voilà bien récompensé ! Devant l'absence totale de preuves, notre avocat va exiger immédiatement sa mise en liberté. »

Il semble, en effet, que la police ne dispose, vis-à-vis de ce suspect « pratique », d'aucune preuve tangible, et ne justifie cette arrestation que par une série de coïncidences dont chacun d'entre nous pourrait aussi bien être victime... Combien de crimes seront encore découverts ? Combien de jeunes filles innocentes seront encore tuées, meurtries, violentées, sauvagement assassinées avant que la police parvienne à arrêter leur assassin ?

Autant de questions que chacun de nous se pose évidemment avec anxiété.

2

Malgré l'assurance dont il avait fait preuve, Jérôme Lesage n'avait sans doute pas fermé l'œil de la nuit. Le visage plus pâle, l'échine plus basse, il se tenait sur sa chaise avec une raideur d'apparat, regardant fixement la table et serrant ses mains l'une contre l'autre pour tenter d'en arrêter le discret tremblement.

Camille s'installa en face de lui, posa sur la table un dossier et une feuille sur laquelle il avait jeté quelques notes d'une écriture indéchiffrable.

— Nous avons regardé de plus près vos agendas de ces derniers mois, monsieur Lesage.

— Je veux un avocat, répondit Lesage d'une voix grave et tranchante dans laquelle se percevait néanmoins un tremblement nerveux.

— Je vous l'ai dit, ce n'est pas encore le moment.

Lesage le regarda, comme décidé à relever un défi.

— Si vous nous expliquez tout cela, monsieur Lesage, poursuivit Camille en frappant du plat de la main sur son dossier, nous vous laissons rentrer chez vous.

Il chaussa ses lunettes.

— D'abord, votre calendrier. Prenons simplement les derniers mois, voulez-vous ? Au hasard… Le 4 décembre, vous avez rendez-vous avec un confrère, M. Pelissier. Il était absent de Paris et ne vous a pas rencontré à cette date. Les 17, 18 et 19 décembre, vous devez vous rendre à une vente aux enchères à Mâcon. Personne ne vous y voit, vous n'y êtes même pas inscrit. Le 11 janvier, rendez-vous avec Mme Bertleman pour une expertise. Elle ne vous a vu que le 16. Le 24 janvier, vous êtes au Salon de Cologne, pendant quatre jours. Vous n'y mettez même pas les pieds… Le…

— Je vous en prie…

— Pardon ?

Lesage regardait ses mains. Camille avait voulu créer un effet de distance en restant le nez plongé dans ses notes. Lorsqu'il releva la tête, Jérôme Lesage n'était plus le même. La façade de certitude semblait avoir laissé la place à une immense fatigue.

— C'est pour ma sœur… murmura-t-il.

— Pour votre sœur… ? Vous faites semblant de travailler pour votre sœur, c'est cela ?

Lesage se contenta d'un bref signe de tête.

— Pourquoi ?

Devant le mutisme de Lesage, Camille laissa passer un long moment et décida de s'engouffrer dans la brèche qui venait de s'ouvrir.

— Vos… absences sont irrégulières mais fréquentes. Le plus embarrassant, c'est qu'elles correspondent très souvent avec des moments où des jeunes filles sont assassinées. Alors, forcément, on se pose des questions.

Camille accorda à Lesage un petit temps de réflexion.

— D'autant plus, reprit-il, que des sommes importantes disparaissent, elles aussi, dans votre budget. Voyons… en février et mars dernier, vous liquidez un portefeuille d'actions appartenant à votre sœur et dont vous avez officiellement la gestion. Difficile d'ailleurs de s'y retrouver, dans vos manipulations boursières. En tout cas, pas moins de quatre mille cinq cents euros d'actions sont liquidés. Je peux vous demander ce que vous avez fait de cet argent ?

— C'est personnel ! dit Lesage en relevant brusquement la tête.

— Ça ne l'est plus depuis que les sommes importantes qui disparaissent de vos comptes correspondent

298

à la période où un assassin prépare des crimes pour lesquels il a besoin de pas mal d'argent, si vous voyez ce que je veux dire.

— Ce n'est pas moi ! hurla le libraire en frappant du poing sur la table.

— Alors, expliquez-moi vos absences et vos dépenses.

— C'est à vous de prouver, pas à moi !

— Nous demanderons au juge ce qu'il en pense.

— Je ne veux pas que ma sœur…

— Oui… ?

Lesage avait maintenant produit tout l'effort dont il était capable.

— Vous ne voulez pas qu'elle apprenne que vous ne travaillez pas autant que vous le prétendez, que vous dépensez de l'argent qui lui appartient, c'est cela.

— Laissez-la en dehors de tout ça. Elle est très fragile. Laissez-la.

— Qu'est-ce que vous ne voulez pas qu'elle apprenne ?

Devant son mutisme obstiné, Camille poussa un long soupir.

— Bien, alors reprenons. À la date où Grace Hobson est assassinée à Glasgow, vous disparaissez alors que vous vous trouvez en vacances à Londres. De Londres à Glasgow, ajouta Camille levant les yeux par-dessus ses lunettes, il n'y a qu'un pas. Au moment où…

Louis entra si discrètement dans la salle d'interrogatoire que Camille ne prit conscience de sa présence que lorsque le jeune homme fut près de lui et se pencha à son oreille.

— Vous pouvez venir un instant ? demanda-t-il en chuchotant. Téléphone. C'est urgent…

Camille se leva lentement, regarda Lesage qui courbait la tête.

— Monsieur Lesage, soit vous pouvez nous expliquer tout cela et le plus tôt sera le mieux, soit vous ne pouvez pas et j'aurai alors d'autres questions, plus intimes, à vous poser…

3

Irène était tombée rue des Martyrs. En manquant le trottoir. Des passants étaient accourus. Irène disait que ça allait mais restait allongée sur le trottoir, se tenant le ventre à deux mains, essayant de reprendre son souffle. Un commerçant avait appelé du secours. Les brancardiers du SAMU l'avaient trouvée quelques minutes plus tard, assise, les jambes écartées, dans la boutique du charcutier dont la femme expliquait à qui voulait l'entendre le détail de l'affaire. Irène, elle, n'en gardait aucun souvenir hormis cette inquiétude et cette douleur qui lui prenait maintenant tout le corps. Le commerçant disait sans arrêt :

— Arrête un peu, Yvonne, tu nous saoules…

On lui avait proposé un verre de jus d'orange. Irène le tenait encore intact entre ses mains, comme un objet de piété.

Et puis on l'avait allongée sur une civière qui s'était frayé un chemin difficile de la boutique à l'ambulance.

Camille, essoufflé par sa course, la trouva dans un lit, au deuxième étage de la clinique Montambert.

— Ça va ? demanda-t-il.

— Je suis tombée, répondit simplement Irène, comme si son esprit était resté fixé à cette évidence incompréhensible.

— Tu as mal ? Qu'est-ce que disent les médecins ?

— Je suis tombée…

Et Irène s'était mise à pleurer tout doucement en le regardant. Camille lui serrait les mains. Lui aussi aurait pleuré si ce visage n'avait ressemblé aussi précisément à celui d'Irène dans son rêve lorsqu'elle lui disait : « Tu ne vois pas qu'il me fait mal… ? »

— Tu as mal ? répétait Camille. Est-ce que tu as mal ?

Mais Irène pleurait en se tenant le ventre.

— Ils m'ont fait une piqûre…

— Elle doit d'abord se calmer et retrouver tranquillement ses esprits.

Camille se retourna. Le médecin avait l'air d'un étudiant de première année. Petites lunettes, cheveux un peu longs, sourire post-adolescent. Il s'approcha du lit et prit la main d'Irène.

— Ça va aller, n'est-ce pas ?

— Oui, dit Irène en souriant enfin à travers ses larmes. Oui, ça va aller.

— Vous êtes tombée, voilà tout. Et vous avez eu peur.

Camille, relégué maintenant au pied du lit, se sentit exclu. Il refoula la question qui lui vint et fut soulagé d'entendre le médecin poursuivre :

— Le bébé, lui, n'a pas beaucoup aimé tout ce remue-ménage. Il trouve maintenant sa position inconfortable et je crois qu'il a hâte de voir un peu de quoi il retourne.

— Vous croyez ? demanda Irène.

— J'en suis certain. À mon avis, il va même être assez pressé. Dans quelques heures, nous en saurons plus. J'espère que sa chambre est prête, ajouta-t-il en souriant gentiment.

Irène regardait le médecin avec inquiétude.

— Ça va faire quoi ?

— Un petit prématuré de trois semaines, voilà tout.

Louis appela Élisabeth et lui demanda de les rejoindre chez Camille. Ils arrivèrent ensemble, comme dans un jeu synchronisé.

— Alors, demanda Élisabeth en souriant, bientôt papa ?

Camille n'avait pas tout à fait retrouvé ses esprits. Il déambulait de la chambre au salon, tentant de rassembler, dans le plus grand désordre, des choses qu'il égarait aussitôt.

— Je vais vous aider, dit Élisabeth que Louis venait d'encourager d'un coup d'œil avant de redescendre.

Plus systématique, plus organisée, elle trouva sans peine la petite valise qu'Irène avait dû préparer de longue date et dans laquelle se trouvait tout le nécessaire à son arrivée à la clinique. Camille fut étonné de s'en apercevoir alors que, sans doute, Irène avait dû lui en parler, la lui montrer pour le cas où.

Élisabeth en vérifia le contenu, puis, posant des questions à Camille pour se repérer dans l'appartement, elle rassembla encore deux ou trois choses.

— Voilà, je crois que tout est prêt.

— Ppffff… souffla Camille, assis sur le canapé.

Il regardait Élisabeth avec reconnaissance et souriait maladroitement.

— C'est gentil… dit enfin Camille. Je vais lui apporter tout ça…

— Élisabeth pourrait peut-être le faire… ? risqua alors Louis qui venait de remonter avec le courrier.

Tous les trois regardèrent silencieusement la lettre qu'il tenait à la main.

4

Cher Camille,

Quel plaisir, à nouveau, de lire votre annonce !

« Vos autres œuvres... » demandez-vous. Je m'attendais à plus de finesse de votre part. Je ne vous en veux pas, remarquez bien : vous faites de votre mieux. Personne ne ferait mieux que vous.

Mais enfin, votre dernière annonce est une grosse ficelle. Quelle naïveté ! Allons, cette parenthèse doit être fermée. Je vais vous parler des affaires que vous connaissez et ménager les surprises sinon, sinon où serait le plaisir ? Car je vous en ménage encore, des surprises !

Ainsi, Glasgow. Vous ne m'en avez encore rien demandé et je sais que la question vous brûle les lèvres. Les choses ici se sont faites simplement. Le livre génial de McIlvanney donne l'essentiel du détail de cette affaire dont vous remarquerez l'élégance. Le livre est inspiré d'un fait divers réel et il y retourne. J'aime ces boucles parfaites qui relient si parfaitement la littérature à la vie.

J'ai repéré la jeune Grace Hobson à l'entrée de la boîte de nuit devant laquelle j'avais garé ma voiture de location. Je l'ai choisie immédiatement. Avec son visage à peine sorti de l'enfance, ses hanches encore minces mais comme déjà promises aux premières lourdeurs de la trentaine, elle était comme l'incarnation de cette ville troublante et nostalgique. Il était tard déjà, la rue n'était plus animée depuis longtemps lorsque je l'ai vue soudain sortir seule sur le trottoir, inquiète et nerveuse. Je n'avais pas imaginé pareille aubaine. J'avais prévu de la suivre, de vérifier ses trajets et ses habitudes, de l'enlever ensuite… je n'avais pas prévu de rester très longtemps à Glasgow, et je n'espérais pas la voir s'offrir à moi si spontanément. J'ai immédiatement quitté ma voiture, mon plan de Glasgow à la main et je lui ai demandé un chemin imaginaire dans un anglais que je voulais maladroit et charmant. J'ai souri de manière gauche. Nous étions devant la boîte de nuit et je ne voulais pas rester là trop longtemps. Aussi, tout en écoutant ses explications, fronçant les sourcils comme pour suivre avec attention et difficulté une explication dans un anglais trop courant pour moi, je l'ai dirigée vers la voiture. Nous avons posé le plan sur le capot. J'ai prétexté devoir prendre un crayon dans la boîte à gants. J'avais laissé la portière ouverte. En la tenant soudain très fermement contre moi j'ai appliqué sur son visage un chiffon largement imbibé de chloroforme et, quelques minutes plus tard, nous roulions ensemble dans la ville déserte, moi conduisant avec prudence, elle dormant avec quiétude, en confiance. Ce que je n'avais pas prévu de faire, je l'ai fait. Je l'ai violée à l'arrière même de la voiture. Elle s'est réveillée d'un seul coup lorsque je l'ai pénétrée comme il est dit dans le livre. Il m'a fallu l'endormir à nouveau. Je l'ai étranglée à ce moment, pendant que j'étais encore en elle. Nous avons communié ensemble dans la jouissance et dans la mort dont nous savons, vous et moi, qu'il s'agit de la même chose.

J'ai dû repasser à mon hôtel pour y prendre le matériel dont j'avais besoin. J'ai pensé à prendre sa culotte avec moi.

Vos collègues écossais ont dû vous montrer les photographies de la scène telle que je l'ai agencée à Kelvingrove Park. Je ne veux pas jouer les faux modestes mais enfin, je peux espérer que William

McIlvanney, qui vit à Glasgow, a ressenti pour moi une fierté égale à l'admiration que je lui porte.

« Laidlaw » est la première œuvre que je me suis décidé à signer. C'est que, jusqu'alors, aucune police n'avait été capable de comprendre quoi que ce soit à mon travail et que j'étais lassé. Je savais qu'il fallait mettre quelqu'un sur la piste, qu'il fallait qu'un signe distinctif permette de relier mon Laidlaw à mes autres travaux. J'ai imaginé un nombre considérable de méthodes toutes différentes. La solution de l'empreinte sur le corps m'est apparue comme la plus satisfaisante. En fait, j'avais déjà en tête, même si je ne me sentais pas encore tout à fait prêt pour une telle mission, de travailler pour le texte d'Ellis dans lequel une empreinte est apposée si visiblement. En plaçant un signe distinctif, une signature, je souhaitais qu'à défaut des policiers, qui, exception faite de vous, Camille, sont des brutes épaisses, les esthètes, les vrais amateurs puissent prendre connaissance de l'œuvre que je réalisais et l'apprécier à sa juste valeur. Et puis, cette empreinte sur l'orteil de la petite Hobson ne défigurait en rien le tableau magnifique que j'étais parvenu à obtenir dans le parc de Kelvingrove. Tout y était parfaitement à sa place. C'était, je crois, ce qu'on peut faire de mieux.

Je sais que vous avez découvert aussi le merveilleux livre de nos Suédois. Roseanna fut un véritable choc pour moi, vous savez. Je me suis efforcé de lire ensuite les autres ouvrages de nos duettistes. Hélas, aucun ne m'a procuré le plaisir réellement magique de celui-ci.

À quoi tient la magie d'un livre ? En voilà un autre grand mystère... Celui-ci est immobile comme les eaux du canal de l'Ourcq, il s'y passe bien peu de chose. C'est une longue patience. Martin Beck, le détective, est un homme que je trouve morose et attachant, si éloigné des misérables privés de bien des auteurs américains et des enquêteurs plats et ratiocinants de trop de nos auteurs français.

Évidemment, écrire un « Roseanna » à la française, comme je l'ai fait, était une gageure. Il fallait que le décor soit une transposition crédible, que vous retrouviez l'atmosphère même de l'œuvre originale dans sa réalisation. Sur ce point, je n'ai pas lésiné sur les moyens.

Aussi, imaginez, Camille, ma joie, je dirais même ma jubilation lorsque, ce matin du 25 août, posté au milieu des autres badauds sur l'écluse du canal, j'ai vu la benne se tourner vers nous comme se serait levé un rideau de théâtre, que j'ai vu l'homme accoudé sur la balustrade près de moi, s'écrier : « Regarde, il y a une bonne femme là-dedans… ! » La nouvelle s'est répandue dans le petit groupe comme une traînée de poudre. Vous imaginez ma joie.

Ma jeune recrue… Vous aurez remarqué, j'en suis certain, comme son physique est le portrait fidèle de Roseanna, même corps un peu lourd et sans grâce, mêmes articulations fines.

Sjöwall & Wahlöö restent très imprécis sur la nature de la mort de Roseanna. On apprend tout au plus que « la victime a trouvé la mort par strangulation accompagnée de violences sexuelles ». Le meurtrier, nous dit-on, « a agi avec brutalité. On a noté des indices de tendance perverse ». Voilà qui me laissait un vaste champ de liberté. Les auteurs, toutefois, étaient formels : « Il n'y a pas eu tellement de sang répandu. » C'est avec cela que je devais me débrouiller. Le plus déconcertant restait bien sûr le passage où est précisé : « Il n'est pas exclu qu'elle ait subi des mutilations après sa mort. Ou, tout au moins, quand elle était inconsciente. Il y a,

306

dans le rapport d'autopsie, un certain nombre de détails qui permettent de le supposer. »

Bien sûr, il y avait cette « écorchure » allant de la taille à l'os iliaque, mais quoi ? comment l'auriez-vous interprétée, vous ?

J'ai opté pour une écorchure avec un pain de ciment que j'ai fabriqué dans ma cave. Je crois réellement que les auteurs auraient salué la sobriété de cette solution. Pour le reste, la jeune personne a été étranglée à mains nues après que je l'eusse sodomisée très violemment avec un chausse-pied. Quant à la mention des mutilations, elle aussi bien vague, j'ai choisi de faire d'une pierre deux coups en choisissant ce chausse-pied qui a, je crois, convenablement détruit les muqueuses et répandu peu de sang.

Le plus délicat était évidemment de réaliser cette fausse tache de naissance. Vos analyses vous auront sans doute appris que j'ai utilisé un produit tout ce qu'il y a de plus standard. De même, j'ai dû chercher beaucoup pour trouver une silhouette d'animal correspondant à la tache de Roseanna. Je n'ai pas la chance d'être, comme vous, un dessinateur émérite.

J'ai transporté le corps dans une voiture de location jusqu'au canal de l'Ourcq. Savez-vous, Camille, que j'avais attendu presque un an avant que la direction de l'Équipement se décide à draguer un segment du canal correspondant au lieu de l'action ? On aurait bien des choses à dire sur l'administration ! Je plaisante, Camille, vous me connaissez.

Je suppose que vous devez bouillir d'impatience de connaître la réponse à la question que vous vous posez depuis que vous avez eu connaissance de cette affaire :

« Qui était Roseanna ? »

Roseanna s'appelait en réalité Alice Hedges. Elle devait être quelque chose comme étudiante (je vous *joins ses papiers pour que vous puissiez retrouver, si vous avez de la chance, la trace de sa famille dans l'Arkansas et les remercier pour la coopération dont leur fille a fait preuve). Une part importante, majeure, dirais-je même, de mon travail consistait à ce que la victime ne soit pas identifiée rapidement, comme dans le livre dont le mystère essentiel tient au mystère de son identité. Roseanna est avant tout l'histoire de cette quête et il aurait été ridicule, obscène même, que vos services découvrent son identité en deux jours. Je l'ai rencontrée à la frontière hongroise, six jours auparavant. La jeune fille faisait de l'auto-stop. Mes premières conversations avec Roseanna m'ont appris que la jeune fille n'avait plus donné signe de vie à ses parents depuis presque deux ans et qu'elle vivait seule avant d'entreprendre ce voyage en Europe dont personne, dans son entourage, n'était informé. C'est ce qui m'a permis de réaliser ce petit chef-d'œuvre dont je suis bien heureux qu'il soit enfin reconnu.*

Vous devez me trouver bavard. C'est que je n'ai guère de monde à qui parler de mon travail. Depuis que j'ai compris ce que me demandait le monde, je m'épuise à répondre à ses attentes sans grand espoir de dialogue. Dieu que le monde est ignorant, Camille. Et combien volatil. Comme sont rares les choses qui laissent vraiment des traces. Personne ne comprenait ce que je voulais offrir au monde et j'ai été en colère, parfois, je l'avoue. Oui, je me suis révolté, et même au-delà de ce que vous pouvez imaginer. Vous me pardonnerez ce lieu commun, la colère est bien mauvaise conseillère. Il a fallu que je relise avec sérénité les grands classiques dont seule la fréquentation peut vous faire espérer une élévation de l'âme pour qu'enfin la rage qui s'était emparée de moi se calme. Des mois et des mois pour accepter de renoncer à n'être que ce que je suis. Ce fut une rude bataille mais j'y suis parvenu et finalement, voyez comme j'ai été bien récompensé. Car, aux ténèbres de cette période ont succédé les lumières de la révélation. Le mot n'est pas trop fort, Camille, je vous assure. Je m'en souviens comme si c'était hier. Ma colère contre le monde était soudain tombée et j'ai enfin compris ce qui m'était demandé, j'ai compris pourquoi j'étais là, j'ai compris ce qu'était ma mission. Le succès invraisemblable de la littérature policière montre, à l'évidence, à quel point le monde a besoin de mort. Et de mystère. Le monde court après ces images non parce qu'il a besoin d'images. Parce qu'il n'a que cela. Hormis les circonstances guerrières et les incroyables boucheries gratuites que la politique offre aux hommes pour calmer leur incoercible besoin de mort, qu'ont-ils ? Des images. L'homme se rue sur les images de mort parce qu'il veut de la mort. Et seuls les artistes sont à même de l'apaiser. Les écrivains écrivent de la mort pour les hommes qui veulent de la mort, ils font du drame pour calmer leur besoin de drame. Le monde en veut toujours plus. Le monde ne veut pas seulement du papier et des histoires, il veut du sang, du vrai sang. L'humanité tente bien de donner droit à son désir en transfigurant le réel – n'est-ce pas d'ailleurs à cette mission de calmer le monde en lui offrant des images que votre mère, une grande artiste, a consacré son œuvre ? – mais ce désir est insatiable, irréfragable. Il veut du réel, du vrai. Il veut du sang. N'y avait-il pas, entre la figuration artistique et la réalité, une voie étroite pour qui aurait suffisamment de compassion envers l'humanité pour se sacrifier un peu pour elle ? Oh, Camille, je ne me prends pas pour un libérateur, non. Ni pour un saint. Je me contente de jouer ma petite musique à moi, modestement, et si tous les hommes faisaient le même effort que moi, le monde serait plus vivable et moins mauvais.

Souvenez-vous de Gaboriau faisant parler son inspecteur Lecoq : « Il y a des gens, dit-il, qui ont la rage du théâtre. Cette rage, c'est un peu la mienne. Mais, plus difficile et plus blasé que le public, il me faut à moi des comédies véritables ou des drames réels. La société, voilà mon théâtre. Mes acteurs à moi ont le rire franc ou pleurent de vraies larmes. » Cette phrase m'a toujours profondément ému. Mes acteurs à moi aussi ont pleuré de vraies larmes, Camille. Comme pour l'Évelyne de Bret Easton Ellis, je garde une tendresse toute particulière pour Roseanna parce que toutes deux pleuraient magnifiquement. Elles se sont montrées des actrices parfaites, tout à fait à la hauteur du rôle si difficile pour lequel je les avais engagées. J'ai été bien récompensé de la confiance que j'avais placée en elles.

Vous l'avez peut-être pressenti. Nous allons devoir cesser notre correspondance. Je suis certain que, tôt ou tard, nous reprendrons ce dialogue qui nous apprend tant à vous comme à moi. L'heure n'en est pas encore venue. Je dois achever mon « œuvre » et cela demande une immense concentration. Je vais y parvenir, je le sais. Vous pouvez avoir confiance en moi. Il me reste à parachever l'édifice que j'ai mis tant de soin à construire. Vous jugerez alors à quel point mon projet, si minutieusement conduit, si savamment élaboré, était digne de figurer parmi les grands chefs-d'œuvre de ce siècle commençant.

Je reste votre dévoué.

Bien amicalement.

5

— Le docteur est repassé. Il est étonné que je n'aie pas de contractions.

— Bah, dit Camille en souriant, le petit père s'accroche. Il est bien où il est, je le comprends.

Au téléphone, il entendit Irène sourire.

— Qu'est-ce qui se passe maintenant ?

— J'ai passé une échographie. Le petit père te salue bien. Si je n'ai pas de contractions d'ici une heure ou deux, je rentre à la maison et on attend son bon vouloir.

— Tu te sens comment ?

— J'ai le cœur lourd. J'ai eu peur. Je crois que c'est pour ça qu'ils me gardent.

Camille sentit son cœur s'alourdir lui aussi. Dans la tendresse avec laquelle Irène prononçait ces mots, il y avait tant de demande, tant d'intensité, qu'il se sentit déchiré de part en part.

— Je vais venir.

— Ça n'est pas la peine, mon amour. Ton Élisabeth a été très gentille, tu sais. Tu vas la remercier, hein ? Elle est restée un peu avec moi, on a fait la causette. J'ai bien senti qu'elle préférait être ailleurs. Elle m'a dit que tu avais reçu une nouvelle lettre. Ça ne doit pas être facile pour toi non plus.

— C'est un peu difficile… Tu sais que je suis avec toi, tu le sais, n'est-ce pas ?

— Je sais que tu es là, je ne m'inquiète pas.

— Pour le moment, il tient bon. Calendrier, mouvements financiers, nous avons tout de même beaucoup d'éléments troublants.

— Et vous pensez qu'il a pu envoyer cette lettre avant son arrestation ?

— Techniquement possible.

Le juge Deschamps avait opté, cet après-midi-là, pour un ensemble veste et pantalon d'une insoutenable laideur, chose grise à larges parements qui tenait du costume d'homme, de la salopette et du boléro. Le regard de cette femme restait éminemment intelligent et Camille comprit quel charme trouble et paradoxal elle pouvait exercer sur certains hommes.

Elle tenait dans la main la lettre du Romancier et la parcourait une nouvelle fois, d'un œil rapide auquel rien ne semblait pouvoir échapper.

— Vous avez préféré relâcher la sœur ?

— Ce qui compte, pour le moment, c'est de les isoler l'un de l'autre, dit Le Guen. Elle est prête à tout confirmer. La foi du charbonnier.

— Elle aura quand même bien du mal à le faire, dit Camille. Il ne suffira pas d'affirmer qu'il était avec elle quand il n'y était pas. Nous avons suffisamment d'éléments tangibles qui ne seront pas faciles à contourner.

— Tel que vous le décrivez, il semble plutôt affolé…

— Si c'est un grand pervers, on peut s'attendre à tout. S'il a joué, depuis des années, un double jeu vis-à-vis de sa sœur, ça ne sera pas facile : il est surentraîné. Je vais avoir besoin de l'aide du Dr Crest. Il va falloir utiliser une autre salle pour qu'il puisse l'observer.

— En tout cas, vous aviez raison. Passé la garde à vue, le contact sera rompu. Il deviendra même très dangereux. Si nous devons le relâcher, vous avez les moyens d'assurer une surveillance étroite, monsieur le divisionnaire ?

Le Guen désigna le journal roulé qu'il tenait dans la main depuis le début de l'entretien.

— Vu la tournure des événements, je ne pense pas avoir trop de mal à obtenir les effectifs nécessaires, lâcha-t-il sombrement.

Le juge s'abstint de tout commentaire.

— Il nous menace, risqua Le Guen. Ce n'est peut-être que de pure forme… Il ne sait peut-être pas réellement où il va.

— Tsst, tsst, tsst, murmura le juge entre ses dents sans quitter la lettre des yeux. On n'imagine pas, poursuivit-elle, que cet homme ait pu mettre en place une pareille stratégie sans vouloir aller jusqu'au bout. Non, il nous a appris une chose fondamentale, conclut-elle en regardant fermement les deux hommes : il dit ce qu'il fait et il fait ce qu'il dit. Depuis le début. Et ce qui me fait peur, ajouta-t-elle en regardant directement Camille, c'est que cette stratégie est en place depuis longtemps. Depuis le début, il sait où il va…

— … et nous pas, dit Camille en achevant sa phrase.

6

Louis avait repris l'interrogatoire de Lesage, relayé par Maleval puis par Armand. Chacun avait son mode opératoire et le contraste entre les quatre hommes avait déjà produit des résultats dans bien d'autres affaires. Louis, appliqué, élégant, interrogeait avec beaucoup de finesse, comme si l'éternité lui appartenait, avec une patience d'ange, réfléchissant longuement à chaque question, écoutant chaque réponse avec une attention inquiétante, laissant toujours planer le doute sur son interprétation. Maleval, fidèle en cela à sa culture de judoka, procédait par accélérations soudaines. Volontiers familier avec les suspects, il mettait en confiance. Il agissait, là aussi, en séducteur, et pouvait placer subitement une conclusion d'une extrême brutalité, soulignant une incohérence avec la même force qu'il devait, autrefois, placer une prise décisive. Armand, lui, était Armand. Penché sur ses notes, ne regardant quasiment jamais son interlocuteur, il posait des questions d'une grande minutie, notait scrupuleusement toutes les réponses, revenait sur le moindre détail, pouvant passer une heure à disséquer le moindre événement, à traquer la moindre imprécision, la plus petite approximation, ne lâchant un os que totalement rongé. Louis interrogeait en sinuosités, Maleval en ligne droite, Armand en spirale.

Lorsque Camille arriva, Lesage avait déjà rencontré Louis une bonne heure et Maleval venait de terminer sa propre séance. Les deux hommes, attablés devant leurs notes, échangeaient leurs conclusions. Camille se dirigea vers eux mais fut happé par Cob qui, de derrière ses écrans, lui fit signe d'approcher.

Ordinairement, Cob se montrait peu expressif. C'est précisément ce qui surprit Camille. Cob s'était reculé sur son fauteuil, le dos largement calé contre le dossier et il regardait Verhœven approcher avec un air concentré et dans lequel on pouvait lire un embarras.

— Mauvaise nouvelle ? demanda Camille.

Cob posa ses coudes sur la table, le menton appuyé sur ses mains jointes.

— Des plus mauvaises, Camille.

Ils restèrent un long instant à se regarder, incertains. Après quoi, Cob tendit la main vers l'imprimante et sans même regarder la feuille qu'il lui tendait :

— Je suis navré, Camille, dit-il.

Camille lut la page. Une longue colonne de chiffres, de dates et d'horaires. Puis il releva la tête, et fixa un long moment l'écran de Cob.

— Je suis désolé… répéta Cob en le voyant enfin s'éloigner.

7

Verhœven traversa la salle et en passant, sans s'arrêter, tapa sur l'épaule de Louis en disant :

— Tu viens avec moi.

Louis regarda de droite et de gauche sans comprendre ce qui se passait, se leva précipitamment et suivit Verhœven qui marchait vers l'escalier. Les deux hommes n'échangèrent pas un mot jusqu'à leur arrivée, de l'autre côté de la rue, dans la brasserie où ils prenaient de temps à autre un demi avant de se quitter. Camille choisit une place à la terrasse vitrée, s'installa sur la banquette de moleskine, laissant à Louis la chaise dos à la rue. Ils attendirent en silence que le garçon vienne prendre leur commande.

— Un café, demanda Camille.

Louis se contenta d'un signe qui signifiait « la même chose ». Puis, en attendant que le garçon leur apporte les consommations, il regarda tour à tour la table puis Verhœven, discrètement.

— Maleval te doit beaucoup d'argent, Louis ?

Et avant même que Louis ait pu esquisser le moindre geste de dénégation, Camille avait tapé du poing si fort sur la table que les cafés tremblèrent, faisant se retourner quelques consommateurs aux tables avoisinantes. Il n'ajouta pas un mot.

— Pas mal, oui, dit enfin Louis. Oh, ça n'est pas excessif...

— Combien ?

— Je ne sais pas exactement...

Camille leva de nouveau un poing furieux au-dessus de la table.

— Dans les cinq mille...

Camille, qui n'avait jamais très bien su compter en euros, fit mentalement sa petite opération.

— C'est quoi ?

— Le jeu. Il a beaucoup perdu ces derniers temps, il devait pas mal d'argent.

— Ça fait longtemps que tu joues les banquiers, Louis ?

— Honnêtement, non. Il m'avait déjà emprunté de petites sommes et m'avait toujours remboursé assez rapidement. C'est vrai, ces derniers temps, ça s'est un peu accéléré. Quand vous êtes passé à la maison, l'autre dimanche, je venais de lui faire un chèque de mille cinq cents euros. Je l'ai prévenu que c'était la dernière fois.

Camille ne le regardait pas, une main dans la poche, l'autre tripotant nerveusement son téléphone portable.

— Tout ça, c'est privé... reprit calmement Louis. Ça n'a rien à voir avec...

Il n'acheva pas sa phrase. Il prit connaissance de la feuille que Camille venait de lui tendre et la posa ensuite bien à plat sur la table. Camille avait les larmes aux yeux.

— Vous voulez ma démission ? demanda enfin Louis.

— Ne me laisse pas tomber maintenant, Louis. Pas toi...

8

— Je vais devoir te virer, Jean-Claude…

Maleval, assis face à Verhœven, cligna plusieurs fois des cils, cherchant désespérément un point d'appui.

— Ça me fait une peine… Tu n'imagines pas… Pourquoi tu ne m'en as pas parlé ?

Dans la silhouette de Maleval, Camille vit soudainement son avenir et ça lui fit une grande douleur. Limogé, sans emploi, endetté jusqu'au cou, Maleval allait devoir « se débrouiller », mot terrible, réservé à ceux qui ne savent plus comment s'y prendre.

Camille avait posé, face à lui, la liste des appels qu'il avait passés, de son portable, au journaliste du *Matin*.

Cob s'était contenté d'en faire le relevé depuis le 15 avril, jour de la découverte du crime de Courbevoie.

L'appel avait été passé à 10 h 34.

On ne pouvait être mieux renseigné.

— Ça remonte à quand ?

— La fin de l'année dernière. C'est lui qui m'a contacté. Au début je lui ai donné des petites choses. Ça suffisait…

— Et puis… tu as plus de mal à joindre les deux bouts, c'est ça ?

— J'ai perdu pas mal, oui. Louis m'a aidé, et ça ne suffisait pas, alors…

— Ton Buisson, je pourrais aller le chercher par la peau du cul, dit Camille avec une colère à peine rentrée. Corruption de fonctionnaire, je peux le foutre à poil au milieu de sa salle de rédaction.

— Je sais.

— Et tu sais aussi que si je ne le fais pas, c'est uniquement pour toi.

— Je sais, répondit Maleval avec reconnaissance.

— On va la jouer discret, si tu veux bien. Je vais devoir appeler Le Guen, je vais m'arranger pour que tout ça soit le plus simple possible…

— Je vais rentrer…

— Tu restes ici ! Tu partiras quand je te le dirai, tu m'entends ?

Maleval se contenta d'un hochement de tête.

— Tu as besoin de combien, Jean-Claude ?

— Je n'ai besoin de rien.

— Ne me fais pas chier ! Combien ?

— Onze mille.

— Putain…

Quelques secondes passèrent.

— Je vais te faire un chèque.

Et comme Maleval allait intervenir :

— Jean-Claude… dit Camille d'une voix très douce. On va faire comme ça, hein ? D'abord, tu vas régler tes dettes. Pour le remboursement, on verra après. Pour les formalités administratives, je vais tâcher aussi que ça se passe vite et bien. Si je peux obtenir qu'on te laisse démissionner, tu sais que je le ferai mais ça ne m'appartient pas entièrement.

Maleval ne remercia pas. Il hocha la tête en regardant ailleurs, comme s'il prenait soudainement conscience de l'ampleur du naufrage.

9

Armand quitta enfin la salle d'interrogatoire et regagna le bureau dans lequel régnait une atmosphère lourde dont il prit conscience en y posant le premier pied.

Cob travaillait silencieusement, Louis, barricadé derrière son bureau, ne levait pas les yeux depuis son retour. Quant à Mehdi et Élisabeth, sentant la pesanteur soudaine de la situation et ne sachant comment l'interpréter, ils parlaient à voix plus basse qu'à l'ordinaire, comme dans une église.

Louis se chargea du débriefing d'Armand et de recouper les éléments des différentes sessions d'interrogatoire.

À 16 h 30, Camille n'était toujours pas sorti de son bureau lorsque Louis vint frapper à sa porte. L'entendant parler au téléphone, il entra discrètement. Camille, tout à sa conversation, ne lui prêta aucune attention.

— Jean, c'est un service que je te demande. Avec le bordel que fait déjà cette histoire, imagine un peu, si on a un truc pareil à affronter. C'est le doigt dans l'engrenage. Tous les bouchons vont sauter en même temps. Personne ne peut savoir où ça s'arrêtera…

Louis attendit patiemment, dos à la porte, en remontant fébrilement sa mèche.

— C'est ça, reprit enfin Camille, tu y réfléchis, tu me rappelles. Tu me rappelles de toute manière avant de faire quoi que ce soit, on est bien d'accord ? Allez, je te laisse…

Camille raccrocha et redécrocha aussitôt, composa le numéro de la maison. Il attendit patiemment, puis recomposa cette fois le numéro du portable d'Irène.

— Je vais appeler la clinique. Irène a dû sortir plus tard que prévu.

— Ça peut attendre ? demanda Louis.

— Pourquoi tu me demandes ça? répondit-il en décrochant de nouveau son téléphone.

— À cause de Lesage. Il y a du nouveau.

Camille reposa le récepteur.

— Explique…

10

Fabienne Joly. La trentaine pomponnée, proprette, comme pour une sortie du dimanche. Cheveux courts. Blonds. Lunettes. Genre banal, avec un petit quelque chose de plus que Camille chercha à discerner. Un côté sexy. Était-ce le chemisier sage dont les trois premiers boutons restaient ouverts, découvrant la naissance des seins? Ou les jambes qu'elle croisa avec une retenue excessive? Ayant posé son sac à main près de sa chaise, elle regardait Camille bien en face, en personne décidée à ne pas se laisser intimider. Elle avait croisé ses mains à plat sur ses genoux et paraissait pouvoir soutenir le silence autant de temps qu'il le faudrait.

— Vous savez que tout ce que vous direz ici sera consigné dans la déposition que vous devrez signer?

— Évidemment. C'est même pour ça que je suis ici.

La voix, un peu rauque, ajoutait encore à son étrange séduction. Le genre de femme qu'on ne voit pas et qu'on ne quitte plus du regard quand on l'a enfin aperçue. Très jolie bouche. Camille résista à l'envie d'en conserver quelque chose et d'esquisser son portrait sur son sous-main.

Louis restait debout, près du bureau de Camille, prenant quelques notes sur son carnet.

— Alors, je vais vous demander de me répéter ce que vous avez déclaré à mon collaborateur.

— Je m'appelle Fabienne Joly. J'ai 34 ans. J'habite au 12 rue de la Fraternité à Malakoff. Je suis secrétaire bilingue actuellement au chômage. Et je suis la maîtresse de Jérôme Lesage depuis le 11 octobre 1997.

La jeune femme venait d'arriver au bout de la phrase qu'elle avait préparée et perdit un peu contenance.

— Et… ?

— Jérôme est très attentif à la santé de sa sœur, Christine. Il est convaincu que si elle apprenait notre liaison, elle retomberait dans la dépression qu'elle a connue à la mort de son mari. Jérôme a toujours voulu la protéger. Et je l'ai accepté.

— Je vois mal… commença Camille.

— Tout ce que ne peut pas expliquer Jérôme vient de moi. Je sais, par les journaux, que vous le détenez en garde à vue depuis hier. Je pense qu'il se refuse à vous donner des explications… compromettantes à ses yeux. Je sais qu'il invente des prétextes professionnels pour que nous puissions nous rencontrer. Enfin, pour sa sœur, vous comprenez…

— Je commence à comprendre, oui. Je ne suis toutefois pas certain que cela suffise à expliquer…

— À expliquer quoi, monsieur le Commissaire ? Camille ne releva pas.

— M. Lesage se refuse à justifier son emploi du temps et…

— Quel jour ? le coupa la jeune femme.

Camille regarda Louis.

— Eh bien par exemple, en juillet 2001, M. Lesage se rend à Édimbourg…

— Tout à fait, oui, le 10 juillet, enfin le 9 au soir, plus précisément. Je l'ai rejoint à Édimbourg par le vol

321

de fin de journée. Nous avons passé quatre jours dans les Highlands. Après quoi, Jérôme a retrouvé sa sœur à Londres.

— Ce n'est pas le tout d'affirmer cela, mademoiselle Joly. Dans la situation de M. Lesage, ce n'est pas un témoignage sur l'honneur qui va suffire, je le crains.

La jeune femme avala sa salive avec difficulté.

— Je sais bien que ça va vous sembler un peu ridicule… commença-t-elle en rougissant.

— Je vous en prie, l'encouragea Camille.

— C'est mon côté lycéenne attardée, si vous voulez… Je tiens un cahier, dit-elle en saisissant son sac et en y plongeant la main.

Elle en sortit un gros cahier à couverture rose avec des fleurs bleues censées souligner son aspect romantique.

— Oui, je sais, c'est idiot, dit-elle en se forçant à rire. Je note tout ce qui est important. Les jours où je vois Jérôme, les endroits où nous allons, je colle les billets de train, d'avion, les cartes de visite des hôtels où nous descendons, les menus des restaurants où nous allons dîner.

Elle tendit le cahier à Camille, se rendit aussitôt compte qu'il était trop petit pour s'en saisir par-dessus son bureau, et se tourna pour le tendre à Louis.

— À la fin du cahier, je note aussi les comptes. Je ne veux pas être en dette avec lui, vous comprenez. Le loyer qu'il paie pour moi à Malakoff, les meubles qu'il m'a aidée à acheter, tout quoi… Celui-ci est le cahier en cours. Il y en a trois autres.

11

— Je viens d'avoir la visite de Mlle Joly, dit Camille.

Lesage redressa la tête. L'hostilité avait cédé la place à la colère.

— Vous mettez vraiment le nez partout. Vous êtes un…

— Arrêtez immédiatement ! le prévint Camille.

Puis, plus calmement :

— Vous alliez dire une bêtise qui tombe sous le coup de la loi, je préfère vous l'éviter. Nous allons vérifier les éléments que Mlle Joly nous a apportés. Si cela nous semble probant, vous serez libre aussitôt.

— Dans le cas contraire… ? demanda Lesage sur un ton de provocation.

— Dans le cas contraire, je vous arrête pour meurtres et je vous défère au Parquet. Vous vous expliquerez avec le juge d'instruction.

La colère de Camille était plus feinte que réelle. Il était habitué à être respecté et l'attitude de Lesage le vexait. J'ai passé l'âge des changements et des efforts, se répéta-t-il, comme souvent.

Les deux hommes restèrent silencieux un court instant.

— Pour ma sœur… commença Lesage d'un ton plus accommodant.

— Ne vous inquiétez pas. Si elles sont probantes et cohérentes, toutes ces informations resteront du domaine de l'instruction, c'est-à-dire couvertes par le secret. Vous pourrez dire à votre sœur ce que bon vous semblera.

Lesage leva vers Camille des yeux dans lesquels, pour la première fois, se lisait quelque chose qui ressemblait à de la reconnaissance. Camille sortit et, arrivé dans le couloir, donna l'ordre de le reconduire en cellule et de lui apporter à manger.

— Je vous passe le secrétariat.

Camille avait choisi de rappeler de la salle de travail.

Il avait, jusqu'à présent, résisté à l'envie de téléphoner à la clinique, se contentant de laisser un nouveau message sur le répondeur de la maison.

— Vous savez si elle a pris son portable ? demanda-t-il à Élisabeth en masquant le micro du récepteur de la paume de la main.

— Je le lui ai apporté. Avec sa valise, ne vous inquiétez pas.

C'est bien ça, justement qui l'inquiétait. Il se contenta de remercier.

— Non, je vous le confirme, reprit enfin la voix de la femme. Mme Verhœven a bien quitté la clinique à 16 heures. J'ai le cahier des entrées et des sorties sous les yeux : 16 h 05 exactement. Pourquoi, il y a un problème ?

— Non, aucun problème, merci, prononça Camille sans raccrocher. Ses yeux étaient fixés dans le vide.

— Merci encore. Louis, tu me donnes une voiture, je vais repasser à la maison.

12

Verhœven, à 18 h 18, montait rapidement les escaliers, son portable toujours à l'oreille. Il continuait d'attendre qu'elle décroche lorsqu'il poussa la porte de l'appartement restée entrouverte. Curieusement, il entendit la sonnerie en écho. Aussi bête que cela semble, il garda le téléphone à l'oreille en entrant dans l'appartement puis en s'avançant jusqu'au salon. Il n'appela pas avec un « Irène ! Chérie ? », comme il le faisait parfois lorsqu'il rentrait et qu'elle se trouvait dans la cuisine ou dans la salle de bains. Il écoutait. Maintenant, la sonnerie avait basculé sur le message enregistré. Camille en écoutant, une nouvelle fois, ce message dont il connaissait chaque intonation, chaque syllabe, avança dans le salon. La valise d'Irène, la jolie petite valise qu'elle avait préparée pour sa sortie était là, ouverte et renversée sur le sol. Chemise de nuit, trousse de toilette, vêtements…

« *Vous êtes bien sur le répondeur…* »

La table du salon avait été renversée et tous les objets, livres, corbeille, revues, gisaient, comme morts, sur la moquette, s'étalant jusqu'aux rideaux verts dont l'un avait été arraché de la tringle.

« *… d'Irène Verhœven. Vous m'appelez, et je ne suis pas là…* »

L'appareil toujours collé à l'oreille, muré dans un vertige contenu, Camille s'avança jusqu'à la chambre où la table de nuit avait été renversée. Du sang faisait une longue trace sur la moquette le conduisant jusqu'à la salle de bains.

« *… c'est à ces petits détails qu'on voit que le destin est une bêtise…* »

Il y avait là, à ses pieds, une petite flaque de sang, très petite, juste au pied de la baignoire. Tout le contenu de la tablette, sous le miroir, semblait avoir été balayé et s'étalait, au sol et dans la baignoire.

« *Laissez-moi un message et dès mon retour…* »
Camille retraversa en courant la chambre, le salon, et

s'arrêta au seuil du bureau où le téléphone portable d'Irène, jeté par terre, lui assurait, en écho : « ... *dès mon retour, je vous rappelle* ».

Sans même s'en rendre compte, Camille composa un numéro, arrêté là, au seuil de la pièce, les yeux rivés sur le sol, hypnotisé par le téléphone d'Irène, sa voix.

« *À bientôt.* »

Dans sa tête, il se répétait : « Rappelle-moi, mon amour... rappelle-moi, je t'en supplie... » lorsqu'il entendit la voix de Louis :

— Louis Mariani, j'écoute.

Alors Camille tomba brutalement sur les genoux.

— LOUIS ! hurla-t-il en pleurant. Louis, viens vite. Je t'en supplie...

13

Toute la Brigade arriva six minutes plus tard. Trois voitures, sirènes hurlantes, stoppèrent en bas de la rue, Maleval, Mehdi et Louis grimpèrent quatre à quatre en s'accrochant à la rampe, suivis, chacun à son rythme qu'il accélérait autant qu'il le pouvait, d'Armand et Élisabeth. Le Guen fermait la marche en soufflant, ahanant à chaque palier. Maleval donna un violent coup de pied dans la porte et se précipita dans l'appartement.

À l'instant même où ils entrèrent, à voir ainsi, devant eux, la valise d'Irène ouverte, abandonnée, le rideau arraché et Camille, assis sur le canapé, son téléphone portable toujours entre les mains, regardant autour de lui comme s'il voyait les lieux pour la première fois, tout le monde comprit ce qui se passait. Chacun se mit immédiatement en action. Louis, le premier à genoux près de Camille, lui retira des mains son téléphone avec l'attention lente et appliquée avec laquelle on retire un jouet à un enfant qui vient de s'endormir.

— Elle a disparu, articula Camille, au comble de la détresse.

Puis, désignant la salle de bains, avec un regard de stupeur :

— Il y a du sang, là-bas…

Les pas, dans l'appartement, martelaient le plancher. Maleval avait attrapé à la volée un torchon dans la cuisine et ouvrait toutes les portes, une à une, tandis qu'Élisabeth, téléphone en main, appelait l'Identité.

— Personne ne touche à rien ! hurla Louis à l'attention de Mehdi qui commençait d'ouvrir les placards sans protection.

— Tiens, prends ça, lui dit Maleval au passage, en lui tendant un autre torchon.

— J'ai besoin d'une équipe, d'urgence… dit Élisabeth.

Elle dicta l'adresse.

— Passez-moi ça, dit Le Guen, essoufflé, livide, en lui arrachant le téléphone. Le Guen, dit-il. Je veux une équipe de l'Identité dans dix minutes. Relevés, photos, la totale. Je veux aussi le 3e Groupe. Au complet. Dites à Morin de m'appeler immédiatement.

Puis, retirant avec difficulté son propre téléphone de sa poche intérieure, il composa un numéro, le regard tendu.

— Divisionnaire Le Guen. Passez-moi le juge Deschamps. Priorité absolue.

— Personne, lâcha Maleval en revenant près de Louis.

On entendit Le Guen hurler : « J'ai dit : "tout de suite", bordel de merde ! »

Armand s'était assis sur le canapé, près de Camille, les coudes plantés sur ses genoux écartés, les yeux au sol. Camille qui commençait à reprendre ses esprits, se leva lentement et tout le monde se tourna vers lui. Ce qui se passa dans le cœur de Camille, dans sa tête, lui-même ne le sut peut-être jamais. Il considéra un instant la pièce, regarda tour à tour chacun de ses collaborateurs et une sorte de machine se mit en route, faite d'expérience et de colère, de technique et de désarroi, mélange étrange qui peut donner aux meilleures âmes les plus mauvais réflexes mais qui, chez d'autres, réveille les sens, aiguise la vision, provoque une détermination en quelque sorte sauvage. C'est peut-être ce qu'on appelle la peur.

— Elle a quitté la clinique à 16 h 05, articula-t-il d'une voix si basse que le groupe se rapprocha insensiblement, tendant l'oreille. Elle est repassée ici, ajouta Camille en désignant la valise que chacun avait contournée avec vigilance. Élisabeth, tu fais l'immeuble, dit-il brusquement en prenant le torchon que Maleval tenait encore entre les mains.

Il alla jusqu'au secrétaire, fouilla un instant dans les papiers et en sortit une photographie récente d'Irène et lui-même, prise l'été précédent, pendant leurs vacances.

Il la tendit à Maleval :

— Dans mon bureau, l'imprimante fait scanner. Tu appuies seulement sur le bouton vert…

Maleval partit aussitôt vers le bureau.

— Mehdi, avec Maleval, vous faites la rue. Elle y est connue mais tu prends tout de même la photo. Irène est enceinte, il n'a pas pu l'embarquer sans qu'on voie quelque chose. Surtout si elle est… blessée, je ne sais pas. Armand, tu prends le double de la photo, tu retournes à la clinique, le secrétariat, tous les étages. Dès que les collègues arrivent, je vous envoie des renforts à tous. Louis, tu retournes au bureau, tu coordonnes les équipes et tu tiens Cob au courant, qu'il garde toujours une ligne libre. On va avoir besoin de lui.

Maleval revint. Il avait fait deux copies et rendit l'original à Camille qui le fourra dans sa poche. Dans la seconde même, tout le monde était parti. On perçut les bruits des pas dévalant l'escalier.

— Ça va ? demanda Le Guen en s'approchant de Camille.

— Ça ira quand on l'aura retrouvée, Jean.

Le portable de Le Guen sonna.

— Tu as combien de gars ? demanda-t-il à son interlocuteur. Je les veux tous. Oui, tous. Et tout de suite. Toi avec. Chez Camille… Oui, plutôt… Je t'attends, magne-toi le train.

Camille avait fait quelques pas et venait de s'agenouiller devant la valise ouverte. Du bout de son stylo, il souleva légèrement un vêtement, le laissa retomber, se releva et s'avança jusqu'au rideau déchiré qu'il contempla un long moment, de haut en bas.

— Camille, dit Le Guen en s'approchant. Faut que je te dise…

— Oui, répondit Camille en se retournant vivement. Laisse-moi deviner…

— Bah oui, tu m'as bien compris… Le juge est formel aussi. Tu ne peux pas conserver cette affaire. Je vais devoir la confier à Morin.

Le Guen hocha la tête.

— Il est bien, Morin, tu sais… Tu le connais… Tu es trop impliqué, Camille, ça n'est pas possible.

À ce moment les sirènes retentirent dans la rue.

Camille n'avait pas bougé, plongé dans une intense réflexion.

— Il faut quelqu'un d'autre, c'est ça ? Absolument ?

— Bah oui, Camille, il faut quelqu'un de moins impliqué. Ce n'est pas toi que je…

— Alors, c'est toi, Jean.

— Quoi ?

Les escaliers résonnèrent des pas précipités de plusieurs hommes, la porte fut repoussée et Bergeret fut le premier à entrer. Il serra la main de Camille, se contenta d'un :

— On va faire ça vite, Camille, t'en fais pas. Je mets tout le monde sur le coup.

Avant que Camille ait pu commencer sa réponse, Bergeret s'était déjà retourné et distribuait ses instructions en passant les pièces en revue. Deux techniciens installèrent les projecteurs. L'appartement s'inonda aussitôt d'une lumière aveuglante. Les réflecteurs furent dirigés vers les premiers endroits à expertiser, tandis que trois autres techniciens, après avoir serré la main de Camille sans un mot, enfilaient leurs gants et ouvraient leurs mallettes.

— Qu'est-ce que tu me racontes là ? reprit Le Guen.

— C'est toi que je veux sur ce coup. Tu sais que c'est possible, ne m'emmerde pas.

— Écoute, Camille, je ne suis plus sur le terrain depuis trop longtemps. Je n'ai plus les réflexes, tu le sais bien. C'est complètement con de me demander ça !

— C'est toi ou personne. Alors ?

Le Guen se gratta la nuque, se massa le menton. Son regard démentait ces gestes de réflexion. On pouvait y lire une angoisse terrible.

— Non, Camille, je ne…

— Toi ou personne. Tu prends, oui ou merde ?

La voix de Camille était sans appel.

— Bah oui… Je… je te jure que c'est…

— C'est oui ?

— Bah… oui… mais…

— Mais quoi, bordel de Dieu ?

— Bah oui, merde à toi aussi ! Oui !

— OK, dit Camille sans attendre plus longtemps. C'est toi. Cela dit, tu n'as plus l'expérience du terrain, réflexes émoussés, tu vas être paumé !

— Mais… C'est ce que je viens de te dire, Camille ! hurla Le Guen.

— Bien, dit alors Camille en le fixant. Alors, tu dois déléguer à un homme d'expérience. J'accepte. Merci, Jean.

Le Guen n'eut pas même le temps de rebondir. Camille s'était déjà retourné.

— Bergeret… ! Je vais te montrer ce qu'il me faut.

Le Guen plongea la main dans sa poche pour saisir son portable et composa un numéro.

— Divisionnaire Le Guen. Passez-moi le juge Deschamps. Priorité.

Et pendant qu'il attendait d'être mis en communication :

— Enfoiré… murmura-t-il en regardant Camille en discussion avec les techniciens de l'Identité.

14

Le groupe de Morin arriva quelques minutes plus tard. Afin de ne pas gêner les techniciens, on tint une réunion rapide sur le palier sur lequel seuls Le Guen, Camille et Morin pouvaient tenir, les cinq autres agents étagés sur les marches légèrement en contrebas.

— C'est moi qui conduis l'enquête sur la disparition d'Irène Verhœven. En accord avec le juge Deschamps, j'ai décidé de déléguer l'action au commandant Verhœven. Commentaires ?

Le ton sur lequel Le Guen venait d'annoncer la nouvelle ne semblait pas perméable à la critique. Il se fit un joli silence que Le Guen prolongea suffisamment pour montrer sa détermination.

— À toi, Camille, ajouta-t-il alors.

Verhœven s'excusa d'un mot auprès de Morin qui leva les deux mains en signe d'assentiment. Puis, sans transition, il distribua les équipes en accord avec son collègue et tout le monde reprit le chemin du rez-de-chaussée en courant.

À plusieurs reprises, des techniciens dévalèrent les étages et remontèrent avec des valises en aluminium, des boîtes, une caisse. Deux agents montaient la garde dans l'immeuble même, le premier à l'étage du dessus, le second sur le palier situé juste en dessous de l'appartement afin de prévenir tout déplacement des résidants. Le Guen avait placé deux autres agents sur le trottoir, devant la porte de l'immeuble.

— Rien. Entre 16 heures et maintenant, il n'y avait du monde que dans quatre appartements, expliqua Élisabeth. Tous les autres étaient au boulot.

Camille s'était assis sur la première marche palière, son téléphone portable roulant entre ses mains, et se retournait régulièrement vers la porte de l'appartement laissée grande ouverte. Par la fenêtre en verre dépoli, éternellement close, censée fournir un peu de lumière au palier, il pouvait voir le ballet spasmodique des éclairs de gyrophare provenant des véhicules qui bloquaient la rue.

L'immeuble qu'occupaient Camille et Irène se trouvait à une vingtaine de mètres de l'angle de la rue des Martyrs. Des travaux de canalisation, entrepris voilà plus de deux mois, avaient immobilisé tout le côté de la rue opposé à l'immeuble. Les terrassiers avaient depuis longtemps dépassé le bâtiment et travaillaient maintenant à trois cents mètres de là, à l'autre extrémité qui débouchait sur le boulevard. Pour autant, les barrières empêchant le stationnement en face de l'immeuble avaient été maintenues. Bien qu'il ne s'y fasse plus aucuns travaux, les emplacements immobilisés permettaient aux engins de chantier et aux camions-bennes de stationner et, de loin en loin, trois cabanes de chantier y abritaient du matériel et devaient servir de cantine à l'heure des repas. Deux voitures de police, en travers de la chaussée, bloquaient la rue à ses extrémités. Les autres véhicules, ainsi que les deux camionnettes de l'Identité, n'avaient pas même tenté de se garer. En file indienne, ils occupaient le centre de la rue, mobilisant l'attention des riverains à pied et celle des habitants des immeubles voisins, penchés à leurs fenêtres.

Camille n'avait jamais fait attention à ces détails mais lorsqu'il arriva sur le trottoir, il regarda longuement la rue, les barrières de chantier. Il traversa et observa l'alignement des barrières. Il se retourna pour voir l'entrée de l'immeuble, regarda l'angle de la rue, puis les fenêtres de son appartement, puis de nouveau les barrières.

— Évidemment… murmura-t-il.

Après quoi, il se mit à courir vers la rue des Martyrs, péniblement suivi d'Élisabeth qui serrait son sac contre sa poitrine.

Il connaissait cette femme mais ne se souvenait plus de son nom.

— Mme Antonapoulos, dit Maleval en lui désignant la commerçante.

— Antanopoulos, corrigea la femme.

— Elle pense les voir vus… commenta Maleval. Une voiture s'est garée devant l'immeuble et Irène y est montée.

Le cœur de Camille se mit à cogner, lui résonnant jusque dans la tête. Il manqua se retenir à Maleval, se contenta de fermer les yeux pour chasser toute image de son esprit.

Il fit raconter la scène. Deux fois. Elle tenait d'ailleurs en peu de mots et confirmait ce que Camille avait pressenti quelques minutes plus tôt, en effectuant ses propres observations. Vers 16 h 35, une voiture de couleur sombre s'était arrêtée à la hauteur de l'immeuble. Un homme, plutôt grand, que la commerçante n'avait vu que de dos, en était descendu, avait repoussé légèrement une barrière afin de se garer sans gêner la circulation. Lorsqu'elle avait jeté un nouveau regard dans la rue, la portière arrière droite de la voiture était grande ouverte. Une femme venait d'y prendre place dont elle ne vit que les jambes à l'instant où l'homme l'aidait à monter avant de claquer la portière. Elle avait été distraite un moment. Lorsqu'elle avait de nouveau regardé la rue, la voiture avait disparu.

— Madame Antanopoulos, dit Camille en désignant Élisabeth, je vais vous demander d'accompagner ma collègue. Nous allons avoir besoin de votre aide. Et de votre mémoire.

La commerçante, qui pensait avoir raconté tout ce dont elle se souvenait, ouvrit des yeux ronds. Cette fin de journée allait lui donner de la conversation pour le reste du semestre.

— Tu continues toute la rue, surtout les rez-de-chaussée à proximité. Tu me retrouves aussi les ouvriers en haut de la rue. Ils s'arrêtent de bonne heure. Il faut contacter l'entreprise. Tu me tiens informé.

15

Vidée de ses agents, tous en mission, la salle de travail semblait en suspension. Cob, derrière son écran, continuait ses investigations, naviguant du plan de circulation de Paris à la liste des entreprises du bâtiment et à la liste nominative des personnels d'entretien de la clinique Montambert pour alimenter les équipes de recherche.

Louis, en compagnie d'un jeune agent que Camille ne connaissait pas, avait déjà entièrement réorganisé la salle, les tableaux de liège, tableaux papiers, dossiers. Il disposait maintenant d'une immense table sur laquelle il avait reclassé tous les dossiers en cours et passait le tiers de son temps au téléphone pour transmettre les informations à tout le monde. Il avait aussi appelé le Dr Crest dès son arrivée au QG pour lui demander de venir les rejoindre dès que possible. Sans doute avait-il une arrière-pensée et se préoccupait-il également de l'aide dont Camille allait avoir besoin dans les prochaines heures.

Crest se leva dès l'arrivée de Camille et lui serra la main avec une grande douceur. Camille vit dans son regard comme dans un miroir. Dans le visage attentif et calme du Dr Crest, il vit le sien, dans lequel l'angoisse avait commencé à creuser de larges sillons, cernant ses yeux, donnant à toute sa personne une allure raide et tendue.

— Je suis désolé… dit Crest d'une voix paisible.

Camille entendit d'autres mots, inutiles à exprimer. Crest reprit sa position, à l'extrémité de la table, espace que Louis lui avait aménagé et où il avait étalé les trois lettres du Romancier. Sur ses copies, en marge, Crest avait pris des notes, dessiné des flèches, effectué des renvois.

Camille s'aperçut que Cob avait élargi son matériel d'intervention à un casque téléphonique qui lui permettait de parler avec les agents qui l'appelaient tout en continuant à taper sur ses claviers. Louis s'approcha pour proposer un premier point. Devant le visage sévère de Camille, il se contenta d'un :

— Rien pour le moment… dit-il en accompagnant ces mots d'un geste vers sa mèche qu'il arrêta curieusement en cours de route. Élisabeth est en salle d'interrogatoire avec la commerçante. Elle ne se souvient que de ce qu'elle vous a dit tout à l'heure, rien ne semble remonter. Un homme, environ 1,80 m, costume sombre. Elle ne se souvient pas du modèle de la voiture. Il s'est déroulé moins d'un quart d'heure entre le moment où elle l'a vu se garer et celui où il est reparti.

Pensant à la salle d'interrogatoire, Camille dit :

— Lesage ?

— Le divisionnaire s'est entretenu avec le juge Deschamps, j'ai reçu l'ordre de le libérer. Il est reparti il y a vingt minutes.

Camille regarda l'heure. 20 h 20.

Cob édita un rapide listing résumant le travail des équipes en place.

À la clinique Montambert, Armand n'avait rien obtenu. À l'évidence, Irène était sortie seule et libre. Par acquit de conscience, Armand avait pris les coordonnées de deux infirmières et deux personnels d'entretien qui étaient en poste à cette heure-là mais qu'il n'avait pu interroger parce qu'ils n'étaient plus de service. Quatre équipes étaient parties les interroger directement à leur domicile. Deux avaient déjà appelé et confirmé que personne, pour l'heure, ne se souvenait d'une quelconque étrangeté. La visite de la rue n'avait pas donné de meilleurs résultats. Hormis Mme Antanopoulos, personne n'avait rien remarqué. L'homme avait agi calmement, avec sang-froid. Cob avait trouvé les coordonnées de plusieurs ouvriers appartenant à l'entreprise qui travaillait dans la rue. Trois équipes s'étaient rendues à leur domicile pour les interroger. Les résultats n'étaient toujours pas remontés.

Juste avant 21 heures, Bergeret arriva en personne pour apporter les premiers résultats. L'homme n'avait pas utilisé de gants. Hormis les innombrables empreintes d'Irène et de Camille, on rencontrait plusieurs fois celles d'un inconnu.

— Pas de gants, rien, il n'a pris aucune précaution. Il s'en fout. C'est pas bon signe…

Bergeret se rendit compte instantanément qu'il venait de prononcer une expression malheureuse.

— Désolé, articula-t-il, troublé.

— T'en fais pas, dit Camille en lui tapant sur l'épaule.

— On a tout de suite vérifié au fichier, reprit Bergeret avec difficulté. Ce type n'est pas connu chez nous.

La scène n'avait pas pu être reconstituée dans tous ses détails mais plusieurs choses étaient certaines. La récente leçon de sa maladresse contraignit Bergeret à peser chaque mot, et parfois même chaque phonème :

— Il a sans doute sonné à la porte et… ta f… Irène, est sans doute allée lui ouvrir. Elle avait dû déposer sa valise dans le vestibule et on pense que c'est un coup… un coup de pied… qui…

— Écoute, mon vieux, le coupa Camille, comme ça on ne va pas s'en sortir. Ni toi ni moi. Alors, on dit « Irène » et pour le reste on dit les mots, tels qu'ils sont. Un coup de pied… Où ?

Bergeret, soulagé, reprit son papier et ne releva plus le regard, concentré sur ses notes.

— Il a dû frapper Irène dès qu'elle a ouvert la porte.

Camille eut un haut-le-cœur et posa précipitamment sa main sur sa bouche en fermant les yeux.

— Je pense que M. Bergeret, dit alors le Dr Crest, devrait d'abord donner ces éléments à M. Mariani. Dans un premier temps…

Camille n'écoutait pas. Il avait fermé les yeux, il les rouvrit, laissa sa main redescendre et se leva. Il s'avança, sous le regard des autres, jusqu'à la fontaine d'eau et but, coup sur coup, deux verres d'eau glacée, puis revint s'asseoir près de Bergeret.

— Il sonne. Irène ouvre. D'emblée, il la frappe. On le sait comment ?

Bergeret chercha d'un regard perdu l'assentiment de Crest et, devant le geste d'encouragement du docteur, il reprit :

— On a retrouvé une trace de salive biliaire. Elle a dû avoir une nausée et se plier en deux.

— On ne peut pas savoir où il l'a frappée ?

— Non, ça on ne peut pas.

— Ensuite ?

338

— Elle a dû courir dans l'appartement, sans doute d'abord jusqu'à la fenêtre. C'est elle qui s'est accrochée aux rideaux et en a arraché un. Dans sa course, l'homme a dû percuter la valise qui s'est ouverte. Il ne semble pas qu'ils y aient retouché ni l'un ni l'autre avant de quitter l'appartement. Ensuite, Irène a couru vers la salle de bains, c'est sans doute à cet endroit qu'il l'a rattrapée.

— Le sang par terre…

— Oui. Un coup, sans doute sur la tête. Pas très violent, de quoi l'estourbir. Elle a saigné un peu en tombant. Soit avant de tomber, soit en se relevant, c'est Irène qui a balayé toute la tablette qui se trouve sous le miroir. Elle a dû se couper un peu d'ailleurs : on a retrouvé un peu de sang sur la tranche. À partir de ce moment, on ne sait pas exactement ce qui s'est passé. Seule certitude, il l'a traînée jusqu'à la porte. Les traces sur le parquet montrent des traînées dues à ses talons. L'homme a visité l'appartement. On doit supposer qu'il l'a fait à la fin, avant de partir. La chambre, la cuisine, il a touché deux ou trois objets…

— Lesquels ?

— Dans la cuisine, il a ouvert le tiroir où se trouvent les couverts. On trouve aussi son empreinte sur l'espagnolette de la fenêtre de la cuisine ainsi que sur la poignée du réfrigérateur.

— Pourquoi il fait ça ?

— Il attend qu'elle se réveille. Il fouine en attendant. On trouve un verre avec ses empreintes dans la cuisine ainsi que sur le robinet.

— Il la réveille avec ça.

— Je pense, oui. Il lui apporte un verre d'eau.

— Ou lui balance au visage.

— Non, je ne crois pas. À cet endroit, il n'y a pas de trace d'eau. Non, je pense qu'il lui donne à boire. Il y a quelques cheveux d'Irène à cet endroit, il doit lui soulever la tête. Après, on ne sait pas. On a essayé de faire l'escalier. Inutile. Trop de gens y sont passés, rien à tirer de ce côté.

Camille, la main sur le front, tentait de reconstituer la scène.

— Autre chose? demanda-t-il enfin en levant les yeux vers Bergeret.

— Oui. On a des cheveux à lui. Cheveux courts, châtains. On n'en a pas beaucoup. C'est à l'analyse. On a aussi son groupe sanguin.

— Comment?

— Irène a dû le griffer, je pense, au moment où ils ont lutté. On en a prélevé un petit échantillon dans la salle de bains et sur une serviette dont il s'est servi pour s'essuyer. On a comparé avec ton sang, au cas où. Lui, est O positif. L'un des plus courants.

— Châtain, cheveux courts, O positif, quoi d'autre?

— C'est tout, Camille! On n'a p…

— Excuse-moi. Merci.

16

On fit un large débriefing lorsque toutes les équipes furent de retour. Les résultats étaient pauvres. On n'en savait pas plus à 21 heures qu'à 18 h 30, ou à peu près. Auparavant, Crest avait étudié la dernière lettre du Romancier et, en grande partie, confirmé ce que savait Camille et ce qu'il ressentait. Le Guen, installé dans le seul vrai fauteuil de la pièce, avait écouté le rapport du psychiatre avec un air de profonde gravité.

— Il a plaisir à jouer avec vous. Il ménage un peu de suspense au début de sa lettre, comme si vous étiez dans un jeu. Ensemble. Ça confirme ce que nous avions pressenti dès le début.

— Il en fait une affaire personnelle ? demanda Le Guen.

— Oui, répondit Crest en se retournant vers lui. Je crois voir où vous voulez en venir… Il ne faudrait pas vous méprendre sur ma réponse. Ce n'est pas, à l'origine, une affaire personnelle. En clair, je ne crois pas qu'il s'agisse de quelqu'un que le commandant aurait déjà arrêté par exemple, ou quelque chose comme ça. Non. Ce n'est pas une affaire personnelle. Ça le devient. Notamment lorsqu'il lit la première annonce. Le fait d'avoir utilisé une technique peu orthodoxe, de signer de ses propres initiales, de donner son adresse personnelle pour la réponse…

— Quel con, hein ? demanda Camille à Le Guen

— C'est imprévisible, Camille, répondit Le Guen à la place du psychiatre. De toute manière, tu es comme moi, on n'est pas des gens difficiles à trouver.

Camille songea un instant à son arrogance. Quelle prétention d'avoir agi ainsi, de manière si personnelle, comme si c'était une affaire d'homme à homme. Il repensa au juge Deschamps, à la conversation dans son bureau où elle l'avait menacé de dessaisissement. Pourquoi avait-il voulu se montrer plus fort qu'elle ? Victoire dérisoire qui lui coûtait maintenant plus cher qu'un échec.

— Il sait où il va, poursuivit Le Guen, il le sait depuis le début et faire autrement n'y aurait rien changé. On le sait d'ailleurs parce qu'il le dit clairement dans cette lettre : « *Vous n'en sortirez que lorsque je l'aurai et comme je l'aurai décidé.* » Mais l'essentiel se trouve concentré dans la dernière partie de sa lettre, dans sa longue dissertation référencée où il recopie des extraits entiers du livre de Gaboriau.

— Il se sent porté par sa mission, je sais…

— Eh bien, au risque de vous surprendre, je le crois de moins en moins.

Camille tendit l'oreille, comme Louis qui s'était décidé enfin à venir s'asseoir près de Le Guen.

— Vous voyez, dit Crest, il est trop explicite. Il en fait des tonnes. Au théâtre, on dirait qu'il surjoue. Certaines de ses phrases sont littéralement pompeuses.

— Qu'est-ce que vous voulez dire ?

— Ce n'est pas un délirant, c'est seulement un pervers. Il joue, pour vous, au grand psychotique, quelqu'un qui ne ferait plus la différence entre le réel et le virtuel, c'est-à-dire, ici, entre la littérature et la réalité mais je crois que c'est une ruse de plus. Je ne sais pas pourquoi il le fait. Il n'est pas ce qu'il écrit dans ses lettres. Il joue à vous le faire croire, c'est tout autre chose.

— Dans quel but ? demanda Louis.

— Je n'en sais rien. Sa longue réflexion sur les besoins de l'humanité, la transfiguration du réel… c'est tellement étudié que c'en est caricatural ! Il n'écrit pas ce qu'il pense. Il fait semblant de le penser. Je ne sais pas pourquoi.

— Pour brouiller les pistes ? demanda Le Guen.

— Peut-être, oui. Peut-être pour une raison supérieure…

— C'est-à-dire ? demanda Camille.

— Parce que ça fait partie de son projet.

On redistribua les dossiers de toutes les affaires en cours. Deux hommes par dossier. Mission : tout reprendre depuis le début, tous les indices, tous les recoupements ; on redistribua les tables. À 21 h 45, les services techniques installèrent quatre nouvelles lignes téléphoniques, trois postes informatiques supplémentaires que Cob mit aussitôt en réseau afin que chaque ordinateur puisse interroger la banque de données dans laquelle il avait regroupé tous les éléments disponibles. La salle se mit à bruisser, chaque équipe interrogeant, questionnant sans cesse les collaborateurs de Camille chaque fois qu'un détail nouveau apparaissait.

Camille, de son côté, en compagnie de Le Guen et de Louis, tous trois plantés devant le grand tableau de liège, reprit les synthèses, une à une, regardant sa montre avec fébrilité. Irène avait maintenant disparu depuis près de cinq heures et il ne faisait mystère pour personne que chaque minute allait compter double, qu'un compte à rebours s'égrenait inexorablement, dont personne ne connaissait le terme.

Sur la demande de Camille, Louis dressa, sur un tableau papier, la liste de tous les lieux (Fontainebleau – Corbeil – Paris – Glasgow – Tremblay – Courbevoie), puis la liste de toutes les victimes (Maryse Perrin – Alice Hedges – Grace Hobson – Manuela Constanza – Évelyne Rouvray – Josiane Debeuf), puis celle de toutes les dates (7 juillet 2000 – 24 août 2000 – 10 juillet 2001 – 21 novembre 2001 – 11 avril 2003). Les trois hommes se plantaient devant chaque nouvel état, cherchant désespérément des correspondances, échangeant des hypothèses qui ne menaient à rien. Le Dr Crest, silencieux, assis en retrait, souligna que la logique du Romancier était littéraire et qu'il valait peut-être mieux repartir des œuvres copiées dont Louis dressa aussitôt la liste (*Le Crime d'Orcival* – *Roseanna* – *Laidlaw* – *Le Dahlia noir* – *American Psycho*) sans plus de résultat.

— Ça n'est pas là-dedans, souligna Le Guen. Ça, ce sont les œuvres qu'il a réalisées. On n'en est plus là.

— Non, confirma Camille, on est à celle d'après, mais laquelle ?

Louis alla chercher la liste Ballanger, passa à la photocopie, agrandit chaque page au format A3 et punaisa le tout sur les murs.

— Ça fait beaucoup de livres… commenta Crest.

— Beaucoup trop, oui… dit Camille. Il doit pourtant y en avoir un, parmi ceux-là… ou pas… qui…

Camille resta un instant concentré sur cette idée.

— Dans lequel il est question d'une femme enceinte, Louis ?

— Il n'y en a pas, répondit Louis en reprenant la liste des résumés.

— Si, Louis, il y en a une !

— Je n'en vois pas…

— Si, merde ! dit Camille rageusement en lui prenant la liste des mains. Il y en a une.

Il consulta rapidement le document et le rendit à Louis.

— Pas dans cette liste-là, Louis, c'est dans l'autre.

Louis regarda Camille fixement.

— Je l'avais oublié, oui…

Il courut à sa table et exhuma la première liste de Cob. Louis, de sa belle écriture élégante, avait apposé plusieurs notes qu'il repassa rapidement du regard.

— C'est là, dit-il enfin en lui tendant la feuille.

En lisant les notes de Louis, Camille se souvint très clairement de sa conversation avec le professeur Ballanger : « *Un de mes étudiants… votre affaire de mars 1998, l'histoire de cette femme éventrée dans un entrepôt… un livre que je ne connais pas…* Le Tueur de l'ombre… *Inconnu au bataillon.* »

Pendant ce temps, Louis avait affiché le tableau sur lequel il avait consigné les affaires suspectes dont les éléments avaient été remis à Ballanger.

— Oui, je sais qu'il est tard, monsieur Ballanger…

Il se retourna discrètement et présenta la situation rapidement, à voix basse.

— Je vous le passe, oui… dit-il enfin en tendant le téléphone à Camille.

Camille, en quelques mots, lui remémora leur conversation.

— Oui, mais je vous l'ai dit, je ne connais pas ce livre. Lui-même, d'ailleurs, n'était pas certain, c'était une idée comme ça… Rien ne prouve…

— Monsieur Ballanger ! Il me faut ce livre. Tout de suite. Votre étudiant, il habite où ?

— Je n'en sais rien… Il faudrait que je consulte le fichier des étudiants, c'est à mon bureau.

— Maleval ! appela Camille sans même répondre à Ballanger. Tu prends une voiture, tu vas chercher M. Ballanger, tu le conduis à l'université, je vous rejoins là-bas.

Avant même que Camille ait repris le professeur au téléphone, Maleval courait vers la porte de sortie.

Cob avait déjà extrait une trentaine d'adresses pertinentes qu'Élisabeth et Armand situaient sur des cartes de la région parisienne. Chaque adresse, chaque lieu, avec les détails que Cob parvenait à obtenir sur chaque entrepôt étaient examinés avec soin. On fit deux listes. La première, prioritaire, des entrepôts les plus isolés, semblant inutilisés depuis le plus longtemps, la seconde, de ceux qui présentaient moins de caractéristiques intéressantes mais restaient pertinents par rapport à la recherche.

— Armand, Mehdi, vous reprenez le travail de Cob, décida Camille. Élisabeth, tu constitues des équipes, on visite immédiatement tous les lieux. Tu commences par les plus proches : Paris, d'abord, s'il y en a, ensuite la banlieue, par cercles concentriques. Cob, tu me cherches un bouquin. Hub, Chub, quelque chose comme ça. *Le Tueur de l'ombre*. Un bouquin ancien. Je n'ai rien d'autre. Je vais à l'université. Tu me joins sur mon portable. Allez, Louis, on y va.

17

— Cob. Je ne trouve rien…
— C'est impossible ! hurla Camille.
— Camille ! J'ai lancé une requête qui interroge 211 moteurs de recherche ! Tu es sûr de tes références ?
— Attends, je te passe Louis, tu restes en ligne.

Seuls deux réverbères sur cinq diffusaient sur la façade de l'université une lumière jaune et pâle qui échouait aux pieds du professeur Ballanger. Semblant lui-même sortir de la nuit, il venait de tendre à Camille un dossier universitaire d'un nommé Sylvain Guignard, son doigt posé sur la case où figurait son numéro de téléphone personnel. Camille attrapa le portable de Louis et composa le numéro. Une voix embrumée articula un « Allô » sourd.

— Sylvain Guignard ?
— Non, c'est son père… Dites donc, vous savez l'heure qu'il est ?
— Commandant Verhœven, Brigade criminelle. Vous me passez votre fils immédiatement.
— Qui ça… ?

Camille répéta plus calmement et ajouta :

— Allez me chercher votre fils immédiatement, monsieur Guignard. Immédiatement !

— Bon, bah…

Camille distingua un bruit de pas, des chuchotements puis une voix plus jeune et plus claire.

— Vous êtes Sylvain ?

— Oui.

— Commandant Verhœven, Brigade criminelle. Je suis avec votre professeur, M. Ballanger. Vous avez participé à une recherche pour nous, vous vous souvenez…

— Oui… c'était à pr…

— Vous lui avez signalé un livre qu'il ne connaissait pas, qui vous semblait en rapport avec une affaire… Un nommé Hub, ou Chub, vous vous souvenez ?

— Oui, je m'en souviens.

Camille jeta un regard sur le dossier. Le garçon habitait Villeparisis. Même en allant vite… Il consulta sa montre.

— Vous avez ce livre ? demanda-t-il. Vous l'avez ?

— Non, c'est un vieux bouquin, j'ai seulement cru me rappeler…

— Vous rappeler quoi ?

— La situation… Je ne sais pas moi, ça m'a dit quelque chose…

— Écoutez-moi bien, Sylvain. Une femme enceinte a été enlevée. Cet après-midi. À Paris. Nous devons absolument la retrouver avant… Il est possible que cette femme soit… Je veux dire… C'est ma femme.

Avoir dit ces mots… Camille avala sa salive avec difficulté.

— Il me faut ce livre. Tout de suite.

Le jeune homme, au téléphone, laissa passer un court instant.

— Je ne l'ai pas, dit-il enfin d'une voix calme. C'est un livre que j'ai lu il y a au moins dix ans. Le titre, j'en suis certain : *Le Tueur de l'ombre*, l'auteur aussi. Philip Chub. L'éditeur, je ne sais pas. Je cherche… je ne me souviens pas. Je revois la couverture, c'est tout.

— Et qu'est-ce qu'il y a sur la couverture ?

— Vous savez, c'était le genre de livre avec des illustrations… grandiloquentes : des femmes apeurées en train de hurler… avec l'ombre d'un homme en chapeau au-dessus d'elle, ce genre de truc…

— La situation ?

— Un homme enlève une femme enceinte, ça j'en suis sûr. Ça m'avait frappé parce que ça tranchait avec ce que je lisais à l'époque. C'était assez horrible mais je ne me souviens pas des détails.

— Le lieu ?

— Un entrepôt, je crois, quelque chose comme ça.

— Un entrepôt comment ? Où ?

— Honnêtement, je ne me souviens plus. Un entrepôt, je suis certain…

— Qu'avez-vous fait du livre ?

— Nous avons déménagé trois fois en dix ans. Je suis incapable de vous dire où il est passé.

— Et pour l'éditeur ?

— J'en sais rien.

— Je vais vous envoyer quelqu'un tout de suite, vous allez lui dire tout ce dont vous vous souvenez, vous comprenez ?

— Oui… Je crois.

— En parlant, vous allez peut-être vous souvenir d'autres choses, des détails qui peuvent nous aider. Tout peut avoir de l'importance. En attendant, vous restez chez vous, près du téléphone. Essayez de vous souvenir de ce livre, le moment où vous l'avez lu, l'endroit où vous étiez, ce que vous faisiez à cette époque-là. Parfois, ça aide à se souvenir. Prenez des notes, mon adjoint va vous donner plusieurs numéros de téléphone. Si vous vous souvenez de quelque chose, n'importe quoi, vous appelez immédiatement, vous m'entendez ?

— Oui.

— Bien, conclut Camille puis, avant d'échanger son téléphone avec celui que Louis avait en main, il ajouta :

— Sylvain ?

— Oui ?

— Je vous remercie… Essayez de vous souvenir… C'est très important.

Camille appela Crest et lui demanda de se rendre à Villeparisis.

— Ce garçon a l'air intelligent. Et coopératif. Il faut le mettre en confiance pour qu'il se souvienne. Des choses peuvent lui revenir. J'aimerais que ce soit vous.

— J'y vais tout de suite, dit Crest calmement.

— Louis va vous rappeler sur une autre ligne pour vous donner l'adresse et vous trouver un véhicule avec un bon chauffeur.

Camille recomposa aussitôt un numéro.

— Je sais, monsieur Lesage, que vous ne devez pas avoir très envie de nous aider…

— Effectivement. Si c'est pour de l'aide, il va falloir vous adresser ailleurs.

Louis s'était retourné et regardait Camille en penchant la tête, comme s'il essayait de discerner un changement dans son visage.

— Écoutez, reprit Camille. Mon épouse est enceinte de huit mois et demi.

Sa voix se cassa. Il avala sa salive.

— Elle a été enlevée, à notre domicile, cet après-midi. C'est lui, vous comprenez, c'est lui… Je dois la retrouver.

Il y eut un long silence sur la ligne.

— Il va la tuer, dit Camille. Il va la tuer…

Et cette évidence, qu'il remuait pourtant depuis des heures, lui apparut alors, peut-être pour la première fois, comme une réalité tangible, comme une certitude si réaliste, qu'il faillit lâcher le téléphone et dut s'appuyer d'une main contre le mur.

Louis ne bougeait toujours pas et dévisageait Camille, semblant regarder à travers lui, comme s'il était transparent. Son regard était figé, ses lèvres tremblaient.

— Monsieur Lesage… articula enfin Camille.

— Qu'est-ce que je peux faire ? demanda le libraire d'une voix un peu mécanique.

Camille ferma les yeux de soulagement.

— Un livre. *Le Tueur de l'ombre.* Philip Chub.

Pendant ce temps, Louis s'était retourné vers Ballanger.

— Vous avez un dictionnaire d'anglais ? demanda-t-il d'une voix blanche.

Ballanger se leva et se dirigea vers Louis, le contourna et se planta devant un rayonnage.

— Je connais ce livre, oui, il est ancien, lâcha enfin Lesage. Il a dû être édité dans les années 70 ou 80, fin des années 70. Chez Bilban. C'est un éditeur qui a disparu en 85. Son catalogue n'a pas été repris.

Louis avait posé sur le bureau et ouvert le *Harrap's* que Ballanger venait de lui remettre. Il se retourna vers Camille, livide.

Camille le regarda fixement et sentit son cœur cogner violemment dans sa poitrine.

Mécaniquement, il demanda :

— Ce livre, vous ne l'avez pas, par hasard ?

— Non, je suis en train de vérifier… Non, je ne crois pas…

Louis tourna la tête vers le dictionnaire puis vers Camille de nouveau. Ses lèvres prononcèrent un mot que Camille ne comprit pas.

— Où peut-on le trouver ?

— Avec ce genre d'ouvrages, c'est le plus difficile. Ce sont des collections sans valeur, et même des livres sans valeur. Il n'y a pas grand monde pour vouloir les conserver. On les trouve le plus souvent par hasard. Il faut de la chance.

Sans quitter des yeux son adjoint, Camille ajouta :

— Vous pensez pouvoir le trouver ?

— Je jetterai un œil demain…

Lesage comprit instantanément à quel point cette phrase était décalée.

— Je… je vais voir ce que je peux faire.

— Je vous remercie, conclut Camille. Puis, le téléphone à bout de bras, il dit :

— Louis… ?

— Chub…, articula Louis. En anglais, c'est un poisson.

Camille le fixait toujours.

— Et… ?

— En français… c'est un chevesne.

Camille ouvrit la bouche et lâcha le téléphone qui tomba au sol avec un bruit métallique.

— Philippe Buisson de Chevesne, dit Louis. Le journaliste du *Matin*.

Camille se retourna d'un coup et regarda Maleval.

— Jean-Claude, qu'est-ce que tu as fait…

Maleval dodelinait de la tête, les yeux au plafond, embués de larmes.

— Je ne savais pas… je ne savais pas…

18

Les voitures arrêtées devant l'immeuble du boulevard Richard-Lenoir, les trois hommes grimpèrent les étages quatre à quatre, Maleval, le plus grand, précédant Louis et Camille de plusieurs marches.

Camille passa la tête au-dessus de la rambarde mais ne vit rien d'autre que les paliers qui, du deuxième au cinquième, s'alignaient en spirale jusqu'au sommet de l'immeuble. Lorsqu'il déboucha devant la porte grande ouverte dont Maleval avait fait sauter la serrure d'un coup de pistolet, il vit un vestibule plongé dans la pénombre qu'éclairait de manière diffuse une lampe allumée un peu plus loin sur la droite. Tirant à son tour son arme, Camille s'avança lentement. Sur sa droite, dans le couloir, il aperçut le dos de Louis qui marchait prudemment le long des portes, dos au mur. Sur sa gauche, Maleval disparut dans une pièce qui devait être la cuisine et réapparut aussitôt, le regard aiguisé. Camille, en silence, lui fit signe de protéger Louis qui ouvrait, une à une, chaque porte d'une violente poussée et se replaçait immédiatement à l'abri contre le mur. Maleval avança rapidement vers lui. Camille se trouvait sur le seuil du salon qui faisait face à la porte d'entrée. Il s'avança, regardant rapidement de droite et de gauche. Il eut la brusque certitude que l'appartement était vide.

Camille se retourna et fit de nouveau face au salon et aux deux fenêtres donnant sur le boulevard.

De l'endroit où il se trouvait, il pouvait embrasser toute la pièce du regard. Presque vide. Sans quitter les fenêtres des yeux, il chercha de la main l'interrupteur. Plus loin, sur sa droite, il entendit les pas de Louis et de Maleval se rapprocher et sentit leur présence derrière lui. Il poussa l'interrupteur et une faible lumière s'alluma sur sa gauche. Les trois hommes entrèrent ensemble dans la pièce qui sembla plus grande d'un coup, maintenant qu'elle était éclairée. Sur les murs, on distinguait la trace de tableaux qui avaient été décrochés, près des fenêtres, trois ou quatre cartons, dont l'un était encore ouvert, ici une chaise paillée. Le sol était un parquet ciré. Seule attirait le regard, sur la gauche, une table esseulée devant laquelle était rangée une chaise, semblable à l'autre.

Ils baissèrent leurs armes. Camille s'approcha lentement de la table. D'autres pas se firent entendre sur le palier. Maleval se retourna et gagna rapidement la porte d'entrée. Camille l'entendit murmurer quelques mots indistincts. Toute la lumière provenait d'une lampe de chevet, posée sur la table, dont le fil électrique longeait le mur jusqu'à la prise encastrée près de la cheminée d'angle.

Sur le coin de la table, un dossier fermé dont le cartonnage rouge s'était bombé quand on en avait serré la sangle.

Et une feuille posée en évidence, bien au centre, dont Camille se saisit.

Cher Camille,

Je suis heureux que vous soyez là. L'appartement est certes un peu vide, ce n'est pas très accueillant, je le reconnais. Mais vous savez que c'est pour la bonne cause. Vous devez évidemment être déçu de vous y sen-

tir si seul. Sans doute espériez-vous y trouver votre charmante épouse. Il faudra attendre encore un peu pour cela…

Vous allez pouvoir juger, dans quelques instants, l'ampleur de mon projet. Tout va enfin s'éclairer. J'aimerais être là pour vous voir, vous savez…

Vous l'avez compris, et vous allez mieux le comprendre encore, mon « œuvre » était passablement truquée. Depuis le début.

Je crois pouvoir dire que notre succès est assuré. On va se battre pour lire « notre » histoire, je le sens… Elle est écrite. Elle est ici, sur la table, dans le dossier rouge, devant vous. Achevée ou peu s'en faut. J'ai reconstitué, avec la patience que vous savez, les crimes de cinq romans.

J'aurais pu faire davantage; la démonstration n'y aurait rien gagné. Cinq, ce n'est pas beaucoup mais pour des crimes, c'est bien. Et quels crimes… ! Le dernier sera un sommet, soyez-en sûr. À l'heure où j'écris ces lignes, votre charmante Irène est tout à fait prête à y jouer le rôle principal. Elle est très bien, Irène. Elle va être parfaite.

Toute la perfection de mon œuvre est d'avoir écrit, par avance, le livre du plus beau crime… après avoir commis les crimes des plus beaux livres. N'est-ce pas merveilleux? N'y a-t-il pas là, dans cette boucle parfaite, si parfaitement anticipée, quelque chose de l'ordre de l'idéal?

Quelle victoire, Camille! Une histoire si réaliste, si vraie, précédée d'une affaire criminelle dont la chronique est tout entière contenue dans le livre qui la raconte… Sous peu, on va s'arracher le livre de quelqu'un dont personne ne voulait. Ils vont ramper, Camille, vous verrez… Et vous serez fier de moi, fier de nous, et vous pouvez aussi être fier de votre délicieuse Irène qui, vraiment, se comporte merveilleusement.

Bien à vous. Vous me permettrez de signer, cette fois, du nom qui va faire ma gloire... et la vôtre.

Philip Chub

Camille repose lentement la lettre sur la table. Il recule la chaise et s'assoit lourdement. Il a mal à la tête. Il se masse les tempes et reste ainsi une longue minute, dans le silence, regardant fixement le dossier à sangle puis il se décide à le tirer vers lui. Il défait, avec peine, la sangle. Il lit :

— *Alice... dit-il en regardant ce que n'importe qui, sauf lui, aurait appelé une jeune fille.*

Il avait prononcé son prénom pour lui faire un signe de connivence mais sans parvenir à créer chez elle la moindre faille. Il baissa les yeux vers les notes jetées au fil de la plume par Armand au cours du premier interrogatoire : Alice Vandenbosch, 24 ans.

Il tourne quelques pages :

— *Une horreur, lâcha Louis. Sa voix était altérée. Un carnage. Pas du genre habituel, si vous voyez ce que je veux dire...*

— *Ah...*

— *Pas très bien, Louis, pas très bien...*

— *Ça ne ressemble à rien que je connaisse...*

Entre le pouce et l'index, il attrape une petite liasse de pages et la retourne :

Maman travaille sur les rouges. Elle en applique des quantités incroyables. Des rouges sang, des carmins, et des rouges profonds comme la nuit.

Camille saute plus loin :

La jeune femme, de race blanche, âgée d'environ 25 ans, portait des traces d'un violent passage à tabac au cours duquel elle avait notamment été traînée par les cheveux comme le confirmaient la peau du front arrachée et des poignées entières de cheveux. L'assassin avait notamment utilisé un marteau pour la frapper.

Camille renverse soudain tout le dossier d'un geste et retourne vers lui la dernière page, les derniers mots :

Toute la lumière provenait d'une lampe de chevet, posée sur la table, dont le fil électrique longeait le mur jusqu'à la prise encastrée près de la cheminée d'angle.

Sur le coin de la table, un dossier fermé dont le cartonnage rouge s'était bombé quand on en avait serré la sangle.

Et une feuille posée en évidence, bien au centre, dont Camille se saisit.

Hébété, Verhœven se retourne vers le fond de la pièce où Maleval est resté posté.

Louis, debout derrière lui, continue, par-dessus son épaule, de lire les dernières lignes. Il a attrapé une liasse de pages et la feuillette rapidement, sautant des passages, s'arrêtant ici et là, levant parfois la tête pour réfléchir avant de replonger dans le texte.

Les pensées de Camille se chevauchent, il ne parvient pas à calmer le déroulement forcené des images qui envahissent son esprit.

Buisson, son « œuvre », son livre.

Son livre raconte l'histoire et l'enquête de Camille…

À se cogner la tête contre les murs.

Qu'y a-t-il de vrai dans tout cela ?

Comment démêler, une fois de plus, le vrai du faux ?

Mais l'essentiel, Camille l'a compris : Buisson a réalisé cinq crimes.

Cinq vrais crimes, inspirés avec exactitude de cinq romans.

Qui, tous, tendent vers une seule fin.

Cette grande fin vers laquelle tout converge, c'est le sixième crime, inspiré de son propre livre.

Le crime à venir.

Le plus beau crime.

Dont Irène doit être l'héroïne.

Comment l'a-t-il formulé ?

« Avoir écrit, par avance, le livre du plus beau crime... après avoir commis les crimes des plus beaux livres. »

La retrouver.

Où est-elle ?

Irène...

Seconde partie

La Brigade – 22 h 45.

Le dossier à sangle ouvert, sur la table. Éventré. Armand l'a emporté à la photocopieuse.

Tout le monde est debout. Verhœven, derrière la table, regarde chacun, tour à tour.

Le Guen est le seul assis. Il a saisi un crayon qu'il mâchonne nerveusement. Son ventre lui sert de support.

Il y a posé un carnet sur lequel il prend des notes négligentes, un mot ici, un autre là. Avant tout, Le Guen réfléchit. Il écoute. Et il regarde Camille avec attention.

— Philippe Buisson… commence Verhœven.

Il met sa main devant sa bouche, se racle la gorge.

— Buisson, reprend-il, est en fuite. À l'heure actuelle, il détient Irène, enlevée en fin d'après-midi. Toute la question est de savoir où. Et ce qu'il compte faire… Et quand… Ça fait beaucoup de questions. Et peu de temps pour y répondre.

Le Guen ne voit plus, sur le visage de son ami, la panique qui s'y lisait lorsqu'il est arrivé dans la salle, quelques minutes auparavant. Verhœven n'est plus Camille. Il est redevenu le commandant Verhœven, responsable de groupe à la Brigade criminelle, concentré, appliqué.

— Le texte que nous avons retrouvé chez lui, reprend Verhœven, est un roman, écrit par Buisson lui-même. Il raconte l'histoire de notre enquête telle qu'il l'a imaginée. C'est notre première source. Mais pour… ce qu'il envisage de faire, il y a une seconde source que nous ne possédons pas, le premier livre de Buisson édité sous le nom de Chub et dont il va s'inspirer…

— C'est certain ? demande Le Guen sans lever la tête.

— Si les renseignements que nous avons sur ce livre sont justes, oui : une femme enceinte tuée dans un entrepôt, ça me semble plus que probable.

Il jette un œil sur Cob qui a quitté son poste informatique pour participer au débriefing. À côté de lui, le Dr Viguier, fesses appuyées contre une table, les jambes allongées, mains croisées à la hauteur de la taille, écoute avec attention. Il ne regarde pas Verhœven mais les membres de l'équipe. Cob fait non de la tête et ajoute :

— Toujours rien de ce côté-là.

Armand revient avec cinq jeux de photocopies. Maleval continue – ça fait maintenant près d'une heure – à danser légèrement d'un pied sur l'autre, comme s'il avait envie de pisser.

— Donc trois équipes, reprend Verhœven. Jean, Maleval et moi on se met sur la première source. Avec le Dr Viguier. Une seconde équipe, coordonnée par Armand, poursuit les recherches du côté des entrepôts de la région parisienne. C'est ingrat parce que c'est une piste aveugle. Mais pour le moment, nous n'avons rien d'autre. Louis, de ton côté, tu fouilles la biographie de Buisson : relations, lieux, ressources, tout ce que tu pourras trouver… Cob, toi, tu poursuis les recherches pour tenter de retrouver le livre signé Philip Chub. Des questions ?

Pas de questions.

Tout s'organise très vite.

Deux tables sont placées face à face avec, d'un côté Camille et Le Guen, de l'autre, Maleval et le psychiatre.

Armand est allé chercher sur l'imprimante de Cob le dernier listing des entrepôts qu'il consulte, crayon en main, rayant les lieux déjà visités par les deux équipes de mission qui repartent aussitôt vers les nouvelles destinations qu'il leur confie.

Louis est déjà au téléphone, le combiné coincé entre tête et épaule, les mains sur le clavier de l'ordinateur.

Cob dispose maintenant d'un nouvel indice : le nom de l'éditeur du livre de Chub, Éd. Bilban. Les moteurs de recherche sont déjà affichés. La salle palpite d'un silence bourdonnant, tendu, accompagné des cliquetis des doigts sur les claviers, de voix au téléphone.

Au moment de se mettre au travail, Le Guen exhume son téléphone portable, fait placer en veille deux agents motorisés et alerte le RAID. Verhœven l'a entendu. Le Guen lui adresse un petit geste fataliste.

Verhœven sait qu'il a raison.

S'ils trouvent un élément tangible et qu'une intervention rapide s'impose, il faudra des professionnels de ce genre d'opération.

Le RAID.

Il l'a déjà vu intervenir. De grands gaillards silencieux vêtus de noir, suréquipés, comme des robots, c'est à se demander comment ils parviennent à se déplacer aussi vite avec un tel barda. Mais des scientifiques aussi. Ils étudient le terrain avec des cartes satellites, construisent avec une minutie militaire un plan d'intervention qui prend en compte à peu près toutes les données, fondent sur leur objectif comme la foudre de Dieu le Père et peuvent vous raser un pâté d'immeubles en quelques minutes. Des bulldozers.

À l'instant où ils disposeront d'une adresse, d'un lieu, le RAID prendra tout en charge. Pour le meilleur comme pour le pire. Camille a un doute sur la pertinence de ce type d'intervention. Elle ne lui semble pas appropriée à la psychologie dont Buisson a fait preuve dans le montage de toute cette histoire. Minutie contre minutie. Buisson a pris trop d'avance. Depuis des semaines, des mois peut-être, il prépare son affaire avec une patience d'entomologiste. Avec leurs hélicoptères, leurs bombes fumigènes, leurs radars, leurs fusils à lunette, les tireurs d'élite de la BI vont tirer dans les nuages.

Verhœven esquisse un mot pour l'expliquer à Le Guen mais se reprend. Qu'y a-t-il d'autre à faire ?

Est-ce lui, Camille Verhœven, qui va aller sauver Irène avec son arme de service dont il ne se sert qu'une fois l'an pour le contrôle obligatoire ?

Les quatre hommes ont ouvert le « roman » de Buisson à la première page mais ils n'ont pas tous la même vitesse de lecture. Ni la même méthode.

Viguier, le vieux psychiatre, survole avec une attention d'aigle, on dirait qu'il observe les pages plus qu'il ne les lit. Il les tourne avec vivacité, comme la conséquence d'une décision sans appel. Il ne cherche pas les mêmes choses que les autres. Il a tout de suite cherché le portrait de Buisson, tel qu'il se décrit. Il scrute le style de sa narration, considère les personnes comme des personnages de fiction.

Car dans ce texte, tout n'est que fiction, excepté les jeunes mortes.

Pour lui, tout le reste, c'est Buisson, le regard de Buisson, sa manière de voir le monde, de refabriquer la réalité, il essaye de saisir la façon dont il a réagencé les éléments au profit de sa vision du monde.

Le monde non tel qu'il est mais tel qu'il aimerait le voir. Un fantasme à l'état pur, sur 300 pages…

Le Guen, lui, est un besogneux. Il comprend vite mais lit lentement. Il a opté pour une méthode qui correspond à son esprit. Il commence par la fin et remonte le texte, chapitre après chapitre. Il prend peu de notes.

Personne ne semble s'apercevoir que Maleval ne tourne pas les pages. Son regard est fixé sur la première page, depuis de longues minutes. Alors que le Dr Viguier, déjà, propose à mi-voix ses premiers commentaires, il en est toujours là, arc-bouté sur cette sempiternelle page. Envie de se lever. De s'approcher de Camille et de lui dire… Mais il n'a pas l'énergie : tant qu'il ne tourne pas les pages, il se sent à l'abri. Il est au bord du précipice, il le sait. Il sait aussi que dans quelques minutes, quelqu'un va lui donner une poussée dans le dos et ce sera la chute. Vertigineuse. Il devrait prendre les devants, prendre son courage à deux mains, chercher son nom, vers le bas du texte, vérifier que la catastrophe annoncée est imminente. Que le piège dans lequel il est tombé va bien se refermer. Maintenant. Et prendre une décision. Mais il ne peut plus bouger. Il a peur.

Verhœven, le visage sans expression, feuillette rapidement, sautant des passages entiers, griffonne des notes ici et là, revient en arrière pour vérifier un détail, relève la tête pour réfléchir. Il lit hâtivement la scène imaginée par Buisson où il fait la connaissance d'Irène mais, évidemment, ça n'est pas la bonne. Qu'est-ce qu'il peut en savoir, Buisson, de sa rencontre avec Irène ? À quoi rime cette histoire d'émission de télévision… « C'était une histoire simple. Il avait épousé Irène six mois plus tard. » Simple, oui. Sauf que c'est le fantasme pur de Buisson.

Comme un noyé, paraît-il, revit, en une fraction de seconde, le film de sa vie, il voit défiler les vraies images, que sa mémoire a conservées intactes. La boutique du musée du Louvre. Cette jeune femme, un dimanche matin, qui cherche un livre sur Titien « pour faire un cadeau », qui hésite, en regarde un premier, un deuxième, les repose tous deux pour en choisir finalement un troisième. Le mauvais. Et lui, le petit Verhœven, sans intention consciente, qui dit simplement : « Pas celui-là, si vous voulez mon avis... » La jeune femme lui sourit. Et c'est tout de suite Irène, splendide et simple, son sourire. C'est déjà son Irène qui dit : « Ah bon... » d'un air faussement obéissant qui l'oblige à s'excuser. Il s'excuse, il s'explique, il dit, sur Titien, quelques mots qu'il voudrait sans prétention mais ce qu'il a à dire est prétentieux parce que c'est l'avis de celui qui pense s'y connaître. Il balbutie, les mots se pressent. Il y a bien longtemps qu'il n'a pas rougi. Il rougit. Elle sourit : « Alors, c'est celui-là, le bon ? » Il a voulu dire trop de choses en même temps, il tente un raccourci désespéré qui condense à la fois sa crainte de paraître snob et son embarras de conseiller le livre le plus cher mais il dit ça quand même : « Je sais, c'est le plus cher... mais c'est quand même le mieux. » Irène porte une robe avec des boutons sur le devant, des boutons qui descendent jusqu'en bas. « C'est un peu comme pour les chaussures, dit Irène en souriant. » C'est elle qui rougit maintenant. « Sauf que c'est Titien. » C'est elle qui a honte d'avoir ainsi abaissé le débat. Elle dira plus tard qu'elle n'avait pas mis les pieds au Louvre depuis près de dix ans. Camille n'osera pas, de longtemps, lui dire qu'il y vient à peu près chaque semaine. Il ne lui dit pas, quand elle s'éloigne et se dirige vers la caisse, qu'il ne veut surtout pas savoir à qui elle destine ce cadeau, qu'il vient ici surtout le dimanche matin et qu'il sait qu'il n'y a pas une chance sur un million qu'il l'y retrouve. Irène paie, compose son code de carte bleue avec le regard intense des myopes, penchée sur le comptoir. Et elle disparaît. Camille se retourne vers les rayonnages mais le cœur n'y est plus. Dans quelques minutes, lassé, pris d'une tristesse inexplicable, il va se décider à sortir. Éberlué, il va alors la voir, là, debout sous la pyramide de verre, qui lit avec attention un dépliant, se retourne pour chercher son chemin, dans les hauteurs, parmi les innombrables panneaux signalétiques. Il passe près d'elle. Elle le voit, lui sourit, il s'arrête. « Et sur la navigation dans le musée, vous connaissez quelque chose de bien ? » demande-t-elle en souriant.

Verhœven est déjà concentré sur le passage suivant.

À l'instant de regagner son bureau, Verhœven lève les yeux et voit Maleval, les mains posées à plat sur son dossier, le regard fixé vers Le Guen qui le considère en dodelinant de la tête.

— Camille, dit Le Guen sans regarder Camille. Je crois que nous allons avoir une petite discussion avec notre ami Maleval…

Verhœven termine sa lecture :

— *Je vais devoir te virer, Jean-Claude…*

Maleval, assis face à Verhœven, cligna plusieurs fois des cils, cherchant désespérément un point d'appui.

— *Ça me fait une peine… Tu n'imagines pas… Pourquoi tu ne m'en as pas parlé ?*

(...)

— *Ça remonte à quand ?*

— *La fin de l'année dernière. C'est lui qui m'a contacté. Au début je lui ai donné des petites choses. Ça suffisait…*

Camille repose ses lunettes sur la table. Il serre les poings. Lorsqu'il regarde Maleval, sa fureur froide se lit si clairement que celui-ci recule imperceptiblement sur sa chaise et que Le Guen se croit contraint d'intervenir.

— Bon, Camille, il va falloir faire ça dans l'ordre. Maleval, poursuit-il en se retournant vers le jeune homme, ce qui est écrit là, c'est juste ou non ?

Maleval dit qu'il ne sait pas, qu'il n'a pas tout lu, qu'il faudrait voir…

— Voir quoi ? demande Le Guen. C'est toi qui le renseignais, oui ou non ?

Maleval hoche la tête.

— Bon, alors, pour le moment, évidemment, tu es en état d'arrestation…

Maleval ouvre une bouche ronde, comme un poisson sorti de l'eau.

— Complicité avec un type qui est sept fois meurtrier, tu espérais quoi ? demande Verhœven.

— Je ne savais pas… articule Maleval. Je vous jure que…

— Ça, mon vieux, c'est bon pour le juge ! Mais c'est à moi que tu parles en ce moment !

— Camille… ! tente Le Guen.

Mais Verhœven n'écoute pas.

— Le type que tu renseignes depuis des mois a enlevé ma femme. Irène ! Tu la connais Irène, Maleval ! Tu l'aimes bien, Irène, hein ?

Silence. Même Le Guen ne sait pas comment le rompre.

— Elle est gentille, Irène, reprend Camille. Enceinte de huit mois. Tu avais prévu un cadeau ou tu as déjà dépensé l'argent ?

Le Guen ferme les yeux. Camille, quand il est parti comme ça…

— Camille…

Mais Verhœven fonctionne en spirale, d'un mot sur l'autre, d'une phrase à l'autre, il s'enroule dans son discours et sa colère s'entretient de ce qu'elle lui fait dire.

— Les commandants d'unité qui ont les larmes aux yeux, c'est dans les romans, Maleval. Moi, j'aurais plutôt tendance à te foutre mon poing dans la gueule. Nous allons te confier rapidement aux « services spécialisés », si tu vois ce que je veux dire. Et après, le Parquet, le juge d'instruction, la taule, le procès et moi en vedette américaine. Prie le ciel qu'on retrouve Irène très vite et entière, Maleval. Parce que c'est toi qui vas pleurer toutes les larmes de ton corps, enfoiré !

Le Guen tape du poing sur la table. Et en même temps, d'un coup, l'idée qui lui manquait lui vient à l'esprit.

— Camille, on perd beaucoup de temps…

Verhœven s'arrête instantanément et le regarde.

— On va prendre le temps de débriefer Maleval. Je vais m'en occuper. Toi, tu devrais retourner au boulot. Je vais demander un renfort à l'IGS.

Et il ajoute :

— C'est le mieux, Camille, crois-moi.

Il s'est déjà levé. Pour tenter d'emporter la décision qui reste pourtant suspendue. Camille fixe toujours Maleval dans les yeux.

Il se lève enfin et sort en claquant la porte.

— Où est Maleval ? demande Louis.

Camille se contente du minimum.

— Avec Le Guen. Ça ne sera pas long, ajoute-t-il.

Il ne sait pas pourquoi il a dit ça. C'est comme un lapsus. Les heures tournent, eux tournent en rond, le temps défile, et toujours rien à se mettre sous la dent.

À l'annonce de l'enlèvement d'Irène, tout le monde s'attendait à trouver un Camille anéanti et c'est le commandant Verhœven qui est à l'avant-poste.

Reprenant le texte, il croise de nouveau le nom d'Irène.

Comment Buisson a-t-il su, si exactement, les reproches qu'Irène lui a adressés, de se sentir si seule ?

De n'avoir pas suffisamment d'attentions ?

Peut-être est-ce ainsi dans tous les couples de flics. Et de journalistes.

Il est plus de 23 heures. Louis garde un complet sang-froid. Toujours impeccable. Sa chemise ne fait pas un pli. Malgré ses allées et venues de la journée, ses chaussures sont toujours parfaitement cirées. À croire qu'il passe régulièrement aux toilettes pour leur redonner un petit coup de brillant.

— Philippe Buisson de Chevesne. Né le 16 septembre 1962 à Périgueux. Un Léopold Buisson de Chevesne est général d'Empire à 28 ans. Il est à Iena. Un décret napoléonien redonne à la famille la propriété de ses biens. Et c'est assez considérable.

Camille ne l'écoute pas réellement. S'il y avait quelque chose de tangible dans ce qu'il a ramené à la surface, il aurait commencé par ça.

— Tu savais pour Maleval ? demande soudain Camille.

Louis le regarde. Il va pour poser la question mais se mord les lèvres. Il se décide enfin.

— Savoir quoi ?

— Qu'il renseigne Buisson depuis des mois. Que c'est lui qui l'a tenu informé très exactement des avancées de l'enquête. Que c'est grâce à Maleval que Buisson a toujours eu une longueur d'avance sur nous.

Louis est pâle comme un mort. Verhœven comprend soudain qu'il ne le savait pas. Louis s'assoit sous le poids de la nouvelle.

— C'est dans le bouquin, complète Verhœven. Le Guen est tombé dessus assez vite. Maleval est entendu en ce moment.

Inutile de lui expliquer. Dans l'esprit vif de Louis tout se met instantanément en place. Ses yeux font des trajectoires rapides d'un objet à l'autre, traduisant sa réflexion, ses lèvres s'entrouvrent :

— C'est vrai que tu lui as prêté de l'argent?

— Comment vous…?

— C'est dans le bouquin aussi, Louis, tout est dans le bouquin. Maleval a dû lui faire quelques confidences à ce sujet. Tu es un héros toi aussi. Nous sommes tous des héros, Louis. C'est pas merveilleux?

Louis se retourne instinctivement du côté de la salle d'interrogatoire.

— Il ne nous aidera pas beaucoup, dit Camille en anticipant sur sa pensée. À mon avis, Maleval ne sait de Buisson que ce que Buisson a bien voulu lui dire. Il a été manipulé depuis le début. Bien avant la première affaire de Courbevoie. Buisson avait pris ses marques, patiemment. Maleval s'est fait baiser dans les grandes largeurs. Et nous avec.

Louis reste assis, les yeux au sol.

— Allez, dit Camille, je t'écoute, tu en étais où?

Louis reprend ses notes mais sa voix est plus faible.

— Le père de Buisson…

— Plus fort, crie Camille en s'éloignant vers la fontaine d'eau froide.

Louis élève la voix. On dirait que lui aussi va crier. Il se retient. Sa voix se contente de trembler.

— Le père de Buisson est industriel. La mère, née Pradeau de Lanquais, apporte à la famille des biens principalement immobiliers. Études capricieuses à Périgueux. On note un court séjour dans une maison de repos, en 1978. J'ai mis un gars là-dessus, on verra… La crise touche les Buisson comme tout le monde au début des années 80. Buisson entame une licence de lettres en 1982 mais ne termine pas son cursus, il opte pour l'École de journalisme dont il sort en 1985 dans le gros du peloton. Son père est mort l'année précédente. En 1991, il est *free lance*. Il entre au *Matin* en 1998. Rien de particulier jusqu'à l'affaire de Tremblay-en-France. Ses papiers sont remarqués, il monte d'ailleurs en grade et devient rédacteur en chef adjoint de la rubrique des faits de société. Sa mère est morte il y a deux ans. Buisson est fils unique et célibataire. Pour le reste, la fortune de la famille n'est plus ce qu'elle était. Buisson a quasiment tout revendu, à l'exception de la propriété familiale, et tout a été recentré sur un portefeuille d'actions confié à Gamblin & Chaussard et de rentes immobilières qui représentent tout de même six fois son salaire du *Matin*. Tout le portefeuille a été liquidé au cours des deux dernières années.

— Ça veut dire quoi ?

— Qu'il a anticipé de longue date. Hormis sa propriété de famille, Buisson a tout liquidé. Toute sa fortune est maintenant sur un compte en Suisse.

Verhœven serre les mâchoires.

— Quoi d'autre ? demande-t-il.

— Pour le reste : fréquentations, amis, vie quotidienne, il faudrait interroger autour de lui. Ce qui ne me semble pas pertinent pour le moment. La presse va immédiatement se mettre sur le coup, on va avoir des journalistes dans tous les coins, on va perdre un temps fou.

Verhœven sait que Louis a raison.

On arrive au bout de la liste des entrepôts susceptibles d'être utilisés par Buisson.

Lesage appelle à 23 h 25.

— Je ne suis pas parvenu à joindre tous les collègues auxquels je pensais, dit-il à Camille. Je n'ai parfois que leurs coordonnées professionnelles. Dans ces cas-là, j'ai laissé des messages. Mais pour l'heure, pas trace de ce livre. Désolé.

Camille remercie.

Les portes se ferment une à une.

Le Guen est toujours avec Maleval. Tout le monde commence à se sentir épuisé.

C'est Viguier qui est resté le plus longtemps sur le manuscrit. Camille l'a vu masquer un bâillement. On pourrait croire qu'ainsi, à quelques mois de la retraite, après une journée qui va frôler les quinze heures, ce petit rondouillard, penché comme un écolier studieux sur le manuscrit de Buisson, va s'effondrer d'un coup mais il conserve un regard clair et même si des cernes de fatigue commencent à se dessiner sous ses yeux, il parle d'une voix sans faiblesse.

— Il y a bien sûr beaucoup d'écarts par rapport à la réalité, dit Viguier. Je suppose que Buisson appellera cela : la part de la création. Dans son livre, moi, je m'appelle Crest et j'ai vingt ans de moins. On voit aussi apparaître trois de vos agents sous les prénoms de Fernand, Mehdi et Élisabeth mais sans nom de famille, le premier est un alcoolique, le deuxième un jeune beur, le troisième une femme d'une cinquantaine d'années. Un bel éventail sociologique, de quoi séduire tous les publics… Et aussi un étudiant du nom de Sylvain Quignard qui est censé vous mettre sur la trace du livre de Chub, à la place du professeur Didier qui, ici, s'appelle Ballanger.

Ainsi, Viguier, comme sans doute Le Guen et comme lui-même, n'a pu s'empêcher d'aller voir de quelle manière son personnage est représenté. Les voici tous devant le grand miroir déformant de la littérature. Quelle vérité dit-elle sur chacun d'eux ?

— Le portrait qu'il fait de vous est assez frappant, reprend Viguier comme s'il avait entendu Camille penser. C'est un portrait plutôt flatteur. Peut-être aimeriez-vous être l'homme qu'il décrit, je ne sais pas. Vous y apparaissez intelligent et bon. N'est-ce pas le rêve de tout homme d'être vu ainsi ? J'y vois un grand désir d'admiration, tout à fait cohérent avec ses lettres et ses admirations littéraires. On sait depuis longtemps que Buisson règle un compte meurtrier avec l'autorité, sans doute avec l'image du Père. D'un côté, il rabaisse l'autorité ; d'un autre, il l'admire. Cet homme est contradiction des pieds à la tête. Il vous a choisi pour incarner son combat. C'est sans doute pourquoi, à travers Irène, il tente de vous faire du mal. C'est un retournement classique. Il fait de vous un objet d'admiration mais tente ensuite de vous anéantir. Ainsi, il espère se reconstruire à ses propres yeux.

— Pourquoi Irène ? demande Camille.

— Parce qu'elle est là. Parce que Irène, c'est vous.

Toujours très pâle, Verhœven baisse les yeux vers le manuscrit, sans un mot.

— Les lettres qu'il consigne dans son livre, poursuit Viguier, sont les mêmes que celles que vous avez reçues. À la virgule près. Seul votre portrait dans

Le Matin est entièrement inventé. Pour le reste du manuscrit, il faudrait évidemment faire une analyse de texte très précise. Mais enfin… Dès le premier coup d'œil on voit tout de même se dessiner quelques lignes de force.

Verhœven se renverse sur sa chaise. Son regard croise la pendule qu'il fait semblant d'ignorer.

— Il va commettre exactement le crime de son livre, n'est-ce pas ?

Viguier ne semble pas désarçonné par ce coq-à-l'âne. Il repose patiemment ses papiers devant lui et regarde Camille. Il pèse ses mots, articule nettement. Il veut que Camille comprenne tout ce qu'il a à lui dire. Exactement.

— Nous cherchions sa logique. Maintenant, nous la connaissons. Il veut reproduire dans la réalité le crime qu'il a écrit autrefois dans un livre et finir d'écrire ce livre-ci en le racontant. Il faut l'arrêter parce qu'il a la ferme intention de le faire.

Dire la vérité. Tout de suite. Ne rien cacher à Camille. Lui confirmer ce qu'il sait déjà. Verhœven a compris la manœuvre. Il est d'accord. Parce que c'est ce qu'il faut faire.

— Certaines inconnues restent néanmoins plus… rassurantes, ajoute Viguier. Tant que nous ne retrouverons pas ce livre, celui qu'il va tenter de copier dans la réalité, nous ne saurons ni dans quel genre d'endroit, ni à quelle heure le meurtre se déroule. Il n'y a aucune raison objective de penser que ce sera maintenant ou même dans les heures qui viennent. Peut-être son scénario prévoit-il de séquestrer son otage un jour, deux jours, plus, nous n'en savons rien. Il y a suffisamment de certitudes difficiles à assumer sans en ajouter de nouvelles qui ne sont que des spéculations.

Viguier laisse un assez long silence pendant lequel il ne regarde pas Verhœven. Il semble attendre que ces mots fassent leur chemin. Puis d'un coup, estimant sans doute, selon son échelle, que le temps d'élaboration est écoulé, il reprend son exposé :

— Il y a deux sortes de faits. Ceux qu'il a anticipés et ceux qu'il a inventés.

— Comment a-t-il pu anticiper autant de choses ?

— Ça, c'est une chose que vous verrez avec lui quand vous l'aurez arrêté.

Viguier désigne imperceptiblement du menton la porte qui mène à la salle des interrogatoires.

— J'ai cru comprendre qu'il avait de bonnes sources…

Viguier passe son index dans son col d'un air réflexif.

— Selon toute vraisemblance, il a aussi modifié son texte en fonction des événements. Une sorte de reportage sur le vif, en quelque sorte. Il a voulu que son histoire ressemble le plus possible à la réalité. D'autant que vous avez dû le surprendre, à plusieurs reprises. Mais même ces surprises étaient, si je puis dire, prévues. Il devait savoir qu'il lui faudrait adapter son histoire à vos réactions, à vos initiatives et c'est ce qu'il a fait.

— À quoi pensez-vous ?

— Par exemple, on peut penser qu'il n'avait pas imaginé que vous tenteriez de le contacter par petites annonces. C'était un joli coup de votre part. Pour lui, ça a dû être très excitant. Il vous considère d'ailleurs un peu comme le coscénariste de son histoire. « Vous serez fier de nous », vous écrit-il, vous vous souvenez ? Mais ce qui frappe le plus, évidemment, c'est la qualité de ses anticipations. Il savait que vous étiez capable d'effectuer le rapprochement entre l'un de ses crimes et un livre dont il s'est inspiré. Et que vous vous accrocheriez à cette piste, éventuellement même seul contre tous. Vous n'êtes pas un homme têtu, commandant, mais il vous connaît suffisamment pour savoir que vous avez… quelques rigidités. Vous croyez fermement à vos intuitions. Et il savait qu'elles pouvaient lui servir. Il savait également que l'un de vous ferait, tôt ou tard, le rapprochement entre son pseudonyme, Chub, et son nom de famille. C'est même sur des points comme ceux-là que reposait toute sa stratégie. Il vous connaît mieux que nous ne le pensions, commandant.

Le Guen est ressorti quelques minutes de la salle des interrogatoires, laissant Maleval seul. Le balader, technique éprouvée. Laisser le suspect seul, le reprendre, passer la main à un collègue, revenir ensuite, le laisser de nouveau seul, rendre imprévisible la suite des événements… Même les suspects les plus rompus à cette technique – y compris les flics eux-mêmes – ont beau la connaître, elle porte toujours ces effets.

— On va passer à la vitesse supérieure mais…

— Quoi ? le coupe Verhœven.

— Il en sait moins qu'on peut l'espérer. Buisson en sait plus grâce à lui que lui n'en sait sur Buisson. Il a donné beaucoup d'informations, d'abord sur des petites affaires. C'est ce qui a servi à Buisson pour le mettre en confiance. Il est parti de loin, progressivement. Petites informations, petites sommes. Il lui a fait une sorte de rente de situation. Quand est arrivé le crime de Courbevoie, Maleval était mûr. Il n'a pas vu le coup venir. Un débutant, ton Maleval.

— Ce n'est pas mon Maleval, répond Verhœven en reprenant ses notes.

— Si tu veux.

— La maison d'édition Bilban, explique Cob, a été créée en 1981 et a disparu en mai 1985. À cette époque, peu d'éditeurs avaient un site sur le Net. J'ai tout de même retrouvé des parties de son catalogue, ici et là. J'ai mis tout ça bout à bout. Tu veux voir ?

Sans attendre la réponse, Cob a imprimé sa liste.

Une centaine de romans édités entre 1982 et 1985. Littérature de gare. Verhœven parcourt les titres. De l'espionnage – *Sans nouvelles de l'Agent TX, L'Agent TX face à l'Abwehr, Maldonne et atout, Le Sourire de l'espion, Nom de code : « Océan »…* –, du policier – *Rififi à Malibu, Cause toujours tu m'intéresses, Balles de jour pour belles de nuit, Dans la peau d'un autre…* –, du roman sentimental – *Christelle adorée, Un cœur si pur, Pour en finir avec l'amour…*

— La spécialité de Bilban a consisté d'abord à racheter des copyrights et à les commercialiser avec de nouveaux titres.

Cob a parlé, comme toujours, sans regarder Camille, en continuant de taper sur ses claviers.

— Tu as des noms ?

— Seulement le gérant, Paul-Henry Vaysse. Il avait des parts dans plusieurs petites sociétés mais gérait personnellement Bilban. Il a déposé le bilan et n'apparaît plus dans des affaires d'édition jusqu'à sa mort en 2001. Pour le reste, je suis dessus.

— J'ai !

Camille accourt. Il est le premier arrivé.

— Enfin, je crois… Attends…

Cob continue de taper d'un clavier sur l'autre, des pages se succèdent sur les deux écrans.

— C'est quoi ? demande Camille avec impatience.

Le Guen et Louis les ont rejoints et devant les autres qui font quelques pas pour s'approcher, Verhœven interrompt de justesse un geste d'agacement.

— On s'en occupe, continuez votre boulot.

— Un registre des employés de Bilban. Je ne les ai pas tous. J'en ai trouvé six.

Une fiche apparaît sur l'écran. Une liste à six colonnes avec nom, adresse, date de naissance, numéro de Sécurité sociale, date d'entrée dans l'entreprise et date de sortie. 6 lignes.

— Maintenant, lâche Cob en se reculant sur sa chaise et en se massant les reins, je ne sais pas comment tu veux faire.

— Imprime-moi ça.

Cob désigne simplement la machine sur laquelle s'impriment quatre copies de l'état.

— Tu as trouvé ça comment ? demande Louis.

— Ce serait trop long à t'expliquer. Je n'avais pas toutes les autorisations. J'ai dû faire plusieurs fois le tour, si tu vois ce que je veux dire.

Cob jette un œil résigné au divisionnaire Le Guen qui se contente de prendre en main une des copies comme s'il n'avait rien entendu.

Debout près du poste informatique, ils lisent la liste avec attention.

— Le reste suit, dit Cob en cliquant de nouveau et en scrutant ses écrans.

— Quelle suite ? demande Camille.

— Leur pedigree.

L'imprimante s'est remise au travail. Le complément. Une employée est décédée au début de l'année. Un autre semble avoir disparu dans la nature.

— Celui-là ? interroge Louis.

— Je ne le retrouve nulle part, dit Cob. Il a disparu corps et biens. Impossible de savoir ce qu'il est devenu. Isabelle Russel, née en 1958. Elle entre chez Bilban en 1982 mais n'y reste que cinq mois. Camille coche son nom. Jacinthe Lefebvre, née en 1939. Elle est présente de 1982 jusqu'à la fin. Nicolas Brieuc, né en 1953. Entré l'année de la création de Bilban, sorti en 1984. Théodore Sabin, né en 1924. Entré en 1982, sorti à la fermeture de l'entreprise. Aujourd'hui à la retraite. Camille fait un rapide calcul : 79 ans. Domicile : maison de retraite à Jouy-en-Josas. Il coche.

— Ces deux-là, dit Camille en désignant les deux noms qu'il a encerclés : Lefebvre et Brieuc.

— C'est parti, dit Cob.

— Possible de savoir ce qu'ils y faisaient ? demande Louis.

— Non, ça j'ai pas. Voilà. Jacinthe Lefebvre, retraitée, 124 avenue du Bel-Air à Vincennes.

Un temps.

— Et Nicolas Brieuc, 36 rue Louis-Blanc, Paris X^e, sans emploi.

— Tu prends le premier, je prends l'autre, lâche-t-il à Louis en se précipitant sur le téléphone.

— Désolé de vous déranger à cette heure tardive… Oui, je comprends… Je vous conseille néanmoins de ne pas raccrocher. Louis Mariani, Brigade criminelle…

Chez Brieuc, le téléphone sonne, sonne.

— Vous êtes… ? Et votre mère n'est pas là ? Verhœven compte instinctivement, sept, huit, neuf…

— À quel hôpital, je vous prie?... Oui, je comprends...

Onze, douze. Verhœven va raccrocher quand un cliquetis se fait entendre. Le téléphone est maintenant décroché à l'autre bout de la ligne mais aucune voix ne répond.

— Allô? Monsieur Brieuc? Allô? hurle Camille. Vous m'entendez?

Louis a raccroché et glisse un papier sur le bureau de Camille : Hôpital Saint-Louis. En soins palliatifs.

— Bordel de merde...! Y a quelqu'un? Vous m'entendez?

Cliquetis de nouveau et la sonnerie d'un poste occupé. Raccroché.

— Tu viens avec moi, dit-il en se levant.

Le Guen fait signe à deux agents de les suivre. Ils se lèvent aussitôt, attrapant leurs vestes au passage. Verhœven s'est déjà précipité vers la sortie mais il revient aussitôt en courant vers son bureau, ouvre son tiroir, saisit son arme de service et repart.

Il est minuit et demi.

Les deux agents motorisés conduisent beaucoup plus vite que Camille qui fait pourtant de son mieux. À côté de lui, Louis ne cesse de remonter sa mèche silencieusement. Assis à l'arrière, les deux agents gardent un silence concentré. Les sirènes hurlent, entrecoupées des coups de sifflet impératifs des motards. La circulation à cette heure-ci est enfin devenue calme. 120 km/h dans l'avenue de Flandres, 115 dans la rue du Faubourg-Saint-Martin. Moins de sept minutes plus tard, les deux voitures stoppent dans la rue Louis-Blanc. Les motards, devant et derrière, ont déjà bloqué la rue. Les quatre hommes jaillissent des voitures et s'engouffrent dans l'immeuble du 36. Camille n'a même pas vu, en quittant la Brigade, qui étaient les agents que Le Guen a jetés dans sa suite. Il a vite fait de se rendre compte que ce sont des hommes jeunes. Plus jeunes que lui. Le premier s'est arrêté devant les boîtes aux lettres un bref instant, murmurant sobrement : troisième gauche. Lorsque Camille arrive sur le palier, les deux agents tambourinent déjà sur la porte en hurlant : Police, ouvrez! Et de fait, ça s'ouvre. Mais pas la bonne porte. Celle du palier, à droite. La tête d'une vieille femme passe un bref instant, la porte se referme. Au-dessus, on perçoit le bruit d'une autre porte mais l'immeuble reste calme. Un agent a sorti son arme et regarde Camille dans les yeux, puis la serrure de la porte puis Camille de nouveau. L'autre recommence à frapper. Verhœven regarde la porte fixement, écarte le jeune agent et se plante de côté sur le palier, étudiant l'angle que peut prendre une balle tirée à bout portant sur la serrure d'un appartement dont on ne connaît pas la topographie.

— Tu t'appelles comment? demande-t-il au jeune homme.

— Fabrice Pou…

— Et toi? le coupe-t-il en regardant l'autre agent.

— Moi, c'est Bernard.

Le premier peut avoir 25 ans, le second un peu plus. Verhœven regarde de nouveau la porte, se baisse légèrement, puis se met sur la pointe des pieds, tend le bras droit en hauteur, la main gauche, index tendu, désignant l'angle d'arrivée. Il vérifie du regard qu'il a été bien compris et s'écarte en désignant le plus grand, celui qui se prénomme Bernard.

Le jeune homme prend sa place, allonge les bras en tenant fermement son arme à deux mains lorsque la porte fait entendre un bruit de clé, puis de verrou et pivote enfin lentement sur elle-même. Camille pousse la porte d'un geste. Un homme d'une cinquantaine d'années est debout dans le vestibule. Il porte un caleçon et un tee-shirt avachi, autrefois blanc. Il semble totalement abruti.

— Qu'est-ce que c'est… ? articule-t-il, les yeux écarquillés devant le revolver brandi devant lui.

Camille se retourne, fait signe au jeune agent de rengainer son arme.

— Monsieur Brieuc ? Nicolas Brieuc ? demande-t-il avec une soudaine précaution.

Devant lui l'homme tangue. Il exhale une odeur d'alcool à vous couper le souffle.

— Manquait plus que ça… lâche Camille en le repoussant doucement à l'intérieur.

Après avoir allumé toutes les lumières du salon, Louis a ouvert la fenêtre en grand.

— Fabrice, tu fais du café, dit Camille et repoussant l'homme vers un canapé défoncé. Toi, dit-il à l'autre agent, tu le couches là.

Louis a déjà couru à la cuisine. Une main sous le robinet, il fait couler l'eau qui tarde à devenir fraîche. Pendant ce temps, Camille ouvre les portes des placards à la recherche d'un récipient. Il trouve un saladier en verre qu'il tend à Louis et revient vers le salon. L'appartement n'est pas dévasté. Seulement à l'abandon. Il donne l'impression de n'être plus porté par aucune volonté. Des murs nus, un lino vert d'eau sur le sol jonché de vêtements épars. Une chaise, une table avec une toile cirée, des reliefs de repas et un poste de télévision allumé mais dont le son a été coupé et que Fabrice éteint d'un geste décidé.

Sur le canapé, l'homme a fermé les yeux. Il a le teint terreux, une barbe de quelques jours, mâtinée de gris, des pommettes proéminentes, des jambes maigres et des genoux saillants.

Le portable de Camille sonne.

— Alors… ? demande Le Guen.

— Le type est complètement bourré, lâche Verhœven en regardant Brieuc qui dodeline lourdement de la tête.

— Tu veux une équipe ?

— Pas le temps. Je te rappelle.

— Attends…

— Quoi ?

— La brigade de Périgueux vient d'appeler. La maison de famille de Buisson est vide et même vidée. Plus un meuble, plus rien.

— Des corps ? demande Camille.

— Deux. Ça date de deux ans mais il ne s'est pas donné beaucoup de mal. Il les a enterrés dans un massif juste derrière la maison. Une équipe va procéder à l'exhumation. Je te tiens au courant.

Louis tend le saladier plein d'eau et un torchon de cuisine délavé. Verhœven le plonge dans l'eau et colle le torchon sur le visage de l'homme qui réagit à peine.

— Monsieur Brieuc… Vous m'entendez ?

Brieuc respire par saccades. Camille renouvelle son geste et colle le torchon détrempé une nouvelle fois sur son visage. Puis il penche la tête. Sur le côté du canapé, dans un angle mort, des canettes de bière. Il en compte une douzaine.

Il saisit son bras et cherche son pouls.

— OK, dit-il après avoir compté. Il y a une douche là-dedans?

Le type n'a pas hurlé. Pendant que les deux hommes le tiennent dans la baignoire, Verhœven, une main sur le robinet, cherche la bonne température, ni trop froide ni trop chaude.

— Allez-y, dit en tendant la pomme de douche au plus grand.

— Oh merde! se lamente Brieuc tandis que l'eau, jaillissant par-dessus son crâne, colle déjà ses vêtements à son corps maigre.

— Monsieur Brieuc? demande Camille. Vous m'entendez maintenant.

— Oui, merde, je vous entends, faites chier…

Verhœven fait un signe. Le jeune homme repose la pomme de douche sans arrêter l'eau qui gicle maintenant sur les pieds de Brieuc. L'homme, inondé, se soulève d'un pied sur l'autre, comme s'il avançait dans la mer. Louis a saisi une serviette et la tend à Brieuc qui se retourne et s'assoit lourdement sur le rebord de la baignoire. L'eau, de son dos, coule sur le plancher. Il pisse longuement dans la baignoire, dans les plis de son caleçon.

— Ramenez-le par là, dit Verhœven en se dirigeant vers le salon.

Louis a inspecté l'appartement en entier, la cuisine en détail, la chambre, le placard. Il ouvre maintenant les tiroirs et les portes du buffet Henri II.

Brieuc a été assis dans le canapé. Il grelotte. Fabrice est allé dans la chambre chercher la couverture du lit et la lui passe sur les épaules. Camille approche une chaise et s'assoit en face de lui. C'est la première fois que les deux hommes se regardent. Brieuc recouvre lentement ses esprits. Il s'aperçoit enfin qu'il y a là quatre hommes autour de lui, deux sont debout à le regarder d'un air qu'il trouve menaçant, un fouille les tiroirs et, devant lui, un bonhomme assis le détaille froidement. Brieuc se frotte les yeux. Et soudain, il prend peur et se lève. Camille n'a pas eu le temps faire un geste, Brieuc le bouscule et Verhœven chute lourdement sur le plancher. À peine a-t-il fait un pas dans la pièce, les deux agents ont saisi Brieuc à bras-le-corps et l'ont couché par terre, les bras repliés dans le dos. Fabrice a posé un pied sur sa nuque tandis que Bernard lui maintient les bras dans le dos, tout en force.

Louis s'est précipité vers Camille.

— Fais pas chier ! lâche Camille en faisant un vaste geste rageur, comme s'il voulait écarter une guêpe.

Il se relève en se tenant la tête et se met à genoux devant Brieuc qui, le visage écrasé au sol, a du mal à respirer.

— Maintenant, dit Camille d'une voix qui contient à peine son exaspération, je vais t'expliquer…

— J'ai… rien fait… ! parvient à articuler Brieuc.

Camille pose sa main sur la joue de l'homme. Il lève les yeux vers Fabrice et lui fait un signe de tête. Le jeune homme accentue sa poussée du pied, ce qui arrache un cri à Brieuc.

— Écoute-moi bien. J'ai très peu de temps…

— Camille… dit Louis.

— Je vais t'expliquer, poursuit Camille… Je suis le commandant Verhœven. Une femme est en train de mourir.

Il retire sa main et se baisse lentement.

— Si tu ne m'aides pas, lui chuchote-t-il dans l'oreille, je vais te tuer…

— Camille… répète Louis d'une voix plus forte.

— Tu pourras te bourrer la gueule tant que tu voudras, poursuit Verhœven d'une voix très douce mais d'une densité dont on ressent les vibrations dans toute la pièce. Mais après… Quand je serai parti. Pour le moment, tu vas m'écouter et, surtout, tu vas me répondre. Est-ce que je suis clair ?

Camille ne s'en est pas rendu compte, mais Louis a fait signe à Fabrice qui a lentement dégagé son pied. Brieuc pour autant ne bouge pas. Il reste ainsi, allongé sur le sol, la joue contre le plancher. Il regarde dans les yeux le petit homme et lit dans son regard une détermination qui lui fait peur. Il fait « oui » de la tête.

— On a tout pilonné…

Brieuc a été réinstallé dans le canapé. Verhœven lui a accordé une bière dont il a vidé la moitié du contenu d'un seul trait. Requinqué, il a écouté les brèves explications de Camille. Il n'a pas tout compris mais il a opiné de la tête comme s'il comprenait et pour Verhœven, c'est largement suffisant. Ils cherchent un bouquin, se dit-il. C'est tout ce qu'il a compris. Bilban. Il y a été magasinier pendant quoi ? Il n'a plus réellement la notion du temps. C'était il y a longtemps. Quand l'entreprise a fermé ? Qu'est-ce qu'on a fait des stocks ? On lit dans le visage de Brieuc qu'il se demande quelle importance peut bien avoir maintenant le stock de ces bouquins de merde. Quelle urgence, surtout. Et ce qu'il vient foutre là-dedans, lui… Il a beau essayer de se concentrer, il ne parvient pas à mettre les choses bout à bout.

Verhœven n'explique rien. Il reste centré sur les faits. Ne pas laisser l'esprit de Brieuc s'envoler vers de nouveaux horizons embrumés. « S'il cherche à comprendre, il va nous faire perdre du temps », se dit-il. Les faits. Où sont aujourd'hui ces bouquins ?

— On a pilonné tout le stock, je vous jure. Vous vouliez qu'on en fasse quoi ? C'étaient des trucs nuls.

Brieuc lève le bras pour finir sa bière mais Verhœven l'arrête d'un geste précis.

— Tout à l'heure !

Brieuc, du regard, cherche du réconfort mais rencontre le visage fermé des trois autres. Il prend peur de nouveau et se met à trembler.

— Calme-toi, dit Verhœven sans bouger. Ne me fais pas perdre du temps…

— Mais je vous ai dit…

— Oui, j'ai compris. Mais on ne pilonne jamais tout. Jamais. On a des stocks un peu partout, on a fait des dépôts qui reviennent après le pilonnage… Souviens-toi.

— On a tout pilonné… répète Brieuc stupidement en regardant la canette de bière qui tremble dans sa main.

— Bon, dit Verhœven soudain las.

Il regarde sa montre. 1 h 20 du matin. Il a soudain froid dans la pièce et regarde les fenêtres qui sont restées grandes ouvertes. Il pose ses mains sur ses genoux et se lève.

— On n'en tirera rien de plus. Allez, on s'en va.

Louis penche la tête, manière de dire que c'est effectivement ce qu'il y a de mieux à faire. Tout le monde arrive sur le palier. Fabrice et Bernard descendent en premier, repoussant calmement les quelques voisins montés aux nouvelles. Verhœven se frotte de nouveau la tête. Il sent qu'en quelques minutes l'hématome a gonflé. Il revient dans l'appartement dont la porte est restée ouverte. Brieuc est toujours assis dans la même position sa canette dans les mains, les coudes sur les genoux, l'air hébété. Camille passe à la salle de bains, monte sur la poubelle pour se regarder dans la glace. C'est un bon coup, sur le côté du crâne, bien rond et qui commence à bleuir. Il pose un doigt dessus, fait couler l'eau froide et se frotte avec.

— Je suis plus certain…

Verhœven se retourne brusquement. Brieuc est dans l'encadrement de la porte, pitoyable dans son caleçon mouillé, avec sa couverture écossaise sur le dos, comme un réfugié d'une catastrophe.

— Je crois que j'en ai ramené quelques cartons pour mon fils. Il ne les a jamais pris. Ça doit être à la cave, si vous voulez jeter un œil…

La voiture roule beaucoup trop vite. C'est Louis qui est au volant, cette fois. Dans les embardées incessantes, les accélérations brusques, les coups de frein, sans compter le bruit assourdissant des sirènes, Verhœven ne parvient pas à lire. Il se tient de la main droite à la portière, tente sans arrêt de lâcher prise pour tourner les pages mais se trouve aussitôt projeté en avant ou sur le côté. Il attrape des mots, le texte danse sous ses yeux. Il n'a pas eu le temps de mettre ses lunettes et tout lui apparaît flou. Il faudrait pouvoir lire quasiment à bout de bras. Après quelques minutes de ce combat sans espoir, il renonce. Il tient alors le livre serré sur ses genoux. La couverture montre une femme, jeune, blonde. Elle est allongée sur ce qui semble un lit. Son corsage entrouvert laisse voir la naissance de seins volumineux et le début d'un ventre rond. Ses bras sont tendus le long de son cou comme si elle était attachée. Effrayée, la bouche grande ouverte, elle hurle en roulant des yeux de folle. Verhœven lâche la poignée un instant et retourne le livre. La quatrième de couverture est imprimée en blanc sur noir.

Il ne parvient pas à distinguer les caractères, trop petits. La voiture fait un brusque virage sur la droite et entre dans la cour de la Brigade. Louis serre le frein à main d'un geste violent, arrache le livre des mains de Verhœven et court devant lui, vers l'escalier.

La photocopieuse a craché des centaines de pages pendant de très longues minutes et Louis revient enfin dans la salle avec quatre copies, serrées dans des chemises vertes, toutes identiques, pendant que Camille fait les cent pas dans la salle.

— Ça fait… commence Verhœven en ouvrant un dossier par la fin, 250 pages. Si on peut trouver quelque chose là-dedans, c'est à la fin. Disons à partir de la page 130. Armand, tu commences là. Louis, Jean et moi on prend la fin. Docteur, vous jetez un œil sur le début, on ne sait jamais. On ne sait pas ce qu'on cherche. Tout peut avoir de l'importance. Cob! Tu arrêtes tout. À mesure que vous trouvez des éléments de recherche, vous les passez à Cob, à voix haute, pour que tout le monde entende, compris? Allez!

Verhœven ouvre le dossier. En courant aux dernières pages, quelques paragraphes attirent son attention, il avale un extrait de quelques lignes, résiste à l'envie de lire, de comprendre, avant tout il faut chercher. Il repousse ses lunettes qui glissent sur son nez.

« En se baissant presque jusqu'au sol, Matthéo parvint à distinguer le corps de Corey étendu au sol. La fumée le prenait à la gorge et il se mit à tousser violemment. Il s'allongea néanmoins et se mit à ramper. Son arme le gênait. À tâtons, il repoussa le cran de sécurité

et, en se déhanchant, parvint à replacer son arme dans son holster. »

Il tourne deux pages.

« Il lui était impossible de voir si Corey vivait encore. Il ne semblait plus bouger mais la vision de Matthéo était brouillée. Ses yeux le piquaient affreusement. Dans un... »

Verhœven regarde le numéro de la page et remonte brutalement à la page 181.

— J'ai un nommé Corey, lance Louis sans lever la tête, en direction de Cob.

Il épelle le nom.

— Mais pas encore de prénom.

— La fille se nomme Nadine Lefranc, dit Le Guen.

— Je vais en avoir trois mille, murmure Cob.

Page 71 – *« Nadine sortit de la clinique vers 16 heures et rejoignit sa voiture, garée sur le parking du supermarché. Depuis la nouvelle de l'échographie, elle se sentait frémissante. À cet instant, à ses yeux, tout était beau. Le temps, pourtant gris, l'air, pourtant frais, la ville, pourtant... »*

Plus loin, se dit Verhœven. Il feuillette rapidement les pages suivantes, saisissant au passage quelques mots mais rien ne le frappe.

— J'ai un commissaire Matthéo. Francis Matthéo, dit Armand.

— Une entreprise de pompes funèbres à Lens, dans le Pas-de-Calais, annonce Le Guen. Dubois et fils.

— Du calme les mecs, grommelle Cob en tapant à toute vitesse sur ses claviers. J'ai 87 Corey. Si quelqu'un a le prénom...

Page 211 – « *Corey s'était installé derrière la fenêtre. Par précaution, ne voulant pas risquer d'attirer l'attention d'un quelconque passant, même dans cette zone si avare de passage, il s'était gardé d'en nettoyer les vitres, grises d'une poussière qui devait remonter au dernier tour de clé, dix ans plus tôt. Devant lui, à la lueur des deux réverbères encore en fonction, il voyait... »*

Verhœven feuillette de nouveau en arrière.

Page 207 – « *Corey resta un long moment dans sa voiture, scrutant les bâtiments désertés. Il consulta sa montre : 22 heures. Il refit, une nouvelle fois, son calcul et retomba sur la même hypothèse. Le temps de s'habiller, de descendre, de venir, avec l'inévitable panique dont elle serait habitée, et en comptant les quelques minutes indispensables pour trouver le chemin, Nadine serait là dans moins de vingt minutes. Il baissa légèrement la vitre et alluma une cigarette. Tout était prêt. Si tout... »*

Avant. Encore avant.

Page 205 – « *C'était un bâtiment tout en longueur, situé à l'extrémité d'une ruelle qui, deux kilomètres plus loin, menait à l'entrée de Parency. Corey avait... »*

— La ville s'appelle Parency, annonce Camille. C'est un village.

— Pas de pompes funèbres Dubois à Lens, dit Cob. J'ai quatre autres entreprises Dubois : plomberie, comptabilité, bâches et jardinerie. J'imprime la liste.

Le Guen se lève pour aller chercher le tirage sur l'imprimante.

Page 221 – « *— Dites toujours, répéta le commissaire Matthéo.*

Christian ne sembla pas l'entendre.

— Si j'avais su... murmura-t-il. Dans les... »

— La fille travaille pour un avocat du nom de Pernaud, dit Armand. À Lille, rue Saint-Christophe.

Verhœven s'arrête de lire. Nadine Lefranc, Corey, Matthéo, Christian, pompes funèbres, Dubois, répète-t-il mentalement mais ces mots ne déclenchent rien.

Page 227 – « *La jeune femme venait enfin de reprendre ses esprits. Elle tourna la tête d'un côté puis de l'autre et découvrit Corey, debout près d'elle, qui souriait étrangement.* »

Verhœven ressent une brusque poussée de transpiration, ses mains se remettent à trembler.

« *— C'est vous ? dit-elle.*

Soudain prise de panique elle tenta de se lever mais ses bras et ses jambes étaient solidement attachés. Les liens qui l'entravaient étaient si serrés que ses extrémités en étaient glacées. Depuis combien de temps suis-je ici ? se demanda-t-elle.

— Bien dormi ? demanda Corey en allumant une cigarette.

Nadine, prise d'hystérie, se mit à hurler en remuant la tête dans tous les sens. Elle hurla jusqu'à ce que l'air lui manque et s'arrêta enfin, aphone et à bout de souffle. Corey n'avait pas bougé d'un cil.

— Tu es très belle, Nadine. Vraiment... Très belle quand tu pleures.

Sans cesser de fumer, il posa sa main libre sur l'énorme ventre de la jeune femme. Elle tressaillit instantanément à ce contact.

— Et je suis sûr que tu es aussi très belle quand tu meurs, lâcha-t-il en souriant. »

— Pas de rue Saint-Christophe à Lille, dit Cob. Pas de maître Pernaud non plus.

— Bordel… lâche Le Guen.

Camille lève les yeux vers lui puis vers le dossier ouvert devant lui. Il lit les dernières pages, lui aussi. Verhœven baisse les yeux vers son propre dossier.

Page 237 – « *Joli, non ? demanda Corey.*

Nadine parvint à tourner la tête. Son visage était tuméfié, ses yeux gonflés ne devaient plus laisser passer qu'un rai de lumière, les ecchymoses aux arcades sourcilières tournaient à une vilaine couleur. Si sa plaie à la joue avait cessé de saigner, sa lèvre inférieure continuait à laisser couler un sang épais et d'un rouge profond qui ruisselait jusque dans son cou. Elle avait du mal à respirer et sa poitrine se soulevait lourdement, par à-coups.

Corey, les manches de sa chemise retroussées jusqu'aux coudes, s'avança vers elle.

— Pourquoi, Nadine ? Tu ne trouves pas ça joli ? ajouta-t-il en désignant un objet situé au pied du lit.

Nadine, les yeux noyés de larmes, parvint à distinguer une sorte de croix en bois posée sur un chevalet. Elle pouvait mesurer une cinquantaine de centimètres de large. C'était comme une croix pour une église mais en miniature.

— Ça, c'est pour le bébé, Nadine, articula-t-il d'une voix très douce.

Il enfonça l'ongle de son pouce si profondément sous les seins de Nadine qu'elle poussa un hurlement de douleur. L'ongle descendit lentement, tout du long, jusqu'au pubis, semblant creuser un sillon dans la peau tendue de son ventre, arrachant à la jeune femme un cri lugubre et rauque.

— On va le faire sortir par là, disait doucement Corey en accompagnant son geste. Une sorte de césarienne, quoi. Après, tu ne seras plus assez vivante pour le voir mais il va être très beau, ce bébé, en crucifié, je t'assure. Il va être content Christian. Son petit Jésus... »

Verhœven se soulève brusquement, saisit le manuscrit de Buisson et feuillette furieusement. « *La croix..., murmure-t-il..., sur le chevalet...* ». Il retrouve enfin. Page 205, non, page suivante. Toujours rien, page 207. Il s'arrête soudain, en arrêt devant le texte. Et maintenant c'est là, devant lui :

« *Corey avait choisi l'endroit avec soin. Le bâtiment, qui avait servi pendant une dizaine d'années d'entrepôt pour la fabrique de chaussures, était le lieu idéal. Ancien atelier d'un céramiste qui l'avait laissé à l'abandon en faisant faillite... »*

Verhœven se retourne brutalement. Tombe nez à nez avec Louis.

Il revient au texte de Buisson et remonte les pages en arrière, fébrilement.

— Tu cherches quoi ? demande Le Guen.

Sans même le regarder :

— S'il parle de...

Les pages se succèdent, Camille se sent soudain d'une lucidité complète.

— Son entrepôt, dit-il en secouant la liasse de pages, comme un... un ancien atelier d'artiste. Un atelier d'artiste... Il l'a emmenée à Monfort. Dans l'atelier de ma mère.

Le Guen se précipite sur le téléphone pour joindre le RAID mais Camille a déjà sauté sur sa veste. Il ramasse un trousseau de clés et court vers les escaliers. Louis rassemble tout le monde et, avant de suivre Camille, distribue les consignes. Seul Armand est resté derrière sa table, son dossier ouvert devant lui. Les équipes s'organisent, Le Guen s'entretient avec l'agent de la BI et explique la situation.

À l'instant de courir dans l'escalier pour rejoindre Verhœven, l'attention de Louis est soudain attirée par un point fixe. Quelque chose ne bouge pas, au milieu de cette agitation. C'est Armand hébété, planté devant son dossier. Louis fronce les sourcils et l'interroge du regard.

Le doigt posé sur une ligne, Armand dit :

— Il la tue à 2 heures du matin, exactement.

Tous les yeux se braquent vers la pendule murale. Il est 2 heures moins le quart.

Verhœven a fait une rapide marche arrière et Louis s'engouffre dans la voiture qui démarre aussitôt.

Tandis que défile le boulevard Saint-Germain, l'esprit des deux hommes est happé par cette image : la jeune femme attachée, tuméfiée, hurlante et ce doigt tout au long de son ventre.

Tandis que Camille accélère, Louis, sanglé dans sa ceinture de sécurité, le regarde du coin de l'œil. Que se passe-t-il, à cet instant précis, dans l'esprit du commandant Verhœven ? Peut-être, derrière le masque de la détermination, entend-il Irène qui l'appelle, qui dit « Camille, viens vite, viens me chercher », tandis que la voiture fait une embardée pour éviter un véhicule arrêté au feu rouge de l'avenue Denfert-Rochereau, sans doute il l'entend et ses mains serrent le volant à le rompre.

Louis, en pensée, voit soudain Irène qui hurle de frayeur quand elle comprend qu'elle va mourir, ainsi, là, impuissante, liée, offerte à la mort.

Toute la vie de Camille doit être condensée, elle aussi, dans cette image du visage d'Irène dont le sang coule jusque dans son cou, alors que la voiture traverse en trombe le carrefour pour se mettre à dévaler l'avenue du Général-Leclerc dont elle prend toute la chaussée, très vite, si vite. Ne pas nous tuer maintenant, pense Louis. Mais ce n'est pas pour sa vie qu'il a peur.

« Camille, ne va pas te tuer, dit la voix d'Irène *: arrive vivant, trouvez-moi vivante, sauvez-moi parce que sans vous je vais mourir ici, maintenant, et que je ne veux pas mourir, parce que depuis des heures qui m'ont semblé des années, je vous attends.*

Les rues défilent, en fureur elles aussi, vides, rapides, si rapides dans cette nuit qui pourrait être si belle si tout n'était pas ainsi. La voiture hurlante aborde la porte de Paris, elle s'enfonce comme un pieu dans la banlieue endormie, zigzague entre les voitures, contourne à pleine vitesse le carrefour au point de basculer sur deux roues, de frôler la chaussée, de cogner sur le trottoir. « Ce n'est qu'un choc », pense Louis. La voiture semble pourtant s'élever dans les airs, quitter le sol. Est-ce déjà notre mort ? Est-ce le diable qui nous prend, nous aussi ? Camille appuie convulsivement sur le frein, faisant hurler le bitume, les voitures défilent sur la droite tandis qu'il les frôle, en percute une, puis une autre, la voiture folle lance, au milieu des éclairs du gyrophare, des étincelles de tôle, les roues hurlent, la voiture se cabre, projetée d'un côté à l'autre de la rue, passant en trombe, tous freins serrés, en travers de la chaussée.

La voiture a commencé à longer dangereusement les véhicules garés le long du trottoir, elle a touché l'une, puis l'autre, rebondissant et rebondissant encore d'un côté à l'autre de la chaussée, écrasant des portières, arrachant des rétroviseurs, tandis que Verhœven, serrant les freins à n'en plus pouvoir, tentait de redresser sa trajectoire, devenue folle. Après quoi, elle est enfin venue mourir à l'angle du carrefour qui fait l'entrée du Plessis-Robinson, montant de deux roues sur le trottoir.

Le silence est soudain assourdissant. La sirène s'est tue. Le gyrophare, dans la course, s'est détaché du toit et pend le long de la carrosserie. Verhœven, propulsé vers la portière, s'est violemment cogné la tête et saigne abondamment. Une voiture les croise, lentement, des yeux regardent et disparaissent. Camille se redresse, passe sa main sur son visage et l'en retire pleine de sang.

Il a mal au dos, mal aux jambes, abruti par le choc ; il peine à se redresser, y renonce et retombe lourdement. Il reste ainsi quelques secondes et tente un effort désespéré pour se lever. À côté de lui, Louis est groggy. Il bascule la tête d'un côté puis de l'autre.

Verhœven s'ébroue. Il pose sa main sur l'épaule de Louis et le secoue légèrement.

— Ça va… lâche le jeune homme en reprenant ses esprits. Ça va aller.

Verhœven cherche son téléphone. Il a dû rouler dans le choc. Il le cherche à tâtons, jusque sous les sièges, mais il y a peu de lumière. Rien. Ses doigts rencontrent enfin un objet, son arme, qu'il parvient à rengainer en se déhanchant. Il sait que les bruits de tôle résonnant en pleine nuit dans la banlieue vont attirer du monde, des hommes vont descendre dans la rue, des femmes vont se poster aux fenêtres. Il s'arc-boute sur sa portière et d'une brusque poussée parvient à l'ouvrir dans un grincement de tôle qui semble céder d'un coup. Il passe les jambes à l'extérieur et se remet enfin debout. Il saigne beaucoup mais n'arrive pas à savoir de quel endroit exactement.

Il fait le tour de la voiture en titubant, ouvre la portière et retient Louis par les épaules. Le jeune homme lui adresse un signe de la main. Verhœven le laisse reprendre ses esprits, va ouvrir le coffre arrière et, dans le désordre qui y règne, trouve un morceau de chiffon sale qu'il s'applique sur le front. Il regarde ensuite le chiffon, cherche sa blessure du bout de l'index et trouve une entaille à la base du cuir chevelu. Les quatre portières ont été touchées ainsi que les deux ailes arrière. Il se rend compte à cet instant que le moteur n'a pas cessé de tourner. Il remet, sur le toit, le gyrophare qui continue de clignoter, constate au passage qu'un phare a été cassé. Puis il reprend sa place au volant, regarde Louis qui fait « Oui » de la tête, fait lentement marche arrière. La voiture recule. De la sentir ainsi fonctionner, les deux hommes ressentent un brusque soulagement, comme s'ils avaient évité l'accident au lieu de le subir. Camille enclenche la première, accélère, passe la seconde. Et la voiture s'enfonce à nouveau dans la banlieue en prenant rapidement de la vitesse.

À l'horloge du tableau de bord, il est 2 h 15 lorsque, ralentissant enfin, Verhœven aborde les rues endormies qui conduisent en bordure de forêt. Une rue à droite, une autre à gauche, et il accélère violemment dans la ligne droite qui paraît vouloir s'enfoncer entre les grands arbres qui se dressent au loin. Il jette derrière lui le chiffon que, tant bien que mal, il a réussi, jusqu'ici, à maintenir contre son front, et sort son arme qu'il pose entre ses cuisses, imité par Louis qui, avancé sur son siège, se tient maintenant des deux mains au tableau de bord. L'aiguille du compteur marque 120 lorsqu'il commence à freiner, à une centaine de mètres de la ruelle qui conduit à l'atelier. C'est une voie mal entretenue, truffée de nids-de-poule, que l'on emprunte généralement au ralenti. La voiture zigzague pour éviter les trous les plus profonds mais cahote dangereusement en cognant violemment dans ceux qu'elle ne parvient pas à contourner. Louis s'accroche. Camille arrête le gyrophare et freine brusquement dès qu'il aperçoit le contour du bâtiment plongé dans la pénombre.

Aucune voiture n'est garée devant. Il est possible que Buisson ait préféré se garer derrière l'atelier, à l'abri de tout regard. Verhœven a éteint ses phares et ses yeux mettent quelques secondes à accommoder de nouveau. Le bâtiment n'a qu'un étage et toute la partie droite de sa façade est constituée d'une baie vitrée. L'ensemble paraît aussi désolé qu'à l'accoutumée. Un doute le prend tout à coup. S'est-il trompé en venant ici ? Est-ce bien là que Buisson a emmené Irène ? C'est peut-être la nuit, le silence de la forêt qui s'étend, sombre, derrière le bâtiment, mais l'endroit a un aspect terriblement menaçant. Pourquoi n'y a-t-il aucune lumière ? se demandent les deux hommes sans se parler. Ils se trouvent à une trentaine de mètres de l'entrée. Verhœven a coupé le moteur et laisse sa voiture achever silencieusement sa course. Il freine délicatement, comme s'il avait peur du bruit, saisit son arme à tâtons, sans cesser de regarder devant lui, ouvre sa portière lentement, et descend de voiture. Louis a tenté de faire la même chose mais sa portière accidentée a résisté. Lorsqu'il parvient enfin à l'ouvrir d'un coup d'épaule, elle produit un son lugubre. Les deux hommes se regardent et vont pour s'adresser la parole lorsqu'ils perçoivent un bruit feutré et régulier, saccadé. Deux bruits en fait. Camille avance lentement vers le bâtiment, son arme tendue devant lui. Louis, dans la même position, reste quelques pas derrière lui. La porte du bâtiment est fermée, rien n'évoque la moindre présence dans ce lieu. Camille lève la tête, la penche pour se concentrer sur les bruits qui augmentent et qu'il perçoit maintenant plus clairement. Il regarde Louis d'un air interrogatif mais le jeune homme a les yeux au sol, concentré sur ce bruit qu'il entend lui aussi mais qu'il ne parvient pas réellement à cerner.

Et le temps pour eux de comprendre, de mettre un mot sur ce qu'ils entendent, l'hélicoptère jaillit de la cime des arbres. Il effectue un brusque virage pour surplomber le bâtiment et des projecteurs puissants éclairent soudain, comme en plein jour, le toit de l'atelier, inondant de lumière blanche la cour de terre battue. Le bruit est assourdissant et un vent violent se lève d'un coup, soulevant la poussière qui se met à tourner en spirale comme dans un ouragan. Les grands arbres, tout autour de la cour, sont saisis d'immenses frémissements. L'hélicoptère effectue une série de rotations courtes et rapides. Instinctivement, les deux hommes se baissent, littéralement cloués au sol à une quarantaine de mètres de la maison.

Le vrombissement saccadé de l'appareil, dont les patins passent à quelques mètres à peine du toit de l'atelier, les empêche même de penser.

Le déplacement d'air est tel qu'ils ne peuvent lever les yeux et se retournent pour tenter de se protéger. Et ce qu'ils n'ont jusqu'ici qu'à peine entendu, maintenant, ils le voient. À l'autre extrémité de la route, trois énormes véhicules noirs aux vitres teintées roulent à tombeau ouvert, en file indienne, dans leur direction.

Ils avancent en une ligne parfaitement droite, indifférents aux chaos, bondissant sur les nids-de-poule sans
bouger de leur trajectoire. Le premier est équipé d'un
phare surpuissant qui les éblouit aussitôt.

L'hélicoptère change immédiatement de cap et vient
planter ses projecteurs sur l'arrière du bâtiment et le
bois environnant.

Soudain électrisé par le débarquement en force de la
Brigade d'intervention, abruti par le bruit, le vent, la
poussière, la lumière, Camille se retourne brusquement
vers l'atelier et se met à courir à toutes jambes. Devant
lui, son ombre, projetée sur le phare du premier véhicule, une dizaine de mètres derrière lui, diminue rapidement, galvanisant les dernières forces qui lui restent.
Louis qui l'a suivi pendant quelques mètres a soudain
disparu sur sa droite. En quelques secondes, Camille
a rejoint l'entrée, sauté les quatre marches en bois ver-
moulu et arrivé devant la porte, sans hésiter un instant.
Il tire deux balles dans la serrure, faisant exploser une
large partie du vantail et le chambranle. Il pousse brutalement la porte et se précipite dans la pièce.

À peine a-t-il fait deux pas, ses pieds glissent dans
un liquide visqueux et il chute lourdement sur le dos
sans avoir même le temps de se retenir. Sous la force de
la poussée, la porte de l'atelier a rebondi et s'est refer-
mée derrière lui. L'atelier est un court instant plongé
dans l'obscurité mais la porte a violemment heurté le
chambranle et s'ouvre de nouveau, plus lentement.
Le phare du premier véhicule, arrivé à la hauteur de
l'entrée, éclaire d'un coup, devant Camille, une large
planche posée sur deux tréteaux et sur lequel le corps
d'Irène est allongé et ligoté par les mains. Sa tête est
tournée vers lui, ses yeux sont ouverts, ses traits figés,
ses lèvres entrouvertes. Son ventre plat présente, vu

d'ici, de larges bourrelets, comme s'il avait été labouré par une roue à chenilles.

À l'instant où il ressent les vibrations violentes des rangers qui écrasent les marches de l'escalier, à l'instant où l'ombre des agents de la Brigade d'intervention obscurcit l'entrée, Camille tourne la tête sur sa droite où, dans la pénombre spasmodiquement percée par la lumière bleue d'un gyrophare, une croix semble en suspension au-dessus du sol, sur laquelle il distingue une minuscule silhouette sombre, presque informe, les bras largement écartés.

Épilogue

Lundi 26 avril 2004

Mon cher Camille,

Un an. Un an déjà. Ici, vous le devinez, le temps n'est ni court ni long. C'est un temps sans épaisseur qui nous arrive de l'extérieur tellement amorti que parfois nous doutons qu'il continue de s'écouler pour nous comme il le fait pour les autres. D'autant que ma position a été longtemps inconfortable.

Depuis que votre adjoint, me pourchassant jusque dans le bois de Clamart, m'a tiré lâchement dans le dos, me faisant, à la moelle épinière, des dégâts irréversibles, je vis dans ce fauteuil roulant d'où je vous écris aujourd'hui.

Je m'y suis fait. Il m'arrive même parfois de bénir cette situation car elle m'apporte un confort dont la plupart de mes congénères sont privés. Je suis l'objet de plus d'attention que les autres. On ne m'impose pas les mêmes servitudes. C'est un bénéfice maigre mais vous savez, ici, tout compte.

D'ailleurs, je vais mieux qu'au début. J'ai pris mes marques, comme l'on dit. Mes jambes me refusent définitivement tout service mais tout le reste fonctionne parfaitement. Je lis, j'écris. En un mot, je vis.

Et puis, ici, petit à petit, j'ai fait ma place. Je peux même vous confier que, malgré les apparences, je suis envié. Après tous ces mois d'hôpital, j'ai finalement atterri dans cet établissement, où je suis arrivé précédé par une réputation qui m'a assuré une certaine considération. Et ce n'est pas fini.

Je ne serai pas jugé avant longtemps. Peu m'importe d'ailleurs, le verdict est déjà écrit. En fait, non, ce n'est pas vrai. J'attends beaucoup de ce procès. Malgré les tracasseries incessantes de l'administration, j'ai bon espoir que mes avocats – ces rapaces m'étranglent, vous n'imaginez pas ! – obtiennent enfin la parution de mon livre qui, précédé de tout ce qu'on a écrit sur moi, va évidemment faire grand bruit. Il est déjà promis à une gloire internationale que la survenue de mon procès va encore relancer. Comme dit mon éditeur – cette vermine – ce sera bon pour les affaires. Nous sommes déjà approchés par les gens de cinéma, c'est vous dire…

Il m'a semblé, justement, qu'avant ce prochain déferlement de papiers en tout genre, d'écrits, de reportages, je devais vous adresser quelques mots.

Malgré les précautions que j'avais prises, tout ne s'est pas déroulé aussi parfaitement que je l'avais espéré. C'est d'autant plus regrettable qu'il s'en est fallu de bien peu. Si j'avais respecté les horaires (que j'avais moi-même fixés, je le reconnais), si j'avais eu moins confiance dans la construction de mon affaire, dès après la mort de votre épouse, j'aurais disparu aussitôt, comme je pensais le faire et je vous écrirais aujourd'hui du petit paradis que je m'étais organisé et où je pourrais marcher sur mes deux jambes. Il y a une justice, finalement. Ce doit être un réconfort pour vous.

*Vous remarquez que je parle ici de « mon affaire »
et non de mon œuvre.*

*C'est que je peux, aujourd'hui, me défaire de ce jar-
gon prétentieux qui n'a été utile qu'à la réalisation
de mon projet et auquel je n'ai jamais cru un instant.
Passer, à vos yeux, pour un homme « investi d'une mission », « porté par une œuvre plus grande que lui »,
ce n'était qu'une formule romanesque, rien d'autre.
Et même pas des meilleures. Je ne suis heureusement
pas ainsi. J'ai même été surpris de votre adhésion à
cette thèse. Décidément, vos psychologues ont, une nouvelle fois, fait leurs preuves et elles sont toujours aussi
accablantes... Non, je suis un homme éminemment pratique. Et modeste. Malgré le désir que j'en avais, je ne
me suis jamais fait d'illusion sur mon talent d'écrivain.
Mais porté par le scandale, propulsé par l'horreur
qu'exerce sur tout homme le fait divers tragique, mon
livre se vendra par millions, il sera traduit, adapté, il
figurera durablement dans les annales de la littérature.
Toutes choses que je ne pouvais espérer par mon seul
talent. J'ai contourné l'obstacle, voilà tout. Je n'aurai
pas volé ma gloire.*

*Vous, Camille, c'est moins sûr, pardonnez-moi de
vous le dire. Ceux qui vous connaissent de près savent
quel homme vous êtes. Bien éloigné du Verhœven que
j'ai décrit. J'avais besoin, pour satisfaire aux lois du
genre, de dresser de vous un portrait un peu... hagio-
graphique, un peu lénifiant. Lecteurs obligent. Mais
dans votre for intérieur, vous savez que vous êtes bien
moins conforme à ce portrait qu'à celui que j'ai dressé
autrefois de vous pour* Le Matin.

*Nous ne sommes, ni vous ni moi, ceux auxquels les
autres ont cru. Peut-être, finalement, sommes-nous
plus semblables, vous et moi, que nous ne le croyons*

nous-mêmes. D'une certaine manière, n'avons-nous pas, tous les deux, fait mourir votre femme?

Je vous laisse méditer cette question.

Bien cordialement,

Ph. Buisson

Saint-Ouen, septembre 2005

Hommage à la littérature, ce livre n'existerait pas sans elle.

Au fil des pages, le lecteur aura peut-être reconnu quelques citations, parfois légèrement remaniées.
Dans l'ordre, comme on dit, de leur apparition :

Louis Althusser – Georges Perec – Choderlos de Laclos – Maurice Pons – Jacques Lacan – Alexandre Dumas – Honoré de Balzac – Paul Valéry – Homère – Pierre Bost – Paul Claudel – Victor Hugo – Marcel Proust – Danton – Michel Audiard – Louis Guilloux – George Sand – Javier Marías – William Gaddis – William Shakespeare.

Pierre Lemaitre
dans Le Livre de Poche

Alex nº 32580

Qui connaît vraiment Alex ? Elle est belle. Excitante. Est-ce pour cela qu'on l'a enlevée, séquestrée et livrée à l'inimaginable ? Mais quand le commissaire Verhoeven découvre enfin sa prison, Alex a disparu. Alex, plus intelligente que son bourreau. Alex qui ne pardonne rien, qui n'oublie rien ni personne. Un thriller glaçant qui jongle avec les codes de la folie meurtrière, une mécanique diabolique et imprévisible où l'on retrouve le talent de l'auteur de *Robe de marié*.

Robe de marié nº 31638

Nul n'est à l'abri de la folie. Sophie, une jeune femme qui mène une existence paisible, commence à sombrer lentement dans la démence : mille petits signes inquiétants s'accumulent puis tout s'accélère. Est-elle responsable de la mort de sa belle-mère, de celle de son mari infirme ? Peu à peu, elle se retrouve impliquée dans plusieurs meurtres dont, curieusement, elle n'a aucun souvenir. Alors, désespérée mais lucide, elle organise sa fuite, elle va changer de nom, de vie, se marier, mais son douloureux passé la rattrape… L'ombre de Hitchcock et de Brian de Palma plane sur ce thriller diabolique.

Cadres noirs n° 32253

Alain Delambre est un cadre de cinquante-sept ans usé et humilié par quatre années de chômage. Aussi quand un employeur accepte enfin d'étudier sa candidature, il est prêt à tout. Trahir sa famille, voler, se disqualifier aux yeux de tous et même participer à un jeu de rôle sous la forme d'une prise d'otages… Dans cette course à la sélection, il s'engage corps et âme pour retrouver sa dignité. Mais s'il se rendait compte que les dés sont pipés, sa fureur serait sans limites. Et le jeu de rôle pourrait alors tourner au jeu de massacre…

Du même auteur :

ROBE DE MARIÉ, Calmann-Lévy, 2009. Prix du Meilleur polar
   francophone de Montigny-les-Cormeilles, 2009.
CADRES NOIRS, Calmann-Lévy, 2010. Prix du Polar européen
   Le Point, 2010.
ALEX, Albin Michel, 2011.
SACRIFICES, Albin Michel, 2012.
AU REVOIR LÀ-HAUT, Albin Michel, 2013. Prix Goncourt, 2013.

Du même auteur

ROBERT MERLE, *Fortune de France*, 2009, Prix des Maisons presse.
Intégration de l'habitat, Seuil, Grasset, 1984.
L'IDÉE NOIRE, Gallimard, 1989, 2009, Prix du Point sénégalais.
Ténèbre, 2010.
La Lucia, Albin Michel, 2011.
Intégration, Albin Michel, 2012.
ANATOMIE D'UN BLEU, Albin Michel, 2011, Prix Goncourt, 2012.

Composition réalisée par IGS-CP

Achevé d'imprimer en novembre 2014 en Espagne par
BLACK PRINT CPI IBÉRICA
08040 Sant Andreu de la Barca
Dépôt légal 1re publication : décembre 2014
Édition 01 — novembre 2014
LIBRAIRIE GÉNÉRALE FRANÇAISE — 31, rue de Fleurus — 75278 Paris Cedex 06

Le Livre de Poche s'engage pour
l'environnement en réduisant
l'empreinte carbone de ses livres.
Celle de cet exemplaire est de :
550 g éq. CO$_2$
Rendez-vous sur
www.livredepoche-durable.fr

PAPIER À BASE DE
FIBRES CERTIFIÉES

Composition réalisée par Datagrafix

Achevé d'imprimer en novembre 2013 en Espagne par
BLACK PRINT CPI IBERICA, S.L.
08740 Sant Andreu de la Barca
Dépôt legal 1re publication : juin 2010
Édition 09 – novembre 2013
LIBRAIRIE GÉNÉRALE FRANÇAISE – 31, rue de Fleurus – 75278 Paris Cedex 06